# 黒《ヘイ》石《シ》　新宿鮫XII

大沢在昌

OSAWA ARIMASA

KAPPA NOVELS

1

「時下、ますます御清栄のことと存じます。また平素は、当会に情報を御提供いただき、ありがとうございます。会員諸氏の御協力により、当会は発展をつづけて参りました。

さて、今般の社会状況を鑑《かんが》み、当会もシステムをバージョンアップさせたいと考えます。

目的は、会員諸氏の力を結集した、効率のよい収益事業の展開です。従来のネットワーク方式を一元化させ、情報の伝達速度を速めて、より迅速な活動につなげるのが狙いです。

会員諸氏の御賛同を得られるものと確信しております。

御賛同をいただけるのであれば、返信は不要です。御賛同いただけない場合のみ、お知らせ下さい。御理解をいただくべく、面談にうかがいます。ただし会員の健康に問題あり、と判断されるときは、その限りではありません。

末尾ながら、会員諸氏の今後の発展を祈念いたします。」

「近来天气多变化，望诸位一切平安顺心。在此首先感谢诸位平日多方提供情报。正因为有诸位会员之力，本会才得以发展至今。

有鉴于当今社会潮流变化，本会接下来将进行系统升级。升级主要目的为方便统合诸君之力，推展高效率、高收益之新事业。未来新系统会将联络网整合为单一窗口，提升情报传递速度，让诸位得以迅速采取行动。

相信此提案必能得到诸位会员支持与赞同。

若赞同则不必回复此信。若有任何异议则请务必通知。本会将会派人进行面谈，务求加深理解。惟该会员经本会判断有健康上疑虑时，则不在此限。

在此祝福诸位会员事业发展更上一层楼。」

# 2

たっぷりと湿気を含んだ空気が肌にまとわりつく晩だった。気温は三十度あるかどうかだが、まったく風がなく、駅から自宅マンションに歩くだけで、鮫島《さめじま》の背中を汗が伝った。

九月に入っていたが、暑さに苦しめられているという点では、八月より厳しい。自分の部屋に帰りついたら、エアコンを最強にしてバスルームに飛びこむ。シャワーを浴びている間に部屋が冷えることを願う。

タイマーで前もってエアコンを動かすことも可能だが、事件が起これば定時には帰れないし、場合によっては泊まりもある。だから不在時にタイマーを使ったことはなかった。

マンションが面した一方通行の路地に入ったとき、五メートルほど先の自販機のかたわらに立つ男の姿が見えた。放たれる光から顔をそむけるようにして、こちらをすかし見ている。

二年前、かたわらのコインパーキングに止めた車から降りてきた中国人の殺し屋に銃撃されたことがあった。

鳩尾《みぞおち》にさしこむような緊張を感じた。特殊警棒は懐に留《と》めていたが、拳銃はもっていない。

殺し屋の放った銃弾は、鮫島を取材しようと飛びだしてきた記者の背中に当たった。鮫島は殺し屋を撃った。記者も殺し屋も命をとりとめた。

男が一歩踏みだし、顔が見えた。自販機のガラスに貼られた水滴のシールを通した光が横顔を青く染めている。スーツを着け、ネクタイを締めていた。

「鮫島さん。ごぶさたしています」

矢崎《やざき》だった。最後に会ったときより二キロは痩せただろう。尖《とが》った顎とくぼんだ目もとに、以前はなかった険がある。

昨年の秋、覚醒剤の仕分け場だという密告をうけ、北新宿のマンションを内偵していた鮫島はそこで男の射殺体を発見した。矢崎はその直後に、機動隊から新宿署生活安全課に転属してきた。新任の阿坂《あさか》課長は、鮫島に矢崎とコンビを組むよう命じた。任務は捜査にあたる本庁一課への情報提供だ。

が、新宿署に捜査本部がおかれるより早く、事件は警視庁公安部にとりあげられた。理由は明されなかった。鮫島と矢崎は現場となったマンションの捜査をつづけ、殺された男が、北朝鮮とつながりのある中国人密輸業者であったことをつきとめた。そして殺された男との関係が疑われる新橋《しんばし》のワイン輸入販売会社の従業員の行動確認中、矢崎は何者かの襲撃をうけ頭部に重傷を負った。

その捜査の過程で、矢崎が機動隊に所属していなかったことが発覚した。矢崎の本当の所属は公安部公安総務課で、北朝鮮工作員の動向に関する情報を得るため、鮫島につけられたスパイだった。

身分の発覚以降、矢崎は休職していたが、今年の四月に転属になった。転属先は本庁警備部の災害対策課だと、鮫島は阿坂課長から聞かされていた。

鮫島は矢崎を見つめ、次にあたりを見回した。その意図を察したのか、

「俺ひとりです」

と矢崎はいった。そして、

「その節《せつ》はご迷惑をおかけしました」

と頭を下げた。

「災害対策課だと聞いていたが、戻ったのか」

鮫島はいった。連絡もせずに会いにくるというのは、いかにも公安総務の人間がやりそうなことだった。携帯電話に着信記録を残したくないのだ。

「戻ってはいません。ですが、まだかたづいていない案件がありまして」

矢崎は低い声でいった。

「それで俺に会いにきたのか」

矢崎は頷《うなず》いた。

「どのツラ下げてきたと怒られるのは承知の上です。少し、お話をさせていただけませんか」

鮫島は息を吸いこんだ。自宅はすぐそこだが、熱気がこもった室内で向かいあえば、より不快感が増すだろう。短期間ではあったが、矢崎を優秀な新人だと感

じ、鮫島は信頼していた。

「君にそれほど怒ってはいない。が、狡猾《こうかつ》なやり方で情報を得ようとした連中のことは許していない」

基本を守る、ルールに忠実であるというのが信条の阿坂課長が公安部に抗議するというのを止《と》めたのは鮫島だった。自分の手で公安部の鼻を明してやりたいという鮫島の気持を酌み、殉職した桃井《ももい》への敬意だとして、阿坂はそれを受けいれた。

その結果、鮫島は公安部が血眼《ちまなこ》で捜していた物資を発見することに成功した。同時に、物資の強奪を企てていた元北朝鮮工作員を逮捕した。工作員は日本で五件以上の殺人に関与したと目されているが黙秘を通し、裁判は現在もつづいている。

「ありがとうございます」

矢崎は鮫島を見つめた。喉仏が動いた。

「殴られてもしかたがない、と腹を決めてきました。新任の自分に、鮫島さんはよくして下さった。ずっとひとりでやってこられた方なのに」

「その話はよそう。君を優秀だと感じたからだ。優秀なのには理由があったわけだ」

鮫島はいって、踵《きびす》を返した。

「駅の近くにカラオケボックスがある。話をするならそこがいい」

「カラオケボックスですか?」

驚いたように矢崎はいって、急ぎ足でついてきた。

「俺の部屋は暑くて、ゆっくり話せるような状態じゃないし、君を上げるのも抵抗がある」

「すみません」

平日の午後八時過ぎということもあり、カラオケボックスは空《す》いていた。煙草《たばこ》の匂いがこもった個室で、鮫島は矢崎と向かいあった。二人ともノンアルコールビールを注文した。

エアコンを入れると、狭い個室はすぐに涼しくなったが、湿度は高いままだ。届いたノンアルコールビールを飲み干し、追加を頼んだ。

「話を聞こう」

「高川和《たかかわなごみ》です。仲間うちでは黄《ファン》」

矢崎はいった。

「田町《たまち》で君を殴った男だな」

矢崎は頷いた。

「その件では執行猶予になりました。前歴がなかったので」

「逮捕されたことがないというだけだろう。金石《ジンシ》のメンバーだ。何かやっている」

「自分もそう思います。取調べなどを通して、高川と話をするようになりました。自分は覚えていませんでしたが、外二《ソトニ》時代に通訳としてひっぱりだされた中国人情報提供者の席で、短時間ですが同席したことがあったようです。私と顔の似た先輩が地元のマル走《そう》にいて、それで高川は覚えていたのだそうです」

マル走とは暴走族のことだ。

「高川もマル走だったのか」

矢崎は再び頷いた。

「その先輩が単車の事故で死に、恐《こわ》くなって足を洗ったと話しました」

「なるほど」

「高校を中退していたので、造園会社に就職し、子供のいなかった社長から引き継いで今があるそうです。もちろんそれは上辺《うわべ》で、裏では金石と中国の覚醒剤取引にからんでいると見ているのですが……」

「金石の連中は口が固い。それに取引相手だった陸永《ルーヨン》昌《チャン》が中国に戻った以上、簡単にはおさえられないだろうな」

陸永昌を逃す羽目《はめ》になったのは、「東亜通商《とうあつうしよう》研究会」という、内閣情報調査室の出先機関に身をおく香《こう》田《だ》の妨害のせいだった。殺人を犯した陸を「国益のためだ」と香田は体を張って逃がした。

「正直、公安では覚醒剤の件など、どうでもいいという感じです。金石も、たまたま陸の取引先だったというだけの扱いですし。『東亜通商』については、名前をだすのもはばかられるような空気です」

「なぜだ？」

「公安は公安で、情報収集に関してはトップだというプライドがあります。内調の出先にかき回されたというのが許せないようで」

「公安を卒業した人間もいるのにか」

「卒業すれば他人です。仕事の話をすることもない。刑事とはそこがちがいます」

公安警察と刑事警察の差だ。公安警察は現役の人間しか信用しない。

「それで高川がどうしたと？」

「鮫島さんは警視庁で最も金石に詳しい方だと思うのですが、八石《はっせき》というのをご存じですか」

「八石？　八つの石と書くのか」

矢崎は頷いた。

「いや、まったく聞いたことはない」

鮫島は首をふった。

「金石というのが、中国残留孤児二世、三世のメンバーを中心にしたネットワークであるのを、高川から私も聞かされました。日本人や中国人も所属していて、犯罪だけでなく一般ビジネスや生活に関する情報をやりとりする、一種の互助会のような機能も有しているそうです」

「それは知っている」

「ネットワークなので、上下関係というのは特にないのですが、顔が広く、メンバーのハブとなるような人間が八人いるというのです」

「だから八石か」

「はい。高川もそのひとりだそうです。八石には、交流がある者もない者もいて、ネット上のやりとりでしかコミュニケーションをとっていないという存在もあるそうです」

それは理解できた。金石には目に見える形での組織は存在しない。AとBは親しいが、Bとつきあいのあるについては、まるで知らなかったりする。利益につながるというので、BがAとCを引き合わせることもあるが、それがDやEにといった具合に広まってはいかない。金石には犯罪とは無関係に暮らしている人間もいる。したがって、ごく近い仲間をのぞけば、名前や顔を知らないメンバーも多い。

「家が近所で、よく顔を合わせているのに、お互いに金石だと知らないこともあるようだ」

鮫島はいった。それが捜査を難しくしている理由だった。職業犯罪者である金石のメンバーを追跡していても、カタギのメンバーが壁となって、その先のつながりに進めなくなるのだ。あるいはインターネット上のやりとりだけで、名前や住居を知らずに仕事をおこなっている。

「八石には独自のつながりがあってネット上でやりとりをしているようです。高川が直接知っている人間は三人だけで、残りの四人については噂《うわさ》か、噂すら聞いたことがないと」

「ネット上でどんなやりとりをしているんだ?」

「主に、ビジネスに関する情報交換のようです。カタギの仕事だろうが犯罪だろうが、ひとり、あるいは自分の周囲だけでは実行が難しい金儲《かねもう》けの情報をあげ、協力者を求めたりしているようです。八石の周囲にはそれぞれ、二十人から三十人のメンバーがいるので、ざっと二百人以上のコネクションを動員できるというわけです」

おそらくその半数はカタギだろう。金石が暴力団と大きく異なるのは、カタギの協力を仰げる点にある。

暴力団は内に対する結束力は強いが、外部への影響力に弱みがある。暴力団排除条例のせいで、まっとうな会社は組まないし、銀行口座を開くような、カタギの人間なら何でもないような作業すら難しい。やろうとすれば、カタギに大金を積んで頼むか、逮捕覚悟で正体を偽る他ない。それは暴力団員の家族であっても同様だ。

みすみす金儲けになると知りながら、カタギの協力が仰げないという理由で指をくわえざるをえない暴力団員は多い。

それに嫌けがさして組を抜ける、足を洗おうという者もいる。だからといって世間がすぐにカタギと認めてくれるわけではない。

組の庇護《ひご》を失ったことでよけいに困窮し、強盗や窃盗といった犯罪に走ったりする。暴力団排除条例は、暴力団員の数を減らしてはいるが、犯罪そのものを減らしているとはいい難い面もある、と鮫島は考えていた。

「極道《ごくどう》が涎《よだれ》をたらすような話だ」

鮫島はいった。

「そうなのですか」

公安が長い矢崎には理解できなかったようだ。鮫島は簡単に説明した。

「なるほど。カタギを動かせるというのは、そんなにおいしい面もあるんですね」

ノンアルコールビールのグラスから落ちた水滴をぬぐって矢崎はいった。

「犯罪者とカタギが混在していて、密接につながってはおらず、プロジェクトごとにくっついては離れる。ある仕事はいっしょにやっても、次の仕事ではまるで別の人間と組み、過去については忘れてしまう。いわば『金石』という合言葉だけでつながった集団だ。どこまで広がりがあるのか、おそらく知っている人間はいないのじゃないか」

鮫島がいうと、矢崎は頷いた。

「そういえば、そんなことを高川からも聞きました。実際、何人が金石に所属しているのか、自分にもわからない。もしかしたら、もう千人とか二千人とかになっているかもしれない、と」

「だがその八石を全員押さえれば、全体像をあるていどつかめる筈《はず》だ」

「だからか」

矢崎がつぶやいた。

「だからとは？」

「高川が怯《おび》えているんです」

「怯えている？」

鮫島は矢崎を見つめた。

「ええ。自分を保護してほしいと、今朝、電話でいってきました。保護してくれるなら、これまでの犯罪について話してもいい、と」

「誰から保護するんだ？」

「おそらく、八石の誰か。複数のメンバーかもしれませんが」

「なぜだ？」

「金石を支配しようとしているメンバーがいるようなのです」

矢崎は答えた。

## 3

翌日出署すると、鮫島は阿坂に時間を空《あ》けてほしいと頼んだ。原理原則を重んじる阿坂はイレギュラーな行動を嫌う。いいたいことは、課の会議で全員の前で話せというスタンスだ。

「何でしょう」

パソコンのモニターから目を離すことなく阿坂は訊《たず》ねた。手はキィボードを忙しく叩《たた》いている。老眼鏡がモニターの光を反射していた。

「昨夜、自宅の前で矢崎くんが待っていました」

阿坂の手が止まった。鮫島を見た。

「二時半から三時までなら時間がとれます。どれか会議室を押さえておくので、そのときに」

感情を読みとらせない声でいった。

「ありがとうございます」

小さく頷きモニターに目を戻しかけて、阿坂は訊ねた。

「元気だった？」

「痩せていました」

「そう」

阿坂は答え、手が再び動きだした。

時間になると、鮫島は阿坂と会議室で向かいあった。

矢崎が公安総務からの出向であったことを、生活安全課の他の人間は知らない。

捜査中に受傷し休職ののちに、本庁警備部に転属したと多くの者が信じている。短期間で新宿署を離れ本庁に移ったことに不審の念を抱いた者もいたかもしれないが、それを鮫島にぶつけた人間はいなかった。

「矢崎くんは古巣を手伝っているようです」

鮫島は告げた。

「公安総務？」

「ええ。彼に怪我《けが》を負わせた高川の裁判の件などもあって、災害対策課は仮の配属だったようです」

「直接戻すのでは形が悪いと思った人間がいたのね。それであなたに会いにきた理由は何です？」

「金石の件です。簡単にいうと、金石内部で権力争いが起きていて、高川は不安を感じている。これまでの犯罪について話すので、警察に保護してもらいたいと矢崎くんにいってきたそうです。狙いはおそらく司法取引で、自ら供述することで減刑と保護の両方を求めているようです」

「ところが公安総務は、高川の告白には興味がない。覚醒剤の密輸などどうでもいい。そこで矢崎くんはあなたに話を振ってきた」

「おっしゃる通りです」

阿坂の鋭さに、鮫島は内心舌を巻いた。

「金石については、あなたから聞いた以上の情報がわたしにはありません。ですが非常に結束が固いという話で、メンバーの高川が警察に保護を求めるというのには違和感をもちます」

「それもおっしゃる通りです。ですが、高川から話を聞くだけ聞いてもいいのではないかと考えています」

「その許可を、わたしに求めているということですか」

阿坂はわずかに目をみひらいた。

「できる限り課長の方針に従うつもりです」

阿坂は苦笑した。

「妙ね。鮫島さんにそういわれると、むしろ心配になる。どこまでわたしの方針に合わせてくれて、どこから離れていくのだろう、と。知ってる？　わたしとあなたがいつ全面衝突するのかを楽しみにしている署員がけっこういる」

口もとに笑みを残したまま阿坂はいった。

「初耳です。誰がそんな話を課長に？」

「女性の味方は女性」

それで合点《がてん》がいった。男性警官なら口が裂けてもいわない話を、女性警官から聞いたというわけだ。

鮫島は微笑《ほほえ》み返した。

「それは心強い」

「そのことはおいといて。高川は公安と取引したい。そこにあなたがでていっても話をするかしら」

「嫌がるならそこまでです。金石について情報をもつ警察官は多くありません」

「公安なら取引に巻きこめると考えた高川の勘は合ってるわね。ただ高川のもつ情報は公安には価値がない」

「金石には八石と呼ばれる、ネットワークのハブが八人おり、高川はそのひとりで、八石のうちの誰かが、これまでのネットワーク型から上意下達《じょういかたつ》方式の組織に金石を変えようとしている、というのです」

「そんなに簡単にいくものなの」

「抵抗は予想されます。その場合、殺害による排除も考えられると」

「誰が殺人をするの？　八石のうちのひとり？」

「そこまではわかりません。ただ金石には、そうした行為に長《た》けた人間がいます」

「千葉の元組長殺しね」

鮫島は頷いた。姫川《ひめかわ》という元組長夫婦が、飼っていた犬四頭とともに撲殺され自宅敷地内に埋められていたのを発見したのは鮫島だった。

「金石にはほとんど犯罪に関係していない人間もいれば、簡単に人を殺すような者もいます。ですがその全容を知る者はひとりもいない。組織を一元化すれば、そうしたプロも簡単に動かせるようになる」

「動かせるから、一元化しようとしているのじゃなくて？」

鮫島は阿坂を見つめた。阿坂は言葉をつづけた。

「クーデターを起こそうとする者は、まず軍と警察をおさえる。どちらも武器をもっている暴力装置だから」

「金石にはこれまでクーデターの対象となるような権力者がいませんでした。八石と呼ばれるハブの中にも、互いの顔や名を知らない者がいるようです。もしそのひとりが暴力装置を動かし、組織を支配しようと考えているなら、横のつながりしかもたないメンバーは対抗するのが難しくなります」

「でも互いに顔や名を知らないなら、組織から逃れることもできる。そんな金石に別れを告げて。そうさせないためには、暴力装置だけじゃ足りない。アメも与えないと」

阿坂の言葉に、鮫島は視界が明るくなったような気がした。

「そうか。それで高川は腹を決めたのか」

「何のこと？」

「クーデターをしかけた人物は、アメとして他の八石やメンバーたちに利益を約束する。とはいえマトモな手段で利益を簡単に増やすのは難しく、当然それは非合法な手段で得たものになる。高川は陸永昌とのつながりで、中国からもちこまれる覚醒剤に触っていた。おそらく中国と日本の暴力団の仲立ちです。そのビジネスを奪われるという危機感を抱いたのではないでしょうか」

「なるほど。専売特許だった覚醒剤ビジネスを、ボスになろうとしている人間にもっていかれるかもしれない。逆らえば殺される。そこで、すべてではないかもしれないけれど自分のビジネスコネクションを警察に明すことにした。奪われるくらいなら潰《つぶ》してやろう、と」

「可能性は高いと思います」

「高川が公安じゃなく、あなたとの取引に応じた場合、これまでの金石の犯罪についても話すかしら」

「話すとしても、ごくわずか。たとえば新しいボスになろうとしている人間の犯罪、あるいは動かしている暴力装置が過去に犯した殺人などでしょうか」

「それが引きだせれば十分でしょう」

阿坂はいって、鮫島を見つめた。

「高川に接触して下さい。必要なら、公安総務にわたしが頭を下げてもいい」

「課長——」

「連中の鼻を明すためなら、つまらないプライドは捨てる。もう一度、矢崎くんとコンビを組むことになっても抵抗はない？」

「ありません。だまされたのは事実ですが、彼は優秀です」

「あなたがそういうのなら、まちがいはないでしょうね」

阿坂は微笑んだ。

## 4

ヒーローである自分にとって、この世界は出番に満ちている。だが大切なのは、ヒーローであると、決して人には知られてはならないことだ。

目立たず暮らす方法のいくつかを彼は実践している。まず、人の多い場所では暮らさない。といって野なかの一軒家も駄目だ。最近は人里離れた場所にぽつんとある家を取材するようなテレビ番組もある。こんな場所で何をして暮らしているのだと興味をもたれたら最悪だ。

「実はヒーローなんです。それを隠すため、ここで暮らしています」

翌日からマスコミが押しかけてくるだろう。これまでの活躍を知りたがるにちがいない。

絶対に駄目だ。

だからそこその田舎《いなか》に限る。集落の中にあって隣近所もいるが、家の敷地が広いので出かけない限り他人と顔を合わせることがない。

次に正業をもつ。あの人の仕事は何なのか、と疑われない正業だ。サラリーマンが目立たないと思うかもしれないが、それはちがう。

毎日ネクタイを締めて出勤していれば、確かにサラリーマンだと思ってもらえるかもしれないが、関心はそこでは終わらない。

「どんな会社にお勤めなの？　大きいところ？　どこかの工場？　それとも事務職？」

適当な社名をいってごまかそうとする。

「あら、それだったら、知り合いが同じ会社にいます。知りません？　名前は――」

そんな展開になったら危険だ。サラリーマンは駄目だ。自営業がいい。とはいえ、自営業はさまざまだ。

説明せずにすむのは弁護士とか税理士、司法書士などだが、今度は仕事をもちこまれる可能性がある。それに何より資格をとらなければならない。ヒーローの自分には資格をとるくらい簡単だ。人並み外れた頭脳と体力がある。

とはいえ、勉強はヒーローの生活をむしばみ、出番を奪う。そんなのは本末転倒だ。ヒーローであることを隠すためにヒーローとしての活躍ができないなんて。

商売だが、行きずりの客はこない。きても断われて、同じ客がくりかえしこないような商売がいい。

その点で、今の仕事に彼は満足していた。店舗と作業場がいっしょになっていて、前を通りかかった人間は、何の商売であるかひと目でわかる。といって、ふらりと入ってこようとは決して思わない。

しかも便利なことに、この作業場ではヒーローの仕事に役立つ武器が作れる。作って使って、その後は消してしまえる。

ヒーローであるから、さまざまな武器の扱いに彼は精通している。嫌いなのは銃だ。入手が難しいし、所持していると人に知られれば厄介《やっかい》なことになる。次に嫌いなのは刃物だ。

刃物はまだ厄介が少ない。包丁やカッターナイフをもっていない人間はいない。だがもち歩いているとなれば別だ。料理人や作業員だと説明する必要がある。それに刺す切るは、撃つよりはマシだが、ヒーローとしての達成感に欠ける。

その点で、作業場で自作する武器に彼は満足していた。独創的だ。ヒーローは皆、独創的な武器をもっている。銃やナイフはただの道具に過ぎず、達成感は決して得られない。

その武器を鞄《かばん》に入れてもち歩いていても、人は驚かない。むしろ仕事の説明にもなって一石二鳥だ。

一石二鳥。この比喩がおかしくて彼は笑った。すばらしい。自分のためのような言葉だ。

## 5

阿坂が公安部公安総務課にどのような働きかけをおこなったのか鮫島は知らない。が、翌週には矢崎が新宿署にやってきた。

朝の会議で、阿坂が課員に告げた。

「うちに以前いた矢崎さんが、北新宿の事件の事後処理に関連して、短期間ですが鮫島さんのサポートにあたることになりました。現在の所属は、本庁警備部の災害対策課ですが、処理が終わるまで、生活安全課に通ってもらいます。出向というわけではなく、処理が終わるまでです」

「よろしくお願いします」

「悪いのと組まされたな。テキトーがない人だからな」

古参の平野《ひらの》という課員がいった。

「どういう意味です?」

阿坂が聞き咎《とが》めた。

「鮫島警部はとことんやられる、という意味です。手抜きが一切《いっさい》ない。刑事の鑑《かがみ》ってことですよ」

薄笑いを浮かべ、平野は答えた。生活安全課には八年前もいて、捜査情報の漏洩《ろうえい》を疑った当時の桃井課長が外にだした。が、桃井が亡くなり、定年が近いということで当人が希望して新宿署に戻ってきた。

暴力団とずぶずぶの関係になるのをためらわない、古いタイプの刑事だ。

「手抜きをしないのは当然です。そんなことで刑事の鑑になれるなら、ここにいる皆さんはすべて鑑になって下さい」

平野は口もとを歪《ゆが》めた。年齢が近いのに、女性の阿坂が警視、平野が巡査部長という階級の差があって、平野は阿坂を嫌っている。阿坂が着任するまで、最も嫌われていたのが鮫島だった。

「何なら平野さんも鮫島さんと組みますか。変則的ですが、三人チームでもかまいません」

阿坂は表情をかえず、いった。

「いや、それは無理です。抱えている事案で手いっぱいなんで――」

平野が手をふると、失笑が洩《も》れた。鮫島は平野を見つめた。

「勘弁してくれよ」

平野が小声でいった。

希望して新宿に戻ってきた平野だが、かつて〝仲良し〟だった暴力団員の大半が収容されたり、いばっていても飲み歩いたりできない状況にある。その点では、悪さをしたくてもできない。

会議が終わると、阿坂、矢崎、鮫島の三人で別室に入った。鮫島は訊ねた。

「高川と連絡をとったか?」

「とりました。公安部じゃ扱えない事案なので、新宿の生安に預けたいといったら不満そうでした」

「なぜ所轄なんだ、せめて本庁生安か組対じゃないのか、と?」

鮫島がいうと、

「まったくその通りのことをいいました」

矢崎は頷いた。

「それで何と答えました?」

阿坂が訊ねた。矢崎は目を伏せた。

「とりあえず新宿署で扱って、場合によっては本庁に上げる、と」

「模範回答ね。それでいい。高川は今、どうしているの?」

「東葛西《ひがしかさい》にある、自分の会社『フジ緑化』におとなしく出勤しています。『フジ緑化』は支社が栃木県の鹿沼《かぬま》にもあって、そこといったりきたりのようですが」

「鹿沼は土がいいのよね」

阿坂はいって微笑んだ。

「ガーデニングの趣味が?」

鮫島は訊ねた。

「そんなたいそうなものじゃないけれど、本当に小さな庭が家にはある。主人とときどき植木の苗木を買いに鹿沼にいく」

「庭の植木ですか」

矢崎がまぶしそうに阿坂を見た。

「話をそらしてごめんなさい。それで高川とはいつ会うの?」

「基本、いつでも会えるようですが、会社と自宅で会うのは勘弁してくれと」

矢崎は答えた。鮫島はいった。

「自宅は目黒《めぐろ》の青葉台《あおばだい》だったな」

「ええ。タワーマンションです。いわゆる億ションて奴《やつ》です」

「本業で買えるかしら」

阿坂がいった。

「金石の裏ビジネスで得た金も注《つ》ぎこんでいるでしょう。マンションを売り買いすればマネーロンダリングにもなる」

鮫島はいった。

「極道とのちがいはそこね。暴力団員はそもそも不動産の契約ができない」

「どこで会う?」

鮫島は矢崎を見た。


「場所は自分に決めさせてほしいといわれました」

「じゃあ、連絡をとってみてくれ」

「今日でもかまいませんか」

矢崎の問いに鮫島は頷いた。矢崎は携帯電話をとりだした。操作し、告げた。

「矢崎です。今日、会うことは可能ですか。ええ。いえ、ひとりではありません。新宿署の方もいっしょです。そうです、ええ、鮫島さんです」

間が空いた。同行が鮫島だと聞いて渋っているようだ。

「それはできません。鮫島さん以外の人はいません。鮫島さんと私に会って話をするか、それとも話をしないかのどちらかになります」

きっぱりといった。矢崎は鮫島を見た。鮫島は頷いてみせた。

「わかりました。で、何時くらいでしょうか」

高川の返事を聞き、

「四時。午後四時ですね。場所はどこにします?」

矢崎は訊ねた。

「錦糸町《きんしちょう》。錦糸町のどのあたりでしょうか」

わかりました、と矢崎はつづけた。

「では今日の午後四時に、錦糸町の駅の周辺にいて、高川さんからの電話を待つことにします」

電話を切った。鮫島と阿坂を見比べ、いった。

「四時に、錦糸町の駅の近くにいてくれ、と。安全を確かめられたら、どこにいるか教えるというのです」

「錦糸町。東葛西からはまあまあ近いわね。高川は車で動いているの？」

阿坂の問いに矢崎は答えた。

「通勤に使っています。レクサスの大型ＳＵＶです。あとは社用車のバンも会社にあります」

「罠《わな》ということは考えられない？　金石は鮫島さんを警戒している」

阿坂がいった。

「情報を渡すといって警察官に危害を加えれば、金石そのものが厳しい捜査と取締の対象になります」

鮫島は首をふった。

「用心して下さい。拳銃はもっていくように」

といって、阿坂は矢崎を見た。

「あなたは？」

「いえ、もっていません」

とまどったように矢崎はいった。

「予備の銃を保管庫からだすように手配します。もしなかったら、わたしのを貸します」

阿坂はきっぱりといった。

## 6

三時過ぎに鮫島と矢崎は錦糸町に到着した。場合によっては錦糸町からさらに移動することもありうる。覆面パトカーは使わず、徒歩だ。

駅ビルの近くで二人は待った。平日の午後だが人通りは多い。買物客だけではなく、営業などで動いている勤め人もかなりいるようだ。

「なつかしいな。学生時代、よくきたんです。アパートが木場《きば》のほうだったので」

矢崎がいった。

「確かに木場からは近いな」

鮫島は答えた。

「けっこう怪しい感じの店も多くて、どきどきしました。自分は経験がありませんが、ボッタクリにあったという話も聞きました」

「本人は隠しているつもりでも、地方からでてきたばかりの学生はすぐに見抜かれ、カモにされる。新宿も同じだ」

「友だちがいないからです。ひとりで部屋にいてもつまらないから、ついふらふらと盛り場にでてくる。そういう奴を待ちかまえている、キャッチの女がいる。自分と同じ年くらいの娘がやくざとつながっているなんて、田舎からでてきたばかりの十八、九の小僧は考えもしませんからね。十八、九のチンピラなら理解できても、まさか女の子が、と思う」

矢崎はつぶやいた。

「女の方がタチが悪い場合もある。二十《はたち》といって、組の若い奴を用心棒がわりに使っていたキャッチバーのホステスが、つかまえてみたら十六だったことがある。十六で、組の盃をもらっているのを二人、顎で使っていた」

鮫島はいった。矢崎は息を吐《は》いた。

「環境ですかね」

「新宿生まれの新宿育ちで、母親も覚醒剤と売春の逮捕歴があった。だが同じような生まれでも看護師になって、のちに区議会議員になった人も知っている」

矢崎の携帯電話が鳴った。

「はい、矢崎です」

矢崎は耳にあてた。

「そうです。駅ビルの前にいます」

答えてあたりを見回した。どうやら高川はどこから か二人の姿を確認したようだ。

「わかりました」

答え、電話を切った。

「JRの線路沿いに亀戸《かめいど》のほうに歩け、と。川につきあたるから橋を渡って左に曲がれといわれました」

「いこう」

錦糸《きんし》公園前の道を二人は東に向かって歩いた。四百メートル足らずで横十間川《よこじゅっけんがわ》につきあたった。かかっている小さな橋には錦糸橋《ばし》という名がついている。渡ると錦糸から亀戸に地番表示がかわった。

「フジ緑化」と車体に書かれたワンボックスカーが止まっていた。運転席に男がひとり乗っている。

鮫島はあたりを見回した。ショッピングカートを押す老女がひとり歩いているだけだ。他に止まっている車はない。

運転席のドアが開き、大柄な男が降り立った。背は百八十センチくらいで、腹回りにも肉がついている。よく日に焼け、淡いグリーンの作業衣を着けていた。

「高川です」

小声で矢崎がいった。

「うしろに乗ってくれ」

高川はワンボックスの後部席を示した。

二人はスライドドアを開け、後部席に乗りこんだ。汚れてはいないが土の匂いがした。

二人が乗るのを確認し、高川はワンボックスを発進させた。

「どこへいくんです?」

矢崎が訊ねた。

「とりあえずその辺をひと回りして、安全を確認したら、オリナスの駐車場に止める」

「オリナス?」

「ショッピングモールだ。そこで話そう」

矢崎は鮫島を見た。鮫島は頷いた。

「わかりました」

高川の運転は巧みだった。不必要なスピードはださないが、とろとろとは走らない。十分ほどバックミラーを確認しながらあたりを走り、やがて錦糸公園の北側にある商業施設の地下駐車場に入った。最初の一時間は無料という表示がでていて、地下一階二階だけでも数百台は止められる。

周囲の駐車が少ない一画に高川はワンボックスを止めた。エンジンを切り、うしろをふりかえった。

「あんたが鮫島さんか」

「誰かから私の話を聞きましたか」

高川が頷き、

「今、うしろにいく」

といって運転席のドアを開いた。後部席に移ってくると、空いているシートにかけた。

「倉木《くらき》から聞いた。残留三世を目の敵《かたき》にしてるってな」

鋭い目で鮫島を見つめた。鮫島は首をふった。

「残留孤児三世を目の敵にしているわけではありません。覚醒剤の密輸を捜査していたところ、海外と日本の暴力団の仲立ちをしている残留孤児二世三世のグループにつきあたった。そのグループは覚醒剤密輸以外の罪も犯している」

高川は目をそらした。

「どこから金石という名を聞いた?」

「初めて聞いたのは、当時の組織犯罪対策課の人間からでした。実体がなかなかつかめず、苦慮しているということだった。そこで私は引退した元組長から話を聞こうと千葉まで会いにいった。次に会いにいったとき、その元組長は、奥さんと飼っている犬もろとも殴り殺され埋められていた」

鮫島は途中で口調をかえた。高川は無言だった。

「姫川といって、解散した須動《すどう》会という組の元組長だった」

「知らないね」

「須動会には松沢《まつざわ》という組員がいた。解散後、栄勇《えいゆう》会に移り若頭補佐にまで出世した。外様《とざま》なのに異例のスピード出世だ。理由は覚醒剤だ。栄勇会になかった覚醒剤のルートを開拓し、大きな儲けをもたらした」

「やくざの話なんかされてもな。こっちはカタギなんだ。ちんぷんかんぷんだよ」

高川は矢崎を見やり、わざとらしく苦笑した。

「もう少しだ。松沢は栄勇会に移ったあと、女房の籍に入り、吉田《よしだ》と改名した。その女房が残留孤児二世で、中国との覚醒剤密輸のパイプをつないだ」

高川の表情が動いた。

「心当たりがあるんだな」

高川は答えず、矢崎にいった。

「俺は警察に協力するっていってるんだ。なのに最初から人を犯罪者扱いする奴を連れてくるなんて、おかしくないか」

「あなたが犯罪者でなかったら、情報提供はできない。それが前提で、話をしたいといってきたのでしょう」

矢崎が答えた。

「それはそうだが、情報を提供したら、俺を逮捕しようとするかもしれないじゃないか。そんな奴に話なんかできない」

高川は鮫島をにらんだ。

「司法取引について誤解があるようだな」

鮫島は静かにいった。

「何だよ、誤解って」

「まず司法取引に関してだが、警察官に決定権はない。警察官にできるのは検察官への情報提供だけだ。さらに、司法取引のためであっても犯罪への関与が疑われれば、逮捕は免《まぬか》れられない。逮捕した上で、司法取引に応じるかどうかの決定は検察官がおこなう」

高川の顔が白っぽくなった。

「そうなのかよ。映画とかじゃ――」

「映画と現実はちがいます」

矢崎がいった。

「じゃあ、俺は守ってもらえないのか」

「自分の身を危険だと思う理由があるのですか」

「金石の話をすること自体が危ないんだ」

「じゃあ、なぜする？」

鮫島は高川の目を見つめた。

「なぜって、それは――」

高川は口ごもった。矢崎にいう。

「話してないのかよ」

「何者かが金石を牛耳《ぎゅうじ》ろうとしているという話か?」

鮫島はいった。

「そうだよ」

「そんな人間がいるとして、なぜ恐れる? 金石には何百人というメンバーがいるのだろう。ひとりがいいだしたところで簡単にはかわらない。それともそいつは逆らう奴は皆殺しにするとでもいうのか」

「そうだよ。そいつにはとんでもない奴がついている。さっきの姫川ってのを殺したのもそいつだ」

「その犯人を知ってるのか」

高川は首をふった。

「知らねえよ! 名前も顔も」

「だったらなぜ犯人だとわかる」

「あんた、殴り殺されていたといったろう。頭じゃないか、殴られていたのは」

「そうだとしたら?」

「そういう奴がいるんだ。伝説なんだ。頭を叩き潰す。そいつにかかったら一撃で頭蓋骨を砕かれる」

「他にもそういう被害者を知っているのか」

「聞いたことがあるだけだ」

「まさに伝説だな」

「ああ。ヘイシだ」

「ヘイシ?」

「黒い石と書く。中国読みでヘイシ」

高川はいった。

「その黒石が金石を牛耳ろうとしているのか?」

「ちがう! 黒石はそいつの兵隊だ」

「じゃあ牛耳ろうとしている人間は何というんだ?」

高川は首をふった。

「名前や顔はわからない。ネットじゃ徐福《じょふく》と名乗っている」

「徐福? 不老不死の薬を探して日本にきたともいわれている仙人のか?」

鮫島の言葉に頷いた。

「ネットについて話して下さい」

矢崎がいった。

「金石のメンバーがネット上で交流しているということですね」

「八石だけの掲示板があるんだ」

高川は頷いた。

「八石についてもう一度」

「金石の中でも、特に顔が広かったりコネをもっている八人のことだ。ネットワークのハブ的存在で、SNSなんかで他のメンバーに情報を流す役割だ。だから別にボスとかそういうのじゃない。八石のいうことだから聞かなきゃいけないとかいう決まりはないいんだ。もともと上下とかのないグループだからな」

「掲示板の話を」

矢崎がうながした。

「八人だけの匿名掲示板で、作ったのがその徐福だ。海外のサーバーを使って設定し、アクセスするのも別の国のサーバーを経由する。だからひとりひとりの正体をたどるのは警察でも無理だ。掲示板の名前が『八石』なんだ。そこでいろんな情報を交換する。ビジネスの話や――」

高川は鮫島を見た。

「新宿署の鮫島という奴がうるさく嗅ぎ回っている、なんて話もな」

「八人になった理由は何だ?」

鮫島は訊ねた。

「自然にだ。メンバーがメンバー全員を知っているわけじゃない。横のつながりで広がっていって八人になった。あくまで横のつながりだから、会ったこともない人間もいる」

高川は答えた。

「名前も知らないのか」

「知らない。ネット上じゃ皆ハンドルネームだ。〝徐福〟みたいに仙人の名前を使うのもいるし――」

高川は口ごもった。

「あんたのハンドルネームは?」

「〝虎《とら》〟」

「他のハンドルネームを教えてくれ」

高川は小さく唸《うな》り、目を閉じた。

「〝徐福〟〝雲師《うんし》〟〝安期先生《あんきせんせい》〟〝鉄《てつ》〟〝扇子《せんす》〟――」

止まった。思いだしているようだ。

「あと二人、いる」

鮫島はいった。

「ああ。〝左慈《さじ》〟に〝公園《こうえん》〟だ」

「どんな字を書くのかを教えて下さい」

ノートを広げた矢崎がいった。高川は教え、

「〝雲師〟〝安期先生〟〝左慈〟は仙人の名前だ。最初に〝徐福〟が使ったんで、真似《まね》をしたんだ」

「あんたはなぜ〝虎〟に？」

鮫島は訊ねた。

「仙人のことなんてよく知らないし、タイガー・ウッズが好きだから虎にした」

「〝鉄〟や〝扇子〟も仙人のことを知らないからそういう名にしたのですか」

矢崎が訊ねた。

「他の人間の理由はわからない。でも〝鉄〟は、まあそうだろうな」

「知り合いなのか」

鮫島が訊《き》くと頷いた。

「〝鉄〟と〝雲師〟〝安期先生〟は知っている」

「本名を教えて下さい」

「そんなことできるわけないだろう。警察に売るのと同じだ」

高川はいって矢崎をにらんだ。

「〝黒石〟から守ってほしいのじゃないのか」

鮫島はいった。

「〝黒石〟を使っているのは〝徐福〟だ。他の連中は関係ない」

「じゃあ〝徐福〟と〝黒石〟の本名と住所を教えろ」

「知らないっていったろう。名前も顔も」

高川は声を荒らげた。鮫島は矢崎を見た。ここは矢崎に任せる。

「高川さん、名前も顔も知らないでは、我々にはどうすることもできません。〝鉄〟と〝雲師〟〝安期先生〟から〝徐福〟や〝黒石〟に関する情報を得られますか」

「俺がか？」

「あんたが訊かなけりゃ、訊くのは我々ということになる」

鮫島はいった。高川は首をふった。

「お互い詮索しないのが決まりなんだ。訊けるわけない」

矢崎は高川を見つめた。

「では我々は何をすればいいのですか。あなたが教えてくれたのは、金石に八石と呼ばれる中心的メンバーがいて、その八人はネット上で情報交換をしている。八人のうちのひとり、ハンドルネーム〝徐福〟が金石全体を牛耳ろうと考えていて、逆らう者には〝黒石〟という人間をさし向ける、ということだけです。あなた以外の七人は名前も住所もわからない。それで我々にどうしろと?」

高川は目を伏せた。

「わかってる。わかってるよ。だけど、俺もどうしていいかわからないんだ」

低い声でいった。

「あんたが〝黒石〟を恐れる理由は何だ?」

鮫島は訊ねた。高川は顔を上げた。

「え?」

「〝徐福〟のいう通りにするなら、〝黒石〟に襲われる心配はないのだろう?」

「いう通りになんかできるわけないからさ」

「何か具体的な要求をされたのか?」

「いや、まだ何も」

「された人間はいるのか」

「〝鉄〟がされたといってた」

「どういう要求をされたんだ?」

「いえない。それをいったら〝鉄〟を密告《ちく》るのと同じだ」

高川は首をふった。

「あんたは〝鉄〟を知ってるといったな。〝鉄〟はその要求にしたがうのか」

「したがえるわけない。〝徐福〟は〝鉄〟の、その、事業を渡せといっているらしい」

鮫島と矢崎は目を見交《みかわ》した。

「高川さんも同じことを要求されると考えている。そして断われれば〝黒石〟に襲われると？」

　矢崎が訊いた。高川はあきらめたように頷いた。

「そういうことだ」

「要求される事業というのは、あんたの本業か？　ちがうな。裏の商売だろう」

　鮫島はいった。高川は黙った。

「〝徐福〟は、八石全員に事業を渡せといっているのですか？」

　矢崎が訊ねた。

「いや。八石の中には、ふつうのサラリーマンもいる。そんな奴とはこれまで通り、情報交換をするだけだろう」

「つまり〝徐福〟は、あんたとはちがって八石全員の名前や仕事といった情報をつかんでいるのか」

　鮫島の問いに高川は頷いた。

「たぶんな」

「どういう人間なんだ？　噂とかも聞いていないのか」

　高川は掌《てのひら》で顔をこすった。

「俺はオタクだと思ってた」

「オタク？」

「引きこもりみたいな奴さ。もちろん本当の引きこもりじゃないだろうけど、日がな一日パソコンと向かい合っているような。ネットからいろんな情報をひっぱって、それを投資に役立ててるみたいなことを前に書いてた」

「個人投資家ですか」

　矢崎がいった。

「何十億って銭を動かしてるって話だった」

「そんなに金をもっているのなら金石を牛耳ろうとする理由は何だ？」

「そんなこと俺にわかるわけないだろう。もっと金が欲しいのかもしれないし、実験をしたいだけかもしれないし」

「実験？」

「〝徐福〟って奴は、自分はすごく頭がいいと思っている。書きこみのはしばしにそれが見える。実際賢くて、他のメンバーがぶつかってる壁とかの悩みにすぱっと答えて、感謝されたりしてる。昔から、金石のネットワークをもっと有効に活用すべきだってのが〝徐福〟の持論だった」

「それに反対したメンバーはいないのですか」

矢崎が訊いた。

「いたよ。〝左慈〟は、今のままでいいとずっといってた。会ったことはないんだが、たぶんふつうの勤め人なんだろう。勤め人といっても、専門職っていうか、企業の研究所にいるみたいな。そんなことを前書いてた」

「完全なカタギということですか」

「ああ。学歴もあって大企業で働いてるって感じの奴だ。所帯もあって、自分は残留三世だけど、それで特に嫌な思いをしたことはない。でも残留孤児というルーツは大事にしたいから金石に参加している。カタギになりたいがやりかたがわからないという人は相談してくれ、と」

「まっとうな人ですね」

「そういうのも金石にはけっこういる。もし〝徐福〟が牛耳るようになったら、やめていくだろう。〝左慈〟にしてみりゃ、危ない手段で得た金なんて欲しくないだろうし」

「〝徐福〟はどうする？　カタギのメンバーがやめていくのは関係ないと考えるか、それともイチ抜けは許さないと考えるか」

鮫島は訊ねた。

「わからない。けど〝左慈〟はけっこう理屈っぽい奴だから、この前も〝徐福〟とやり合ってた。横並びのネットワークのほうがより広く情報を集め共有できるのに、なんで古臭いピラミッド型にする必要があるんだ、と」

「〝徐福〟は何と答えたのですか」

「ネットワークのいい部分を残しながら、ひとつの目的に集中できる組織に再編するんだ、と。そうだ、それに〝左慈〟が、ただ実験したいだけじゃないのかと返していたんで、実験という言葉を覚えていたんだ」

高川はいった。矢崎は鮫島をちらりと見やり、いった。

「掲示板でのやりとりを我々に見せてもらえませんか」

「家族にも見せないという決まりだ」

鮫島は高川の目を見ていった。

「これまでの話は、全部あんたがいっているだけだ。作り話じゃないという証拠は何もない」

「ふざけるな！　俺がわざわざ警察に作り話をするわけないだろう」

「と、私も思います。ですが、鮫島さんのいうように高川さんの話には裏付けがありません。だいたい金石というグループについて知っている人間がそもそも少ないのですから」

矢崎がいうと、高川は黙った。

「あんたは、〝鉄〟というメンバーが〝徐福〟からとても応じられない要求をされたと知って、自分にも同じような要求がくるかもしれないと考えた。それはあんたに大きな儲けをもたらしている非合法の商売を渡せという話なのだろう？　そこで何とか防ごうと警察を巻きこむことを思いついた。だが警察は警備会社じゃない。何も教えないでただ守ってくれといわれてもそうはいかない」

鮫島はいった。高川は鮫島を無視し矢崎をにらんだ。

「俺は協力するといったんだ。なのにこいつのいいぐさは何だ。容疑者扱いじゃないか」

矢崎が口を開きかけた。鮫島はそれを目顔で制した。

「矢崎くんはあんたに怪我をさせられたにもかかわらず、親切心で動いている。だが俺にとってあんたはただの容疑者だ」

「俺が何をしたっていうんだ。この野郎！　田町の件についちゃ裁判も終わってるんだぞ」

「陸永昌と組み、覚醒剤の密輸にかかわっている。あんたを通じて入ってきた覚醒剤は栄勇会に流れ、それをシノギにした吉田はスピード出世をした。吉田はシノギについては喋《しゃべ》らないまま服役中だが、金石に対し決していい感情をもっているわけじゃない」

鮫島は高川から目をそらさず告げた。

「ふざけるな。何だよ、これは。話を聞くフリをして俺をパクる気か」

「パクられてもいいから保護してもらいたいというのが本音じゃないのか」

高川は目をみひらいた。

「降りろ！　話は終わりだ」

「高川さん――」

「うるせえ！　この野郎と話なんかしたくない。二度と連絡をしてくるんじゃないぞ」

高川は矢崎に怒鳴《どな》った。

「吠《ほ》えたければ吠えろ。ケツに火がつくのはあんたであって、我々じゃない」

鮫島は冷ややかにいい、座席から立ち上がった。矢崎は迷ったように鮫島と高川を見比べていたが、立った。

高川は運転席に移りワンボックスカーのエンジンを始動させた。二人がスライドドアから降りるのを待って、荒っぽく発進させる。

「よかったのでしょうか」

駐車場をでていくワンボックスカーを見送りながら矢崎がいった。

「思い通りにはならないと気づかせない限り、自分にとって都合のいい話しかしない」

「しかし情報が入らなくなっては意味がありません」

鮫島は矢崎を見た。

「筋がよくても悪くても情報が入れば収穫と考える公安とちがって、刑事は立件できなければ、意味がない」

「じゃあ今日のこれは駆け引きですか」

矢崎はあきれたように訊ねた。

「駆け引きになるかどうかは向こうしだいだ。場合によってはこれきりだ。だがしゃぶを売った金で億ションに住んでいるような奴に警察が親切にしてやる必要はないと俺は思う」

鮫島は答えた。

# 7

ヒーローに出動の要請が届いた。〝指令書〟によれば、ターゲットは大企業の社員を装いながら、この世界を悪に染める思想を拡散している人物だという。

確かに駅や路上での勧誘と比べて、有名な会社に勤務している人間の言葉に人は耳を傾ける。大会社で働いているなら、教養も常識もある、と思うからだ。

だがこの世界は、見た目通りでは決してない。悪の思想を隠しもち、機会があればそれを広めようという奴が多く隠れている。それは何の変哲もない石の下に毒虫が潜んでいるのと同じだ。

石をどけようとしない限り、毒虫の存在に人は気づかない。あるいは、いるかもしれないと思ってはいても、わざわざ確かめない。

ヒーローと一般人のちがいはそこだ。

ヒーローは毒虫を見逃さない。毒虫が隠れていれば、暴き、息の根を止める。悪の拡散を防ぐ。

ひとつひとつは、とても地味な仕事だ。毒虫一匹を殺したところで、世界は簡単にはよくならない。

テレビや映画とはちがう。ヒーローとは決して華々しい存在ではないのだ。人知れず静かに、毒虫を一匹、また一匹と潰していく。

毒をもつ生きものがすべてそうであるように、毒虫は危険に敏感だ。ヒーローが出動していることに気づけば、あっという間に姿を消す。別の石や仲間の陰に隠れる。

だから騒がれては駄目だ。こっそり近づき、一撃で叩き潰す。

ターゲットの情報が届いたら、最低限の確認はするが、不用意にその周囲をうろついたりはしない。

映画にでてくる殺し屋は、事前にターゲットの情報を収集する。生活習慣、よくいくレストラン、散歩のコース、愛人の住居、ボディガードの有無、調べつくしたあと、タイミングを見はからって決行する。

作りもののお話だ。今の時代、ターゲットの周辺をうろつけば、そこらじゅうにある防犯カメラに監視する自分の姿を残すことになる。

警察がターゲットの行動範囲にあるカメラを調べ、あっという間に「被害者の近くにいた不審な人物」を見つけだすだろう。たとえ決行の瞬間を撮影されなくても結果は同じだ。

真のヒーローはそんな愚かな真似はしない。ターゲットに近づくのは一度きり、人目がない場所が理想だが、ひとりふたりが近くにいても、こちらを見ていなければ問題はない。

大きな音をたてず、素早く一撃で仕止めれば、意外に人は気づかない。イヤフォンで音楽などを聞いていれば尚《なお》さらだ。

何より大切なのは、近くに防犯カメラがない場所を選ぶことだ。決行の場に向かう自分の姿を撮られてもならない。どうしても避けられないなら、マスクと眼鏡《めがね》、帽子で顔を隠す。さらに、彼だけの得意技を用いる。

それは、猫背だ。重いものを扱う日常のせいもあるが、子供の頃から上半身が発達していたので胴長短足をからかわれたくなくて背中を丸めていた。

出動するとき、猫背をやめる。背筋をまっすぐ伸ばすだけで、身長が五センチは高くなる。ずっと背筋を伸ばしているのはつらいので、衣服の下にコルセットを着ける。コルセットをしていれば、気を抜いた瞬間に猫背に戻ることもない。

たったそれだけで人の印象や万一撮られたときの防犯カメラの映像が、別人になる。

さらに背を高く見せるための靴もはく。コルセットと靴で、彼の身長はふだんより十センチ以上伸びるという寸法だ。

一石二鳥につづいて、今度は寸法ときた。まったくどうしてこう、ぴったりのいい回しばかり思いつくのだろう。

出動は、もちろん成功した。

## 8

高川と会って四日後の朝、本庁勤務に戻っていた矢崎から鮫島のパソコンにメールが届いた。

千葉県袖ケ浦《そでがうら》市で石油化学プラント社員の四十歳の男性が死亡したという、新聞の地方版記事のコピーだった。

男性は勤務先から自宅に帰る途中の道路に止めた車のかたわらで発見された。車は男性のもので、頭を強く打ったことが死因になったと考えられ、警察が事件、事故の両面から捜査をおこなっているという内容だ。

別の地方紙の記事によれば、死亡した男性は、勤務先の石油プラントの研究員だったとある。

「気になりませんか」

というコメントが添えられていた。鮫島は矢崎に連絡をとり、その日のうちに現場を管轄する木更津《きさらづ》警察署に覆面パトカーで向かった。

木更津警察署はアクアラインを渡ってすぐのインターチェンジから一般道を南下した位置にある。署から事前に電話を入れ、担当者に話を聞きたいと頼んでいた。

木更津署に到着すると、交通課課長と担当の巡査部長が待つ会議室に案内された。名刺を交換する。交通課課長は近藤《こんどう》という警部で、担当者は小山《こやま》といった。二人とも五十になるかどうかという年齢だ。

「新宿からわざわざこられるとは、被害者は何かしておったんですか」

太って顎のたるんだ近藤が訊ねた。

「いいえ。被疑者というわけではありません。昨年逮捕した傷害事件の犯人と交友関係にあった可能性があり、この犯人が覚醒剤の密輸にもかかわっていることから、何かそういう情報がでていないか、うかがいに参ったのです」

鮫島が答えると二人の表情が真剣になった。

「覚醒剤ですか。しかし遺体にはそういった痕跡はありませんでしたが――」

いいかけた小山を近藤が制し、訊ねた。

「お二人は、この被害者が覚醒剤に関係しているとお考えなのですか」

「それを確かめるためにきました。被害者の情報をいただけるとありがたいのですが」

「こちらの捜査では、被害者が犯罪に関係していると思われるようなことは何も見つかっていません」

いって、近藤がファイルをさしだした。

「コピーはお渡しできませんが、ここで読まれるぶんにはかまいません」

「ありがとうございます」

鮫島はいってファイルを広げた。

被害者の名は大木《おおき》陽《ひろし》といった。東京に本社がある大手石油化学プラントの社員で、大阪の研究所から袖ケ浦市にある工場に出向中だった。単身赴任で、妻と二人の子供は大阪の自宅にいる。死亡時の住居は、会社が借りた袖ケ浦市内のマンションだ。

遺体が発見されたのは湾岸部を走る国道と内陸よりの県道をつなぐ生活道路で、近くの水田を囲む側溝にうつぶせで倒れていた。かたわらに止まった自家用車はハザードを点《とも》しており、右側前輪がパンクしていた。

「被害者はタイヤの異常に気づいて車を止め、のぞきこんでいたところを対向車にはねられたと思われます。はねた車はそのまま逃走したもようです」

近藤がいった。

「ひき逃げの発生時刻は、被害者が勤務先での残業を終えた午後九時以降、十一時までのどこかだと思われます。現場となった道路は、被害者の自宅マンションに向かう裏道で、道幅が狭く街灯もないのですが、信号がないので走行時間が短縮できます。被害者が日常的にこの道を走行していたことは確認ずみです」

小山があとをうけて説明した。矢崎が訊ねた。

「十一時というのは、被害者が発見された時刻ですか」

「そうです。犬の散歩をさせていた付近の受験生が見つけました。遺体が側溝にすっぽりはまりこんでいたため、それまで現場を通行した車は気づかなかったようです。現場にひき逃げ車輛《しやりよう》からの落下部品がなかったことも、発見が遅れた理由だと思われます」

鮫島は小山を見つめた。

「落下部品がない？」

「ええ。まれにですが、そういうことが起こります。衝突時、被害者が姿勢を低くしていた場合、ライトやウインカーといった破損しやすい部品ではなくバンパー下部に当たり、破損した部品が落ちないのです。乗用車ではなく大型トラックなどで発生します」

「ブレーキ痕はなく、おそらく運転手は衝撃に違和感を覚えたものの、そのまま走りさったと思われます。それも大型トラックだと考えられる理由です」

近藤がつけ加えた。

鮫島はファイルに添付された写真を見た。

現場の道路は、人家もまばらで、刈り入れが間近だと思われる水田の中を通っている。

側溝の深さは五十センチほどあり、そこに人が倒れていても、夜間、走行中の車からは確かに見えにくそうだ。

司法解剖の結果、死因は脳挫傷。頭蓋骨が頂点部から陥没しており、滑《なめ》らかで硬いものが強くぶつかったと思われる、という所見だった。

「事件性も考慮し、被害者の自宅マンションも調べましたが、犯罪との関連をうかがわせるものは何も見つかりませんでした。勤務先での評判もよく、単身赴任にもかかわらず、飲み歩いたりという行動もなかったようです」

近藤がいった。

「パソコンはどうでした？」

矢崎が訊ねた。

「パソコンですか？　被害者の車の助手席におかれたバッグに入っていました」

小山が答えた。

「それは？」

「つとめているプラントからの貸与品ということで、返却しました」

「個人所有のものはなかったのですか？」

「自宅マンションにありました。大阪からこられたご遺族がもち帰りました」

鮫島と矢崎は顔を見合わせた。ファイルの中に被害者大木陽の社員証のコピーがあった。

額が秀で、眼鏡の奥の目をみひらいているように見える顔写真を鮫島は見つめた。許可を得て、大阪市内の自宅の住所と電話番号をメモする。

「被害者がひき逃げにあったとして、覚醒剤の事案に関係しているとお考えですか？」

近藤が鮫島に訊ねた。

「いえ。お話をうかがっていると、そうは思えません」

「でしょうな。被害者が勤務していたのは一流企業で、そんなところの社員が覚醒剤にかかわり、ましてそれが理由で殺されるとは考えられない」

近藤はいった。

「ひき逃げの捜査状況はどうなっているのでしょう？」

矢崎が訊ねると、とたんに渋い表情になった。

「現場の道路には防犯カメラの設置がなく、周辺地域のカメラに写った大型トラックなどを調べているのですが、今のところ該当するような車輛は見つかっていません」

矢崎は頷き、近藤と小山の顔を見比べた。

「あの、ひき逃げ以外の死因というのは考えられませんか」

近藤が眉をひそめた。

「他の死因というと――？」

「たとえば撲殺されたとか」

近藤と小山は顔を見合わせた。

「誰が殺すのです？　被害者に金品を奪われた形跡はなく、トラブルを抱えていたという情報もありません。よしんばそうであっても、殺害が目的なら、刺すなり撃つなり、もっと簡単なやり方をしたと思いますが。それとも殺害されたと疑うに足る理由を、何かご存じなのですか」

近藤が訊ねたので、鮫島は首をふった。

「いえ。そういうものはありません。あくまでも疑いがないか、というだけで」

「ない、といえますね。うちの管内は、新宿とはちがいます。筋者《すじもん》もいるにはいるが、風俗のケツモチがせいぜいで、食っていくのがやっとです。もちろんしゃぶをやっている者もいるでしょうが、殺人となるといささか考えにくいですな」

「私が臨場《りんじよう》した印象では、非常に不幸な偶然が重なったのだと思います。パンクに気づいた被害者が車を止め、のぞきこんでいた。そこに対向車のトラックがきて、被害者がかがんでいたこともあり、頭部をバンパーが直撃した。衝撃で被害者は路肩の先にある側溝に落下する。トラックの運転手は違和感を感じたが、止まっている被害者の車と接触したようすもないのでそのまま走りさった」

小山がいった。

「よくわかりました。ありがとうございます。帰りに現場を見ていきたいと思うのですが」

鮫島が答えると、

「私がご案内します」

小山は頷いた。

木更津署をでた二人は、小山のパトカーに先導されて現場に向かった。路肩に車を止める。

ぎりぎり片側一車線あるかどうかという狭い一本道だった。かたわらの水田とのあいだに細い水路がある。街灯はなく、夜間はまっ暗だろう。

「車はここに止められていて、死体はこの下の側溝にありました」

小山が説明した。水田で蛙が鳴き、離れた国道を大型トラックが走っているのが見える。

「見通しがいいのが、むしろ仇《あだ》になったのですな。曲がりくねった山道だったら、運転者は前方を注視しますが、狭くてもまっすぐで平坦な道では漫然とした運転になりがちで、案外事故というのは、そういうところで起こります」

ベテランの交通警察官らしい言葉だった。

「血痕とかはどうだったのでしょう」

かがんで地面を調べていた矢崎が訊ねた。

「ほとんどありませんでした。ゴン、とバンパーが頭にぶつかり、体がはねとばされてそれきりだったのでしょうな」

小山は首をふった。

「もしバットのような凶器で殴りつけたのなら、遺体に複数の傷が残っている筈ですが、傷は一カ所のみで、それが致命傷でした」

矢崎は鮫島を見た。鮫島は小さく頷いた。

同じ千葉の山奥で撲殺され庭に埋められていた姫川夫婦の頭部にあった傷も一カ所だった。犯人は、正確で容赦のない一撃を被害者に加えている。

「お忙しいところ、お手間をとらせ申しわけありませんでした。いろいろ、ありがとうございました」

鮫島は頭を下げた。

「いやいや。どうもお役に立ったような、立てなかったような、複雑な心境ですな」

小山は人のよさそうな顔をほころばせた。

「我々はこれで東京に戻ります。帰り道はわかりますので、ここでけっこうです」

「ありがとうございました！」

矢崎も頭を下げた。

「じゃ、これで――」

小山のパトカーがきた道を戻っていくのを二人は見送った。矢崎が訊ねた。

「どう思いますか」

「被害者が残留三世だったかどうかを遺族に確認すべきだろうな」

「それは自分がやります」

「理由はどうする？　下手《へた》な訊き方はできないぞ。万一、奥さんも金石につながる人間だったら、我々が動いていることが伝わる」

鮫島は矢崎を見た。

「新聞社の人間のフリをして、問い合わせがあったことにしてはどうでしょう。記事を見た人が、自分の知る残留孤児三世と同一人物かどうかを知りたくて編集部にかけてきた、と」

「さすが公総だな」

鮫島がいうと、矢崎は首をふった。

「嬉《うれ》しくないです」

携帯電話をとりだし、ファイルにあった大阪の大木陽の自宅にかけた。携帯を耳にあて、しばらく待っていたが、

「留守番電話です」

と首をふった。

「じゃ、またかけなおそう」

二人は覆面パトカーに乗りこんだ。鮫島がハンドルを握り、東京に戻る道を走りだす。

「あのあと、ハンドルネームに使われている仙人についてネットで調べてみました」

矢崎がいった。鮫島も調べていたが、

「どうだった?」

と訊ねた。矢崎はノートを広げた。

「仙人が実在するとは思えないのですが、仙人になるための修行をする道士《どうし》とか方士《ほうし》というのはいたようです。〝徐福〟もそのひとりで、秦《しん》の始皇帝《しこうてい》の命《めい》で不死の薬を捜して日本にまできた、といわれていて、三重県や佐賀県、京都など日本のあちこちに渡来したという伝承が残っています。紀元前三世紀頃というから、二千二百年以上前の話ですよね。〝雲師〟というのは、黄帝《こうてい》の別名で、こちらはもっと古く紀元前二五〇〇年くらいの人で『史記』に登場する皇帝です。〝左慈〟は、後漢時代の人で占星術と製薬に秀でていたようです。〝安期先生〟は、安期生といって蓬莱山《ほうらいさん》に住んでいた仙人です。正直、どれも実在したとは思えません。モデルになったような道士はいたのかもしれませんが、尾鰭《おひれ》がついて伝説になったのだと思います。ちなみに全員、男性です」

「ハンドルネームが男でも、本人が男性とは限らない。その逆もある」

鮫島はいった。

「掲示板上のやりとりだけじゃ男か女かはわかりませんね」

覆面パトカーはアクアラインに入った。東京湾にかかった四・四キロの橋を渡り、九・五キロのアクアトンネルに入る。

トンネルを抜けると神奈川県川崎市で、そこから首都高速を数分走るだけで、東京都大田区だった。羽田

空港のかたわらを通りすぎ、都心へと鮫島は覆面パトカーを走らせた。

小山と現場で別れてから三十分とたっていない。渋滞していないときのアクアラインの利便性は驚異的だ。わずか三十分で千葉の田園地帯から東京都心のビル群に到達する。

首都高速の新宿出口から新宿警察署はすぐだ。覆面パトカーを返却し、署内に入ると矢崎が携帯電話をとりだした。周囲に人がいない場所で操作し、耳にあてる。

大木陽の遺族に再度かけているようだ。身分を偽るので、生活安全課からかけるのを避けたのだろう。

「あ、大木さんのお宅でいらっしゃいますか。おとりこみ中のところを申しわけございません。私、千葉県で発行されております、千葉県民報編集部の平野《ひらの》と申します。はい、千葉県の新聞です」

平野と名乗るのを聞き、鮫島は首をふった。

「このたびは、たいへんなご不幸にあわれ、ご愁傷さまです。本紙でも、ご主人が亡くなられたことを記事にさせていただきました。実はそれに関してなのですが、読者の方から本紙編集部に問い合わせがありまして、お電話をさしあげたしだいです。といいますのは、問い合わせてこられた読者が、ご主人と三十年近く前の友人だったかもしれないとおっしゃっていて。あの、記事にはご主人の写真は載っていなかったので、確認ができないのです。それで、その方がいわれるには、自分のお祖父《じい》さんは中国での残留孤児だった。自分の知る大木さんも残留孤児三世なのだが、御本人かどうかを確かめたい、と。はい、そうです……」

矢崎は滑らかに喋っている。

「はい、はい。そうですか。では、また問い合わせがありましたら、そのようにお答えします。本当に、たいへんなときに申しわけありませんでした。ご協力、感謝いたします。ありがとうございました」

携帯電話をおろし、矢崎は鮫島を見た。

「当たり、です。大木陽の祖母が残留孤児だったそうです。詳しくは知らないけれどもといっていたので、奥さんはちがうようです」

鮫島は息を吸いこんだ。

「課長に報告しますか」

矢崎がいった。鮫島は頷いた。

## 9

一時間後、鮫島と矢崎は会議室で阿坂と向かいあった。鑑識係の藪《やぶ》も同席している。意見が聞きたいからと、鮫島が呼んだのだ。

矢崎の現在の所属や鮫島との捜査の状況について、阿坂が藪に説明をしたあと、矢崎が、高川から得た情報と袖ケ浦市で起こった〝ひき逃げ事故〟の顚末《てんまつ》を報告した。

「この大木陽の死亡記事を新聞の地方版から見つけたのは矢崎くんです。矢崎くんが確認したところ、大木陽の祖母は中国残留孤児でした」

鮫島はつけ加えた。阿坂は鮫島と矢崎を見比べた。

「その被害者が金石のメンバーだと考えているのですか」

「八石のひとりで、ハンドルネーム〝左慈〟ではないかと思われます。高川の話では、〝左慈〟は企業の研究所に勤める研究員だと、ネットの掲示板に書いていたそうです。〝徐福〟と意見が対立していて、ネットワークのほうがより広く情報を集められるのに、なぜわざわざ古臭いピラミッド型にする必要があるのか、と。〝徐福〟はネットワークのいい部分を残しながら、ひとつの目的に集中できる組織に再編するのだと答え、〝左慈〟はただ実験したいだけじゃないのかと返したそうです」

矢崎が答えた。

「ひとつの目的というのは何です?」

阿坂が訊ねた。

「それはわかりません。高川に掲示板でのやりとりを見せてくれといったら、家族にも見せない決まりだといって拒否されました」

阿坂は鮫島を見た。

「あなたは何だと思いますか」

「わかりません。私は、高川が作り話をしていると疑ったフリをして挑発しました。自分にとって都合の悪い情報を隠し、保護だけを望んでいるように感じたからです」

鮫島が答えると阿坂は頷いた。

「陸永昌と『東亜通商研究会』の関係を知る高川は、警視庁公安部なら情報をエサに操れると考えたのかもしれませんね」

「〝徐福〟は〝鉄〟という八石のひとりに事業を渡せと要求したようなことを、高川はいっていました。それはおそらく非合法の事業で、あんたにも同じ要求があると警戒して、警察を巻きこんだのじゃないかというと、高川は激高し一方的に話を打ち切りました」

「わざと、ね。駆け引きになっている」

「そう思います。大木陽が〝左慈〟で、〝徐福〟との意見の対立が原因で殺されたのだと知れば、高川も態度を変化させるでしょう」

「意見が対立しただけで殺す? いうことに従わせたいなら別の方法もあるのじゃない?」

阿坂は訊ねた。鮫島はいった。

「あくまでも〝左慈〟が大木陽だと仮定しての話になりますが、完全なカタギである〝左慈〟は、〝徐福〟

にとってとりこんでも利益をもたらさない存在です。高川のように非合法のビジネスで稼いでいる人間を殺したのでは、将来の利益を失う。一方、〝左慈〟は理屈っぽく、〝徐福〟と意見が対立していた上に、カタギになりたいという金石のメンバーをサポートしていたようです」

「むしろ〝徐福〟にとっては邪魔者だった？」

鮫島は頷いた。

「まだはっきりとはわかりませんが、〝徐福〟の目的は、金石を犯罪組織として一元化することだと思われます。そうなると金の卵を産む鳥である高川や〝鉄〟などを殺すより、いなくなってもかまわないカタギの〝左慈〟を殺して、恐怖による支配力を強めようとしたのではないでしょうか」

「なぜ〝徐福〟は金石を一元化しようと考えたのかしら」

「それもわかりません。高川の話では〝徐福〟は個人投資家で、家にいながらにして何十億という金を動かしているそうです。ただし名前や顔は知らない、と」

「〝徐福〟を知らないという高川の話は信用できる？」

阿坂は矢崎を見た。

「信用できると思います。高川は鮫島さんがいわれたように、警察を利用しようと考えています。〝徐福〟に関する情報をもっていれば、提供し、なんとかしてくれといってきた筈です。それは〝黒石〟に関しても同様です」

矢崎は答えた。

「ようやく藪さんの出番ね」

阿坂はいって藪を見た。

「袖ケ浦の件、あなたはどう思います？」

藪はとまどったように首をふった。

「俺の専門は銃器です。交通事故や鈍器を使った撲殺となると、責任はもてません」

「でもあなたは鑑識のプロでしょう。元組長の姫川夫妻の死体検案書は見た筈」

阿坂がいったので、

「そうなのか？」

鮫島は驚いて藪を見た。

「ああ。課長が千葉県警に手配してくれたんで、見た。確かに硬く滑らかな凶器で頭部を殴られ殺されている。形状は球形で、まず考えられる凶器としては鉄亜鈴《あれい》だ。重さも硬さも十分といえる」

「鉄亜鈴。現場では見つかってないぞ。そんなものをわざわざもっていって、撲殺したというのか」

「刃物や銃とちがって、もっていても違法にはなりません」

矢崎がいった。鮫島は藪と矢崎を見比べた。

「確かにそうだが……」

「鉄亜鈴だとすれば、それはもう趣味だ。プロとはいえない」

藪はいった。阿坂が訊ねた。

「趣味とはどういう意味です？」

「おぞましい話ですが、人を殴り殺すのが趣味だということです。もしプロの殺し屋なら、もっと簡単で自分に危険が及ばない方法を用います。包丁なら刺したあと捨ててもいいし、銃であれば離れた位置から相手を殺せる。刃物でも銃でもなく、鉄亜鈴、あるいはそれに近いものを凶器に用いているとすれば、本人が好んでいるとしか考えられません。袖ケ浦の事案も、交通事故に見せかけたというより結果として事故だととられてしまった」

「でも、なぜ裏道で殴り殺すのですか。もっと待ち伏せしやすいマンションとか――」

いいかけ、矢崎は目をみひらいた。

「防犯カメラか――」

藪は頷いた。

「そこがこの犯人の狡猾なところだ。襲撃しやすいマル害《がい》の自宅や職場周辺には防犯カメラがある可能性が高い。だが田んぼの中の道にはない。あらかじめマル害の車のタイヤがパンクするように細工をして、マル害が車を止めたのが防犯カメラのない場所なら決行し、ちがったらまた別の方法を考えた」

「犯人は防犯カメラのみに注意を払い、警察が殺人事件だと疑うのを気にしていないというのか」

鮫島はいった。

「自分の姿さえ写されなければつかまらないという自

信があるのだろう。同じタイプの凶器を使っているのもそのせいだ――」

　藪は答え、鮫島の表情を見て、つづけた。

「北新宿のヤミ民泊で華恵新《かけいしん》を撃った〝田中《たなか》〟のことをいいたいのだろう。確かに〝田中〟も同じ凶器を使っていたが、それは消音拳銃という、日本ではほぼ入手不可能な凶器だったからだ。それに〝田中〟は逮捕を恐れていなかった。このほしとはちがう」

「だが同じ凶器を使っている」

「同じというだけで同一とは限らない。血痕や毛髪が付着した凶器は処分し、新たなものを入手する。鉄亜鈴ならそれは簡単だ」

「話を整理させて下さい。藪さんの考える犯人は、自分の姿を写されない注意は払っているが、犯行が殺人と断定されることを恐れてはいない。それは逮捕されない自信があるからだというのですね」

　阿坂がいった。

「あくまでも仮説ですが、そうです。袖ケ浦の事案がひき逃げ事故として処理されているのも、ほしが意図した結果ではないと思います」

　藪は頷いた。

「千葉県警に知らせるべきでしょうか」

　矢崎がいった。鮫島と阿坂は顔を見合わせた。阿坂がいった。

「難しい問題ですね。担当している木更津警察署員がひき逃げだという判断を下している以上、それをくつがえすには明確な証拠が必要です。証拠もなしに管轄外の人間がそんなことをいえば、現場の人間は不快に思います」

「しかしひき逃げ事件として捜査している限り、犯人を発見するのは難しくないですか」

　矢崎は食い下がった。

「〝黒石〟の犯行であるという証拠を手に入れるまでは待とう」

　鮫島はいった。

「それをどうやって手に入れるのです？」

　鮫島が黙ると藪がいった。

「高川に〝左慈〟が殺されたことを知らせて揺さぶる、

というのはどうだ。高川は〝左慈〟が大木陽であるとは知らないのだろう。〝左慈〟が殺されたとなれば、怯えて何か使える情報をよこすかもしれない。あとは――」

いって口をつぐんだ。

「あとは？」

阿坂が促した。

「〝黒石〟が別の殺しをするまで待つんです。これに関しては、ひき逃げとして扱われていますが、次の犯行ではそうはならないでしょう」

「おい、誰かがまた鉄亜鈴で殴り殺されるのを待てというのか。次は高川かもしれないのだぞ」

鮫島はいった。

「確かにな。だが凶器に関する情報が集まれば集まるほど、ほしには近づく」

藪はいって三人の顔を見回した。誰も何もいわなかった。

やがて阿坂がいった。

「高川を揺さぶってみましょう。〝左慈〟らしい人物が殺されたと教え、ようすを見る」

「それはいいのですが、〝徐福〟や〝黒石〟に関する情報を高川はもっていません」

矢崎が答えた。

「高川の知る、八石の他のメンバー、〝鉄〟や〝雲師〟〝安期先生〟から、この二人の情報が入手できるかもしれません」

阿坂がいうと矢崎は頷いた。

「そうか。その手がありますね」

「それがうまくいかなくても、高川にパソコンを提出させるという手がある」

藪がいった。

「本庁のサイバー犯罪対策課に八石の掲示板を解析してもらい、メンバーを割りだせないかやってみる。海外のサーバーを経由しているとなると簡単ではないだろうが、ひとりくらい手がかりがつかめるかもしれん」

阿坂は頷き、矢崎を見た。

「高川と接触して下さい」

「しかし——」

矢崎は鮫島を見た。鮫島はいった。

「憎まれ役は俺が引き受ける」

## 10

高川と再び会ったのは一週間後だった。矢崎によればかなり渋っていたようすだが、〝黒石〟に関する情報があると告げると、会うのを承諾したという。

「具体的な話は一切していません。高川は大木陽の死亡については何も知らないようなので、こちらもいいませんでした」

錦糸町の商業施設オリナスの駐車場で待ち合わせたので、今回は車できていた。やがて高川から駐車位置を知らせるショートメールが矢崎の携帯に届き、二人は「フジ緑化」のワンボックスカーに乗りこんだ。

「何だ、新しい情報って」

時刻は午前中で、高川は作業衣ではなくポロシャツ姿だった。

「これです」

矢崎が千葉の新聞記事のコピーを手渡した。

目を走らせた高川が、

「誰だ、この大木って」

と訊ねた。

「我々は〝左慈〟だと考えています」

矢崎がいうと高川は目をみひらいた。もう一度手にしたコピーを読む。

「ひき逃げにあったのか」

「ひき逃げと考えているのは、頭部に負った怪我がそのように見えるからです。実際は車によるものかどうかはわかりません。硬く滑らかなものが頭頂部に強くぶつかり、脳挫傷を起こしたのが死因というだけで」

矢崎が答えた。高川はまじまじと矢崎を見つめた。

「本当に〝左慈〟なのか」

「確認はできていません。ただ、この亡くなられた大木さんは大手石油プラントの研究員で、お祖母《ばあ》さんが中国残留孤児であったことがわかっています」

高川は黙りこんだ。目だけを動かしている。

「掲示板にそのような書きこみはありませんでしたか？」

矢崎が訊ねると、

「そのような書きこみって何だよ」

と訊き返した。

「八石の中には、この大木さんと個人的な交友のあった者もいるのではありませんか。交友があれば、死亡を知って、それについて何か――」

「ない！　そんな書きこみは見てない」

高川がさえぎった。

「つまり、〝左慈〟が死んだことをまだ誰も知らない。殺させた〝徐福〟以外は」

矢崎がいうと、高川はびくっと体を動かした。

「殺させた？」

「高川さん自身がこの前、話していましたよね。〝黒石〟は頭を叩き潰して殺す、と」

高川は矢崎を見つめた。

「そうなのか？」

「そうなのか、とは？」

「〝黒石〟がこいつを殺したのか」

「まだ断定はできません。遺体の見つかった状況では、殺人よりひき逃げの可能性が高いと千葉県警は考えているようです」

矢崎は答えた。

「つまり、犯人は捜してないのか」

「ひき逃げ犯は捜しています」

「だったらつかまえられないということだろ。これが〝黒石〟のやった殺しだと知らないとすれば」

矢崎は黙った。

「どうなんだ⁉」

「組織がちがうので何とも。捜査を担当しているのは千葉県警です」

「ほっておくってことかよ！」

高川が声を張りあげた。

「教えてやればいいじゃないか。殺しだって」

「それには証拠がありません。〝黒石〟という人物が、頭を叩き潰す殺人をおこなっているという証拠を、我々はもっていない。高川さんから話を聞いただけです」

矢崎が冷ややかにいった。


「ふざけんな！　作り話なんかしてねえよ」

「しかし高川さんも、この〝黒石〟の名や顔を知らない。頭を叩き潰して人を殺すという話は誰から聞いたのです？」

「〝徐福〟だ。だいぶ前のことだが、金石を警察にたれこもうとした奴の口を塞《ふさ》いだって話を上げていた。皆の知らないところで自分は金石を守ってるってな。〝鉄〟がそれに、あんたが自分でやっているのかとつっこんだら、守護神の仕事だと答えた。守護神の名が〝黒石〟だと」

「守護神」

矢崎はつぶやいた。

「〝鉄〟はなぜつっこんだんだ？」

黙っていた鮫島は口を開いた。高川は鮫島を見やり、頰をふくらませた。

「〝鉄〟は、そういうのに詳しいんだ」

「詳しい？　殺人の方法に詳しいという意味ですか」

矢崎が訊ねた。

「そこまではいってない。殴り合いとか、そういうのに慣れているって意味だ」

「あんたと同じでマル走だったのか」

鮫島は訊いた。高川は小さく頷いた。

「俺はケツを割っちまったが、あいつは総長までつとめた」

「総長？　リーダーのことですか」

「そうだ。あの頃はヘッドとか総長とか、呼んでた」

「マル走の総長をつとめたあとは何になった？　立派なマル暴《ぼう》か？」

鮫島はいった。

「極道になりかけたことはあったが、馬鹿くさいといってすぐにやめた。頭の悪いシャブ中に、兄貴面《づら》してああしろこうしろといわれるのに我慢できない、といってな」

「やめてどうしたんだ、カタギか？　ちがうだろう」

高川は鮫島をにらみ、黙った。

「ここまで話したんだ。喋って下さい。〝鉄〟はマル走のリーダーから暴力団に入ったが、頭の悪い兄貴分にこき使われるのが馬鹿馬鹿しくなって組を抜けた。そこでサラリーマンになるとは思えません」

矢崎がうながした。高川は黙っている。

「自分のグループを作ったのだろう」

鮫島がいうと、目だけを動かした。肯定の証《あかし》だ。

「グループというのは愚連隊《ぐれんたい》か。だから殴り合いに詳しく、〝徐福〟が実際に手を下しているかどうかを知ろうとした。〝徐福〟自身がやったというなら、真実かどうかを犯行について訊くことで確かめようとした」

鮫島は高川を見つめ、いった。

「確かめる、とは？」

矢崎がいった。鮫島は矢崎に目を移した。

「人を殴り殺すのは容易じゃない。集団どうしの喧嘩《けんか》などで、木刀やバットを凶器に殴り合ったとしても、渾身《こんしん》の力で人の頭を殴るには度胸がいる。まして殺そうと考えたら、一度ではなく二度三度と思いきり殴りつけなければならない。それができる人間は多くない。集団どうしの喧嘩なら、ひとりがひとりを殴りつづけるわけではなく、複数でひとりを殴った結果、死亡する。おそらく〝鉄〟はそのあたりのことを理解していて、頭を叩き潰して人を殺す度胸が〝徐福〟にあるのか、確かめようとしたんだ。ちがうか?」

鮫島は高川を見た。

「知らねえよ」

「ここまで話しておいて知らないはないだろう。〝鉄〟は愚連隊のリーダーだ。今でいう半グレか? 表向きはカタギを装いながら、裏であくどいシノギをやっている」

「俺は何もいってねえ」

「いい加減にしろ! こっちは八石のひとりが殺されたとあんたに警告しにきたんだ。次に殴り殺されるのは、この〝鉄〟か、あんたか。〝徐福〟は逆らったり、役に立たないメンバーを〝黒石〟に殺させ、いうことを聞く人間だけの金石を作ろうとしている。それを一番わかっているのはあんたじゃないのか」

高川は大きく息を吸いこんだ。全員が黙りこんだ。

「どうなのです?」

矢崎がいった。高川は唇をひき結び、目だけを動かしている。鮫島はいった。

「〝左慈〟が死んでも、千葉県警は殺人だとは考えていない。殺人という確かな証拠がないからだ。あんたが頭を叩き潰されて死ねば、我々には殺しだとわかる。だがあんたのそういう死体がこのあたりで見つかったら、飛び降り自殺だと本所《ほんじょ》警察署の人間は考えるかもしれん。管轄がちがったら、怪しいと思っても、口をだすわけにはいかないんだ。ただし、あんたが殺される危険を感じていたと、はっきり我々にいっていれば、話は別だ」

「冗談じゃねえ。殺されたあとに、それがどうだこうだいったってどうしようもないだろ」

高川はいった。

「その通りだ。わかっているじゃないか。だから我々は情報を要求しているんだよ。〝鉄〟が何者で、何をシノギにしているのかを」

高川は荒々しく息を吐いた。

「それが高川さんを守る、唯一の方法です」

矢崎がいった。

「〝鉄〟の名をいえよ」

鮫島は高川の目を見つめた。

「〝鉄〟は、〝鉄〟の名は、臼井《うすい》だ」

「うすいの字はどう書く?」

「白によく似て、まん中が切れている。それに井戸の井」

「こうか」

メモに書きつけ、高川に見せた。高川は頷いた。

「下の名は?」

「ヒロキ。広いに機械の機だ」

臼井広機と書いた。高川は頷いた。

「地元はどこだ?」

「埼玉だよ。埼玉の西川口《にしかわぐち》だ」

鮫島の中で記憶が反応した。藤野《ふじの》組の国枝《くにえだ》という幹部を締めあげたときに、西川口の金石の話を聞いたことがあった。

『西川口に尚《シャン》て野郎がいた。デートクラブをやってた。そいつがまだ池袋あたりでくすぶってた頃、面倒をみてやったことがあって、中国とコネをつけられねえかふっかけたんだ。金石のことは噂で聞いたことがあって、本土といいコネをもってるって話だったからだ。尚は、金石は知らないが、金石に知り合いがいるかもしれない野郎なら教えられるといった。そいつも西川口で中国の女を使った商売をしてて、尚とは一度、女の引き抜きでもめたことがあった。

そいつは尚の店の女に、うちで働けば取り分を増やしてやると声をかけたんだ。女は仲間を連れて移ろうとした。尚がその女の顔をはつって移籍できなくし、女は自殺した。

その野郎の名前は田《ティエン》といった。尚は、田の野郎を潰してもいいくらいの勢いだった。俺らは田をさらった。上辺《うわべ》は、尚の店のケツモチってことにして、威《おど》せば銭につながる話をしてくるだろうと考えたんだ』

その頃は、中国人犯罪組織と日本の暴力団が対立することが多く、力の上で暴力団が優位に立っていた。やがてそれが拮抗《きっこう》し、双方とも対立ではなく共存をめざす関係に変化していく。

『ところが田の野郎はしぶとくて、ぶっ叩いても組むとはいいやがらねえ。そこでこっちから金石の名をだした。そうしたらあの野郎、血まみれの顔でにたっと笑いやがってよ。だったらもっと早くいってくれ、とまで抜かしやがった。そのときに気づきゃよかったんだが、俺らは頭に血が昇ってたから、金石の野郎を呼べ、といった』

三十分で三人の人間がやってきた。

『ぱっと見は、中国人にも裏稼業にも見えねえような連中だった。ただ俺らの前じゃ最初、中国語しか喋らなかった。シノギの話をすると、ちょうど近く、中国からMDMA《マタ》が届くんで卸してもいい、といった。やれやれてなもんで、俺らはほっとした。田を自由にしてやり、悪かったな、乾杯でもして水に流してくれといった』

直後に男たちは豹変《ひょうへん》した。拳銃を抜き、やにわに通訳をしていた組員の足を撃った。

『そこからは日本語だった。訛《なまり》も何もねえ、ごくふつうの日本人が喋る日本語だ。「お前たちとは取引しない。文句があるのならいつでも相手になる。そのかわり、皆殺しにするか、される覚悟でこい」と抜かしやがった。俺ら全員その場ですっ裸で土下座をさせられた。その上、ひとりひとりの写真まで撮っていきやがった。殴る蹴るはなかった。よけい嫌だったがな。こいつらに半端《はんぱ》はねえってわかって』

以来、国枝は金石とかかわらないようにしてきたのだといった。

鮫島は高川に訊ねた。

「田という男を知ってるか」

高川の表情がかわった。が、

「田なんて珍しい名じゃねえ」

といった。

「俺がいう田は、以前西川口でデートクラブを経営していて、藤野組ともめたことがある。もめた理由は、藤野組が金石とコネを作りたくて因縁《いんねん》をふっかけたんだ。が、コネを作るどころか、田が呼んだ男たちに痛めつけられた――」

「知らねえ!」

鮫島の言葉を遮《さえぎ》り、高川は首をふった。無視して鮫島はつづけた。

「牙をむく直前、男たちは近いうちに中国からMDMAが届く、という話を藤野組の連中にしていた。藤野組はそれにとびついた」

矢崎は鮫島の意図がわからないのか、無言で聞いている。

「いいたいことはわかるな」

鮫島は高川を見つめた。

「俺はずっと金石を追いかけてきたんだ」

高川は瞬《まばた》きし、目を伏せた。

「田は〝鉄〟じゃねえ。田がその場に呼んだのが〝鉄〟だ」

「田はどうしている?」

「あいつは、今はカタギだ。システムエンジニアだ」

「それだけか? 他の仕事は?」

「中国人向けのクラブを妹と組んでやってる」

鮫島は息を吐いた。

「『天上閣《てんじょうかく》』だな。妹というのは、日本名田中《たなか》みさとだろう」

「天上閣」はかつて「ルビー」という名で歌舞伎町《かぶきちょう》にあったキャバクラだった。それを買いとり、中国人観光客向けのクラブに改装したのが金石のメンバーであることを鮫島は陸永昌への捜査の過程でつきとめていた。田中みさとにも会ったことがある。

高川は目を大きくみひらいた。

「そんなことまで――」

「中国からMDMAをもちこむ手配をしていたのはあんたで、〝鉄〟はそれをさばいていたのだろう。だから、〝鉄〟の話を我々にしたくない、ちがうか?」

「そうだとしても今さらどうにもならないぜ。もう俺はMDMAには触ってないし、〝鉄〟も別の商売をしている」

鮫島は矢崎を見た。矢崎が話についてこられなくなるのを避けたい。

「別の商売というのは何です?」

矢崎は訊ねた。

「それは知らないね」

「知らない筈はないだろう。〝徐福〟はその商売を狙っている」

鮫島はいった。高川は黙っている。

「あんたはシャブを仕入れ、〝鉄〟はそれをさばく。先に殺されるとすれば、あんただな。中国とのコネさえあれば、あんたの商売を〝徐福〟が受け継ぐのは簡単だ」

「高川さん」

矢崎がいった。

「我々はあなたを守りたくてここにいるんですよ」

「守りたいのは君だけだ。俺は、シャブを日本にもちこむような奴が頭を叩き潰されたって痛くもかゆくもないね」

鮫島はいった。

「手前《てめえ》――」

高川はいった。が、声は弱々しかった。

「〝鉄〟は何の商売をしているんです?」

矢崎が訊ねた。

「時間をくれ」

苦しげに高川は吐きだした。

「〝鉄〟に訊くのか。『あんたのことを警察に話していいか』と?」

鮫島はいった。

「そんなこといえるわけねえだろう」

「〝鉄〟は〝徐福〟の正体を知っているのか」

「知らないと思う」

「田はどうだ?」

高川は顔をしかめた。

「なんで田がでてくるんだよ」

「俺の勘だと、田も八石のひとりだ」

高川は再び瞬きした。

「あんたは、八石のうち三人を知っているといった。〝鉄〟と〝雲師〟〝安期先生〟だ。〝鉄〟じゃないとすれば、〝雲師〟か〝安期先生〟のどちらかじゃないのか」

鮫島は高川の目をのぞきこんだ。

「本当に嫌な野郎だな!」

高川は顔をそむけ、低い声でいった。

「〝安期先生〟だ」

矢崎がはっとしたように鮫島を見た。鮫島は深々と息を吸いこんだ。

「我々が田を訪ねていって、〝徐福〟や〝黒石〟について何か知らないかと訊ねることはできる。だがそんな真似をすれば、誰が八石のことを警察に話したんだ、という騒ぎになるだろう」

高川はうつむいたままだ。

「だから、あんたが〝安期先生〟に〝徐福〟や〝黒石〟について訊ねろ。助かりたいのなら、そうする他ない」

高川は無言だった。矢崎がいった。

「わかりますか。鮫島さんは高川さんが立場を失わないですむチャンスを提供しているんです。私たちが直接、〝鉄〟や〝安期先生〟を訪ねていったら――」

「わかってる！」

唸るように高川はいった。

「だけどな、簡単には決められないんだ。特に〝鉄〟とは古い仲間だ。俺がお前らとつながってるなんてわかったら、絶対許さないだろう」

「〝鉄〟が〝徐福〟に反撃する可能性はないのか」

鮫島は訊ねた。高川は首をふった。

「いったろう。〝鉄〟は〝徐福〟や〝黒石〟のことを知らない。だから反撃のしようがない」

「〝鉄〟には仲間がいるのではありませんか」

矢崎の問いに高川は頷いた。

「舎弟が十人くらいいる」

「十人もいるなら、〝黒石〟など恐くないだろう」

鮫島がいうと、高川は顔を上げた。

「〝鉄〟のチームは武闘派で有名だ。俺も、西川口の話は聞いたことがある。やくざくらいじゃ〝鉄〟はびびらねえ」

「〝黒石〟はやくざの上ということか」

高川は矢崎に目を移した。

「俺がなんであんたに連絡したと思う。〝鉄〟のところのナンバー2が殺《や》られたからだよ。〝鉄〟がいうことを聞かなそうなんで、〝徐福〟は先手を打ったんだ」

矢崎の目が真剣になった。

「いつの話です？」

「先月だ」

「殺された人の名前は?」

「橋口《はしぐち》。族時代からの〝鉄〟の舎弟だった」

「その橋口も頭を叩き潰されていたのか」

高川は頷いた。

「だったら警察が動いている筈だ」

「動いているさ。だが〝鉄〟を疑っている。仲間割れで殺したと考えているみたいだ」

「埼玉県警か」

高川は頷いた。

「なぜそれを早くいわなかったのですか」

「いえるわけねえだろう。橋口のことを喋ったら、臼井が〝鉄〟だって教えるようなものだ」

高川は矢崎をにらんだ。

「だが結局、あんたは我々に話す結果になった。情報の小出しは誰のためにもならないと気づけ」

鮫島がいうと、

「こっちは命がかかってるんだよ!」

高川は目をむいた。

「だからこそです! 高川さんを守れるのは警察だけです」

矢崎がいった。高川は掌で口もとをおおった。そのまま考えていたが、くぐもった声でいった。

「二日くれ。何とか調べてみる」

「あんたが我々と接触していることを知っている人間はいるか」

鮫島は訊ねた。

「いない。誰にもいえるわけない」

「だが調べることで、それに勘づく人間がいるかもしれない」

「ああ。それはわかってる。だけどどうしようもないだろう。〝徐福〟があんなことをいいださなけりゃ、八石が誰かなんて気にしたことはなかったんだ」

「その件ですが――」

矢崎がいった。

「なぜ急に〝徐福〟がそんなことをいいだしたのか、わかりますか。たとえば投資に失敗して財産を失ったとか。掲示板で訊いてみることはできませんか」

「下手に探りを入れたら、俺が疑われる」

「ですが〝徐福〟や〝黒石〟の情報は必要です。どんな小さなことでもわかれば、二人を特定する役に立つ」

「わかったよ」

高川は頷いた。鮫島はいった。

「〝鉄〟には復讐《ふくしゅう》する気はないのか」

「もちろん、そのつもりだろうさ。だが警察にマークされてるんで、今は潜っている。橋口を殺ったのは奴じゃないが、金石のことを説明しない限り、警察は納得しない」

鮫島は矢崎と目を見交した。

「だろうな」

## 11

二日後、事件の詳細が判明した。被害者は職業不詳橋口朗雄《あきお》三十四歳、先月の二日に埼玉県戸田《とだ》市の戸田競艇場に近い親水公園近くで死体が発見された。死因は頭部に激しい衝撃が加わったことによる脳挫傷。検死の結果、何者かに殴打され死亡した疑いが強く、埼玉県警は殺人事件として捜査に着手した。

捜査の担当は、捜査一課ではなく組織犯罪対策課で、これは県警が、抗争による殺人だと考えている証拠だった。暴力団員や愚連隊構成員が殺害された場合、所属する団体の情報をもつ組対が捜査にあたることが多い。

本来なら課長の阿坂を通して埼玉県警に提供を要請しなければ得られない事件情報を、矢崎は二日で入手してきた。公安部のコネクションを使ったのだと鮫島は気づいた。刑事警察は縄張り意識が強い。それが近隣の他県警であれば尚さら、管轄内の事件に関する情報を得るのは難しくなる。千葉県警の木更津署ですんなり情報を得られたのは、大木陽の死亡を、向こうがあくまでも交通事故だと考えていたからだ。もし殺人だと疑っていたら、千葉県警の捜査一課を通す羽目《はめ》になったろう。

それに比べ公安警察は情報の共有に寛容だ。活動の主目的が逮捕や摘発ではなく情報の収集にあるのも理由だが、何より警視庁公安部が公安警察の頂点であるという共通認識が大きい。それが証拠に、公安部というセクションは警視庁のみで、他府県警では警備部の中にその任を負う部署がおかれている。

矢崎がどんな手段を使ったのかは、あえて訊かないことにした。

「マル害の情報はあるか?」

鮫島の問いに矢崎は頷いた。ノートではなくタブレットの画面を見ている。

「身長百七十五センチ、体重八十キロ。格闘技の道場に通っていた経歴があり、死体の発見現場は、マル害のランニングコースでした。発見されたときの着衣も、タンクトップにショートパンツというものです」

「犯行時刻は?」

「午後九時から十時までのあいだだと思われます。マル害は暑い日中を避けてランニングをしていて、八時半に川口の自宅マンションの駐車場をバイクででていくのが目撃されています。バイクは近くの河川敷に止められていました。死体が発見されたのが午後十時です。別のランナーが倒れているマル害を発見し通報しました」

「目は?」

タブレットから顔を上げ、矢崎は首をふった。

「現在までのところ見つかっていません。現場はランナーも多く、涼みに訪れる付近住民も決して少なくないのですが」

「防犯カメラは?」

「死体が発見された堤の下にある親水公園などには設置されていますが、現場付近にはありません。埼玉県警は近隣のカメラ映像を洗っているそうです」

「百七十五センチで八十キロ。マル害はかなりいい体格をしていて、格闘技の経験もある。抵抗したようすはなかったのか」

「現場にはなかったそうです。鑑識の仮説では、ほしは現場付近に隠れていてマル害が走ってくるのを待ち伏せし、背後から一撃を加えたのではないかと」

「このマル害も、傷は一カ所なのか」

矢崎は頷いた。

「解剖によれば、頭頂部を丸みを帯びた鈍器で一撃され、それが致命傷になったようです」

鮫島は息を吐いた。

「また鉄亜鈴か。いったいどんな大男なんだ。しかも馬鹿力がある」

「手慣れていますね。これまでも、何人も手にかけてきたんでしょう。マル害の職歴は、二年前まで西川口のバーで働いていたのが最後です。しかし乗っていたバイクは、ハーレーダビッドソンのカスタムモデルで三百万円以上します。さらに自宅マンションの駐車場にポルシェのSUVを止めていました」

「どうやって稼いでいたんだ」

「埼玉の組対は、マル害が西川口一帯を本拠地にする愚連隊『フラットライナーズ』の構成員だったと見ています。『フラットライナーズ』の具体的な活動状況はわかっていませんが、昨年、特殊詐欺のだしこでつかまった無職の少年二名が、『フラットライナーズ』の準構だったという情報があります。『フラットライナーズ』は、他の愚連隊に比べ示威行動をあまりしないので、構成員や活動状況の把握が難しいようです。にもかかわらず、埼玉県南部では武闘派として知られています」

「特殊詐欺か。違法薬物の密売だけでは限界があると考えたのだろうな」

鮫島はつぶやいた。

「特殊詐欺には、それなりの知識と初期投資が必要です。初期投資はともかく、知識は金石の仲間から得たのではないでしょうか」

特殊詐欺が根絶されないのは、司法当局による警告や取締に対応して、それこそ日進月歩で、その手口が巧妙化していることが大きい。

オレオレに始まったが、税金の還付、医療費の補助、支援金の交付と、もっともらしいシナリオを次々に用意する狡猾さが犯行グループにあり、そこにはノウハウを積んだ指南役がいる筈なのだ。指南役は、自らは犯行に手を染めず、染めたとしても短期間でノウハウを別のグループに売りつける。

詐欺に使用するパソコンや携帯電話、顧客リストとも言われる標的の住所、電話番号、メールアドレス、さらには偽名の銀行口座までをセットで売るのだ。そのセットは三番め、四番めの犯行グループへと売られていく。

ババ抜きのようなものだ。いずれ、どこかの段階でグループが摘発されセットは商品価値を失うが、最初に手口を考えつき、売りつけた指南役のグループは無傷だ。そうして、新たな詐欺の手口を開拓し、実行し、成功したら短期間で別の詐欺グループに〝下取り〟させる。

その取引は、暴力団を介したり、インターネットのダークウェブなどを通しておこなわれている。

当初、残留孤児二世三世の互助会的な組織としてスタートした金石内で、ビジネスや犯罪に役立つ情報を交換するうちに、そうした指南役が現われノウハウを仲間に売りつけるようになった可能性はある、と鮫島は思った。

「十分に考えられるな。それも中古品ではなく、まだ新しい知識を売っている指南役がいるかもしれない」

鮫島がいうと、

「それが〝徐福〟でしょうか」

矢崎が訊ねた。

「いや、〝徐福〟が特殊詐欺の開拓をしているなら、〝鉄〟を脅して商売をとりあげる必要はない。ノウハウは、いくらでも売りものになる。指南役が金石内にいるとしても別の人間だろう。八石のひとりである可能性は高いが」

「そうですね。八石のうち、我々が正体を知らないのは四人。〝徐福〟を外しても〝雲師〟〝扇子〟〝公園〟の三名がいます。そのうちのひとりが特殊詐欺の指南役であっても不思議はありませんね」

二人は新宿署の生活安全課にいた。

「鮫島さんは〝安期先生〟こと、田を知っているのですよね。その妹も」

矢崎の問いに鮫島は頷いた。

「田が八石のひとりなら、当然〝徐福〟の脅迫もうけている筈です。接触して情報を得られないでしょうか」

「俺が会ったことのあるのは、田の妹の日本名田中みさとだ。『あんたなんか殺されちゃえ』といわれた」

「住所は？」

「知っているが、おそらく転居しているだろう。会いにいくなら『天上閣』が確実だ。田も顔をだしているかもしれないし」

思いつき、いった。

「ここは手分けをしよう。君は埼玉の事案に関する情報をひきつづき集めてくれ。俺は田中みさとに接触する」

「別々ですか」

鮫島は頷いた。田や妹に、自分以外の刑事が金石に関して動いていると知られたくない。

「わかりました」

納得してはいない表情だが、矢崎は頷いた。

リーダーの〝鉄〟こと臼井が潜伏中であれば、「フラットライナーズ」もうかつには動けない筈だ。それでも鮫島はいった。

「十分、注意しろよ。金石は、自分たちを嗅ぎ回っている警察官に牙をむく」

「身をもって経験しましたから、わかっています」

矢崎は答えた。

## 12

「天上閣」は、歌舞伎町一丁目の雑居ビルの地下にあった。一階のエレベーターホールに「欢迎光临『天上阁』」と大きく看板が掲げられ、ミニスカートのチャイナドレスを着たホステスの集合写真が飾られている。

「本店有众多日本服务员与中国服务员为您服务，所有员工都会说中文」

（日本人キャスト、中国人キャスト、在籍多数、全員日本語、中国語喋れます）

と記されていた。

集合写真の中央にいるのが田中みさとだった。ひとり、ロングドレスを着ている。

店に押しかければ営業妨害だといわれるだろう。鮫島はビルの入口が見える場所に覆面パトカーを止め、田中みさとが出勤してくるのを待った。外に立っていたら顔を知っている客引きや地回りに警戒され、それが田中みさとに伝わるかもしれない。

スーツではなくジーンズを着て、キャップをまぶかにかぶった。車内にいても、中をのぞきこむ人間は多い。警察官ややくざの動向に敏感な一画なのだ。路上駐車している車に人が乗っていたら、遊びにくる人間は気にしないだろうが、この街で食べている人間は必ずチェックをする。

一時に比べると、やくざの姿を見ることは少なくなった。たまに見ても、かつてのようにこれみよがしの者は少ない。スーツを着てネクタイを締め、髪型もふつうだ。慣れない人間には、暴力団員だと見抜くのは難しい。

それでもやくざはやくざだ。肩がぶつかり知らん顔をしていれば、路地裏にひきずりこまれることがあるし、顔見知りなのに挨拶《あいさつ》がないと恫喝《どうかつ》する者もいる。

やくざの商売道具は恐怖だ。逆らったら恐い、怒らせたら殺されるかもしれない、そう相手に思わせることで交渉を優位に運ぼうとする。

暴力に慣れているとはいえ、ひとりひとりのやくざが必ずしも格闘に長《た》けているわけではない。やくざの強みは何といっても組織力だ。一人で負ければ三人四人で、それで駄目なら十人二十人で仕返しにいく。仁義だ、俠気《おとこぎ》だといいながら、数で相手を圧倒する戦いを好む。

同様に警察も組織力で戦う。職務質問《バン》をかけ相手が手強《てごわ》いと見ると、警察官はただちに応援を要請する。車に籠城する、たったひとりの不審人物に、何台ものパトカー、何人もの警察官が出動するのは珍しくない。

やくざも警察官も、ひとりひとりの戦闘力は決して高くはなく、恐怖を感じないわけでもない。

それは鮫島も同じだ。人は、映画のヒーローのように不死身ではない。特に警察官という職業では、人間があっけなく死んだり、完治することのない障害をほんの弾みで負う姿をいく度も見る。

そうした経験は、人を臆病にはしても、決して強くはしない。ただ、本当に人が死んだり、とりかえしのつかない怪我人がでるような場面に遭遇すると、ただごとではないという勘が働くようになる。

ぶっ殺してやるとわめき、あたりかまわずつっかかる者よりも、無言で目をすわらせ、凶器になるようなものを手にした人間に注意すべきだと認識している。あるいは大立ち回りを演じている集団をよそに、刃物を隠しそっと忍び寄るような者こそ一番に確保すべきだと知っている。

そうした予感の働かない、突発的な事態が最も危険だと、桃井の死で思い知った。偶然や弾み、勘ちがいで、人は殺される。どんなに経験を積んでも、それは防げない。

危険な場に近づかないというのが唯一の手段だが、警察官にそれはありえない。

殺されたり受傷しないための、あらゆる手だてを講じながら、事態に対応する他ないのだ。

そのための武器だ。鮫島が拳銃を身に着けるのは、犯人を逮捕するためだけではない。

自分を含む第三者にふるわれる暴力を防ぐのが目的だ。即座に応援を要請できない状況で、暴力をただちに停止させる抑止力として拳銃が必要なのだ。

攻撃力の圧倒的な差を見せつけることで、誰かが殺されたり傷つけられるのを未然に防ぐ。拳銃をもっていたから怪我人をひとりもださずに事態を収拾できた経験が一度ならずある。

単独で捜査をおこなうことの多い鮫島には、怪我をしたりさせたりしないための必需品といえた。したがって、必要な場面では拳銃を手にすることをためらわない。

かつて、拳銃を携行していても、一発でも撃てば警察官は出世がなくなるといわれた時代があった。

武力に訴えず、被疑者を確保するのが、優秀な警察官だというのだ。だが説得に決して応じない被疑者もいる。警察官を含む被害者が発生してから無傷の被疑者を確保して、何の意味があるのか。

それならば威嚇《いかく》射撃をおこない、誰かが傷つく前に被疑者の戦意を喪失させるべきではないのか。

幸い、鮫島には失う出世などない。受傷者をださないことだけを最優先に考えている。

それは被疑者だろうが警察官だろうが、何らちがいはなかった。

午後十時を少し回った時刻に、覆面パトカーの横にタクシーが止まり、ワンピースに薄いカーディガンを羽織《はお》った女が降りた。田中みさとだった。

鮫島は覆面パトカーを降りた。「天上閣」につながる階段の入口にアフリカ系の大男が立っていて、

「オハヨウゴザイマス、ママ」

と田中みさとに頭を下げた。軽く頷き、階段を降りかけた田中みさとに鮫島は声をかけた。

「田中みさとさん――」

本名をフルネームで呼ばれ、田中みさとは立ち止まった。

大男にもわかるように、鮫島は身分証を掲げた。

「新宿署、生活安全課の者です」

数年前に自宅を訪れたときと異なり、田中みさとは化粧をし髪もセットしていた。人目を惹《ひ》く美しさがある。

「講習なら、受けていますけど――」

接待を伴う飲食店の経営者には、所轄署生活安全課の講習を受ける義務がある。それを怠《おこた》ると風営法に基づく営業許可を失いかねない。

鮫島を覚えていないのか、生活安全課と聞いて田中みさとが発した言葉がそれだった。

「講習の件ではありません。お兄さんのことでお話をさせて下さい」

田中みさとは無言で目をみひらいた。

「お忘れかもしれませんが、市谷《いちがや》のお住居《すまい》に一度うかがった、鮫島といいます」

田中みさとの顔から表情が消えた。

「お兄さんに危険が及ぶかもしれないのです。事態は急を要します」

「ずっと会ってないから、兄のことなんてわかりません」

田中みさとはいった。

「それに今、忙しいから」

階段を降りていく。その背中に鮫島は告げた。

「八石の人間が殺されています。金石の八石です。ご存じですよね」

田中みさとの足が止まった。

「お兄さんやあなたを調べているのではありません。協力をお願いします」

階段の中ほどから田中みさとがふりかえった。

「どうしたいわけ?」

「お兄さんと会って話をしたいのです。連絡先をご存じでしょう?」

田中みさとは鮫島を見上げ、しばらく無言だった。やがて、

「待ってて」

といい、階段の下の扉の向こうに消えた。

鮫島はそっと息を吐いた。おそらく兄に連絡し、指示を仰ぐつもりなのだろう。

声高《こわだか》な中国語のやりとりが聞こえた。四人組の男が鮫島の体を押しのけ、階段の降り口に立った。

「ニイハオ!」

大男が満面の笑みを浮かべ、四人を案内した。耳にさしこんだインカムのマイクに、中国語で喋りかける。

日本で暮らしながら、中国人相手のクラブのドアマンをやり中国語を話している。おそらくナイジェリア人だろう。ナイジェリア人は外国語を習得する能力が高く、どこでも働くたくましさがある。

　案内を終えた大男が戻ってきて、ビルの入口に立った。少し離れた位置で鮫島は待った。

　三十分近くが経過した。

　大男が不意にイヤフォンに手をあてた。相手に訊き返す。

「ハオ、ダ」

　と返事をして鮫島を向き、日本語でいった。

「ママからです。あなたの携帯のナンバー、教えて下さい」

　鮫島は携帯の番号を告げた。大男はくり返し、インカムの向こうにいる人間に伝えた。

「オーケーです。あなたに電話するそうです」

　田中みさとからなのか、兄からなのかはわからない。が、鮫島は、

「よろしくお願いします」

　と告げてその場を離れた。

　署に戻り、覆面パトカーを返却した。生活安全課の自分のデスクでパソコンを立ち上げた。

　携帯電話が鳴った。非通知の着信だ。

「はい、鮫島です」

　応《こた》えると、わずかに間が空き、男の声がいった。

「田です。私と話がしたいとか」

「よかった。妹さんが連絡をして下さったのですね」

「妹は客商売です。警察の人にうろつかれては迷惑します」

「わかっています。あなたとお話ができるのであれば、妹さんをお店に訪ねることはしません」

　田は沈黙した。

「どうでしょう。一度お会いして、お話をうかがいたいのですが。ご都合のいい時間、場所に参ります」

　鮫島はいった。

「金石の話であれば、私は知りません。もう彼らとのつきあいはないので」

「つきあいがない、といわれましたか」

「昔は私も怪しい仕事をしていました。しかし今は、ごくふつうの会社に勤めています」

「なるほど。そうすると、八石のうちのひとり、〝左慈〟が亡くなったのはご存じではないのですね」

「何の話です?」

「誤解しないで下さい。私は金石に属する人すべてを犯罪者だと考えているわけではありませんし、八石だからといってつかまえたいと思ってもいません。むしろ、これ以上、八石の人が殺されるのを防ぎたいのです」

「あなたは金石を目の敵にしている。私の知人があなたにとても嫌な思いをさせられたと聞いた」

「その人は罪を犯してはいませんか。金石の人だろうと、そうでなかろうと、警察官として、犯罪を放置はできません」

「罪を犯したかどうかは知らない。だがあなたは、残留孤児三世というだけで、私の知人につきまとい、何か悪いことをしているにちがいないと決めつけた」

「その方がどなたかは知らないが、誤解です」

「申しわけないが、警察を、そこまで信用できない。あなたたちは自分の都合のいいように法律をねじ曲げ、気に入らない人間を犯罪者に仕立てることができる。犯罪者にされないためには、かかわらないのが一番だ」

「あなたが犯罪者でないのなら、私を恐れる必要はまったくありません」

「それも警察官ならではのいい回しだ。悪いことをしていないのなら恐れる必要はないといいながら、罪をなすりつける」

「具体的にそういう目にあわれたのですか」

「私はあってない。だが知人があった」

「その人が本当に罪を犯していないのに犯罪者に仕立てられたのなら、私を告訴して下さい。裁判所は警察とグルではありません。公正な判断をする筈です」

田は黙った。

「金石の中には危険な人物もいます。彼らを調べているというだけで、覆面をかぶった集団に私は襲われました。ひとりとして顔はわからず逮捕もできませんでしたが、だからといって金石がすべて犯罪者だと決めつける気はありません」

「何を知りたいのですか」

「それはお会いしたときに話します。が、決して私はあなたを逮捕しようとは考えていません」

「なぜ会わなけりゃ話せないんだ？」

「電話だけでは、あなたが真実を話しているかどうか確かめられないからです。あなたからどんな話をうかがおうと、それをよそでは決して洩らしません。約束します」

「私が罪を犯した話をしても？」

「その内容によります。ですが重大犯罪をおこなっていたら、そもそも私に電話をかけてこなかったのではありませんか」

田は再び黙った。やがていった。

「〝左慈〟が亡くなったという話を聞きたい」

「〝左慈〟こと大木陽さんは、勤めていた化学プラントからの帰り道、ご自分の車のかたわらに倒れているのが発見されました」

「死因は？」

「脳挫傷です」

「犯人は見つかったのか」

「事件を担当している千葉県警は、死因は交通事故で大型トラックなどによるひき逃げにあったと考えています」

鮫島は言葉を切った。田は何もいわない。

「私の意見はちがいます。大木さんはひき逃げではなく、何者かに頭部を殴られ死亡した」

「証拠はあるのか」

「二年前、千葉県に住む元暴力団組長とその妻が、飼っていた犬とともに撲殺され埋められるという事件がありました。そのときの死体状況と酷似しています。その犯人もつかまっていません」

「同じ犯人が殺したと？」

「おそらく」

「そいつをつかまえるのか」

「そうしたいと思っています」

「日比谷《ひびや》公園だ」

不意に田がいった。

「日比谷公園?」

「そうだな。明後日《あさって》の午後一時三十分」

「日比谷公園のどこにいけばよいですか」

「それは俺が電話で教える」

いって、田は切った。

## 13

きのう完成した仏像を、今朝埋めた。仕事場の庭先で、枇杷《びわ》の木の根もとだ。先代が果物好きで、仕事場の庭先には、柿、夏蜜柑《なつみかん》、桃、栗などの木が植わっている。たいした世話をせず、実もとらないので、鳥が食べ放題だ。

仏像を埋めることを思いついたのがいつだったかは覚えていない。が、以前からヒーローとしての任務が完了すると、記念に仏像を作っていた。

仏像といっても凝ったものではない。本業の合間の二、三日で作れるような代物《しろもの》だ。

初めは家族の像(それはもっと大きい。両親、祖父母、最近、妹が加わった)を飾る部屋の壁に並べていたが、数が増えて、置き場所に困った。それで埋めることを思いついたのだ。

最初は栗の木の根もとだった。だが木製ではないので時間がたっても仏像は腐らない。栗の木の根もとがいっぱいになり、掘ると古い仏像にシャベルが当たるようになった。

夏蜜柑の木の根もとにかえ、それが今年、枇杷の木の根もとになった。

仏像を彫ると気持が落ちつくのを感じる。ヒーローの厳しい仕事から少しだけ心が解放され、慰労されている気分だ。同時に、毒虫の慰霊も兼ねている。

毒虫とはいえ、死ねば仏だ。ヒーローの弔《とむら》いは、毒虫の成仏を願ってのことだ。

慰労と慰霊。またもすばらしい、いい回しだ。次々とこんな言葉を思いつくなんて、やはり自分はヒーローになるべくして生まれてきた人間なのだ。

## 14

田と会うことを鮫島が阿坂と矢崎に告げると、矢崎は同行したがった。鮫島は首をふった。

複数の警察官に顔を知られるのを田は嫌うだろう。離れた場所から監視するのも、気づかれたら、警戒させる結果になる。

「会って話すまでは、相手のいうことをすべて呑《の》むつもりだ」

「田が〝徐福〟や〝黒石〟とつながっていたら、こちらの捜査状況を教えることになりますが、それはどうなのですか」

阿坂が訊ねた。

「〝左慈〟に関しては、直接会うための材料に使ってしまったので、しかたありません。橋口の殺害は、田の耳に入っているでしょうから、それが向こうの口からでるかどうかで、協力の意志があるのかを判断します」

　鮫島が答えると、

「あなたのいう、藤野組の国枝らを痛めつけた金石のメンバーが、『フラットライナーズ』だと考えているの？」

　阿坂は訊き返した。

「断定はできませんが、埼玉南部という土地と、すぐに駆けつけ、ＭＤＭＡの取引を中国とおこなっていると匂わせたことを考えあわせると、その可能性は高いと思います。田と『フラットライナーズ』を率いる〝鉄〟こと臼井のあいだには強いつながりがあり、当然『フラットライナーズ』のナンバー2が殺されたのは伝わっている筈です。逆に、そうでなかったら、田は私に会おうとは考えなかったでしょう」

「田は殺人には関与していないと考えているのですね」

「それはまだ何とも。おっしゃるように、田が〝徐福〟や〝黒石〟とつながっていて、警察がどこまでつきとめているのかを、知ろうとしている可能性もあります」

「そうであれば、高川が我々に協力していると知れば、ほっておかないでしょう」

「高川が情報を提供していることは絶対に教えません。幸い、田と妹の田中みさとは、私が何年にもわたって金石を追っているのを知っています。その過程で得た情報だと思わせます」

　答えて、鮫島は矢崎を見た。

「だから君を連れていくわけにはいかない。金石は俺ひとりで追っている、と信じさせておきたい」

　矢崎はうつむいた。

「それは理解できます」

「埼玉から新しい情報は入った？」

　阿坂が矢崎を見つめた。

「今のところはまだ何も入っていません。橋口の殺害以降、臼井広機以下『フラットライナーズ』のメンバーは地下に潜っているようです」

「そこが暴力団とちがって半グレの厄介なところね。組事務所ももたず、メンバーも把握できていない」

阿坂が答えた。

「埼玉の組対には詳しい人がいると思うのですが、接触すれば、こちら側の情報も提供しなければなりません。そうなると――」

矢崎は口ごもった。

「大ごとになるし、本庁にすべてを預けることになります。それはそれで、状況によってはしかたがありません」

阿坂はいった。鮫島は阿坂を見た。

「課長の判断に異論をはさむつもりはありません。ただ、情報がそろう前に、本庁、埼玉、千葉の各警察本部が動くとなると――」

「調整にばかり手間がかかって、結果をだせない?」

阿坂は鮫島の言葉をひきとった。

「おっしゃる通りです。縄張り意識がない筈はありませんから」

「まして一所轄の課員から上がった情報に踊らされるのは、皆さんおもしろくないでしょうね」

阿坂は微笑み、いった。

「そういうことです」

鮫島は頷いた。

「残念だけど、鮫島さんのいうことも一理ある。複数の都県にまたがって発生した殺人事件となると、各捜一、組対ともに大騒ぎです。所轄なんて引っこんでろといわれるのは目に見えている」

阿坂はいって、鮫島を見た。

「だからといって、最後まであなた方に預けてしまっていいものかどうか……。このほしは、非常に危険な人間です」

「危険な上に、正体を隠す術《すべ》に長けています。大規模な捜査態勢であたれば、かえって難しくなるのではないかと思います」

鮫島は答えた。

「〝黒石〟と〝徐福〟の正体を、いったいどれだけの人間が知っているのかが鍵ですね」

阿坂は頷いた。

「金石は、犯罪者、カタギを問わず、国家や警察に対し、不信の念を抱いています。メンバーから情報を引きだすのは容易ではありません」

「暴力団よりも難しい？」

「やくざは、警察に痛めつけられることに慣れています。彼らも口は固いが、どれだけ締めあげられても訴えることはない。金石はちがいます。周囲を警察官がうろついただけで声を上げ、嫌がらせをされたと抗議できる。場合によっては差別だといいだすかもしれません」

阿坂は息を吸い、いった。

「その結果、かけている容疑の内容やその根拠を公表することになったら、証拠を湮滅《いんめつ》される」

「金石がピラミッド型の組織なら、上位にいる誰か、今回でいうなら高川のような人間を落とせば、多くの情報を得られます。しかし横のつながりとなると、中間にひとり介しているだけで、情報をまったくもたない、ということもありえます」

「そう考えると、〝徐福〟の計画が成功したあとのほうが、金石の摘発は容易になるともいえますね」

「頭の切れるメンバーなら当然それを考え、〝徐福〟の計画に反対するでしょう。その結果、さらに被害者が増えることも考えられます」

鮫島は頷いた。阿坂は鮫島を見た。

「そうまでして〝徐福〟が金石を支配したい理由は何なの。お金？」

「単純に考えればそこです。田が〝徐福〟について知っているなら、何か情報を得られるかもしれません。ただ――」

鮫島はいいかけ、黙った。

「ただ、何ですか」

「殺人の実行犯は〝黒石〟で、この〝黒石〟について知るのはおそらく〝徐福〟ひとりでしょう。だとすると〝黒石〟を逮捕しない限り、〝徐福〟の殺人教唆《きょうさ》は立証できません」

「〝徐福〟の正体がわかっても〝黒石〟が逮捕できなければ手をだせないということですか」

矢崎がいった。鮫島は頷いた。

「当然、〝徐福〟はそれをわかっているので、自分への捜査を予測すれば〝黒石〟に身を隠し一切の連絡を断つよう求める。〝黒石〟を逮捕できなければ、〝徐福〟をやるのは難しい」

「八石内部から、もうひとりかふたり高川のような人間が現われたら、状況がかわるのではないでしょうか。精神的に追いつめられた〝徐福〟が〝黒石〟につながる手がかりを見せるかもしれません」

阿坂がいった。

「そうなるといいのですが、被害者が増えでもしないと、八石からさらに造反者がでるとは考えにくいのです。たとえば〝鉄〟こと臼井広機が潜っているのは〝黒石〟から逃れるためもあるでしょうが、自ら反撃する機会をうかがっている可能性が高い。金石という集団の性格を考えると、警察が〝黒石〟や〝徐福〟を逮捕するのを待つより、自らの手で報復しようと考えるのではないでしょうか」

「すると金石で『内《うち》ゲバ』が起こるということですね」

矢崎がいった。鮫島は苦笑した。

「なつかしい言葉を使う」

かつて極左暴力集団のあいだで横行した、リンチ、粛清という名の殺人が「内ゲバ」と呼ばれていた。

「たとえそれが発生しても、木更津での事案のように殺人だと断定されない、あるいは被害者が一般人であるため金石の『内ゲバ』による犯行だと判断できない、という可能性があります」

阿坂がいった。

「その通りです。たとえばの話、〝鉄〟が〝徐福〟や〝黒石〟の正体をつきとめ殺害したとしても、実行犯が逮捕されない限り、それが報復だと警察は判断できません。被害者が犯罪に関与していたという明らかな証拠がなければ、そうなる可能性は高いのですが、通り魔や強盗による犯行と断定されるかもしれません。それはつまり、水面下での殺しあいになるということです」

鮫島の言葉に阿坂は頷いた。

「だとすれば、すでに起きているかもしれません。〝黒石〟の犯行は、その特異な手段からまだ判別できますが、喧嘩や強盗を装った殺人だと、わたしたちの知らないうちに処理されている可能性もあります」

矢崎がいった。

「東京や近郊で、それに合致するような事案がないか、調べてみます」

「あなたひとりでは大変だから、わたしも手伝います。あと鑑識の藪さんの力をお借りして」

阿坂はいって鮫島を見た。

「藪さんには、金石に関する知識があります。手伝いをお願いするには、うってつけの人材です」

「課長に指名されたとなれば、彼も断われないでしょう」

鮫島はいった。

「藪さんとは一度、ゆっくりお話ができればと思っていました。あなたたちのチームワークにはいつも感心させられています」

阿坂の言葉の真意がわからず、鮫島は無言で見返した。

「長い期間、異動もなく新宿署にいるのは、鮫島さん以外では藪さんだけです。藪さんの技術に対する評価はたいへん高く、何度も本庁からあった打診を、藪さんは断わりつづけています。それには、桃井前課長も苦慮されていたという話を聞きました。藪さんはとても頑固で、自分を使いたいならいくらでも使ってくれてかまわない。ただし新宿から抜くなら、自分は警察を辞めると主張されているそうですね」

鮫島は目をみひらいた。そんな話を、藪から聞いたことはない。

「初耳です」

「藪さんのご実家は台東区で病院を経営されている。だからいつ警察を辞めても生活には苦労しないとか」

阿坂がいった。鮫島は首をふった。

「あいつは根っからの警察官です。こんなことを私がいったと知れば怒るでしょうが、たとえ捜一に配属されてもずば抜けた結果をだすと思います。鑑識捜査以外の能力も、非常に高いものがあります」

阿坂の目が真剣味を帯びた。

「鮫島さんはそれを望んでいる？　藪さんが新宿署鑑識以外の場で、その能力を発揮されたらいいと思っているのですか」

鮫島は言葉に詰まった。

「それは……」

「あなたの本音を聞かせて下さい」

「私的には、あいつが新宿からいなくなるのは困ります。今まで、どれだけ藪に助けられたかわかりません」

「それは捜査の上で？　それ以外の面で？」

矢崎は無言で二人のやりとりを聞いている。

「両方です。むしろ精神的な面のほうが大きいかもしれません。署内ではかわり者だと思われていますが、それは私も同様で、私にとっては非常に頼れる存在です」

阿坂はじっと鮫島を見つめていたが、不意に微笑んだ。

「やっと本音をいいましたね」

鮫島は息を吐いた。

「まさか、藪のことで詰められるとは思いませんでした」

「あなたはいつも自分を孤立無援だと思っているような気がして。でも本当はそうじゃない」

鮫島はうつむいた。

「桃井さんとちがって、どんなときもあなたの味方でいることは、わたしにはできません。でもそういう人が署内にいる、ということにあなたが気づいているのかどうかを確かめたかった」

鮫島は頷き、しばらく無言でいたがいった。

「お願いがあります」

「何でしょう」

「この場でした話を、決して藪にはいわないで下さい。矢崎くんにも、頼む」

「もちろんです」

「はい」

と矢崎も答えて、不思議そうに鮫島を見た。

「あいつにこんなことを知られたら、どれだけ威張《いば》られるか、昼飯を何回タカられるか、わかったものじゃない」

鮫島はいった。本心だった。

# 15

鮫島はスーツにネクタイを締めて日比谷公園に向かった。このあたりでは最も目立たない服装だ。

昼休みの終わる午後一時を過ぎても、公園内には、サラリーマンやOLと思《おぼ》しい人が多くいた。時間をずらして昼休みをとっているようだ。ただ、好天のせいで真夏を思わせる日ざしが降り注ぎ、大半は木陰《こかげ》に逃げこんでいる。ツクツクボウシの鳴き声が、暑さに拍車をかけていた。

鮫島は広大な日比谷公園の、ほぼ中央に位置する噴水広場に立っていた。噴き上がる水が光を反射し、風が吹き抜けるとわずかに涼しさを感じる。天気がよくて湿度が低いのは、明らかな季節の変化だった。

午後一時半きっかりに携帯電話が振動した。

「はい」

耳にあて、鮫島はあたりを見回した。見える範囲に田らしき人間はいない。弁当を広げている女性が二人、初老のスーツ姿の男がひとりだ。

「今、どこにいる？」

「噴水広場です」

「あんたひとりか」

「はい」

「そこから皇居外苑のほうに向かってくれ。お濠《ほり》につきあたる手前に花壇がある。第一花壇だ」

「わかりました」

電話は切れ、鮫島は歩きだした。公園に入ったときに見た案内板には、第一と第二のふたつの花壇がある旨が記されていた。

第一花壇のあたりにくると再び携帯電話が鳴った。

「あんたから見て左に小さな丘がある。わかるか」

「三笠山《みかさやま》と書かれているところですか」

案内板に近づき、鮫島はいった。田はどこからか監視しているようだ。

案内板には、公園を造成したときに池などを掘ってでた残土で作られたとある。

「そうだ。そこに上《のぼ》れ」

いわれるまま鮫島は丘を上った。石段が埋められ頂上には木陰がある。上るだけで汗ばんだ体に風が心地《ここち》いい。

頂上には石が積まれていて、腰をおろせるような場所はない。ただ周囲の喧騒《けんそう》が遠のいた印象はある。人けはなかった。

石積みの陰からスーツ姿の男が現われた。体にぴったりとした生地は高級な素材で、オーダー品だとわかる。色は浅黒く、髪を刈り上げ口ヒゲを生やしていた。年齢は三十代後半から四十過ぎくらいだろう。

「田さんですか」

男は足を止め、鮫島を見た。

「あんたが鮫島さんか」

鮫島は男と見合った。スーツ以外に腕時計や靴も高価そうで、エリートサラリーマンのように見える。ただ、切れ長の目もとにうっすら残る傷痕が、その印象を壊していた。ナイフや匕首《あいくち》などによる傷だと鮫島にはわかった。

「会って下さり、感謝します」

鮫島は軽く頭を下げた。

「あんたの噂はさんざん聞いている。とにかくしつこい、とな。どこかで会わなければ、ずっと妹につきまとうだろう」

田の声はわずかだがかすれていた。

「妹さんの身に危険が及ぶ可能性があれば。それはあなたしだいかもしれませんが」

「俺を疑っているのか」

「あなたの何を?」

田はかたわらの松の幹によりかかった。鮫島とは三メートルほど離れている。

「言葉遊びをするなら帰るぞ」

「私が追っているのは鉄亜鈴を使って人を殴り殺している連続殺人犯です。千葉の姫川夫妻、大木陽、そして埼玉でもうひとり」

鮫島がいうと、田の表情が動いた。

「埼玉の話は初耳だ」

「そうですか。被害者はあなたと交友関係にあった筈です」

「誰のことをいってる?」

「言葉遊びは嫌なのではありませんか」

「確認したいだけだ」

「『フラットライナーズ』という愚連隊の構成員だった橋口朗雄です。先月二日、戸田の親水公園近くで死体が発見されました」

田の表情はかわらなかった。

「『フラットライナーズ』のリーダー、臼井広機を埼玉県警は捜していますが、行方《ゆくえ》をくらましています」

「警察は臼井を疑っているのか」

「私は疑っていませんが、何らかの事情は知っている筈です」

「なぜそう思う?」

「臼井も八石のひとりだと思うからです」

「八石の話をどこで聞いた?」

「いえません。ですがご存じのように、私は長いあいだ金石を調べてきました。金石のメンバーすべてが犯罪者ではないということも承知しています。元々は互助会のような形で生まれたグループが、ビジネスの情報などを交換するうちに、犯罪に特化した集団も含まれるようになった」

田は無言だった。

「金石の強みは何といっても、中国本土とのコネクションです。ビジネスでも犯罪でも、日本人がもちえないつながりをもっている。さらにいえば、金石とつながった中国人犯罪組織の国際的コネクションにもアクセスできる。私はそのうちのひとりをずっと追ってきました。陸永昌という男です」

田は首をふった。

「カードを見せたつもりかもしれないが、俺は知らない」

「陸永昌は、金石のメンバーである荒井真利華《あらいまりか》を銃撃って死亡させ、国外に逃亡しました。おそらく当分は日本に足を踏み入れないでしょう」

「その女のことは聞いている。美人だが贅沢《ぜいたく》好きだったと聞いた」

「美人だったのは事実です。命を失っては何もなりませんが」

「あんたが追っている陸というのは中国人なのだろう?」

「日本人の父親と中国人の母親のあいだに生まれました。育ったのは中国です」

「だったら金石とは関係ない」

「金石のメンバーに覚醒剤やＭＤＭＡを中国から流していた。関係はあります」

鮫島は田の目を見つめ、いった。

「陸をつかまえたいのか」

「つかまえたいのはやまやまですが、今はその居どころがわかりません。日本でも中国でもない第三国に潜伏していると思われます」

「じゃあ何だ?」

「先ほども申しあげましたが、金石のメンバーを次々と殺害している者がいます。中でも八石と呼ばれる中核メンバーが狙われている可能性が高い」

「なぜ狙われるんだ?」

田は訊ねた。

「それはこちらが訊きたい。金石は結束が強く、たとえ犯罪にかかわっていない人でも、警察に協力的とはいえません。そんな金石の内部で、いったい何が起こっているのか。それを知るには、中核メンバーである八石の誰かに訊く他ないのです」

「俺が八石のひとりだとなぜ思う?」

「古い話になりますが、池袋で裏風俗をやっていた尚という中国人に関連して、西川口で同じような店をやっている田という男の存在を知りました。尚は田に恨みがあり、つきあいのある暴力団を使って田を痛めつけようと考えた。ところが田は金石のメンバーで、仲間を呼び、暴力団は尻尾《しっぽ》を巻く羽目になった。呼ばれた仲間があまりにも強力で、ケンカにならなかったようです。私は、その田があなたで、呼ばれた仲間が臼井だったのではないかと考えています」

田の表情がわずかにゆるんだ。

「自分らがかかされた恥を刑事に話すような極道がいるとはな」

「全裸で土下座する写真は撮られたものの、それ以上は何もされなかった。むしろ嫌だったといっていました」

田は目をそらした。

「尚は使っている女からのカスリがひどすぎた。それで店を移るよう勧めたら、その女の鼻を削《そ》いだんだ。女は自殺した」

「尚はどうなりました？」

「知らないね。中国に帰ったのじゃないか」

殺している、と鮫島は思った。この話を鮫島にした藤野組の国枝も、尚のその後を知らないといっていた。

鮫島は息を吸いこんだ。

「私があなたを金石の中核メンバーと考える理由は、以上です。ちなみに臼井も八石のひとりではないかと疑っています」

田は鮫島に目を戻した。

「八石というからには八人いる。あんたのいう、千葉で殺されたひとりと俺と臼井をあわせても三人だ。残りの五人の情報は？」

「まさにそれをあなたにうかがいたいと思っています」

「金石は結束が固いといったのはそっちだろう。そんな話を俺がするか？」

「仲間を殺している者もかばうのですか」

田は黙った。ツクツクボウシの鳴き声だけを、鮫島は聞いていた。汗はひいていた。

「鉄亜鈴で殴り殺したといったか」

やがて田はいった。

「断定されたわけではありませんが、鉄亜鈴のように丸みがあって硬く、重たい凶器を犯人は使っています。それも一撃です。たった一度殴りつけただけで、被害者に致命傷を負わせている。犯行を重ね手慣れている、といわざるをえません」

「プロだな」

「ただのプロではありません。金で人殺しを請け負《うお》うなら、銃や刃物など仕事が容易になる道具を使います。毎回鈍器を使うのは、異常なこだわりがあるからでしょう」

「異常なこだわりだと」

「おそらく犯人は人を撲殺することに歪《いびつ》な歓《よろこ》びを感じています」

田は深々と息を吸いこんだ。

「そういう人物のことを聞いていませんか」

鮫島はいった。田は答えず、訊ねた。

「なぜそいつがメンバーだと思うんだ」

「金石に所属している者と知って殺せるのは金石しかいないと思うからです。その動機もまた、金石の人間にしかわからない」

田は空を見た。鮫島はつづけた。

「警察は金石のメンバーを把握しているわけではありません。それどころか金石について知る者もわずかです。金石のメンバーが次々と殺されても、管轄がちがえば同一犯による犯行だと、なかなか気づけない。そのあいだに、八石のメンバー全員が殺されるかもしれません」

「全員?」

鮫島のかけた言葉の罠に田は反応した。

「あんたは八石の残りの五人を知らないのだな」

「誰かが八石を皆殺しにして、その座を奪おうと考えているのではありませんか」

田は空から鮫島に目を戻した。小さく首をふった。

「おもしろい発想だ。だが八石は別に金石のリーダーでも何でもない。皆殺しにしたって、金石の他のメンバーを従わせられるわけじゃない」

八石を皆殺しにするといったのは、高川から情報を得ているのを隠すためだった。

「リーダーではないとしても、ネットワークのハブ的な存在の人たちだ」

鮫島はいった。

「ハブを殺したら、ネットワークが機能しなくなる。そんな馬鹿をするか? 第一、仲間を殺した奴のいうことを、誰も聞かない」

「ネットワークが機能しないのであれば、ピラミッド型の縦構造の組織に再編するという手段があります。ピラミッドの頂点に立てば、金石のもつコネクションをフル稼働させられる。仲間を殺した人間を信用するのかという点に関していえば、八石以外の金石のメンバーには、そのことが伝わっていない可能性があります。たとえば千葉で死亡した大木陽さんは、交通事故として処理され殺人と考えているのは私くらいです」

「八石全員が死んだら、ネットワークのハブが消えるといったのはあんただ。そんな状況で組織の再編などできないだろう。メンバーは全員を知っているわけじゃない。つながりが切れたら、それまでだ」

田は鋭くいった。が、そうくるであろうことは鮫島も想定していた。

「その通りです。なので、私が考える犯人は、金石に関して総合的な知識をもつ人間です。連絡網や各人の職業について知る立場にある。にもかかわらずこれまでリーダーの座につこうと考えてはいなかった。何かの理由が生まれ、金石を再編し自分の傘下《さんか》におこうと考えたのではないでしょうか。ちなみに、そういうタイプの人間と、特定の凶器にこだわる殺人犯は、人間像としては合致しません。したがって、リーダーの座につこうとしている者と殺人犯は別人だと思われます」

田は無言で鮫島の話を聞いていたが、いった。

「そいつは本当にあんたひとりが考えたことか?」

「そうでなければ何だと?」

田は息を吐いた。

「あんたみたいな刑事がいるとはな。極道にひどく嫌われていると聞いていたが、こうして会ってみて、何の話だと思った。極道が恐がるような迫力がどこにある、とな。だがわかった。嫌われているのは、あんたのその考え方だ」

「考え方?」

「お巡《まわ》りにはお巡りの考え方、極道には極道の考え方って奴がある。そいつは似ていても、ちがうところがあるし、金石のメンバーならメンバーで、極道やギャングともちがう。あんたはそれを十把《じっぱ》ひとからげで考えず、その人間のものの考え方で動きを予測する。そんな奴が刑事をやっていたら、いつか先手をとられるだろう。俺は嫌だね。あんたのような刑事に追いかけられたくない」

鮫島は首をふった。

「ほめられているようにも聞こえます」

「ほめちゃいない。あんたみたいな奴は、たとえお巡りでも殺す他ない、ということだ」

「金石は何度か、私を的にかけている」

田は鮫島の視線から逃れるように顔をそむけた。

「半端な奴を使ったのだろうな。刺しちがえるくらいの覚悟がある奴じゃないと」

鮫島は緊張した。田のスーツを見つめる。体にフィットしていて、得物《えもの》を呑んでいるようには見えない。

「私の疑問への答がまだです」

「疑問？」

「八石を殺してリーダーの座につこうとしている者の正体と、その人物の指示で動いていると思しい殺人犯に関する情報です」

「答えたくても答えられない」

田はいって、鮫島と目を合わせた。

「そいつのことを俺は何も知らないんだ」

「それですむ、と？」

鮫島は目に力をこめた。

「あんたの考えは、大半が当たっている」

「何が当たって、何が当たっていないのかを教えて下さい」

つかのま黙り、田は口を開いた。

「リーダーになろうとしている奴と殺している奴は別人、という点は当たっている」

「つまり二人を知っているのですか」

「そうじゃない。殺しをやっている奴のことを知っているメンバーはごくわずかだ。そいつはヘイシと呼ばれている。黒い石って意味だ」

「〝黒石〟」

初めて聞く言葉のように、鮫島はいった。

「知る者が少ないなら、なぜ〝黒石〟と呼ばれるようになったのです？」

「そう呼ぶ奴がいたからだ」

「それは――」

「ああ、そうだ。リーダーの座を狙っている奴だ。そいつの名前や正体を、俺は知らない」

「渾名《あだな》は？」

「渾名？」

「八石にはそれぞれ渾名があるようです。〝黒石〟もまた渾名だ。だとすれば、〝黒石〟を動かしている者にも渾名があって不思議はない」

「〝徐福〟」

「〝徐福〟？　仙人の名ですね」

「それをいったら気づくだろうと思っていた。そうだ。〝徐福〟は八石のひとりだ。だからいろいろ知っているんだ」

ここまでは、高川から得た情報とかわりがない。

「なぜいろいろ知っているんです？」

「〝徐福〟は、金石を今のようなネットワークにもっていった張本人だ」

「そんなメンバーなら、会ったことのある人は多いのではありませんか」

「古いメンバーは会ってる。だがあるときから、〝徐福〟はインターネット上でしか、人とつながらなくなった。怪我をしたとか重い病気になったとか、噂はあったが本当のところはわからない」

「ネットワークにした張本人が、今度はそれを壊そうとしているのですか」

「奴は実験をしているのだと思う」

「実験？　何の実験です」

「組織というのは、外敵に対し高い戦闘力をもったときに強度の頂点に達するが、その瞬間から内部崩壊が始まる、と奴はいうんだ。どんな組織も、組織であろうとすることで不協和音からは逃れられない。組織のつながりが脆弱《ぜいじゃく》で戦闘力の低いあいだは、不満や不平は、組織をより強固な形へと促す原動力になる。が、ありようが最強度に達したときは、崩壊へと進むことになる。自然な崩壊は不可避だが、人工的な崩壊を起こすことで、別の組織へと変容させられる、というんだ」

「難しい考え方ですね」

「中国共産党の研究を〝徐福〟は長くやっていて、そこから考えついたらしい」

「大学で研究していたのですか」

「その可能性はある」

鮫島はそっと息を吐いた。〝徐福〟が中国共産党の研究をしていたというのは、役立つ情報だった。

「その研究は日本でおこなっていたのでしょうか。それとも中国で?」

田は首をふった。

「たとえ仮説でも中国共産党が内部崩壊するなんて話を、中国でできるわけがない。公安部にマークされる」

「〝徐福〟は、中国共産党の研究から得た仮説を金石で実証しようとしているというのですか」

「たぶんな」

「そこまでご存じなら、〝徐福〟の正体について何か手がかりをご存じの筈です」

田は改めて鮫島を見つめた。

「知っているとしても、あんたに話すつもりはない」

「では〝徐福〟の実験を容認するのですか」

「これは金石の問題だ。メンバーでもない、ましてお巡りのあんたが首をつっこむことじゃない」

「殺人の捜査は〝お巡り〟の仕事です」

「捜査するのは勝手だ」

鮫島と田はにらみあった。

「被害者が増えてもいいのですか」

「あんたは、警察は金石のメンバーを把握していないといった。増えてもわからないさ」

「〝黒石〟に殺された者はすぐにわかります。いずれマスコミも鉄亜鈴を使う連続殺人犯の存在に気づくでしょう。そうなったら金石への詮索も始まる。それはあなたたちには望ましくない筈だ」

田は口もとを歪めた。

「そうなったら金石を目の敵にしているあんたには望ましい事態だ」

「私が目の敵にしているのは、殺人や脅迫、違法薬物の密売などの罪を犯しながら、のうのうと暮らしている連中です。被害者に苦痛を与えておいて、犯罪で得た金で贅沢をするような奴らは許せない」

「キャバクラにいってみろ。そんな連中がシャンペンを抜いて騒いでいる。誰もつかまるなんて思っちゃいない」

「そうでしょうか。何ごとにも終わりはあります。楽しく酔っているように見えても、心の奥底では逮捕を恐れている。贅沢な生活から、冷えびえとした刑務所暮らしにつき落とされる。その日は必ずきます」

田はふんと笑った。

「なぜそんなに犯罪者を憎むんだ？　自分が嫌な思いをしたのか」

鮫島は首をふった。

「憎んでいるのではありません。世の中が公正で平等であってほしいと願っているのです。額に汗して働いた人より、犯罪に携わる人間が優雅な生活を送るなど、あってはならないと思っているのです」

「ずいぶん青臭い考えだな」

田はあきれたようにいった。

「今この瞬間、炎天下《えんてんか》、汗を流して働いている人がいる。一方でエアコンのきいた部屋で羽をのばし、正直に働く奴なんて頭が悪いとうそぶく者もいる。それがあたり前になってはいけない。犯罪で楽に稼ぐ者が賢く、まっとうに働く者が愚かだと人々が考えるような世の中になってほしくない。ただそれだけです」

田は顔をそむけた。

「参ったね。あんたは本気でそう思っているのか」

「〝徐福〟と〝黒石〟に関する情報を提供して下さい」

鮫島はいった。田が鮫島を見た。

「悪いがそれはできない。なぜか。あんたの信念はわかった。立派なものかもしれん。だがあんた以外の警察官はどうなんだ？　警察というのは、国家の暴力装置だろう。正義のためにあるのじゃない。国を動かしている権力者や大金持を守るためにある。法の下の平等というが、その法を都合よく変え、目障りな人間を犯罪者に仕立て、警察につかまえさせる。そんな例を、俺は嫌というほど見てきた。日本にきたら日本人になれ。日本の学校にいき、日本語を喋り、日本の習慣を守れ。そうしなけりゃお前たちは犯罪者とかわらない。あんたはそういう扱いをうけたことがないだろう」

決して激しい口調ではないが、鮫島から目をそらさなかった。

「ありません」

「だろう。俺たちは相容《あいい》れないんだよ」

「ですが、好むと好まざるとにかかわらず同じ国に生きています。確かにこの国は完璧ではないかもしれない。特に外国からきた人間に対して親切だとは決していえない。しかしこの国で暮らす以上、守るべきルールはあると思います。この国につらい思いをさせられたから仕返しをしてやると考えるなら、犯罪者ではなくテロリストです」

「テロリスト？」

「そうです。動機が自分の幸福の追求ではなく、日本への復讐だとすれば」

田は笑いだした。初めは小さく、やがてそれは大笑いにかわった。

「やれやれだ。ついにテロリストにされちまった」

鮫島はにこりともせずにいった。

「考えて下さい。〝徐福〟が金石を支配下におけば、そのしようとしていることは、犯罪の形をとった日本や日本国民へのテロとなります」

「いくら何でもそれはおおげさだろう」

「では、金儲けのためだけに、金石の仲間を殺していると？　そんな最低な人間をかばうのですか」

田の顔から笑みが消えた。

「かばっているわけじゃない。警察の手を借りなくても、カタをつけられるというだけだ」

「潜伏している臼井がそれをする？」

田は無言だ。

「臼井は、〝徐福〟や〝黒石〟の正体を知っているのですか」

「さあな」

「臼井が失敗したらどうなります？　臼井とは長いつきあいのあなたの身も危険になりませんか。あなたが隠れたとしても妹さんは？　目的のためなら〝徐福〟は手段を選ばない人間のようだ。あなたやあなたの周囲の人たちの命が危険にさらされます」

「そうなったとしても警察には泣きつかない」

「あなたはまちがっている。警察はあなたがたを助けたいわけではない」

「何だと」

田の表情が険《けわ》しくなった。

「警察の仕事は、犯罪者の確保です。つまり〝徐福〟や〝黒石〟の逮捕だ。それが結果として、あなたがたの身を守る。順番がちがいます」

田は深々と息を吸いこんだ。鮫島はつづけた。

「あなたやあなたの周囲の人たちの味わった苦痛に対し、個人的には同情します。しかしそれは警察の業務には無関係だ。私の目的は殺人犯の逮捕です。それによって今後起こりうる殺人を防ぐ。逮捕した人間が、あなたがたと同じような経験をもつとしても、情状を酌量するのは裁判官の仕事です」

「なるほどね」

「警察に協力すれば、被害者をこれ以上増やさずに済むかもしれない。しかし身を守るためとはいえ、あなたや臼井が〝徐福〟や〝黒石〟を殺したりすれば、今度はあなたがたを警察が追うことになる」

「じゃあどうしろと？　警察に任せて隠れていろというのか」

「それが最善です」

「ふざけるな。今まで一度だってそんな生きかたはしてきてない」

田の目に怒りが宿った。その目を見つめ、

「そうでしょうね」

と鮫島は答えた。田は吐きだすようにいった。

「話したのは無駄だったな」

「あなたはそうかもしれないが私はちがう。法を無視して自分たちだけでカタをつけようとすれば、あなたも追われることになる、というのを告げたかった。それができた」

「結局、俺をつかまえたいだけか」

「つかまえたければ、今、そうしています」

「証拠がないから手をだせないだけだろうが」

「それをいえるのは、あなたが日本の警察官を信じているからだ。海外には、証拠もないのに逮捕して、拷問にかけ罪をでっちあげるような警察官がいる。それどころか、裁判も経ずに処刑する国もある」

田は大きく息を吐いた。

「感謝しろってのか。今、俺を逮捕しないのを」

「そうではありません。私もあなたも、この国にいる以上、法を守る義務があるというだけです」

「俺も守る、だからお前も守れ、と？」

鮫島はゆっくりと頷いた。田は無言で首をふった。いく度もふった。

「ここまでだ」

そして松の木陰から日なたに進みでた。鮫島に指をつきつけ、

「俺をつけようなんて考えるなよ」

と告げると、石段を降りていった。鮫島は無言でそれを見送った。

石段の途中で、田が携帯電話をとりだし耳にあてるのが見えた。

田の背中が見えなくなると、鮫島は息を吐いた。止まっていた汗が一気に噴きだすのを感じた。

## 16

署に戻る途中、藪から電話がかかってきた。

「話がある。今どこだ」

「日比谷から戻る途中だ」

藪はいきつけの喫茶店の名を口にした。新宿駅東口に近い、古くからある店だ。

「そこにいる」

ぶっきら棒に告げて藪は電話を切った。

エアコンのきいた喫茶店に入ると、鮫島はほっと息を吐いた。藪は奥の、周囲を気にせずにすむ席に腰かけていた。目の前の背の高いグラスには緑色のどろどろの液体が入っている。

「何を飲んでいる？」

「クリームソーダだ」

藪はむっつりと答えた。アイスクリームとメロンソーダが完全に混ざりあっている。

「こうやって崩して飲むのが好きなんだ」

濁った音をたて、ストローで吸いあげた。鮫島は向かいに腰をおろすと、アイスコーヒーを注文した。

「お前たちのやまを手伝えと、阿坂さんにいわれた」

「そうか」

「とぼけるな、知ってるんだろ」

鮫島は答えず、運ばれてきたアイスコーヒーを一気に飲み干し、お代わりを頼んだ。

「課長はあんたを高く評価している」

「関係ないね」

藪は再びストローで音をたてた。

「手伝うのが嫌なのか」

「そうじゃない。俺をひっぱりこんだ理由を知りたい」

「銃が使われてないやまにも少しは興味をもてよ」

藪はストローをくわえたまま上目づかいで鮫島を見た。鮫島はいった。

「あんたをひっぱったのは俺じゃない。課長だ」

「もう課長と呼んでいるのか」

ストローから口を離し、藪はいった。責めるような口調だった。

「課長は課長だ」

鮫島に負けず劣らず、藪は桃井を敬愛していた。阿坂に抵抗を感じていることは鮫島も気づいている。

「そんなにご立派なのか」

「阿坂さんが嫌いなのか」

「好きとか嫌いの問題じゃない。課長といえば桃井さんしかいない。お前には悪いが」

藪はいった。

「あんたに責められるなら、いくらでも受けとめる」

鮫島は静かにいった。藪は横を向いた。

「悪かった」

「いや」

気まずい沈黙が流れた。通りかかったウェイターに手をあげ、

「クリームソーダお代わり」

と藪はいった。

「本庁にひっぱられているのをずっと断わっているら

しいな」

　鮫島はいった。

「何の話だ?」

「桃井さんも困っていたと聞かされた」

「知らんな」

　答えて藪は運ばれてきたクリームソーダにスプーンをつきたて、アイスクリームを崩し始めた。一心不乱にアイスクリームをソーダに溶かしている。

「手伝ってくれるのだろう?」

「戸田の殺しの司法解剖の検案書コピーが回ってきた。矢崎の手配だ」

「橋口朗雄か」

　藪は頷いた。

「頭部の傷から花崗岩《かこうがん》の微少な破片が見つかっている。屋外で殺害されたため、路上に落ちていた破片がたまたま混入したのかもしれないが、別の可能性もある」

「別の可能性?」

「花崗岩の、モース硬度は『7』、一番硬いのがダイヤモンドで『10』なのは知ってるな。『7』というのは水晶や燧《ひうちいし》石と同じだ。ちなみにセメントは『3』だから、どれくらい硬いかわかるだろう」

「凶器に使える」

　鮫島がいうと藪は頷いた。

「だが花崗岩となると……」

　藪はかたわらにおいていたノートパソコンをテーブルにのせた。

「花崗岩の主成分は石英《せきえい》と長石《ちょうせき》だ。他に雲母《うんも》などの有色鉱物を十パーセントほど含む。岩石としてはまったく珍しいものではなく、日本中で見られる。用途としては、建築石材、鳥居や石垣、道標、あるいは建物の外壁、墓石などがあり、珍しいところではカーリングの競技用ストーンがある」

「カーリングのストーンで殴り殺したというのか」

　鮫島は目をみひらいた。

「それはどうかな。カーリングのストーンに使われる花崗岩はスコットランドのアルサクレイグ島《とう》で採掘されたものと決まっていて、一箇《こ》の重量は約二十キロ、値段は十万円するそうだ」

「二十キロ。重いな」

「ふりかぶるには重すぎる。ふりおろしたときに狙いが狂っても修正がきかない。カーリングのストーンが凶器である可能性は低い」

藪はいった。

「それにカーリングの選手やチームの人間でもないのにストーンを購入していたら、すぐにアシがつく」

鮫島は頷いた。

「確かに。じゃあ何だ？　花崗岩で作られた手頃な大きさのものとは」

藪は首をふった。

「それはこれから調べてみる。石材としてはごく一般的だから、食器や庭の飛び石、土留めの縁石などにも使われている。凶器に当てはまる商品があるかもしれん」

「球形で滑らかな形をした花崗岩か」

鮫島の言葉に藪は頷いた。

「あんたが手伝ってくれたら心強い」

鮫島がいうと、藪は驚いたように目を広げ、まじまじと見た。

「何だよ」

鮫島は訊いた。

「お前がそんなことをいうなんて。気持悪いぞ」

鮫島は思わず顔をそむけた。

「うるさい」

# 17

潜伏しているターゲットを捜すのは、ヒーローの仕事ではない。協力者の任務だ。

　この世界をよくするヒーローには、数多くのサポーターがいる。ターゲットがどんなに巧妙に隠れていても、サポーターはその隠れ家を見つけ、知らせてくる。彼らもまた、よりよき世界を願っているのだ。

　サポーターのひとりひとりは知らない。ヒーローがその素顔を決してさらけださないように、名もなきサポーターもまた、自分がそうであることを明さないものだ。

　サポーターからの情報は一度〝本部〟に集約され、要点のみが記された〝指令書〟となって届く。

　今回のターゲットは特に「危険」と〝指令書〟にはあった。それは、ターゲットがヒーローに狙われていると自覚しているからだ。

　ターゲットやその仲間による反撃が予測されるらしい。であるならば、それに対応する装備も必要となる。

〝指令書〟が届くと、彼は〝家族の部屋〟に入った。壁に、両親、祖父母、妹の像が並んでいる。妹が亡くなったと教えられたのは、去年の暮れだった。妹とは十年以上会っていなかった。だから街で会っていても気づかなかったかもしれない。

　妹は、子供の頃から贅沢が好きだった。そんなに裕福な家でもないのに、高価なバッグや装飾品を父親にねだり、腹を立てた彼は叱《しか》り、妹は反発した。

　彼は妹を理解できず、妹は彼を理解しようともしなかった。妹が中学に入った頃から、兄妹《きょうだい》でありながら、ほとんど口をきくことはなくなった。

　小学生の頃は「お兄ちゃん」と彼を呼んでいたが、中学生になると呼びかけることはまったくなくなり、たまに話すときは「あんた」だった。

　妹は小さい頃から贅沢で優雅な暮らしにあこがれ、それを自分にもたらすのは男だと信じていた。

　高校生になると年齢を偽って水商売を始め、化粧をし肌を露出した服で男の気を惹くことを覚えた。その頃には、彼は気づいていた。

妹にとって、世の中の男は「したい暮らし」をするための手段なのだ。

あらゆる男の気を惹き、抱きたいと思わせる術を、十代の頃から妹は身につけていた。

男たちはその欲望を満たそうと、妹に金をつかった。妹がこの世で唯一、利用することを考えなかった男が彼だ。妹は兄を嫌い、恐れていた。それは兄が、早くから妹の本質を見抜いていたからだ（まさにヒーローの素質があった証拠だ）。

妹が男に求める金額はどんどんふくれあがっていった。やがてそれは、恋愛に伴うプレゼントの額を超え、犯罪のレベルにまで達した。五十万、百万ではない。千万、億単位の金を、男からむしりとろうとする妹は、もはや毒虫以外の何ものでもなかった。

だがヒーローは、個人的な感情で仕事をしてはならない。同時に、そんな暮らしをしている妹は、長生きできないだろうとも予感していた。

妹の死を知らせてくれたのは、警察から連絡をうけた叔母《おば》だった。彼を除けば、妹にはその叔母しか身寄りがいなかった。警察の連絡は、彼ではなく叔母のもとに届いた。

妹の生活に、カケラも彼の存在がなかったからだ。むろん戸籍などを調べれば、兄がいるのを警察も知ったろうが、現在どこで何をしているのかをつきとめるのは容易ではない。

叔母も、直接ではなく、両親の眠る霊園の人間を通じて彼に言伝《ことづて》たのだった。その霊園を彼が頻繁に訪れることを知っていたからだ。

家をでていった十五歳のときの妹の写真を彼はもっていた。亡くなった両親と三人で写っている。彼は入っていない。

その写真をもとに、彼は妹の像を作った。

死んだときの妹は二十九歳だったから、十五歳のときよりもっと美しくなっていただろう。だがそれはより罪深い毒虫になっていたことを意味する。そうでなかったら、ピストルで撃たれるような死にかたはしなかった筈だ。

〝家族の部屋〟は、ヒーローの仕事道具を隠しておく場でもあった。

地下に作った納戸《なんど》の扉を彼は引き開けた。扉のすぐ内側にある電灯のスイッチを入れる。

二体の石像があり、二畳ほどの空間に集めた仕事道具が並んでいる。そこに立つだけで、背筋がぞくぞくした。

彼はこの空間が好きだった。映画でも、ヒーローは必ず秘密の武器庫をもっているものだ。そこには、銃や刀、手裏剣などのあらゆる武器が飾られ、ヒーローは出動に備えて道具を選ぶ。

ここに立つと、自分がヒーローであると自覚できる。

まず目に入るのは、ふだんの仕事で使っている武器だ。彼が自ら作り、磨きあげた。一見、玄能《げんのう》のような形をしているが、より使いやすいように取っ手と本体のあいだに鋭い角度がついている。玄能の取っ手と本体の角度は九十度で、ふりおろすには肘を中心にした回転運動が必要になるが、これだと取っ手をまっすぐ下に引くだけで本体がターゲットの頭の中心に命中する。円運動をするより力は必要になるが、大きくふりかぶらなくてすむぶん、素早い動作が可能だ。

この道具を考案したのは彼だった。最初は店で使う、商品見本を使ったのだが、滑る上に壊れやすい。試行錯誤をくり返し、より洗練された武器へと改造した。

スマッシャーと、彼はこの武器を名づけた。

スマッシャーとは、ヒーローとしての彼の名前でもある。

スマッシャーはひとつではない。色ちがいで四本ある。

その中で最も彼が気に入っているのが、黒地に金粉をちりばめたような、黒みかげで作ったスマッシャーだ。握りの部分には滑り止めにゴムのグリップをかぶせ、直径十センチほどの球形の本体はターゲットの頭蓋骨の頂点を粉々にできる破壊力をもつ。

熟練した彼がふりおろすスマッシャーは、トン単位の圧力をターゲットの頭蓋骨に与え、粉砕しながら下方へと進む。衝撃によりターゲットは脳震盪《しんとう》を起こすが、同時にスマッシャーは大脳にめりこみ、脳梁《のうりょう》に達する。勢いで、頭蓋骨の破片が視床《ししょう》、または視床下部のある脳幹につき刺さる。

その瞬間、ターゲットの眼球はくるりと裏返る。それは釣りあげた魚を野締めにしたときの変化にそっくりだ。

本当はその場面を決して見逃したくない。理想は、ターゲットと目を合わせながら、スマッシャーを使いたい。そうすれば、黒目が反転する瞬間を見届けることができる。

だがそれは失敗の危険を伴う。ターゲットを絶対に逃さない状況なら、目の奥底をのぞきこみながらスマッシャーを使えるが、そんな状況はめったにない。

すれちがいざまや、背後からスマッシャーをふりおろさねばならないときもあるのだ。

今度のターゲットは反撃が予測される、とある。となれば、身を守る装甲も必要だろう。

市販の抗弾ベスト、抗刃ベストは、彼自身が試した結果、多くが気安めていどにしかならない。米軍で使われていると称するボディアーマーであっても、至近距離から銃弾をくらえば衝撃で骨折や内臓損傷を起こす。致命傷になるのを防ぐというだけであって、弾丸を浴びても無傷で動き回れるわけではない。

ただ、これまでターゲットに銃で反撃されたことはなかった。武装しているとしても、せいぜいが刃物だ。

ボディアーマーは胴体を守ることはできても喉は守れない。そこでネックアーマーを準備する。これにタクティカルグローブを着ければ、日本刀の真剣で切りかかられない限りは何とかなる筈だ。

さらに気は進まないが、高電圧のスタンガンもとりだした。ターゲットにボディガードがいた場合、仕止めるまで動きを止めておかなければならない。

そうなればヘルメットも必要だ。夜間の攻撃もありうるので暗視装置も用意する。

スマッシャーは、伸縮性のコードをつないで、ボディアーマーのポケットにさしこめるようになっている。

ボディアーマーの下は、店の作業場で着ける作業衣だ。作業中に飛ぶ石片《せきへん》から目を守るためのゴーグルとマスクもある。

完全武装した自分の姿を、武器庫の鏡に映した。

スマッシャーを引き抜き、流れるようにふりおろす。

ヘルメットをかぶり、ゴーグルとマスクを着けた自分の素顔はまったく見えない。

ネックアーマー、ボディアーマー、タクティカルグローブを着け、スマッシャーを手にした彼は、ヒーロー以外の何者にも見えない。

誰もが、その姿を見た瞬間に、ヒーローだと気づく筈だ。

わくわくする。サポーターの協力は、決して無駄にはしない。

## 18

被害者の頭部を殴打して死に至らしめるという犯行手段を手がかりに、矢崎が過去十年間に東京及び近郊で発生した未解決殺人事件のリストを作った。

最初にあがったのが七年前、神奈川県愛川町《あいかわまち》で発生した、地元の不良グループリーダーが殺害された事件だった。〝タイマン〟の呼びだしを受けた二十一歳のリーダーが山中で死体となって発見され、犯人は逮捕されていない。

リーダーはナイフと金属バットを所持していたが、凶器はどちらでもなかった。死体を発見したのは不良グループの仲間で、リーダーが呼びだされているという連絡をうけ、現場に急行すると、すでに殺害されていた。

「マル害の氏名は安木卓生《やすきたくお》、傷害、恐喝、窃盗等を十代の頃から重ねてきた札付きの不良でした。この事案では、厚木市《あつぎし》を拠点に活動していた中国人グループの犯行が疑われましたが、中核メンバーの二名が直後に日本から出国したため、実質、捜査は止まっています」

矢崎がパソコンの資料を、署の会議室のスクリーンに映しだした。

「中国人グループの犯行が疑われた理由は何ですか」

阿坂が訊ねた。

「直前に、安木が『中国人に呼びだされた』と仲間に連絡したことと、安木のグループが密売していた、MDMAの仕入れ先である中国人グループと代金の支払いをめぐってトラブルが起きていたという情報があったのです」

「どういうトラブルなの？」

「商品のMDMAに大量に模造品が混じっていた、というものです」

「よくある話だ。定期的に仕入れている暴力団相手にはやらないが、一回か二回限りの相手には、小麦粉に色をつけただけの偽薬《ぎやく》を売りつける。偽薬とわかってもめても、自分たちもだまされたといいはり、金は返さない」

鮫島はいった。

「まったくその通りだったようです。安木は、知り合いの暴力団員に『どうやったら落とし前をつけさせられるか』と相談していました。ちなみに、その暴力団員は、『あきらめろ。お前らじゃ太刀打ちできない』と忠告したそうです」

現場と解剖台で撮影された死体の写真がスクリーンに映しだされた。

「死因は、複数回、頭部を殴られたことによる脳挫傷で、石の破片が脳内から見つかっており、凶器は石だと思われます」

「どんな石だ？」

藪が訊ねた。矢崎はパソコンをのぞきこんだ。

「死体検案書には、ただの石としか記載されていません。おそらく、そのあたりに転がっていた石なり岩で頭部を殴りつけたのだと思われます」

「そう、法医が書いているのですか？」

阿坂が訊いた。

「いえ、そこまでは。ただ特殊な石ではなかったようです。分析の結果では、ありふれた深成岩《しんせいがん》だということです」

「深成岩というのは、マグマが地下深くで固まってできた火成岩の総称だ。花崗岩や閃緑岩《せんりょくがん》、斑糲岩《はんれいがん》などをいう」

藪がいったので、

「火山岩《かざんがん》とはちがうのか」

鮫島は訊いた。

「火山岩も深成岩も、同じマグマが固まって作られた岩石だが、地表やその近くで固まったのが火山岩、地中深くで固まったのが深成岩だ。したがって組成的には同一なものもある。深成岩の閃緑岩は、火山岩の安《あん》山岩《ざんがん》とはほぼ同じだ。ただし、マグマが地中でゆっくり冷えて固まった深成岩と、地表で一気に冷えて固まった火山岩では、石基《せっき》や斑晶《はんしょう》といった見た目のちがいがでる」

藪が説明した。

「ただ、火山大国である日本では、深成岩も火山岩も、まったく珍しい岩石ではない」

「岩石にはそのどちらかしかないのですか」

阿坂が訊ねた。

「いえ、他にも圧縮されて泥や砂が固まった堆積岩《たいせきがん》、これらの岩が高圧、高温にさらされて変化した変成岩というものもあります」

答えて、

「問題は、なぜ犯人が凶器に石を使ったのか、です」

藪はいった。

「石がそこにあったからじゃないのか」

鮫島はいった。藪は首を傾《かし》げた。

「マル害は、金属バットやナイフも所持していた。だがそれらが使用された形跡はない。つまりほしは最初から石をもっていて、マル害が絶命するまで、殴りつづけたということだ。石は途中で砕けるし、そうなれば自分の手を傷つける危険もある。お前がほしだとして、バットやナイフをもった相手に最初の一撃に石を使ったとしても、ずっと石で殴りつづけるか？」

鮫島を見つめた。

「ほしが冷静なら、相手のバットやナイフを奪って、そちらを使うかもしれない。だが逆上したり恐怖にかられていれば、最初の石を使いつづけるということもある」

鮫島は答えた。

「ほしが恐怖にかられて、過剰に被害者を傷つけることはありますね。起き上がって反撃されるのではないかと恐れ、すでに死亡しているにもかかわらず、攻撃をくり返す」

阿坂が頷いた。

「その場合でも、止《とど》めを刺すのに、石ではなく、バットやナイフを使っておかしくありません」

現場写真を藪は指さした。被害者は、うつぶせに体を丸めるように倒れており、そのすぐ横にバットとサバイバルナイフが落ちていた。

「ほしは背後からマル害の頭部を石で殴りつけた。マル害がうずくまったところを、さらに殴りつけたようだ。普通ならそこでナイフなりバットを奪って、止めを刺す。が、検証によれば、ほしはマル害の背中に馬乗りになり、さらに石で殴りつけた。頭頂部から後頭部にかけてのマル害の頭蓋骨は、ほぼ粉砕されており、即死だったろうと検案書にはある」

「よほど頭に血がのぼっていたのでしょうか」

矢崎がいった。

「血がのぼったり恐怖にかられて殴りつづけたのであれば、石の破片などで自傷しても不思議はないが、その痕跡はなく、また凶器に使われたと思しい石も、現場や周辺から発見されていない」

「発見されていない？」

阿坂が聞き咎めた。矢崎が答えた。

「はい。発見されておりません。現場検証時、入念に捜索したようですが、凶器は見つかりませんでした」

「遠くまでもっていって処分したということ？」

「むしろもち帰ったと考えるべきだと思います」

藪はいった。

「もち帰った……」

阿坂は藪を見た。

「なぜもち帰るのです?」

「トロフィー。記念品です」

「人を殺した記念品?」

「〝黒石〟による犯行が疑われるのも、まさにその点です。〝黒石〟は殺人のプロですが、凶器に関しては銃やナイフを使わず、鈍器を使った撲殺に執着しています。この鈍器が、その形状から鉄亜鈴ではないかと私は考えてきましたが、橋口の死体で発見された破片から、花崗岩を加工したものではないかという疑いが生まれています」

「花崗岩を加工した何なのですか」

阿坂は藪に訊ねた。

「それはまだわかりません。ちなみに安木殺害で使われた凶器の深成岩に、花崗岩も含まれます。ただし、安木の頭部の傷や、殺害まで複数回殴ったことを考えあわせると、花崗岩だったとしても、現在の凶器とは別の形状をしていたと思われます」

「ただの石から、鉄亜鈴みたいな形をしたものにかわったということですか」

薄気味悪そうに矢崎が訊ねた。

「そうなるな。花崗岩は硬い反面、加工が容易なので、建築資材や食器、ガーデニング用品など、さまざまな商品が販売されている。七年前が最初かどうかはわからないが、石を使った撲殺に味をしめたほしが、より使いやすい、花崗岩製の凶器を求め、現在の鉄亜鈴形状にたどりついたとも考えられる」

「そういう商品があるのですか?」

阿坂が訊ねた。藪は首をふった。

「現在のところ、まだ見つかっていません。ガーデニング用品ですと、海外で作られているものも多いので、あるいはそのひとつを個人輸入しているとも考えられます」

「あんたはこれが〝黒石〟の犯行だと思うか」

鮫島は訊ねた。

「思うね。もしかすると、これが最初だったかもしれない。人を石で殴り殺す快感に目覚めたんだ」

藪は頷いた。

「動機は?」

「それはまだわからん。だが、マル害にガセのMDMAをつかませた中国人グループというのが鍵だろう」

「ですがマル被《ひ》と思われる中国人は、事件後、間をおかず日本を出国しています」

矢崎がいった。鮫島は首をふった。

「だから？　出国したがまた日本に戻ってきたのかもしれない。今度は日本人として。〝黒石〟が残留孤児の二世三世なら、十分、その可能性はある。あるいは、〝黒石〟に依頼した殺害が実行されたので、危険と見て日本から逃げだしたとも考えられる」

「いずれにしてもそのグループは、犯人に関する情報をもっていることになりますね」

阿坂がいった。矢崎が答えた。

「はい。しかし現在、グループのメンバーの所在はまったくつかめていません」

「メンバーの名前はわかっているの？」

「リーダーは顔《ガン》という、当時三十八歳の大連《だいれん》出身の男です。もうひとり曹《ソウ》という男のこともわかっています。こちらは天津《てんしん》の出身で、二人は北京《ペキン》で知り合ったようです。神奈川県警厚木警察署が、顔の率いるグループに対し麻薬及び向精神薬取締法違反容疑で内偵を進めていたようですが、検挙には至りませんでした。安木殺害の容疑に関しても、重要参考人のままです」

「顔か曹が〝黒石〟ということは考えられる？」

阿坂が鮫島と藪の顔を見比べた。

「私はちがうと思います」

藪がいった。

「なぜですか。鮫島さんがいったように、一度日本をでて偽造パスポートで戻ってきたのかもしれません」

「であるなら、薬物の密売から殺人に、シノギをかえたことになります」

藪は答えた。

「安木殺しで味をしめた、とあんたはいったじゃないか。人を殴り殺す快感が忘れられず、戻ってきたのかもしれない」

鮫島はいった。

「殺しの歓びに目覚めたとしても、日本に戻ってまで、それをつづける必要はあるか。中国でも殺しは仕事にできる」

「確かに。需要はそちらのほうが多そうですね」

矢崎はつぶやいた。藪がいった。

「さらにいうなら、〝黒石〟と、この二人の中国人は、タイプとして重ならない。俺が考える〝黒石〟は単独行動を好み、定住にこだわるタイプだ。こだわる、というのが〝黒石〟を理解する上でのキィワードだ。殺害手段へのこだわり、防犯カメラに写らないように動くこだわり、顔や曹は、ヒットアンドアウェイタイプの犯罪者で、安木の死後すぐに日本を出国した点にもそれが表われている。〝黒石〟とはちがう」

「それでも安木の殺害は〝黒石〟による犯行だというのだな」

鮫島はいった。

「顔と曹は、〝徐福〟と何らかの関係があり、安木の殺害を依頼した。それが実行されたため、警察の捜査や安木の仲間の報復を恐れて日本から逃げだしたのさ。よほどのことがない限り、もう戻ってはこないだろう」

藪が答えると、矢崎がいった。

「そうだとして、〝徐福〟とこの二人の接点は何だったのでしょうか。〝徐福〟もグループの仲間だったとか？」

「その可能性はあるな。〝徐福〟は金石のメンバーだ。中国人犯罪者と交流があって不思議はない」

鮫島はいって藪を見た。

「あんたはどう思う？」

「そこまではわからない」

藪は首をふった。

「中国人グループがＭＤＭＡを密売していたのなら、高川と接点があったとは考えられませんか。高川なら、この事件について何か情報をもっているかもしれませんよ」

阿坂がいうと、矢崎は目をみひらいた。

「確かにそうです。あたってみますか」

「もう少し情報を集めてからのほうがいいかもしれない。高川は怯え、警戒している。〝黒石〟について、こちらに情報が集まれば集まるほど、高川の口を開かせるテコになる筈だ」

鮫島がいうと、阿坂は頷いた。

「そうですね。闇雲に締めあげても答はでないでしょう」

藪が目を丸くした。

「どうしたんです？」

阿坂が訊ねた。鮫島はその理由に気づき、笑いをかみ殺した。

「何なの？」

阿坂は鮫島を見やった。

「いうなよ」

藪がいったが、かまわず説明した。

「藪は、課長が、『締めあげる』なんて言葉を使ったので、ショックを受けたのだと思います」

「そうなのですか」

阿坂は藪を見た。藪はあきらめたように頷いた。

「ええと、そうです」

阿坂は微笑んだ。

「わたしも警察官です。必要ならどんな言葉でも使う」

矢崎を見た。

「次の説明をして下さい」

「一昨年《おととし》、茨城県土浦《つちうら》市で発生した事案です。市内の飲食店従業員だった住吉忠男《すみよしただお》三十一歳が、勤務する店の前で死亡していたものです。十二月十日の午前五時過ぎの発生でした。住吉はいわゆるホストで、当日も酔っており、帰宅するために同僚と店をでたものの、忘れものをしたといって戻り、勤務する店の前で倒れている姿があとになって発見されました。付近の防犯カメラには、店に向かう住吉は写っていましたが、犯人と思しい人物の映像はありませんでした。現場は土浦市内の繁華街なのですが、争う声などを聞いた者はおらず、地元警察官による検視では、転んで頭部を強打したと判断されました。ですが、同僚二名が、住吉は酒に強く、そんなことで死ぬとは考えられないと主張したため、茨城県警に委嘱された法医が再度検視をおこない、殺害された可能性もあると検案しました。しかし捜査が継続されることはなく、結局、事故死で処理されています」

死体写真がスクリーンに映された。頭部のアップにかわると、

「同じだ」

藪がいった。

「解剖されないまま処理されているが、橋口や大木陽の頭部の傷と酷似している。出血はほとんどなく、頭頂部が陥没し、脳に損傷を与えている」

矢崎が、橋口と大木の死体頭部写真をスクリーン上で並べた。

「確かによく似ています」

阿坂がいった。

「だがなぜ土浦のホストなんだ?」

鮫島は訊ねた。

「それが不明なんです。住吉は十代の頃、窃盗と喧嘩による補導歴はありましたが、暴力団との接点はなく、中国人犯罪者との関係もありません。唯一、土浦市内で風俗店を経営する元暴力団員を、兄貴分として慕っていたという情報くらいです」

矢崎が答え、つづけた。

「ちなみに住吉は茨城県つくば市の生まれで、両親は存命しており、私が確認したところ残留孤児ではありませんでした」

「七年前の傷に比べるとだいぶきれいだ。それだけ、殺し方に慣れ、使いやすい凶器を入手しているのだろう」

藪がいった。

「その兄貴分に訊きこんでみてはどうでしょう」

阿坂がいった。

「しかし茨城県警が事件性なしと判断した事案を、警視庁新宿署の人間がつつき回したら問題が生じませんか」

矢崎がいった。阿坂は鮫島に目を向けた。

「わたしまでの抗議であれば、何とかできます」

「それ以上の騒ぎになったら、どうなるんです?」

矢崎が不安げにいった。

「最悪、わたしと鮫島さんが責任をとることになります」

「だったらこの事案に触るのは最後にしましょう。他の方法で〝黒石〟の情報が得られるなら、それに越したことはないです」

　矢崎が早口でいった。阿坂は鮫島に訊ねた。

「鮫島さんはそれでいいのですか」

　鮫島は苦笑した。

「大急ぎで警視庁を辞めたいとは思っていません」

「わかりました。まだ、ありますか」

　阿坂は頷き、矢崎を見た。

「最後の一件で、マル害は中国人です。吉林省《きつりん》、集《しゅう》安《あん》の出身の李安石《りあんせき》、入国時のパスポートによれば年齢は四十一歳です。昨年八月、長春《ちょうしゅん》発の便で成田空港から入国し、その十日後に千葉県匝瑳《そうさ》市内にある用水路に浮かんでいる死体が発見されました」

　腐敗し、ガスでふくらんだ死体の写真がスクリーンに映しだされた。顔は風船のようで元の人相がわからない。

「解剖の結果、死因は頭部を強打したものと判断されました。現場となった用水路は、ふだんは水量が少なく、マル害は水路わきを歩いていたところをあやまって転落し頭部を打ったと地元警察は判断しました。その後台風がきて、水量が一気に増したのが、死体発見が遅れた理由です」

　矢崎が説明し、頭部の写真をだした。最初の一枚は、草や木の破片が濡《ぬ》れた髪にからみついている。次の一枚は、それらを洗い流したものだが、頭部がふくらんでいて傷の形状がよくわからない。

「台風による増水で濁流の中を何日間も流されていたため、死体は激しく損傷していたようです」

　矢崎が説明すると、

「溺死《できし》ではないのね」

　阿坂が訊ねた。

「肺から水はほとんど発見されませんでした」

「用水路の深さは？」

　鮫島は訊ねた。

「約三メートルです」

「三メートルの高さから転落して即死する、ということはあるか？　肺に水が入っていないとすれば、即死したということだろう」

　鮫島は藪を見た。

「即死とは限らんさ。水量が少なければ頭部を強打し、脳内出血を起こして、動けないまま死亡したという可能性もある。しかもその後、死体は水に流されている。出血等の痕跡も失われ、実際の転落現場がどこであるかは確かめようがない」

「事故だとすれば、なぜマル害はそんな場所にひとりでいたのでしょう」

　阿坂がいった。

「それはまったく不明です。李が成田空港ビルをひとりででていく姿は防犯カメラに残っていましたが、その後の足どりがわからないのです。カメラに写らない場所で、迎えにきた車に乗りこんだようです」

　矢崎が答えたので、

「その動きじたいがマトモじゃない。犯罪に関与する目的で来日したとしか考えられない」

　鮫島はいった。

「運び屋として何かをもちこんだか、あるいは日本で強盗や殺人などの罪を犯そうとしていたか」

　阿坂がいった。

「そして口封じに殺された、か？」

　藪があとをひきとった。

「殺したあと、死体を台風で増水した用水路に投げこんだ可能性は高いと思います」

　と矢崎がいった。鮫島は訊ねた。

「マル害の来日歴はどうなっている？」

「李安石名義のパスポートでは初めてです。ただ犯罪目的での来日だったとすれば、本物のパスポートを使用した可能性は低いと思います」

「死体の所持品は？」

　阿坂の問いに矢崎は首をふった。

「着衣もぼろぼろになっており、水路内で失われたのか、もともと所持していなかったのかも不明だったようです」

「発見された死体が、李安石名義のパスポートで来日した中国人であるとつきとめるだけでも、千葉県警は苦労したでしょうね」

阿坂はいった。

「中国人で、しかも足どりがつかめないとわかったとたん、現場はがっくりくるだろうな。殺しじゃなく事故であってくれ、と願う気持はわかる」

藪がつぶやいた。

「これが〝黒石〟による犯行であるかどうかはともかく、殺人である可能性は高い、と思いませんか」

矢崎が抗議するようにいった。

「おそらくな」

藪は頷いた。

「何だか不安になってきました。殺人と断定されていないだけで、殺された人間が他に何人もいるのではないでしょうか」

矢崎がいった。

「発見されていない死体まで含めれば、相当数ある、と思うぞ」

藪がいった。

「ないものに考えを巡らせてもしかたありません。目の前に気持を集中しましょう」

阿坂がいって、鮫島を見た。

「この三件をすべて〝黒石〟の犯行だと仮定するとして、手がかりを得られそうなのはどれですか」

「土浦の事案です。マル害が中国マフィアや暴力団との接触がなかっただけに、ひとつ手がかりを得られたら、〝黒石〟につながる突破口になります」

「しかし茨城県警が――」

矢崎がいいかけたのを阿坂が制した。

「事故として処理されているものをひっくりかえすという点では、千葉も同じです。はっきり殺人とわかっているのは、神奈川だけで」

「神奈川の事案は七年前と時間が経過している上に、重参と思しい二名の中国人が出国している。情報を集めるのが難しい」

鮫島はいった。

「千葉も、マル害の来日後の足どりがつかめれば突破口になります」

矢崎が反論した。

「それには人海戦術が必要になります。千葉県警が発生時におこなった捜査で得られなかった情報を、これだけの人間で見つけるのは難しいのでは？」

阿坂がいい、藪が感心したような表情を浮かべたことに鮫島は気づいた。

「土浦の事案は、殺人事件としての捜査がおこなわれなかったので、使える情報が残っている可能性が高い」

鮫島はいった。

「矢崎さん――」

阿坂が訊ね、矢崎は考えていたが、答えた。

「警察官だと身分を明さずに調べるのはどうでしょう」

「身分を明さずに調べられますか」

「調査会社の人間を装います。つくば市内に住む両親が、息子の死因を知ろうと雇った探偵に化けるというのは？」

藪があきれたようにいった。

「公安《ハム》じゃそういうことがよくあるのか」

矢崎は頷いた。

「結婚や失踪人の調査に見せかけて、マル対《たい》の周辺から情報をとることはあります」

「あなた自身も経験があるのですか」

阿坂が訊ねると、矢崎は答えた。

「私の仕事は運転手くらいでしたが。調査員には、女性や年配の捜査員が化けていました」

「女の調査員がきて浮気調査をしているといわれたら、刑事とは思わないかもしれないな」

藪がつぶやいた。矢崎は、

「どうでしょう。警視庁警察官だと身分を明して捜査するよりはトラブルになる可能性は低くなると思いませんか」

といって鮫島と阿坂の顔を見比べた。

「阿坂課長の考える〝基本に忠実〟というルールから外れる」

鮫島がいうと、阿坂が答えた。

「確かにイレギュラーなやりかたですが、〝黒石〟に関する捜査はルールにこだわっていては進みません。当初の情報提供と引きかえの高川からの保護要請が、当初の予想を超える規模の事件につながっていて、本庁の捜査一課に預けるとしても、事案は他県のものばかりです。とはいえ、千葉、埼玉、神奈川、茨城の各県警に知らせたところで、すぐに捜査の進展が望めるとも思えません」

「おっしゃる通りです」

「一連の殺人が〝黒石〟による犯行なら、看過できるものではありません。つまり今の段階で、〝黒石〟に関する情報を集めているのは高川から情報提供を受けた新宿署だけということになります。各県警の捜査一課に同じ情報を提供しても、果たしてどれだけの人員をさくでしょう」

「どこの捜査一課も今抱えている事件で手いっぱいでしょうからね」

　藪がつぶやいた。

「であるなら、越境捜査ですし、出すぎだとそしられるかもしれませんが、わたしたちであるていど捜査の筋道をつけて各県警に渡すというやりかたもあると思います。基本という点でいうなら、殺人事件を見逃すほうが、管轄にこだわることより問題です。警察活動の基本はどちらにあるのかを考えれば、答は明白です」

　阿坂がいって、矢崎を見た。

「何かあれば責任はわたしがとります。あなたのアイデアで、鮫島さんと土浦の捜査にあたって下さい」

「はい」

「了解です」

　矢崎と鮫島が答えると、
　藪が訊ねた。

「俺は何をすればいいですか」

「藪さんには、わたしと千葉の事案について何かできることがないか考えてもらいます」

　阿坂がいうと、藪は神妙な表情で答えた。

「喜んでお手伝いします」

## 19

翌日の午後、鮫島と矢崎は、署の覆面パトカーで土浦に向かった。

土浦市は茨城県南部に位置する人口十四万ほどの都市だ。新宿からは常磐《じょうばん》自動車道を使って一時間強で到着する。

ハンドルを握る矢崎がいった。

「新宿はおそらく日本一、ホストクラブの多い街だと思うのですが、人口十四万の土浦にもホストクラブがあるのが意外で、調べてみました」

「それは俺も気になっていた。歴史的な背景でもあるのか」

遊郭などがあった街は、売春防止法が施行されたあとも、歓楽街としてその名残りをとどめることが多い。ゆえにそこで働く女性を客にするホストクラブが成立する。

鮫島が訊くと、

「その通りなんです」

矢崎は答えた。

「戦前は、県南の商業の中心地だったことと隣接する阿見町《あみまち》に海軍航空隊の施設があったのが理由で、土浦には料亭や遊郭が存在しました。今も人口のわりには店舗型の風俗店が多いようです」

性を商品にする風俗店は、店舗をもたないデリバリータイプに主流が移りつつある。店舗型は警察の締めつけが厳しく新規出店が難しい上に、デリバリータイプだと、営業の実態が把握されにくいという〝利点〟がある。

とはいえ店舗型の風俗店が複数存在する地域には飲食店も集まりやすい。性欲と食欲の両方を満たせる場所は多くの人間を惹きつけるのだ。

「だからホストクラブの営業も成立するわけか」

「はい。マル害の住吉が勤務していた『クラブ　カメレオン』は市内では最大手のホストクラブで、二十名以上のホストが在籍しているようです」

「一軒だけじゃないのか」

「似たような業務形態の〝ボーイズバー〟を加えると、市内には三、四軒、そういう店があるようです」

土浦市内に入ると、中心部にあたる桜町《さくらまち》の駐車場に矢崎は車を止めた。午後二時で、ホストクラブが開店するには早い。そのあたりは飲食店の入った建物が多く、ソープランドがたち並ぶ一画とは少し離れている。

「住吉が慕っていた元マルBが店をやっているといったな」

周辺の人通りは少ない。何軒かの飲食店が開店の準備をしているが、営業しているのはファストフード店くらいだ。

「『チェリー』というファッションヘルスです。ファッションヘルスなのに本番行為をさせているという噂があって、土浦署に内偵されたこともあったようです。そのときは店の指示ではなく、従業員の私的な行為ということで、営業許可の取り消しまではいかなかったそうです」

歩いていた鮫島は足を止めた。「チェリー」という看板が正面に見えていた。どこも開いてはおらず、生ゴミの匂いだけが漂っている。

「歌舞伎町もそうですが、こういうところは昼間にくると、あまりきれいじゃありませんね」

矢崎がつぶやいた。

「昼の盛り場は化粧を落としたホステスのようなものだ。見るほうが悪い」

鮫島が答えると、矢崎は驚いたような顔をした。

「鮫島さんからそんな言葉がでるとは思いませんでした」

「新宿にきた頃、マル暴のベテランにそういわれた。なるほどと思った覚えがある」

「その人は今も新宿に？」

「いるよ。辞表をだしたと聞いたが、その後とり下げたようだ。住吉が慕っていたのは、何という男だ？」

「南野《みなみの》です。南野恒次《こうじ》、三十三歳。元横浜共立会《きょうりつかい》の構成員です。横浜共立会というのは、独立した博徒《ばくと》系の組で、三年前に組長が高齢を理由に廃業届をだし、解散しています。組の解散後、南野は実家のある茨城に戻って『チェリー』を開店しました」

「戻ってすぐにか?」

鮫島は訊ねた。

「はい。理由はあって、南野の伯父《おじ》が土浦でソープランドを二軒経営しているんです。そのコネで営業許可と開店資金を得たようです」

「よく調べたな」

「関東一円の風俗情報サイトを運営している友人がいて、そいつに訊きました。サイトだけじゃなく紙の情報誌も県別に発行していて、茨城版の編集をやっている人間から情報《ネタ》をひいてくれたんです」

「便利な友人だ」

「大学の同級生です。一番優秀で、てっきりIT企業にいくとばかり思っていたんですが……」

「茨城版の編集をやっている人というのは?」

「ヌマさんといって、無料案内所にいるそうです。友人を通して、今日いくことは伝えてあります」

「じゃあ、そのヌマさんは我々の職業を知っているんだな」

「はい。あの、さしでがましかったでしょうか。ヌマさんに我々のことを教えてしまって」

矢崎は不安げに訊ねた。

「その人から地元の人間に情報が伝わることがないのなら大丈夫だろう」

「それは大丈夫です。口止めしましたし、ヌマさんはふだんは水戸《みと》にいるんで、今日だけ我々のために土浦にきているようです」

鮫島は無言で頷いた。

「無料案内所は、確か『チェリー』のすぐそばだと聞いたんですが……。ありました!」

矢崎が指さしたのは「満足興業株式会社」という派手な看板をかかげたプレハブの建物だった。

開店前なのか、入口のサッシ扉にはカーテンがおりている。が、矢崎が引くと、扉は開いた。

「こんにちは」

蛍光灯が点った案内所内は、そこだけ夜のようだった。奥のパソコン台の前に、度の強い眼鏡をかけた小太りの男がひとり腰かけている。年齢は五十前後だろう。

「あのう、矢崎と申しますが、ヌマさんはおいでしょうか」

「俺がヌマだよ」

男が答えた。前歯が半分欠けている。

「お忙しいところをすみません」

「社長の同級生なんだってね。ま、入って。あ、うしろの人は入ったら、サッシの錠前かけてカーテン閉めなおしてくれる。誰かに見られたくないだろ」

鮫島は言葉にしたがった。男はくたびれたスラックスに白い半袖シャツというでたちだ。せまい無料案内所の中はエアコンがきいて、寒いほどだった。

「新宿署からわざわざおいでとは、ご苦労なこったよ。新宿署っていや、新宿鮫って刑事さん、まだいるのかい?」

「ご存じなんですか」

矢崎が表情をかえずに訊ねた。

「いや。会ったことはないけど、俺も昔、新宿にいたことあってさ。極道系の店はどこも恐がってたな。一度にらまれた奴は絶対パクられるって」

「そうなんですか。いるのかな、今でも」

矢崎はとぼけた。

「あの、これを」

鮫島はいって、新宿で買ってきた菓子折りをさしだした。

「いいのに、そんな気をつかわなくて。俺は社長にひろわれた恩があるからさ。社長の知り合いなら何でも協力するよ。帰りにソープ寄る? 若くて超サービスのいい子を紹介するよ」

「すごく魅力的なお話ですけど、まずは南野さんのことを教えて下さい」

矢崎がいった。

「南野はね、お袋さんがフィリピーナなのよ。そのお袋さんが離婚して、横浜に南野を連れていった。その先でやくざになったんだけど、組が潰れて、父親の兄貴に呼ばれて戻ってきたんだ。父親は何年か前に死んだんだが、その兄貴ってのが、けっこう南野をかわいがっているのよ」

「南野さんはどんな人なんです？」

鮫島は訊ねた。

「明るいラテンの兄ちゃんだね。あんまり元極道って感じがしない。ヘルスの社長だけど、クラブのＤＪとかもやってて、そのせいで若いホストとかキャバ嬢に人望がある。古いリンカーンに乗ってて、土浦の夜の世界じゃ有名人だよ」

「死んだホストの住吉とも仲がよかったそうですね」

「住吉もね、昔、横浜にいたのよ。馬車道《ばしゃみち》だかどっかのホストクラブに十代のときからいて、二人は横浜時代からのつきあいらしい。よくつるんでたね。住吉もホストとしちゃいい年だったし、あんなことにならなけりゃ南野と何か別の商売を始めるつもりだったのじゃないかな」

「住吉はどんな人間だったんですかね」

矢崎が訊ねた。

「まあまあ二枚目で、こっちに移ってきた当初は人気がでたらしいけど、腹の中で土浦を馬鹿にしてて、本気でやればナンバーワンになれるのにって店の社長がいうのを聞いたことがある」

「土浦にきたのはいつ頃ですか」

「いつ頃だっけな。三年くらい前かな。くわしいことはさすがにわからないな。ただ横浜時代はかなり売ったらしい。有名店のナンバーワンだったというふれこみだったから」

「それがなぜ土浦に移ってきたんでしょう」

鮫島は訊ねた。

「まあ何かしらあったんだろうね。客が入れ揚げて会社の金を使いこんだとか自殺しちゃったとか。金を引くのはホストの仕事だけど、ただのＯＬが何千万も使ったら、こりゃ危ないと思わなきゃ。それを打ち出の小槌《こづち》だって引っぱっているうちに、横領の共犯にされちまったケースもあるからな」

「つまり横浜で何かトラブルがあり、それでいられなくなった、と？」

「勝手な俺の想像だよ。じゃなけりゃナンバーワン張ってる店が簡単に辞めさせちゃくれないだろう」

「暴力団や中国マフィアとトラブルになったという話はありませんか」

「それは知らないな。たまにホストが親分の女房をそれと知らずにカモって、半殺しにされたって話を聞くことはあるけど、自分からはいわないよね。南野なら何か知ってるんじゃないの」

いって、男は腕時計を見た。ディズニーのキャラクターがデザインされた子供用の品だ。

「三時になったら『チェリー』にでてくるから、訊いてみたら。刑事だっていわなけりゃ、俺の名前だしていいから」

矢崎は頷いた。

「ありがとうございます。いちおう私立探偵の名刺を用意しました」

藪がパソコンを使って作ったものだ。つくば市内の住所が印刷されている。

「住吉が死んで、南野もかなりヘコんでいたから、何か知っていれば教えてくれると思うぜ」

「ありがとうございます」

鮫島も礼をいい、二人は無料案内所をでた。

張りこんでいると思われてはまずいので「チェリー」には近づかず、二人は時間を潰した。

三時を過ぎるのを待って「チェリー」の前に戻った。白い外車が店の前に止まっていた。一九七〇年代製の大型車だ。

「出勤してきたようですね」

矢崎はいって、携帯をとりだした。警察官ならアポイントをとらずに店に押しかけるが、私立探偵という建前上、前もって電話をすべきだろうと二人で決めていた。

看板に記されている「チェリー」の番号を矢崎は呼びだした。

「もしもし、『チェリー』さんですか。南野社長はもうおいででしょうか」

電話に応えた相手に矢崎が告げると、誰何《すいか》されることなく電話はとりつがれた。

「あ、南野さんでいらっしゃいますか。お忙しいところをおそれいります。私、『関東調査エージェンシー』

の渡辺《わたなべ》と申します。亡くなられた住吉さんのお身内の方から依頼をうけまして、調査をいたしております。はい、住吉忠男さんです。それで南野さんが住吉さんと親しくされていたというのを、土浦『満足興業株式会社』のヌマ様からうかがいまして、ぜひお話をうかがえればと、こうしてお電話をさしあげたしだいです」

はい、はい、とあいづちを打ち、

「そうなんです。ご依頼人も、住吉さんは酒に強かったので、酔って転んで亡くなるなんてありえない、とおっしゃっていて。ただこちらの警察は、事故ではないかもしれないが、これ以上の捜査をする予定がない、というお話で。まあ、あれですね。お役所ですから、仕事は増やしたくないということだと思うんです。はい、おっしゃる通りです」

矢崎の芝居は堂に入っていた。

「ええ、その通りです。それで私ともうひとり社の者が土浦まで参っておりまして、できれば南野さんにお会いしてお話をうかがえれば、と」

南野が答えた。

「承知いたしました。それでは四時に、駅ビルの前でお待ちいたしております。はい。ありがとうございます。失礼いたします」

電話を切った。

「たいしたものだ。皮肉じゃないぞ」

鮫島はいった。

「情報提供者には、徹底して低姿勢で接しろというのを叩きこまれました」

矢崎は汗をぬぐい、答えた。暑いせいもあるが、顎の先から滴るほどの汗をかいている。

四時少し前に、二人は土浦の駅ビルの前に立った。やがて白い外車が二人の前で止まった。キャップをまぶかにかぶった男が運転席にいる。Tシャツの袖からのぞく太い腕にはタトゥがびっしりと入っていた。

「渡辺さんかい？」

助手席の窓をおろし、運転席の男が訊ねた。

口ヒゲを生やし、大きな目と通った鼻筋が浅黒い肌とあいまって、ラテンアメリカ人を思わせる。

「はい。南野さんですか」

矢崎が頷くと、

「そうだよ。乗んな」

といわれ、二人は外車の後部席に乗りこんだ。

「すごい車ですね。私、こんなすごい車に乗ったことありません。何ていうんですか」

矢崎が訊ねた。

「リンカーンコンチネンタルだよ。俺は古いアメ車が好きでさ。程度がいいのを探すのはたいへんだったよ」

答えて南野は発進させた。

「よく我々のことがおわかりになりましたね」

鮫島はいった。

「このクソ暑いのに、上着きてネクタイしめてんのは、あんたら二人だけだったからな。すぐわかった」

南野は片手でハンドルを回し、駅前から離れた。少し走ると、川の先に大きな湖のような水面が見えた。

霞《かすみ》ケ浦《がうら》だ。

「あの、どこでお話を?」

矢崎が訊ねた。

「この先に知り合いの店があってさ。この時間は誰もこないんで、ゆっくり話ができる。そこを借りたから」

十分ほど走ると町並みが途切《とぎ》れ、池に面した一画にでた。ハスの葉がびっしりと浮かぶ水面を見て、蓮根《れんこん》が土浦の特産品だったことを鮫島は思いだした。

水田と蓮根畑のあいだを縫う細い道を、猛スピードでリンカーンは走り抜けた。やがて湖沿いにたつ倉庫のような建物が見えた。

カマボコ型で広さはかなりあり、整地された建物の周囲には砂利がしきつめられている。チョッパーハンドルのバイクが一台、建物の前に止まっていた。

「着いた」

南野はいって、リンカーンを止めた。運転席を降りると、黒いペンキで「ＤＲＵＩＤ」と記された観音開《かんのんびら》きの扉の前に立った。

「ここは、俺が週末にＤＪをやってるクラブなんだ」

扉の引き手をつかみ、南野はいった。

まっ暗な屋内に南野は足を踏み入れ、鮫島と矢崎はあとにつづいた。

三人が足を踏み入れると背後で扉が閉まった。鮫島はふりむいた。素肌に革のベストを着けた、細身の男が扉のかたわらにいた。その男の上半身にもびっしりタトゥが入っている。

「悪いな、アオ」

南野がいった。細身の男は無言だ。白目を光らせ、鮫島たちをにらんでいる。

目が慣れてくるにしたがい、建物の内部が見えてきた。中心部は体育館のような板張りのフロアで、それを囲むようにテーブルやソファがあり、ソフトダーツの機械や飲物の自動販売機などが壁ぎわにおかれている。

天井が高いせいか、中はそれほど暑くない。

アオと呼ばれた男が入口に近い長椅子に腰をおろした。同時に、はいているブーツから刃渡り二十センチはありそうなナイフを抜き、床に投げた。ナイフは床につき立った。

アオはナイフを抜き、今度は扉に投げた。

扉の内側にはドクロの絵が描かれていて、その左の眼窩《がんか》にナイフは刺さった。

「アオのことは気にしないでくれ。このクラブのセキュリティでな。半分ここに住んでる」

南野がいった。

「南野さん、何か誤解されてませんか。私たちは本当に住吉さんがお亡くなりになった理由をお調べしているだけなんです」

矢崎がいうと、

「探偵だっけ？　何てとこだよ」

南野は訊ねた。

「これが名刺です。私どもは関東一円に支社のある調査会社でございまして。つくば支社に住吉さんのお身内からの依頼があったものですから」

矢崎から名刺を受けとった南野は首を傾げた。

「『関東調査エージェンシー』ね。聞いたことがないな」

「実はつい先日、社名がかわりまして。以前は『トウショウリサーチ社』という名前でございました」

南野は矢崎をにらんだ。

「『トウショウリサーチ』だ？　もっと聞いたことがねえな」

「いくつか小さな調査会社が合併して、今の『関東調査エージェンシー』になったものですから」

「ふーん。で、誰があんたら雇ったの？」

「ですから住吉さんのお身内の方で」

「俺はさっき、住吉のお袋さんと話したんだよ。探偵なんか雇ってないってよ」

南野の表情が険しくなった。鮫島は緊張した。

「はい。ご両親ではございません」

矢崎がきっぱりと答えた。

「ご依頼人のことは明せないのが規則なので、ここでお教えはできないのですが、ご両親でないのは確かです」

「親でもないのに住吉がなんで死んだのかを調べてるのか」

「いろいろとご事情があるようでございまして」

「ご事情？」

「住吉さんのご実家は、実はつくばの古いお宅の本家筋にあたりまして、住吉さんの祖父にあたられる方が、つくば市内の土地を所有しておられます。まだご存命なのですが、亡くなられた際は、いろいろと財産分与の問題が生じそうなのです。それで何といいますか、お孫さんにあたる住吉さんが何で亡くなられたのかをお調べになりたいという方がいらっしゃるわけです」

「へえ。あいつの実家は、そんないいところだったんだ」

「お祖父《じい》さまが、です」

「なるほどね。で、あんたら何を知りたいの？」

矢崎が鮫島に目配《めくば》せした。鮫島は上着からノートをとりだした。

「私、渡辺くんの同僚の鈴木《すずき》と申します。この案件の担当をさせていただいております」

「渡辺に鈴木だ。何か信用できねえな。ま、いいや。それで？」

いったはものの、南野の表情は少しやわらいでいた。

「住吉さんが土浦にいらっしゃる前のことを調べておりまして。以前は横浜のホストクラブにおつとめだったそうですね」

「ああ、『星の王子さま』ってふざけた名前の店だ。ナンバーワン張ってたこともある」

「南野さんもその頃は横浜にいらしたとヌマ様からうかがいました」

南野は舌打ちした。

「あのお喋りジジイが。ああ、いたよ。ちょっとやんちゃしててな」

暴力団員だったといわないのが意外で、鮫島は南野を見直した。この場の空気からすれば、元やくざだとすごんでも不思議はない。

「ではその頃から、住吉さんとはおつきあいが?」

「あったよ。俺のいた事務所が管理してた店から女を無断で別の店に移したホストがいやがってな。女には借金があって、それで働かせてたんだが、そいつの清算前に引き抜きやがったから、ルール違反だって話だろ。そのホストがいたのが『星の王子さま』だった」

「トラブルになられたわけですね」

「そんなおおごとじゃない。そのホストに、女を元の店に戻せ。さもなきゃ、お前の顔が傷モノになるぞといっただけだ。女はすぐに戻ったよ」

「それが住吉さんだったんですか」

「いや、住吉のヘルプだ。手下みたいなもんだな。住吉は店のナンバーワンだから、手下もいっぱい、いた。それで会っていろいろ話したら、出身が同じ茨城だったんで仲よくなった。俺はホストに興味がないが、ホストの周りには女がいっぱいいる。いい女がいたら紹介しろといったら、いくらでも紹介しますよ、と」

「なるほど。すると住吉さんはとても人気があったわけですね」

「ああ」

「それがなぜ土浦にこられたんでしょう」

鮫島が訊くと南野は黙った。

「何か店を辞めざるをえないトラブルでもあったのでしょうか」

「あった」

言葉少なに南野は答えた。

「それをお話し願えませんか」

南野は息を吐いた。

「住吉がいいたがらなかったんで、俺も詳しくは知らないんだが、別のホストの客の女とデキてもめたらしい」

「なるほど。客を奪《と》った、ということですか」

「簡単にいやあ、そうなる。客の女はホストと寝たがるが、寝ちまったら商売は成り立たない。他の客にバレたら、引いちまうしな。当時、奴に入れ揚げてた、伊勢佐木町《いせざきちょう》のキャバ嬢にそれがバレてな。貢いだ金を全部返さなけりゃ、中国人に殺させるって威された。その上、客を奪られたホストが掟破《おきてやぶ》りだってんで騒ぎ、結局クビになった。そのせいで他のホストクラブにも移れず、奴より少し前に土浦に戻ってた俺に相談してきた。男の嫉妬《しっと》は恐いからな。もう横浜にはいられないし、貢いでたキャバ嬢も、どうもスジの悪いのとつきあいがあったらしくて本気でヤバいっていうから、俺が店を紹介してやるからこっちにこいっていったんだ」

「客だった女性に威されたということですか」

「ああ。それが写真で見ると、住吉がやっちまった女より、よほどいい女なんだ。やっちまったのは田舎くせえ風俗嬢で、俺もあきれたよ。まあ好みって奴なんだろうな。キャバ嬢のほうはプライドが許さなかったらしくて、キツく追いこんできたみたいだ。かわいさ余って憎さ百倍って奴だ」

「なるほど。それはいつ頃の話ですか」

「奴がこっちにくる一年前くらいの話かな。だから携帯の番号とかも全部かえて、こっちじゃイチからの出直しだった。そうなると苦しいわけで、ホストなんて早くアガりたいと、よくぼやいてた」

「その後、その女性から威されることはなかったのですか」

「なかったと思うけどな。前にどうなったって訊いたら、風の噂でその女もキャバ嬢を辞めたって聞いたと、住吉はいってた」

「ちなみにその女性の名前と当時の勤め先などをご存

じありませんか」

「キャバで使ってた源氏名《げんじな》はアンナ。店の名は知らねえ。伊勢佐木町のキャバクラだ」

「源氏名はアンナ。伊勢佐木町のキャバクラにいたのですね」

南野は頷いた。

「どうでしょう。そのアンナというキャバ嬢が住吉さんを誰かに襲わせたとは考えられませんか」

鮫島は訊ねた。

「住吉が死んだって聞いたとき、俺もすぐそれは考えたよ。でも中国人が殺ったのなら、道具がちがうだろう。刺すかハジくか。頭を叩くってのは、な」

そういう殺し屋がいるのだという話をするわけにもいかず、鮫島は無言で頷いた。

「それにいきなり殺したら、貢いだ金の回収ができない。まあ、回収できるような金はもっちゃいなかったが」

「住吉さんは何にお金を使っていたんです?」

「着道楽《きどうらく》だよ。毛皮とかに目がなくてな。今じゃすっかり人気がないが。だいたいよ、どんなブランド品の服や靴だって、中古となったら二束三文《にそくさんもん》だろ」

「アンナというキャバ嬢のことですが、もう少しわかりませんか」

矢崎が訊くと、南野は考えこんだ。

「昔、俺が脅したホストなら知ってるかもしれないな。住吉のヘルプだった奴だ」

「連絡先をご存じですか」

「携帯の番号は知ってる。今も現役ならつながる筈だ。名前は確かセイヤだ」

いって南野は携帯をとりだした。

「俺がかけたって、びびってでないだろうから、あんたらであたってみな」

「ありがとうございます」

南野が口にした携帯電話の番号を鮫島はノートに書きとめた。

「そのアンナさんの連絡先まではご存じじゃありませんよね」

矢崎が訊くと、

「知ってるわけないだろう。会ったこともないのだから」

南野は首をふった。

「いろいろとありがとうございました」

鮫島はいった。

「いや。住吉が死んだとき、俺も酔っぱらって転んで死ぬなんてわけないと思った。もちろん酒に強かったしな」

「今のお話以外で、住吉さんに恨みをもっていた人に心当たりはありませんか」

「入れ揚げてつれなくされた女は、皆それなりに恨んじゃいるだろうが、殺すほどってのは知らないな。住吉もいってたが、そのアンナって女は、奴に惚《ほ》れてたというよりプライドが許さなかったのだろうって。それで頭にきたんじゃないかとな」

「プライドが許さなかったのだとすれば、貢いだ金の回収より、仕返しを優先するというのは考えられますよね」

鮫島はいった。

「確かにそうだが、やって顔をはつるくらいだろう。殺すってのはやりすぎだ。住吉の話じゃ、寝てもいなかったらしい。寝てもいない男を、女が殺すってのはどうなんだ」

南野はいって首をふった。そしてつぶやいた。

「待てよ。自分は利用されたんだ、みたいなことをいってたな」

「そのキャバ嬢が、ですか?」

「ちがう。住吉が、だ」

「誰に利用されたのです?」

「たぶんアンナにじゃないか」

「入れ揚げていたキャバ嬢に利用されたというのは、どういう意味でしょう」

「それは俺にはわかんないね。何だかややこしい事情があったみたいだが、そんなホストとキャバ嬢のもめごとなんてどうでもいいことだ。そう思わないか」

いって南野は鮫島をにらんだ。鮫島は目をそらした。

「でもそれが原因で、住吉さんが亡くなったのだとすれば、私たちには重要なお話です」

矢崎がいった。

「利用しておいて、中国人を使って殺すといったのですか。妙ですね」

鮫島もいった。南野は顔をしかめた。

「その辺はさ、奴もあんまりいいたがらなかったし、俺も聞く気がなかったから、よくわからねえ。セイヤに訊いてみな。セイヤなら何かしら知ってると思うぞ」

「セイヤさんは、住吉さんが亡くなったのをご存じでしょうか」

「葬式にきてたからな。知ってる筈だ」

鮫島は矢崎に目配せした。

「重要な情報を、ありがとうございました」

矢崎がいった。

「いや。もしよ、そのアンナってのが住吉を殺させたのだとしたら、あんたら、どうする?」

「どうする、とは?」

鮫島は訊ねた。

「警察に教えるのか」

「確かな証拠があれば」

「なかったら?」

「警察に教えるのは難しいでしょうね」

「そのままか」

南野の声が低くなった。

「ご依頼人にはご報告しますから、あとはご依頼人しだいだと思います」

鮫島は答えた。

「なるほどね。俺に教えてくれないか」

「殺されたとわかったら、ですか」

「そうだよ。舎弟だった奴なんだ」

「それは――」

矢崎がいいかけたのを制し、

「わかりました」

鮫島はいった。

「そのときはお知らせします」

「これが俺の携帯だ」

南野が、番号だけを印刷したカードをさしだし、鮫島は受けとった。

「もちろん、秘密で、だぞ」

南野が念を押した。鮫島は無言で頷いた。

「横浜に比べりゃ、土浦は田舎だよ。だからって、よそ者にひっかき回されていいって理由はねえ。なあ、アオ」

ナイフで爪先をいじっていた男は立ち上がった。無言で頷く。

「アオも住吉と仲がよかったんだ」

南野がいって、鮫島の目を見つめた。

「あんた、デコスケみたいな目をしてるな」

「デコスケ?」

鮫島はわざと訊き返した。

「お巡りなんじゃねえの」

アオがかすれ声でいった。

「お巡りだったら、ぶっ殺す」

鮫島は緊張した。このアオという男は、何か薬物を摂取している可能性が高い。

南野が首をふった。

「お巡りが探偵の真似をするかっての。その逆はあっても」

「そっか。そうだな」

アオがけひひという笑い声をたてた。

「びっくりしました」

矢崎がいった。

「威かして悪かった。駅まで送るわ」

南野がいって、扉に歩みよった。

## 20

「あせりました」

覆面パトカーを駐車場からだした矢崎がいった。

「目を合わせないようにしていたんだがな、弾みで合ってしまった」

鮫島はつぶやいた。

「どうします？　署に寄らず、このまま横浜に向かいますか」

矢崎は訊ねた。

「けっこうな距離を運転することになるが大丈夫か」

「平気です。南野の口から、『中国人に殺させる』ってでてきたときには、やったって思いました。セイヤという、住吉の元同僚から話を聞きましょう」

「また探偵のフリをするのか」

「万一、南野とつながらないとも限らないので、そのほうが無難だと思います」

常磐自動車道の渋滞もあって、東京都内に入ったのは、午後六時近くだった。首都高速の中央環状線から湾岸線に入り、横羽線《よこはね》を経由して横浜市内に向かう。

七時前に覆面パトカーは伊勢佐木町に到着した。鮫島は南野から聞いた、セイヤという住吉の後輩ホストの携帯電話を呼びだした。もしつながらないようであれば、「星の王子さま」というホストクラブに直接いく他ない。

長い呼びだしのあと、

「はい」

若い男の声が応えた。

「セイヤさんでいらっしゃいますか」

「そうだけど」

「私、『関東調査エージェンシー』という調査会社の鈴木と申します。亡くなられた住吉忠男さんのご遺族から依頼をうけて、調査にあたっております」

鮫島が告げると、男は訊き返した。

「タダオさんの調査？」

「はい。なぜお亡くなりになったのかを知りたいとお考えになられた方からのご依頼がございまして」

「転んで頭打ったのじゃないの？」

「警察の捜査ではそのような結論がでたようなのですが、住吉さんはお酒にたいへん強かったそうで、どうも信用できないというお話で、私どものほうに調査を依頼されたわけです」

「話がよくわかんない。どういうこと？」

「はっきり申しあげます。住吉さんが誰かに殺されたのかもしれない、と私どもは考えております」

「殺された……」

「住吉さんが横浜におられた当時、お客さんとトラブルがあったとうかがったのですが」

「トラブルって、そんなの知らない」

「ご存じありませんか？　アンナさんというお客さんともめた、と聞いております」

「あ」

いって、セイヤは黙った。思いだしたようだ。

「ご存じなのですね」

「知らなくはないけど、お客さんの話とかできないんだよね。わかるでしょう」

セイヤの口調が砕けたものになった。

「もちろん理解できます。ですが、そこを何とかお聞かせ願えないでしょうか」

「それはさあ……」

いってセイヤは黙った。その沈黙の意味に鮫島は気づいた。

「お話をお聞かせ願えたら、些少《さしょう》ですが謝礼はできると思います」

「些少っていくらよ」

「いくらくらいをご希望でしょう」

「十、かな」

「十万円ですか」

「うん」

「それはちょっと難しいかと。依頼人さまにうかがってみなければわかりませんが」

「じゃ、訊いてよ」

「もう一度おかけします」

いって鮫島は電話を切った。

「ナメてますね。身分を明しますか」

聞いていた矢崎がいった。

「いや。一度探偵だと名乗《なの》った以上、かえって話がややこしくなる」

鮫島はいって、もう一度セイヤを呼びだした。十万円を捜査費から捻出することは可能だが、言値は避けたい。

「お待たせしました。依頼人さまとお話をしました。とりあえず三万円はご用意いたします。お話をうかがった上で、それが調査の役に立つ情報なら、五万円までならお支払いできるそうです」

「三万？　冗談だろ」

「とんでもありません」

「あのさ、俺らの時給、いくらだと思ってるの。そんな端《はし》た金《がね》で話せるわけないだろ」

「駄目ですか」

「当たり前じゃん。お世話になったタダオさんのことだから、特別に時間作ろうと思ってたけど、そんなんじゃ話にならないね」

「わかりました。では警察に任せることにいたします」

「警察？　警察は動いてないのじゃないの？」

「はい。ですが、セイヤさんが有用な情報をおもちだと、茨城県警の捜査一課に、私どものほうから知らせることはできます」

「ちょっと待ってよ。有用な情報って何よ」

「それはわかりませんが、高額の提供料を要求される以上、殺人事件の捜査にかかわるものだと、私どもでは判断いたします」

「勝手に判断しないでよ！」

「でも十万円の価値がある、とセイヤさんはお考えなのですよね」

「ちがうよ。俺の時間を十万で売るっていってるんだよ」

「その件も茨城県警に伝えます」

「わかったよ！　五万円、もってこいよ」

「どちらまでおもちしますか」

「店の近くはマズいな。元町《もとまち》にある『カネチカ』って喫茶店にこられる?」

「元町ですか。七時半にはうかがえるかと」

「じゃ急いで」

いってセイヤは電話を切った。

「元町だ」

鮫島はいって、カーナビゲーションで「カネチカ」という喫茶店を検索した。

「鮫島さん、威すのがうまいですね」

覆面パトカーを発進させ、矢崎がいった。

「公安《ハム》のほうがこういう仕事は慣れているだろう」

「ぶっちゃけ、十万ならほいほい払います」

「だろうな」

公安部と、刑事部のそれも一所轄署では使える金額がちがう。とはいえ金が使えたとしても、有用な情報が集まるとは限らない。金欲しさに、あることないことを吹聴《ふいちょう》する輩《やから》にはことかかないのが新宿だ。

十万円どころか、千円でも五百円でも、金になるなら、次々と話をもちこんでくるにちがいない。

情報提供者への謝礼金は、何らかの形で補塡はされるが、領収書がない場合は捜査員の自腹となることもある。

とはいえ、金で買える情報にはその金額に見合った価値しかない、というのが鮫島の考えだった。千円で重大犯罪の犯人が割れるなら、これほど安あがりなことはない。

セイヤの情報が五万円に見合うものなのかは、話してみなければわからなかった。

元町の駐車場に車を止め、ATMで金をおろして、二人は待ち合わせた喫茶店に向かった。表通りからは一本外れた場所にある、古びた雰囲気の店だ。入口からまっすぐの造りで、左右に三つずつテーブル席がある。

七十過ぎと思しい女性客が、ひとりずつテーブルにいるだけで、男性客はいない。

鮫島と矢崎は、空いているテーブルに分かれて腰かけた。別々の客のフリをする。

コーヒーを注文して待った。七時四十分過ぎ、ブランドもののスウェットスーツを着た、金髪の男が店の入口をくぐった。迷ったように、鮫島と矢崎を比べ見る。

「鈴木でございます」

鮫島は手をあげ、いった。

金髪の男は小さく頷き、鮫島の向かいに腰をおろした。アイスコーヒーを注文する。

「セイヤさんですね。お忙しいところをありがとうございます」

鮫島は告げた。矢崎はセイヤとは背中合わせの位置だ。

「金、もってきた?」

セイヤは訊ねた。色が白く、唇が口紅を塗っているように赤い。

「はい。大丈夫です。まずはお話をうかがわせて下さい」

「え、どんな話?」

「ですからアンナさんというお客さんの話を。私どもの調査では、住吉さんはアンナさんにたいへん気に入られていたとか」

鮫島はいってセイヤの目を見つめた。

「それ、ちがうんだよね」

セイヤがいった。

「ちがう? アンナさんが住吉さんに入れ揚げていて、住吉さんが他の女性と仲よくなったので腹を立て、威したと聞きましたが」

「入れ揚げてたってのは嘘《うそ》」

セイヤはいった。

「嘘、とは?」

「アンナって、すげえタマでさ。狙ってる客がいたんだよ。それもただ金を引くのじゃなくて、自分を水揚げさそうとしてた」

「水揚げというのはつまり、店を辞めて愛人にさせるということですね」

「そう」

「それでホストに入れ揚げているという嘘をついたのですか?」

理解できず、鮫島は訊ねた。

「だからさ、たとえばあんたがすげえ気に入ったキャバ嬢がいるとするじゃん」

面倒くさそうにセイヤはいった。

「はい」

「ただ店に通ってるだけじゃ金ばっかりかかるだろ。だからいっそ愛人にしようと思うわけだ」

「それはわかります」

「でも愛人にするってのも、いろいろ手間がいる。金のかかりかたもかわってくるし。接待交際費じゃお手当てを落とせないとか、さ」

「はい」

「アンナは最初から、その客に自分を水揚げさそうと狙ってた。けど愛人にしてくれって自分からいうと、男に足もとを見られると考えて、タダオさんとふたまたかけてるフリをしたんだ。ヤキモチ作戦さ。わかる?」

「つまりホストに惚れているフリをして、愛人にさせるよう仕向けた?」

セイヤは頷いた。

「そういうこと。友だちに連れていかれたホストクラブで、タイプの人と出会っちゃった。キャバ嬢やってれば、それなりに金はあるからホストクラブに通える。その客も連れてアフターでうちの店にきて、うっとりしちゃったりするわけだよ。客は当然、アセるよね」

「つまりアンナという女性は、住吉さんに入れ揚げていたわけではない、というのですか」

「やっとわかった? はい、お金」

セイヤは手をさしだした。

「もう少し聞かせて下さい。住吉さんはアンナさんから事情を聞かされ、グルになっていたということですか」

「途中でね。なんかおかしいってタダオさんも気づいたんだ。それでアンナさんを問い詰めたら、『三井《みつい》さんを落としたい。だから協力してくれ』って」

「三井というのが、そのお客さんですね」

「そう。なんかコンサルタントの仕事してて、ヤーさんの金回してるとかで、めちゃ金持だった」

鮫島は頭の芯が冷たくなるような衝撃を感じた。

三年半前、横浜市青葉区で、三井省二《しょうじ》という投資コンサルタントが射殺された。三井は暴力団栄勇会の資金を運用していて、死後少しして、三井の秘書兼愛人だった新本《あらもと》ほのかこと荒井真利華がその資金を奪い、逃走した。

その後の捜査で、荒井真利華が三井に近づくために、伊勢佐木町の三井のいきつけのキャバクラで働いていたことが判明した。キャバクラに知らせていた名前や経歴はすべて偽りで、三井の秘書兼愛人になるのが目的だった。

荒井真利華が三井の殺害を依頼したのは、元北朝鮮工作員のユンヨンチョルだった。ユンヨンチョルは祖国に裏切られ、日本で生きていくために殺し屋になっており、金石のメンバーだった荒井真利華はその潜伏に協力していた。

十カ月前、母国への復讐を企てたユンヨンチョルは、内閣情報調査室が拉致被害者の情報と引きかえに北朝鮮に提供しようと準備したタミフルの強奪を図った。そして運搬役の中国人を射殺したことで、鮫島に逮捕された。

三井省二に資金の運用を依頼したのは、服役中の栄勇会幹部、吉田だった。宮城《みやぎ》刑務所に吉田を訪ねた鮫島と矢崎は、三井の殺害が栄勇会の資産を奪うための金石の犯行であったことを知った。

暴力団がおおっぴらに動かせない資産を、投資顧問として三井が運用しているのを知った人物が、荒井真利華を三井に近づけたのだ。

それは周到で大胆な犯罪だった。暴力団の財産を奪えば一生、的にかけられる。にもかかわらず実行する度胸は、金石ならではのものとしかいいようがない。

「金石」

思わず鮫島はつぶやいていた。

「え、何?」

セイヤが訊き返した。

「いえ、こちらの話です。それでアンナという女性は、うまくその三井というお客さんを落としたのですか」

鮫島は訊ねた。

矢崎が背中合わせのセイヤをふり返った。矢崎の顔も紅潮していた。アンナの正体に気づいたようだ。

「うまくいった。キャバ嬢にしておいたらタダオさんにもっていかれちまうかもしれないと思った三井さんは、アンナさんを水揚げしたみたいだ」

「その後どうなったかご存じですか」

「うまくやっているんじゃないの?」

三井省二が殺害されたことをセイヤは知らないようだった。

「ただ、タダオさんは、アンナさんの芝居に協力してやったのにお礼がないってぼやいてた」

「それはいつのことです?」

「土浦に移る直前くらいかな。いろいろあってタダオさん横浜にいられなくなって、お金にも苦労してたみたいで。もしかしたら、アンナさんに少し融通してよみたいなことを頼んだかもしれない」

「その結果はどうだったんです?」

「わかんない。タダオさんがあっちにいっちゃったから」

「土浦でうかがった話では、住吉さんはそのアンナさんに威されていたということだったのですが」

「じゃあそのことかな。三井さんにバラすとかいって、そんな真似したら許さないって威されたのかも」

「アンナさんの本名をご存じですか。アンナは源氏名ですよね」

セイヤは一瞬黙って考えていた。

「ほのか、だったかな。三井さんの前で、ほのかって呼べって頼まれたってタダオさんがいってた。ほら本名呼んでるとなると、よけい仲いいって思わせられるじゃん」

鮫島は息を吸いこんだ。ATMでおろした金を入れた封筒をとりだした。

「五万円入っております。受領証をいただけますか」

藪が作った偽の名刺の裏側に、セイヤのサインをもらった。

「役に立った?」

金を受けとるとセイヤの機嫌はとたんによくなった。

「それはまだ何とも。アンナさんを捜してみないと」

鮫島は答えた。

荒井真利華は、タミフルが隠されていた新宿区内のトランクルームで、陸永昌の放った銃弾を受け死亡した。陸永昌は逃亡した。逃亡を助けたのは、内閣情報調査室の外部団体に所属する香田だ。

荒井真利華の死によって、三井省二殺害の背景を知る手だては失われていた。

「三井さんの事務所にまだいるのじゃないの？　調べてみたら」

三井もアンナも死亡しているとはいえず、鮫島は頷いた。

「貴重な情報をありがとうございました」

鮫島は頭を下げた。

「でもさ、アンナさんがタダオさんを殺させたとは思えないんだよね」

セイヤがいった。

「なぜ、そう思うんです？」

「だってさ、せっかく狙い通り三井さんの秘書兼愛人におさまったのだから、そんな危ないことする必要ないでしょう。つかまっちゃ元も子もないもの」

「そうですね」

「もしタダオさんにお金を払えっていわれたんだとしても、いくらか払ってそれですませたほうが絶対ラクでしょう」

確かにその通りだった。それに当時、荒井真利華にはユンヨンチョルがいた。住吉の口を塞ぎたいなら、ユンヨンチョルに頼めばすんだ筈だ。

つまり住吉の殺害を指示したのは荒井真利華ではないのだ。それは即《すなわ》ち、三井殺害の背景を示唆《しさ》している。

出勤するというセイヤを見送り、鮫島と矢崎は覆面パトカーに乗りこんだ。

## 21

翌朝、阿坂と藪に、鮫島と矢崎が〝収穫〟を報告すると、さすがの阿坂も興奮した表情を見せた。

「荒井真利華が三井省二を籠絡《ろうらく》するための〝当て馬〟として住吉忠男を使ったということですか」

「そのようです。それと前後して、客をめぐって同僚とトラブルになった住吉は、横浜の店を辞め、土浦に移った。金に困り、荒井真利華に無心したという情報もあります」

矢崎が答えた。

「その結果、口を塞がれたわけですね」

阿坂がいうと、藪が訊ねた。

「だが荒井真利華には、三井を射殺したユンヨンチョルがついていた筈だ。なぜ、ユンヨンチョルにやらせなかったんだ?」

「銃を使った殺人だと捜査が大がかりになり、銃弾から三井殺害との関連性が明らかになる危険があったからではないでしょうか」

矢崎がいった。

「もうひとつ考えられるのは、住吉殺害の指示を下したのが荒井真利華ではない人物だった可能性だ」

鮫島はつけ加えた。

「荒井真利華ではない人物?」

阿坂が訊ねた。

「服役中の吉田もいっていましたが、暴力団の資産を奪えば、一生的にかけられる危険があります。荒井真利華ひとりで描ける絵図とは思えません。三井が栄勇会の金を回していると知って真利華を近づけた人間がいたのではないでしょうか」

鮫島は答えた。

「それが主犯だとすれば、荒井真利華の死亡によって捜査から逃れたことになる」

阿坂の言葉に鮫島は頷いた。

「〝徐福〟か」

藪がいった。

「の、可能性は高いと思う。住吉を殺したのが〝黒石〟だとすれば、〝黒石〟を動かせるのは〝徐福〟だ。住吉の口から犯行が露見するのを恐れ、〝黒石〟に命じたんだ」

鮫島は答え、つづけた。

「〝徐福〟なら、高川から得た情報とも矛盾しない。高川によれば、〝徐福〟はインターネットに精通し、もともと個人投資家だったという。その流れから三井省二に関する情報を得て、荒井真利華に近づくよう指示したとは考えられないか」

「鋭い指摘です。もしそうなら、三井殺害とその資産強奪は、〝徐福〟がたてた金石の計画的犯罪ということになります」

阿坂がいった。

「その通りですが、本人の自白でもない限り、立件は難しくないですか。犯行を証言できる関係者は死亡しています」

矢崎がいうと、

「心配はいらんさ。三井殺害と結びつけられなくても、〝黒石〟さえおさえられれば、死刑台送りを免れられない数の殺人教唆の罪を背負《しょ》わせられる」

藪が首をふった。

「だからこそ捜査を慎重に進めましょう。〝黒石〟と〝徐福〟にわたしたちが注目しているのを知られたら、何が起こるか、予測がつきません」

阿坂がいった。

「荒井真利華をもう一度調べさせて下さい。〝徐福〟との接点を見つけられるかもしれません」

矢崎がいい、

「そうですね。やってみましょう」

阿坂が頷いた。

## 22

ヒーローに情報がもたらされた。ターゲットの潜伏場所が判明したのだ。千葉県東部にある、寂《さび》れた工業団地だった。四十年前、県外の企業を誘致するために作られたのだが、その後、おかれた工場の大半が、中国など人件費の安い国に移転し、ゴーストタウンと化していた。

〝指令書〟によれば、ターゲットは、ヒーローが以前駆除した毒虫殺害の容疑をかけられ警察から逃げているという。

その毒虫のことはよく覚えていた。荒川沿《あらかわぞ》いの緑地を夜、ランニングしていたところを待ち伏せ、駆除した。体が大きく、格闘技をやっているような身のこなしをしていた。

が、狙いすましたスマッシャーの一撃で、きれいに仕止めた。

今日のターゲットは、その毒虫の兄貴分にあたる人物らしい。弟分を殺されたにもかかわらず、人里離れた廃工場に隠れなければならないとは憐《あわ》れな話だ。

だが日常生活とは異なる場に身をおくターゲットは、警戒を強めていることが多い。ふだん自分が移動しているルートは、見慣れない存在に気づきやすい反面、それを見つける直前まで気持は弛緩《しかん》している。

ヒーローが、自宅や職場の近辺でターゲットを待ち伏せる理由だ。

決して反撃を恐れているわけではない。反撃があれば、いつでも戦う準備はできている。

ただ、ヒーローには苦い思い出があった。

それはスマッシャーが生まれるきっかけになった任務だった。神奈川で不良グループのリーダーを駆除したときのことだ。

腕力に自信のあったヒーローは、素手《すで》でターゲットを駆除するつもりだった。武器を使うのは卑怯《ひきょう》だと当時は思っていたからだ。

ヒーローになる前、任務を与えられるようになるずっと以前から、彼は多くの敵と戦ってきた。学校や職場で、彼に敵意を抱き挑んでくる者を、かたっぱしから叩きのめしてきた。相手はナイフや木刀、ときには鑿《のみ》などを手にしていたが、一度として素手で負けたことはなかった。

　が、厚木に近い河原で対決した、その男はナイフの扱いに長けていた。脅しのためだけでない使い方を知っていた。何カ所も切りつけられ、大量の出血こそ起こさなかったものの、素手で倒すのは難しい状況に陥った。

　そのとき彼を助けたのが、そこに落ちていた石だった。見慣れた花崗岩だ。

　いく度も切られ、初めて身の危険を感じた彼は、河原の大きな岩陰に身を隠した。足もとに丸い石が転がっていた。黒みかげのような優れた素材ではない。そこそこの硬さはあっても、割れやすい石だ。

　が、気づくとそれを拾いあげ、男が寄ってくるのを待っていた。幸運だったのは、彼のすぐそばまでやってきた男が、暗がりでつまずいたことだ。背後から頭を殴ることができた。男はうずくまったが意識はあった。

　彼は男をつき倒した。ナイフを奪うこともできたが、手を通して伝わった感触をもう一度確かめたくて、石をふりおろした。

　二度目ははっきりと骨が砕ける手応《てごた》えがあった。三度、四度、何回ふりおろしたのかは覚えていない。気づくと握り拳より大きかった石が砕けて小さくなっていた。そしてターゲットの息の根も止まっていた。

　初めて感じる歓びがつきあげた。この手で確かに獲物を仕止めた快感だ。

　以来、彼はスマッシャーとなったのだ。スマッシャーにふさわしい武器を開発し、それにもまたスマッシャーと名づけた。手際《てぎわ》よくターゲットを仕止めるトレーニングも怠《おこた》らない。

　背後から、正面から、すれちがいざまに、スマッシャーをふりおろし、一撃で仕止める練習をした。ヘルメットをかぶせたマネキンを何体も並べ、触れることなくそのすきまを風のように走り抜ける。そして一体残らず、その頭を粉砕するのだ。

トレーニングの過程で、より使いやすいスマッシャーの形状を考案し、改良を重ねた。

スマッシャーは、〝正業〟の仕事道具をおさめた鞄にしまってある。そんな経験は一度もないが、たとえ警察官の職務質問をうけたとしても、怪しまれる心配はない。

だいたい、ほとんどの人間が、彼の〝正業〟でどんな道具が使われるかを知らないのだ。せいぜいがダイヤモンドカッター、ハンマー、研磨機といったくらいだ。

これは何かと訊かれたら、仕事で使う道具です、と彼は答えるだろう。その通りだ。スマッシャーは彼の仕事なのだ。仕事であり使命だ。

工業団地に到着したのは、深夜の一時だった。工業団地より二キロ以上手前の墓地に彼は乗ってきた車を止めた。そこに墓地があることは知っていた。県営の霊園のひとつで、訪れたことがある。車は〝正業〟で使っているもので、怪しまれる心配はない。荷台から折りたたみ自転車をおろし、装備を入れたリュックを背負った。ここから先は、要注意だ。

巡回しているパトカーが暗視装置付きのヘルメットをかぶって自転車をこぐ男を見つければ、まちがいなく追ってくる。

リュックの中には、ネックアーマー、ボディアーマー、タクティカルグローブに、スタンガンとスマッシャーが入っている。

職務質問のあげく中を調べられたら、警察官も駆除する他ない。

できればそういう事態は避けたい。警察官もまた、彼ほど真剣ではないが悪と戦っている、いわば同志だ。

暗視装置のおかげで無灯火でも転ばず、巡回するパトカーにも出会わずに目的地に到着した。

工業団地の入口にはチェーンを張ったゲートがあったが、子供でもくぐり抜けられるような代物だ。

団地の内部が大きく六つの区画に分かれているのを、彼は前もって調べていた。

入ってすぐに配送ターミナルがあり、その先が緑地を配した公園、奥に閉鎖された自動車部品工場と稼働中の住宅建材製造所、最奥部《さいおうぶ》に金属加工工場とセラミック工場があるが、このふたつも稼働を停止している。サポーターの情報によれば、金属加工工場にターゲットはいるとのことだった。

金属加工工場は、機材が運びだされ、内部には何もないという。ターゲットは、そこに目をつけたのだ。

工業団地だけあって、広い道路が縦横にのびているが、人の気配《けはい》はまったくない。稼働している工場の周辺部は街灯が点り、警備会社のステッカーがそこここに貼られているが、団地を奥に進むにつれ、街灯もひとつおきに消され、シートをかぶせた廃材やドラム缶などの山が影を作っている。

めざす金属加工工場の手前までできて、彼は自転車を止めた。機械油の匂いが濃く漂うシートの陰に自転車を隠す。

二十メートルおきに設置された街灯は、四十メートルおきにしか点っておらず、道路を外れると暗闇だ。

リュックからだした装備を、手早く身に着けた。太もものホルスターにスタンガン、ボディアーマーのポケットにスマッシャーをさしこむ。タクティカルグローブをはめ、ネックアーマーを留めた。

暗闇から暗闇を渡るように、目的の工場に近づく。音をさせずに走る訓練も積んでいる。

工場は、百メートル四方ほどの大きさがある敷地にあった。周囲をフェンスで囲まれており、内部のようすはうかがえない。

フェンスの切れ目を彼は探した。正面のフェンスに切れ目はなく、建物の右手横に、チェーンのかかった〝扉〟を見つけた。チェーンを留めているのは大きな南京錠《なんきんじょう》だ。

南京錠の開錠などお手のものだ。ものの数分で南京錠を外し、〝扉〟を留めていたチェーンをほどいて、彼はフェンスの内側に侵入した。

工場は、軽金属の外壁に囲まれていた。窓は地表から三メートルほどの高さにあり、侵入に適さない。

こうした工場には車輛用と人間用の出入口が複数あ

る筈だ。

フェンスの内側に入った彼はひざまずき、耳をすませた。人の気配はなく、虫の音ばかりが聞こえている。

焦らないことだ。自分にいい聞かせた。

ターゲットのすぐ近くにいると思えば、どうしても気持がはやる。

だがこんなときこそ、ヒーローは落ちついた行動をとらなければならない。

腰をかがめ、音をたてないように工場を一周した。入口は全部で四カ所、そのうち三カ所にはシャッターが下りている。

唯一、シャッターの下りていないのが、奥寄り左手にある扉だった。フェンスの入口の反対側にあたる。

ターゲットが出入りしている扉にちがいない。それを確認すると、彼はいったんフェンスの外に出た。

工業団地の奥は山林になっている。山林と敷地のあいだを金網のフェンスが隔てているが、調べるとその金網を切断した部分があった。地表から一メートルの高さの三方が切断されている。

彼は切断された金網をくぐって、工業団地の外にでた。十メートルほど先に山林が迫っている。そこに奥へとつづく獣道《けものみち》を見つけた。

この道を使えば、工業団地の内部を通ることなく、廃工場に出入りできる。

おそらく山林をくぐり抜けた場所に、車かバイクを止めてあるのだ。食料品なども、それを使って補給しているにちがいない。

〝指令書〟によれば、ターゲットは埼玉県南部を縄張りとする愚連隊のリーダーだという。手下を使って、こうした準備を整えたにちがいない。

彼は再び工場を囲むフェンスの内側に戻った。裏側に面した工場の窓に光が映っていた。弱い、おそらくは豆電球のような明りだが、暗視装置には眩《まぶ》しく映る。

シャッターの下りていない、唯一の扉に彼は近づいた。ノブをつかみ、ゆっくりと回した。

驚いた。錠がかかっていない。が、当然といえば当然だ。フェンスで囲まれた廃工場にわざわざ侵入する者などいない。おかれていた機材はすべて運びだされているのだ。盗みに入っても、得るものはない。

扉を引いた。油をさしてあるらしく、廃工場の扉なのに、まるで音がしない。

扉の内側は薄闇だった。小さな明りがどこかで点っているので、真の闇ではない。

ドアを半分ほど開いたところで、彼は工場内に忍びこんだ。かがんでようすをうかがう。

低い音量で流れる音楽が聞こえた。レゲエのようだ。

彼は息を吐いた。

レゲエを聞き、ラムでも飲んでいるのか。

そのまま天国に送ってやろう。

立ちあがり、一歩踏みだしたところで右の足首が何かにひっかかった。とっさに足を止めたが、チリンという音がした。

しまった。

扉をくぐってすぐの、床から二十センチくらいの高さにピアノ線が張られていて、クリップで鈴が留められている。

それに気づいた瞬間、轟音《ごうおん》とともに背中に衝撃をうけ、彼は倒れこんだ。肺を潰されたような痛みで息ができない。

視界がまっ白な光に満たされた。

照明が点されたのだ。倒れたまま、ヘルメットにつけた暗視装置をはね上げた。

拳銃を手にしたアロハシャツにショートパンツの男が立ちはだかっていた。

「待ちくたびれたぜ」

彼を見おろし、男はいった。手にしている銃はマカロフだ。それに気づき、彼はほっとした。

息が止まるほどの衝撃ではあったが、マカロフの弾丸なら、着けているボディアーマーを貫通した心配はない。

「お前だろう、橋口を殺ったのは」

男は銃口をまっすぐ彼に向け、いった。

橋口というのが、荒川沿いの緑道で駆除した男の名であることを彼は思いだした。

「いったい全体、どういうわけで橋口や俺をつけ狙う?」

彼は気づいた。罠だったのだ。ターゲットはここに隠れていたわけではなく、彼がくるのを待ちかまえていた。

サポーターからもたらされた情報は、彼を誘いこむためのものだった。

「臼井さん！」

声がして、迷彩服を着け日本刀を手にした若い男がかたわらに現われた。ナチスドイツ軍が使っていたようなヘルメットをかぶっている。

「こいつですか」

「表を見てこい。カメラには写ってなくても仲間がいるかもしれん」

ターゲットがいうと、若い男ははいと答え、扉をくぐった。どこかにカメラがしかけてあって、忍びこむ姿を見られていたようだ。

「おい」

ターゲットは彼をまたぐようにして立ち、マカロフを下に向けた。

「お前をよこしたのは〝徐福〟か」

彼が黙っていると舌打ちをした。

「日本語がわからねえのかよ。是〝徐福〟命令你來這裡的吗《お前は〝徐福〟の命令できたのか》？」

彼は答えなかった。

「何だ？　もう死んじまったのか」

ターゲットは彼の顔をのぞきこんだ。銃口がそれた。彼は太ももに留めたホルスターからスタンガンを抜いた。電圧は最高に設定してある。スタンガンのスイッチを押しながら、ターゲットのふくらはぎに押しつけた。

ジジッという音とともに肉の焼ける臭いがして、ターゲットは声もあげずに彼の上に倒れこんだ。

彼は手をつき上半身を起こした。まだ息が苦しい。が、猶予《ゆうよ》はなかった。スタンガンを捨てスマッシャーをボディアーマーから引き抜くと、ターゲットの額にふりおろした。

ぐふっとターゲットが声をたてた。まだだ。まだ生きている。ターゲットの足が床を掻《か》くように動いた。

彼は床にすわったまま、自分の足の上に倒れているターゲットの頭頂部にスマッシャーを叩きつけた。

今度は確実な手応えがあった。

「外は誰もいませ――」

迷彩服の男が戻ってきて、扉のところで凍りついた。

日本刀をふりかぶる。

「手前《てめえ》――」

ヘルメットにスマッシャーは通用しない。

彼はターゲットの手からマカロフを奪いとると空になるまで撃った。

あわてて引き金をひいたので何発かは外れたが、二発が喉と腹に命中した。

男は自分の血だまりの中に倒れこみ、体を痙攣《けいれん》させた。彼はマカロフを捨て、男のヘルメットをむしりとった。金髪に染めたモヒカンが現われた。その立たせた髪の中央にスマッシャーを叩きこむ。

男の目がくるりと裏返るのを、見届けた。

## 23

矢崎と土浦にいった三日後の深夜、藪からの電話で、鮫島は寝入りばなを起こされた。

「寝てたのか」

呼びだしに応えた鮫島に、藪は訊ねた。

「ふつう寝ている時間だ」

「俺は今、横浜からの帰りだ」

「横浜?」

「神奈川の科捜研で残業を手伝っていたんだ」

鮫島は体を起こした。枕元の時計は午前二時過ぎを示している。

「何の残業だ」

「DNA鑑定だ」

科学捜査研究所は、警視庁、各道府県警察本部におかれ、犯罪捜査に必要とされる薬物や血液、DNAなどの鑑定から、銃器や火災、爆発物などの検証をおこなっている。弾道検査の技術に定評のある藪は、請われて各地の科捜研で講習をおこない、〝弟子〟があちこちにいた。

「ＤＮＡ？　誰の」

「千葉県匝瑳市の用水路で見つかった李安石のＤＮＡを、神奈川がもっている厚木の中国人グループのＤＮＡと照合させた」

「厚木の中国人グループというのは、ＭＤＭＡを密売していたグループのことか」

「そうだ。愛川町で殺された安木卓生ともめていた連中だ」

「ＤＮＡを神奈川県警がもっていたのか」

「厚木署の鑑識がおさえていた。別名義のパスポートで来日したときに備え、サンプルをとっていた。その結果、用水路で見つかった李安石のＤＮＡとグループのリーダーだった顔良宇《りょうう》のＤＮＡが一致した。顔は七年前に日本を出国したが、昨年李安石名義のパスポートで再来日し、〝黒石〟に殺されたというわけだ」

鮫島が理解できているか確かめようともせず、藪は一気に喋った。

「待てよ。顔は安木ともめていた側だったのだろう。安木を〝黒石〟が殺したのなら、なぜ顔も殺すんだ？」

「それを調べるのはお前の仕事だ。とにかく厚木の殺しと千葉の殺しはつながっている。そいつを知らせたかったんだ。あとはお前に任す。俺は帰って寝る。明日は休むからな。じゃあな」

まくしたて、藪は電話を切ってしまった。

翌朝、出署した鮫島は藪にかわって、阿坂と矢崎に報告した。

「それはどういうことなのでしょう。〝黒石〟は、顔の側ではなかったのですか」

阿坂がいった。

「私も同じことを思いました。七年前は顔のグループともめていた安木を殺害したのに、昨年は顔を殺している。一貫性がありません」

鮫島が頷くと、

「どちらかが〝黒石〟の犯行ではなかったとは考えら

れませんか」

矢崎がいった。

「そう考えるのは簡単ですが、殺しあうほどのトラブルを抱えていた二人の人間が、六年の時間を経ているとはいえ、同じ死にかたをしているのを偶然の一致でかたづけてしまってよいでしょうか」

阿坂がいった。矢崎はうつむいた。

「おっしゃる通りです」

「〝黒石〟が金石のメンバーなら、中国人ではありませんよね」

阿坂が鮫島を見た。鮫島は頷いた。

「金石は、中国、日本のどちらも祖国とは考えていません。むしろ両国に恨みに近い感情を抱いています」

鮫島は答えた。

「ならば、〝黒石〟が中国人を殺したとしても不思議ではない？」

「金石は、日本人とも中国人とも合法非合法を問わず、ビジネスをおこなっています。特に非合法ビジネスに関しては、日本と中国の仲介にあたっています。関係がこじれれば、どちらであっても殺す可能性はあります」

鮫島は答えた。

「七年前は仲間だったのに、去年は殺す側に回った。その理由は何でしょう」

矢崎がパソコンの画面をのぞきこんだ。

「顔良宇は中国人グループのリーダーでした。グループは厚木市を拠点に活動し、当時チーマーと呼ばれた愚連隊や不良米兵などに非合法薬物を売りつけていた疑いがもたれています」

「顔に関する情報はないの？」

「事件当時、顔は三十八歳で大連出身だということしかわかっていません。逃げたもうひとりの曹の出身は天津で、二人は北京で知り合い、いっしょに来日しています。神奈川県警によれば、犯罪で稼ぐのが目的だったのではないかということです」

留学や就職目的で来日し、生活に困窮して犯罪に走るのが〝第一世代〟なら、荒稼ぎに味をしめ最初から犯罪目的で来日するのが〝第二世代〟ということになる。

現在は、日本の犯罪組織と提携し、中国にいながらにして収益をあげる〝第三世代〟も珍しくない。インターネットを介した詐欺などは、主犯グループが中国にいて、だしこなどの下請けを日本人にやらせている。

「二人の来日はいつですか」

「十一年前ですから、およそ四年、厚木で稼いでいたようです」

「高川との関係はあったのか」

鮫島は矢崎に訊ねた。

「高川は、中国から仕入れたブツを日本の暴力団に卸していました。いわば仲介役です。業務内容的には、顔や曹のグループと直接の取引があったとは思えませんが、中国におけるクスリの製造元や卸し元が共通していた可能性はあります」

「金石と無関係であるなら、そもそも安木と顔の二人が〝黒石〟に殺される理由がありません」

阿坂がいい、鮫島と矢崎は頷いた。

「そろそろ高川を揺さぶってみてもいいかもしれませんね」

阿坂がいった。

「それに高川は新本ほのかこと荒井真利華とまちがいなく交流があった筈です。荒井真利華に関する情報を引けるかもしれません」

矢崎が頷いた。

「高川に会おう」

鮫島はいった。

## 24

高川が指定したのは西麻布《にしあざぶ》にある「ラウンジ」だった。「ラウンジ」というのは、スナックとクラブの中間のような営業形態で、ホステスをおいているが、ドレスなどではなく〝私服〟で接客する。

風俗営業法では、ホステスの接客は午前一時までと決められている。その時刻を過ぎて、ホステスが客の隣にすわり酒などを提供すると法律違反となり、店は罰金や営業停止処分を科せられる。

が、私服のホステスをおく「ラウンジ」は、万一刑事に踏みこまれても、ホステスではなく女性の客だといい逃れができる。いあわせた男性客が口裏をあわせれば、午前一時以降営業をしていても処分を逃れられる。

新宿や銀座、六本木といった盛り場ではなく、西麻布という外れで始まった営業形態で、またたくまに他の地域にも広がった。

が、一度めは引きさがる警察も、その後の内偵で風俗営業法違反の実態をつかみ、摘発の方向に動いている。

新宿ではすでに何軒かが摘発されていた。

ただ、飲みたいというのは客で、店側が帰りたがる客を引きとめているわけではない。

朝までいすわりたがる客を罰する法律はなく、店だけを摘発するのは「弱い者いじめ」だという声もある。

だいたい違法深夜営業が摘発されるのは、ほとんどが同業他店からの密告が理由だ。

うちは時間通り閉めて真面目《まじめ》にやっているのに、あそこは朝まで開けている。客がそっちに流れてしまう、と危惧した店から情報が寄せられるのだ。

摘発された店は摘発された店で、あっちのほうが過激なサービスをおこなっているのになぜ見逃している と抗議する。そうなると警察を使った潰し合いで、片方に肩入れするわけにもいかず、結局両店とも営業停止処分になったりする。

高川が指定したラウンジは、西麻布の交差点から渋谷に向かった途中にある雑居ビルの地下にあった。一階と二階に鮨屋《すし》が入っていて、その看板はでているが、ラウンジそのものの看板はなく、闇営業をしている可能性が高い、と鮫島は踏んだ。

が、高川が指定したのは午後三時で、闇営業をしているとしても、開店にはかなり早い。

夕方から店を開けるバーや午後八時前後に開くクラブなどに比べ、ラウンジの開店は午後十時だったりと遅い。閉店が午前四時や五時などで、働いているホステスも早くには出勤しないからだ。

地下一階でエレベータを降りると、ノブのない銀色の金属製の扉があり、小さく「RONDO」と記されていた。扉にはインターホンがついていて、中から開けてもらう仕組のようだ。

矢崎がインターホンを押した。

「はい」

ややあって男の声が応えた。

「高川さんに呼ばれてきました」

矢崎が告げると、扉が開いた。ポロシャツにショートパンツを着けた高川が現われた。

「入れ」

二人がくぐると扉を閉めた。自動的にロックのかかるカチリという音がした。

中は暖色の照明が点り、革ばりのソファが配されている。壁の一面をワインセラーが占めていて、ぎっしりとボトルが並んでいた。

「いい店だな。あんたがやっているのか」

中を見回し、鮫島は訊ねた。

「まさか。知り合いが任されていたんだが、いろいろあって今は閉めているのを借りたんだ」

中はエアコンがきき、窓もなく外の物音もまるで聞こえない。外からは完全に切り離された空間だった。カラオケに使うと思しい巨大な液晶画面が壁にかかっているが、まっ暗だ。

「いろいろ、とは?」

鮫島は訊ねた。

「あんたも知ってるだろう。新宿のトランクルームで撃たれて死んだ女がここをやってたんだ。かわりがまだ見つからない」

高川が答えた。

「死んだ女性というのは、新本ほのかこと荒井真利華さんですね」

矢崎がいった。

「あいつは……いい女だった。抜け目がなくて、何をやらせてもうまかった。死んだのが、本当に惜しい」

高川の顔が歪んだ。

「彼女も金石のメンバーだった」

矢崎がいうと、高川は頷いた。

「ああ。仲間うちのアイドルみたいな存在だ。わかるか。皆が気があるんだが、いえない。それを知っていて、ちょいちょい気を惹くようなことをいう。性悪《しょうわる》といえば性悪だが、マリカには、誰も何もいえなかった」

「撃った陸永昌とはどんな関係だったんだ？」

鮫島は訊ねた。高川は苦しげに答えた。

「奴とも一回や二回は寝た筈だ。マリカと寝ると、皆やられちまうんだ。あいつを独り占めしたくて、そのためなら何でもやろうとする。男を転がす天才だった」

「だがユンヨンチョルのせいで墓穴を掘った」

高川は首をふった。

「魔がさしたのだろうな。ヨンチョルは上司にハメられて帰る国をなくした。そういう、捨て犬みたいな奴にマリカは弱かったんだ。自分より金持や強い奴からは容赦なくふんだくるが、仲間のいない弱っちい奴を見つけると、損得抜きになっちまう」

「あんたもつきあったことがあるのか」

鮫島は訊ねた。

「俺は……なかった。マジで口説《くど》いたときもあったが、のらりくらりとかわされた。あいつが寝るのは、仲間がいない奴かとことん生き血を吸える奴のどちらかだった」

「三井省二という投資コンサルタントを知っていますか」

矢崎が訊ねた。高川は頷いた。

「ヨンチョルが殺した横浜の男だろう。ヨンチョルはマリカのために殺ったんだ」

「三井省二に近づいたのは、荒井真利華ひとりの考えですか」

「〝徐福〟の計画に決まってるだろう。マリカは会ったこともない〝徐福〟のいうことなら何でも聞いた」

「会ったこともない?」

鮫島が訊き返すと、高川は頷いた。

「会ったこともないのに、〝徐福〟のたてた計画通りに動いていたのですか」

矢崎が訊ねた。

「ああ。マリカは〝徐福〟は頭がいい、と感心していた。自分は絶対〝徐福〟には勝てない。だから〝徐福〟のいうことは聞く、と」

「会ってないのに、どうしてそんなことがわかるんです?」

「〝徐福〟とはネットでつながっていたからな。〝徐福〟がたてるビジョンに、マリカは夢中だった。金石の未来は、〝徐福〟が握っているといって」

「そこまで夢中なのに会わなかったのはなぜだ?」

「マリカは会いたがっていた。会えばたらしこめると思っていたのかもしれない。だが、〝徐福〟が会おうとしなかった」

「それはなぜです?」

矢崎の問いに高川は息を吐いた。

「警戒したんだと思う。〝徐福〟は確かに頭が切れるが、何ていうか、一種のオタクだ。面と向かって人を動かせるタイプじゃないからだろうな」

「あんたも会ったことはないのか」

鮫島が訊くと、高川は首をふった。

「ないね。会ったことのある奴は少ないと思う」

「会ったことのある人間はいないのか、八石の中に」

「ひとりいる」

「誰だ」

「〝雲師〟だ」

「本名は?」

「今の名は知らん。中国人と結婚して大連に渡った」

「女性なのですか」

矢崎が訊ねた。高川は頷いた。

「〝徐福〟とは旦那が幼馴染《おさななじ》みだと聞いたことがある」

「〝雲師〟の夫は何をしている人物ですか」

矢崎が訊ねた。

「知らないね」

高川は首をふった。鮫島はいった。

「大連といったな」

「結婚して渡ったのが大連というだけで、今はどこにいるのか知らない」

鮫島と矢崎は目を見交した。矢崎が口を開いた。

「高川さんの情報をもとに、〝黒石〟の犯行と思われる殺人を何件か見つけました」

「だからって俺が全部知っているわけじゃない。アテにしないでくれ」

高川は不愉快そうに答えた。

「そうはいってないさ」

鮫島はいって高川の顔をのぞきこんだ。

「だが、あんたが知っていそうな被害者がいるんだ」

「俺が知ってる？　どういう意味だ」

「あんたは陸永昌と組んでビジネスをやっていた。それがどんなビジネスだか、我々が知らないとでも思っているのか」

「冗談いうな。奴は昔、あんたを消そうとして失敗した。お巡りを殺そうとするような危ない奴と仕事をするわけないだろう」

高川は気色《けしき》ばんだ。鮫島は苦笑した。

「陸永昌が俺を殺そうとしたことをなぜ知ってる？　陸永昌が使った殺し屋は、俺じゃなく週刊誌の記者を撃って、黙秘のまま収容されたんだ。それこそ陸から聞かない限り、知りようがない話だ」

高川はしまったという顔になった。鮫島はつづけた。

「警察官を狙うような男と組めないという、あんたの考えは理解できる。だからといって中国とのビジネスをすべて打ち切るのは惜しい。あんたが輸入するブツの卸し元を、陸から別の人間にかえればすむことだ。〝雲師〟は、そういうあんたの役に立ってくれたのじゃないのか」

「何だ、そりゃ。協力している俺に、また何か背負わそうってのか」

「そうじゃない」

鮫島は首をふり、矢崎に目配せした。

「我々が〝黒石〟の最初の犯行ではないかと考えているのが、七年前、神奈川県で起きた不良グループのリーダー殺害です」

矢崎がいったので、高川は不意をつかれたようにつぶやいた。

「神奈川？」

「被害者の名前は安木卓生といって、二十一歳の不良でした――」

「安木なんて知らん」

高川は矢崎の話をさえぎった。

「聞けよ」

鮫島はいった。

「殺される前、安木は厚木に拠点をおく中国人グループとトラブルになっていました。彼らからＭＤＭＡを買ったのですが模造品が混じっていたのです」

矢崎がいった。

「そんなのよくある話だろう。何でも偽物を作るのが得意な連中だ」

「安木は『タイマンを張る』といってでかけ、山中で頭を砕かれた死体となって発見されました。その直後、中国人グループのリーダー格だった二人が日本を出国し、捜査は中断しています」

「俺とは何も関係ないな」

高川は自信ありげにいった。無視して矢崎がつづけた。

「去年の八月、長春発の便で成田空港から入国した中国人が行方不明になり、十日後に千葉県内の用水路で発見されました。ＤＮＡ鑑定の結果、この中国人と七年前に出国した二人のうちのひとりが同一人物であることが判明しました。大連出身の顔良宇という男です」

高川は無言だ。

「顔良宇は、来日にあたって李安石という人物のパスポートを使用していました。偽造だと思われます」

矢崎がつづけた。鮫島はつけ加えた。

「顔の頭蓋骨も砕けていた」

高川は黙っている。

「何かいうことはないのか」

鮫島は高川に訊ねた。

「知らないことに何をいえっていうんだ」

高川は肩をそびやかした。

「陸永昌がヤバくなり、あんたは中国側の取引先をかえた。それが顔良宇だったといったら、あんたはもちろん否定するだろうな」

鮫島は高川の顔をのぞきこんだ。

「その顔が〝黒石〟に殺されたんで、あんたは恐くなった。顔は、〝徐福〟を怒らせるようなことをしたから殺され、もしかすると、あんたもそれにかかわっていたのじゃないか」

「いい加減にしやがれ。だいたい――」

顔を赤くした高川を、

「いい加減にするのはそっちだ!」

と鮫島は怒鳴りつけた。高川は目をみひらいた。

「自分の犯した罪には口をつぐんで、〝徐福〟や〝黒石〟を何とかしてもらおうなんて考えが甘いんだ。警察はあんたの思い通りにならないということを、いい加減気づけ。助けてほしかったら、自分に都合の悪い情報もすべてだすんだ」

高川は瞬《また》きした。何かをいいかけ、黙った。

「決めろ」

鮫島はいった。

「我々に全面的に協力するのか、しないのか。自分に都合のいい話ばかりを並べて助かると思っているなら、大きなまちがいだ」

高川は唇をぎゅっとすぼめた。

「あなたが犯罪にかかわった話をしたからといって、すぐ逮捕することはありません。むしろ隠そうとすればするほど、何かもっと大きな罪を犯しているのではないかと疑いを招きます」

矢崎がいった。

高川は横を向き、深呼吸した。

「顔は、俺らを裏切った」

低い声でいった。鮫島は訊ねた。

「裏切ったとは？」

「あんたを狙った一件以降、陸永昌のルートを閉じた。奴は当分日本にこないと思っていたし、何かあって奴のぶんまで罪を背負わされるのはごめんだからな。それで顔のルートを使った」

「話を飛ばすなよ。顔良宇をもともと知っていたのか。それとも誰かに紹介してもらったのか。たとえば顔の出身地である大連にいる〝雲師〟とかに」

鮫島がいうと、高川は再びかっとしたような表情になったが、こらえた。音をたてて唾《つば》を吞み、いった。

「そうだよ」

「〝雲師〟に顔良宇を紹介してもらい、覚醒剤の新しい仕入れ先にしたんだな」

高川は頷いた。

「その顔が裏切ったというのは、どういう意味ですか」

矢崎が訊ねた。

「去年いきなり、うちを飛ばして、卸し先に話をもっていこうとした」

「卸し先というのは、顔から仕入れた覚醒剤をあんたが卸していたところか」

鮫島の問いに高川は頷いた。

「どこの組だ？」

「勘弁してくれ。それを喋るわけにはいかない。そこは、顔から直接取引《チヨクトリ》の申し出があったと、こちらに教えてくれた。仁義だからってな。なのに密告《ちく》ったら、俺が的にかけられる」

「ずっと取引していた組じゃないのか」

そうならば服役中の吉田が所属している栄勇会だ。鮫島は訊ねた。

「それもいえない」

矢崎が鮫島を見た。ここで深掘りしても、話が進まないといいたいのだろう。鮫島は頷いた。

「顔が金石を飛ばして卸し先の組に直接取引を申しこんだと知らされ、どうしたのですか？」

矢崎が訊ねた。

「頭にきたよ。厚木にいたときに地元の連中ともめて、

〝雲師〟を通じてうちに泣きついてきたんだ。それで助けてもらったくせに――」

「うちとは金石のことですか」

　矢崎の問いに高川は頷いた。

「そうだよ」

「つまり顔と〝雲師〟にはつながりがある」

　高川は大きく息を吐いた。

「〝雲師〟の旦那は、向こうの黒社会の大物なんだ」

「名前は？」

「いえない。勘弁してくれ」

「話を整理します。顔は七年前、厚木の不良グループともめ、〝雲師〟を通して金石に泣きついた。結果、不良グループのリーダーは〝黒石〟によって殺害された。直後、顔は仲間の曹とともに日本を出国した」

　高川の目を見ながら矢崎は話した。高川は頷いた。

「それから何年かして、あなたに覚醒剤を卸していた陸永昌が鮫島さんの殺害を企て、失敗する。陸との取引をつづけるのは危ないと考えたあなたは、〝雲師〟に新しい仕入れ先を紹介してくれと頼み、顔を紹介された」

「その通りだよ。顔は金石に助けてもらった借りがある。だから当初は、陸よりいい条件で品物を入れさせた」

　高川は鮫島と目を合わさないようにして答えた。

「陸が殺し屋を使って俺を狙わせ、失敗したのは一昨年だ。あんたは当分日本にこられないだろうといったが、実際は去年日本にきている。あんたも会った筈だ。取引先を顔にかえたことでもめなかったのか」

　鮫島はいった。高川の顔がこわばった。

「それは……多少は文句をいわれたが、もとはといえば、奴が使った殺し屋の失敗だ。だからそれ以上のことはなかった」

「じゃあ、なぜ陸と会ったんだ？」

「奴が会いたいといってきた。日本にきたから」

「何をしにきた？」

「知り合いが新宿で殺された。それが自分に関係のある理由で殺されたのかどうかを確かめにきたんだ。ユンヨンチョルが殺した運び屋だ」

鮫島と矢崎は目を見交した。北新宿のヤミ民泊で射殺された華恵新は、内閣情報調査室の依頼でタミフルの北朝鮮への運搬を請け負っていた。

陸永昌は北朝鮮の情報と引きかえに、内閣情報調査室の〝保護〟をうけている。華恵新と内閣情報調査室をつないだのは陸永昌にちがいない。だから華恵新の死を知って、陸永昌は来日したのだ。

「陸があんたに会いたがった理由は何だ?」

「いったろう、情報収集だ。だが俺は、新宿で殺された奴のことは何も知らなかった。役に立てないといった」

「それで陸は納得したのか」

高川は肩をすくめた。

「するしかない」

何かある、と鮫島は思った。高川と陸とのあいだで、それだけではないやりとりがあった筈だ。

が、今は〝黒石〟の話だ。鮫島は矢崎に頷いてみせた。矢崎が口を開いた。

「顔が裏切ったと知らされ、どうしました?」

「すぐ〝雲師〟に連絡した。中抜きしようとしたからには、もう取引はできない。別の人間を紹介してくれと頼んだ」

「〝雲師〟は何と?」

「手配する。ただ今は中国でも取締が厳しくなっているので、すぐには紹介できないかもしれないといわれた」

高川は答えた。

「つまり顔にかわる仕入れ先は紹介されていない、と?」

高川は頷いた。

「顔とはその後どうなった?」

「それきりだ。日本で死んだというのも、今聞いて知った」

「どう思います?」

矢崎は高川に訊ねた。

「どうとは?」

「顔がなぜ日本で死んだのか、を」

「そんなのわかるわけないだろう」

「わからない筈ないだろう。あんたは〝雲師〟に顔を紹介された。その顔が中抜きしようとしたことに腹を立て〝雲師〟に文句をいった筈だ。落とし前はそっちでつけろ、とな」

鮫島はいった。高川は無言だ。

「〝雲師〟の夫は〝徐福〟の幼馴染みだといったな。〝雲師〟が〝徐福〟に連絡をし、〝徐福〟が〝黒石〟を手配した。顔が李安石名義のパスポートで来日したのはあんたの指示だったのじゃないのか」

「冗談じゃない。それで殺されたのなら、俺は共犯じゃないか。奴が日本にきてたことは本当に知らなかった」

「すると〝雲師〟の指示ということになりますね」

矢崎がいった。

「だから、そんなことわからないっていってるだろ！」

「しゃぶの密輸の罪なら認めるが、殺しの共犯は認めたくないというわけだ」

鮫島はいった。

「手前《てめえ》、どうしても俺に長期刑《ナガムシ》背負わせたいのかよ！」

「長期刑と頭を砕かれるのと、どっちがいい」

高川はぐっと顎に力を入れた。

鮫島の携帯が振動した。

「脅したって無駄だ」

「脅しではありません。〝黒石〟は外部の人間だけでなく金石のメンバーまで手にかけています」

矢崎がいった。

阿坂の携帯からの着信だった。鮫島は矢崎に目配せし、耳にあてた。

「鮫島です」

「今、話せますか」

「ちょっと待って下さい」

鮫島は店の外にでた。

「大丈夫です」

「千葉県警捜査一課の森《もり》という管理官を知っていますか」

一瞬とまどったが、思いだした。姫川夫妻の死体を発見したときに鮫島の事情聴取をおこなった警視だ。ノンキャリの叩き上げで、鮫島の越境捜査にも腹を立てず協力してくれた。

「覚えています。世話になりました」

「その森さんから、いましがたわたしあてに連絡が入りました。所属長経由で、あなたに知らせてほしい、と。姫川夫妻と同様の手口で殺害された男性二名を、県内の工業団地で発見したそうです。一名は頭部を砕かれ、一名は拳銃で撃たれ頭部を砕かれているとのことです。被害者の一名は指紋をもとに身許《みもと》が判明しました。『フラットライナーズ』の臼井広機です」

「千葉の工業団地で、ですか」

鮫島は思わず訊き返した。

「入居していた企業がほとんど退去し、ゴーストタウン化しているところだそうです。臼井の死体はもう一名とともに、使われていない工場内で発見されました。森さんの話では、もう一名もおそらく臼井と同じ『フラットライナーズ』のメンバーだろう、と。現場ではマカロフ型拳銃と日本刀が発見されたそうです」

「〝黒石〟が拳銃を使ったということですか」

「それはまだわかりません。先ほど藪さんにお願いして現場に向かってもらいました。非公式の出張です」

「森さんはそれを？」

「知っています。先方の鑑識課長が、藪さんに参加してもらえば大幅に検証時間が短縮できると、森さんにいったそうです」

藪がいけば、通常の鑑識捜査の何分の一かの時間で、どのような状況下での発砲かを調べだすだろう。

鮫島が考えていると、

「そちらの状況は？」

阿坂が訊ねた。

「李安石こと顔良宇は、陸永昌にかわる覚醒剤の卸し元でした。ところが昨年、高川を飛ばして、卸し先の組に直接取引をもちかけていたそうです。それがどこの組なのかは、高川はいいません」

「中抜きしようとしたのね。それで高川はどうしたのですか」

「顔を高川に紹介したのは、八石のひとりで大連に住む〝雲師〟です。〝雲師〟は女で、大連の黒社会の大物と結婚しています。高川の話では〝雲師〟の夫は〝徐福〟の幼馴染みで、顔を知る数少ないひとりだそうです。高川は〝雲師〟に顔への制裁を要求し、〝雲師〟が〝徐福〟を通じて〝黒石〟を動かしたものと思われます。高川本人は関与を否定しています」

鮫島は説明した。

「なるほど。すると七年前の厚木の事案にも〝雲師〟が関係していると考えていいのですね」

「地元の不良グループともめた顔が、おそらく同じ大連出身の〝雲師〟の夫に相談し、〝雲師〟が〝徐福〟へ、〝徐福〟が〝黒石〟を動かすという流れだったという点では同じだと思われます」

「顔が中国から持ちこんでいたMDMAの供給元が〝雲師〟の夫だったとは考えられませんか」

「可能性はあります」

「その夫や〝雲師〟の名を訊きだせますか」

「やってみます」

「よろしくお願いします」


通話を終え、鮫島は店内に戻った。無言で目を向けた高川に、

「〝鉄〟が死んだぞ。〝黒石〟に殺られたようだ」

と告げた。高川は無言で目をみひらいた。

「あんたのケツにも火がついたな」

「冗談じゃねえ。俺は別に、奴に狙われる理由がねえ」

高川は首をふった。

「そうか？　今日話を聞いていて、ひとつ妙に思ったことがあるんだが」

「何だよ」

「あんたは〝徐福〟が、あんたのビジネスを乗っとろうとしているといった。それに応じないと〝黒石〟に殺されるかもしれない」

「そうだ」

「あんたのそのビジネスというのは、中国からの覚醒剤の密輸だろう」

鮫島は高川の目を見つめた。高川は否定しない。

「だがその覚醒剤の供給元だった陸永昌と顔良宇、ど

ちらともあんたは今、取引をしていない」

高川の目に狼狽《ろうばい》の色が浮かんだ。

「特に顔に関しては、生きていないことを〝徐福〟も知っている。なのに乗っとろうと〝徐福〟が考えるのはどういうわけだ？」

高川は目をそらした。

「新しい供給元を見つけたのですね」

矢崎がいった。高川は黙っている。

「さっきあんたは、顔にかわる供給元の手配を〝雲師〟に頼んだがそれきりだといった。実際はちがう。すでに紹介され、仕事を始めているのじゃないか」

鮫島はいった。

「だとしても、それはいえない」

高川が硬い声で答えた。

「いえないのなら、卸し先の組の名か、〝雲師〟の名を教えてもらおうか」

「組の名なんていえるわけないだろう」

「だったら〝雲師〟だ。心配するな。今日ここで名前を聞いたからといって、明日我々が大連に飛ぶわけじゃない」

高川は目を上げた。迷っているようだ。

「高川さん。死にたくないのなら協力して下さい」

矢崎がいった。高川は矢崎をにらんだ。

「いっておくが、あんたが殺されたら、我々は本庁に捜査を預けるしかなくなる。〝鉄〟は地元じゃなく、千葉の使われなくなった工業団地で殺されていたそうだ。つまりどこに逃げても、〝黒石〟には見つかってしまうということだ」

高川は荒々しく息を吐いた。

「手前……」

「高川さん。今、あなたを守る最善の方法は〝黒石〟と〝徐福〟をつきとめることなんです。これは仲間への裏切りではありません」

矢崎がいった。

「〝雲師〟は大連にいて、亭主は黒社会の大物なのだろう。あんたとちがって〝黒石〟に狙われることはない」

鮫島はいった。

「張榕梅《ジャンロンメイ》だ」

高川が吐きだした。

「どんな字を書くのですか」

矢崎の問いに高川は答えた。

「日本名は?」

鮫島は訊ねた。

「日本にいたときの名は前川《まえかわ》あかり」

「前川あかり。年齢は?」

「三十七か八だ」

「結婚したのはいつだ?」

「十一、二年前だ」

「亭主とはどこで知り合った?」

「知らない」

「知らない? 〝雲師〟はあんたと同じ八石だろう」

「そうだが、旦那とどこで知り合ったかなんて聞いてない」

いってから高川の表情が動いた。

「何だ? 思いだしたか」

鮫島は訊ねた。高川は答えた。

「新宿だ」

「新宿のどこだ?」

「今はもうなくなった、中国人向けのクラブだ。〝雲師〟はそこで働いていた。旦那はそこに客できて、知り合ったんだと思う」

「つまり〝雲師〟の亭主は日本にいたということか」

「住んでいたわけじゃなく、日本と中国をいったりきたりしていたんだ」

「今もか?」

「今はしていない。日本での仕事は、女房の〝雲師〟を通して金石に任せている筈だ。あまりいききすれば、両方の税関や警察に目をつけられる」

中国人向けのクラブと聞いて、鮫島は田中みさとが経営する歌舞伎町の店を思いだした。

「『天上閣』という店を知っているか」

「その店の名だ」

高川は答えた。

「だったら今も歌舞伎町にある」

「それは二代目だ。昔の『天上閣』は四、五年前になくなった。同じ名前で、別の人間が始めたんだ。昔からきていた客にはウケがいい名だからな」

「〝安期先生〟が妹のみさととやっているクラブですね」

矢崎がいった。

「そうだよ」

「あんたはどっちの店も知っているのか」

高川は頷いた。

「中国人の接待に使ったわけか」

「別に犯罪じゃない」

「陸永昌も連れていったことがあるか」

「ある。マリカと奴はそこで知り合ったんだ」

「今の『天上閣』か、昔の『天上閣』か」

「昔のほうだ。マリカは十五からスナックで働いていた」

「十五でホステスをしていたのですか」

驚いたように矢崎がいった。

「年をごまかしてホステスをやる奴なんていくらでもいる」

「〝安期先生〟の妹のみさとも働いていたのじゃないか」

鮫島は訊ねた。

「働いていた。昔の『天上閣』を知っているのは、今はみさとくらいだろうな」

「つまり田中みさとと荒井真利華は、同僚だったのだな」

それがどうしたというように高川は鮫島を見た。荒井真利華に関する情報を田中みさとももっている。その流れから〝徐福〟に迫ることができるかもしれない。

鮫島は話をかえた。

「〝鉄〟が殺された現場には、もうひとりの死体もあった。どうやら〝鉄〟の仲間らしい」

「奴は〝黒石〟に狙われるとわかっていた。待ち伏せして〝黒石〟を返り討ちにするつもりだったのじゃないか」

高川は息を吐いた。

「〝鉄〟がそういったのか」

「いや。だが皆、気づいている。このままいけば、金石は〝徐福〟に牛耳られるってな。それが嫌なら抜けるしかない。けどな、日本人でも中国人でもない俺たちには金石しかない」

高川はつぶやいた。その表情はうつろだった。

## 25

その晩遅く、千葉の現場検証から戻ってきた藪と鮫島は署でおちあった。矢崎も同席している。

阿坂は帰宅していた。阿坂が残業する姿を、鮫島はほとんど見たことがなかった。それでも生活安全課の業務が遅滞しないのは、阿坂がいかに効率よく仕事をしているかの証だ。一般企業ならともかく、警察の捜査部門でそれがおこなえるのは希有《けう》といえた。

「何か食わせろ。腹ペコだ」

藪がいい、三人は大久保の韓国料理店に入った。昔からある店だが、新宿署の人間はほとんどこない。

鮫島とは馴染みの女将《オモニ》がつききりで肉を焼いてくれる。

三十分、ほとんど無言で肉を食べつづけ、ようやく藪は表情をゆるめた。

時刻は午後十時過ぎで、店内に客はいないが、午前一時を過ぎると〝アフター〟の客で混み始める。日本人、韓国人、中国人などのホステスが客や店のボーイなどをひき連れてやってくるのだ。

「オモニ、あと冷麺とキムパ！」

肉のあらかたを平らげると藪はいった。

「よく食うな」

鮫島はあきれていった。

「はいはい。今、もってきてあげます」

鮫島にウインクして女将が答えた。

「そろそろ話してくれ」

「現場は金属加工工場の廃墟だ。おそらく〝黒石〟を狙った罠だった」

鮫島がうながすと生ビールのジョッキを手に藪は答えた。

「なぜ罠だとわかった」

「工場の外壁にワイヤレスタイプの防犯カメラが二台設置されていた。赤外線LED搭載モデルで、マグネットの土台で固定しスマートフォンやタブレットに映像を飛ばす。それとは別にひどくアナログだが、投げ釣りでアタリを知らせるクリップ付きの鈴が、工場内の床に張ったピアノ線にとりつけられていた。どちらも侵入者を知らせるためだ」

「カメラの映像は残っているのか」

鮫島が訊ねると藪は首をふった。

「マル害はおそらく携帯で映像を見ていたのだと思う。現場にスマートフォンはなかった。ほしがもち去ったようだ」

「あんたの推理は？」

「マル害二人は、工場内で〝黒石〟がくるのを待ち伏せしていた。現場にあった拳銃は五九式と呼ばれる中国製マカロフで、グリップから臼井の指紋が検出された」

いって、藪は周囲を見回した。女将は厨房《ちゅうぼう》で、話を聞いている者はいない。

「ほしは、シャッターが下りていない、工場の唯一の出入口から侵入した。その扉から約五メートルの距離にマカロフの9ミリ×18の薬莢《やっきょう》が一箇落ちていて、扉を入って二メートル、臼井の死体周辺に五箇の薬莢があった。もうひとりの死体は扉を入ってすぐ。二発被弾していて、そのうちの一発は喉に当たり致命傷になりえたが、直接の死因は脳挫傷だ」

「脳挫傷？　いつもの手口か」

鮫島の問いに藪は頷き、つづけた。

「五メートル離れたところに落ちていた薬莢が、おそらく最初の発砲で、その一発の弾頭だけが発見できていない。残り五発の弾頭はマル害の体や工場建物内で見つかった」

「つまりどういうことです？」

矢崎が訊ねた。

「扉から五メートル離れた位置で発射された一発と臼井の死体周辺に散らばっていた五発を発射した人間はちがう。五発は扉近くで死亡していた『フラットライナーズ』のメンバーに向けて発射されたと考えられる」

「最初の一発を臼井がほしめがけて撃ち、残りの五発は、臼井から拳銃を奪ったほしが撃った？」

鮫島が訊ねると藪は頷いた。

「でもどうやって拳銃を奪ったのです？」

矢崎が訊ねた。

「臼井の左のふくらはぎにスタンガンによってできたと思しい火傷《やけど》の痕があった」

「すると――」

矢崎がいいかけたのを制し、藪は身ぶりを交えて説明した。

「ほしが工場に入ってくるのを待ちかまえていた臼井が最初に撃った。ほしはその場に倒れるかうずくまるかして動かなくなった。そこで止《とど》めを刺そうと考えた臼井が近づき、スタンガンをくらった。臼井の頭部には、一度ではなく何度も殴られた跡があった。ほしが傷ついて力が入らなかったか、不自然な体勢で、うまく打撃を加えられなかったんだ。そこへ二人目のマル害が現われた。マル害のそばには日本刀とヘルメットが落ちていた。それで武装していたようだ。そこでほしは臼井から奪ったマカロフを全弾発射した。ほぼ一、二メートルの至近距離からの発射で、二発がマル害の喉と下腹部に命中した。ほしは倒れたマル害のヘルメットを脱がせ、頭部を殴った。それは一撃で致命傷になった」

「撃ったマル害の頭をさらに殴ったのですか」

矢崎は顔をしかめた。

「いったろう。ほしのこだわりなんだ。ヘルメットが邪魔だから撃ち、そのあといつも通りの方法で止めを刺した」

藪はいって焼き網に残っていたカルビを口に押しこんだ。

「ほしは撃たれたんだな」

鮫島はいった。

「一発だけ弾頭が発見されていないことと現場の状況を考えると、被弾している」

藪は頷いた。

「血痕は?」

「現場にあったのは、二人のマル害のものだけだ」

「撃たれたのに出血していないのですか」

矢崎がいって目をみひらいた。

「抗弾ベスト!?」

「それもかなり高性能のものだ。米軍が使用しているのと同程度のものが、インターネットやサバイバルゲームショップなどで買える。マカロフの弾は、ニューナンブの38並みに貫通力に欠ける。だからベストに刺さって止まり、出血に至らなかったのだろう」

「出血しなくても、当たったときは死ぬかと思うほどの衝撃がある」

鮫島はいった。以前中国人犯罪者グループのアジトに踏みこみ、銃撃戦になって腹を撃たれたことがあった。抗弾ベストを着けていたが、巨大な拳が腹にめりこんだような衝撃をうけ、しばらく動けなかった。そのあと華恵新がタミフルを隠していた貸し倉庫でも、ユンヨンチョルに二発胸を撃たれた。

「撃たれたことがあるんですか」

矢崎が目をみひらいた。

「二度な。去年のあれはたいしたことがなかったが、最初のときはしばらく動けなくなった」

「去年は、7・65ミリのサプレッサー付きという特殊拳銃なんで貫通力が低かった。ま、最初のときはトカレフだったんで、貫通して死んでいた可能性もあったな。だが俺は、抗弾ベストなしでSOCOM《ソーコム》の45口径弾を腹にくらった」

「えっ」

藪がいったので矢崎は、
と叫んだ。

「藪さんも撃たれたんですか」

藪は得意げに頷いた。

「いったい新宿署ってどんなところなんですか」

手にしていた箸をおき、矢崎はつぶやいた。食欲を失ったようだ。

「そういや、阿坂課長の前任者の方も撃たれて殉職されたと聞きました」

「その話はよそう」

藪がいった。女将が冷麵と韓国式の海苔《のり》巻を運んできた。

「ここのキムパはうまいぞ、食ってみろ」

藪は皿を矢崎の前につきだした。

「いや、もう、腹いっぱいです」

力なく答えて矢崎は首をふった。

「ほしが装備しているのは抗弾ベストだけか？」

鮫島は訊ねた。

「いや。抗弾ベストが米軍並みだとすればヘルメットやグローブなどもタクティカルグッズでそろえているだろう。マカロフのグリップから臼井の指紋しかでていないのも、タクティカルグローブをはめていたからだ」

「タクティカルグローブ？」

「刃物をつかんでも傷つかないような手袋だ」

「特殊部隊並みだな」

鮫島は唸った。

「銃を別にすれば、特殊部隊かそれに準じる装備をインターネットで入手できる。暗視装置だって可能だ。夜間、照明なしでも動き回れる。待ち伏せには最適だ」

藪はいった。

「待って下さい。ほしは特殊部隊並みの装備をしているのですか」

矢崎の言葉に藪は頷いた。

「もちろん現場にいく前からそんな格好でいたら、まちがいなく職質の対象にされる。近くまでいってから着替えるのだろうな。下準備は必要だ」

「現場になった工業団地にマル害がいるのを、ほしがどうやって知ったかだ。罠なら罠で、ほしを狙って情報を与えた人間がいる」

鮫島はいった。

「そいつが頭を潰されても俺は驚かないね」

藪はいって、冷麺をすすった。

## 26

ヒーローから指令官に連絡をとることはめったにない。指令は一方的にもたらされるもので、ヒーローは世界平和のために、疑問をもたずそれにしたがう。

だがサポーターの中に裏切り者がいたとなると話はちがってくる。

指令官とのやりとりは、地球を半周する手間をかけたメールになる。いくつもの国のサーバーを経由し、居場所をつきとめられないシステムを指令官に教えられた。

悪は世界中にはびこっている。だからいくら用心をしてもしすぎということはない。特に指令官の安全は絶対だ。

指令官はいながらにして世界の動向に目を配り、悪を殲滅《せんめつ》するための指示を下す。その頭脳はとりかえがきかない。

本当はヒーローがそばにいて、その身を守るべきだと思う。が、指令官は離れているほうが互いに安全だというのだ。

あるいは、指令官のそばに自分以外のヒーロー二号がいて、身を守っているのかもしれない。

その可能性を考えると、ヒーローは少しだけ不愉快になる。ヒーローはひとりだけだ。たとえ指令官のボディガードであろうと、二号がいるというのはおもしろくない。

ヒーローではなく衛兵と考えれば、まだ納得できる。

本当のところはわからない。指令官のそばに誰かが控えているとして、そいつはもしヒーローが倒れたら、とってかわろうと考えるだろうか。

世界平和のためとはいえ、ヒーローの座を誰かに渡すことなどできない。ヒーローはあくまでも自分ひとりなのだ。

『任務は完了しました。問題がひとつ。毒虫は部隊が到着するのを待ちかまえていました。情報をもたらしたサポーターは裏切り者です』

万一、メールを読まれたときのことを考え、ひとりであっても自分のことは部隊と呼ぶことにしている。

返信は一時間後に届いた。

『情報をもたらしたサポーターに関し、早急《さっきゅう》に調査をおこなう。確認だが、標的は攻撃を予測していたのか』

『与えられた位置情報は罠でした。周囲をカメラで監視し、こちらの到着を、武装した仲間一名と待ちかまえていました。その一名とあわせて駆除しましたが、情報をあげたサポーターの駆除も申請いたします』

『調査の結果を待て』

指令官の返信は冷静だった。それでいい。指令官が熱くなっていたら、任務の遂行に支障が出る。

## 27

「天上閣」の風俗営業許可申請をもとに、鮫島は田中みさとの自宅をつきとめた。以前住んでいた市谷のマンションとは異なる、四谷《よつや》三丁目のタワーマンションだ。市谷では十八階の部屋で、今度は三十七階だ。眺めのいい部屋が好きらしい。

「すごいとこに住んでいますね。パトロンでもいるのですかね」

建物を見上げた矢崎がいった。

「さあな」

「聞いた話ですが、都内のタワーマンションの最上階を買っているのはたいてい中国人らしいですよ。中国では土地は国家のもので、個人で所有できないので、東京の不動産を投資目的もあって買っているようです」

田中みさとは鮫島に敵意を抱いている。矢崎を伴うことで、少しでも荒井真利華に関する情報を引きだしたいと鮫島は考えていた。

エントランスの扉をくぐると、鮫島はカメラ付きのインターホンで「3711」のボタンを押した。

時刻は午後三時過ぎだ。午前中は眠っていてインターホンに応えないかもしれないと考えての時間だった。

ややあって、

「はい」

という女の声がインターホンから流れでた。

矢崎がインターホンのカメラに近づき、バッジを掲げた。鮫島は退いた。

「警視庁の矢崎と申します。こちらは田中みさとさんのお宅でしょうか」

「そうですけど?」

「お話をうかがいたくてお邪魔しました」

鮫島の姿が向こうに見えているかどうかはわからない。

「何の話ですか」

「それは直接お目にかかってしたいのですが」

矢崎が答えると間が空いた。やがて、

「ロビーのソファにいて下さい。仕度《したく》して降りていきます」

と答があり、オートロックのガラス扉が開いた。二人はガラス扉をくぐった。

ちょっとしたホテル並みのロビーがあり、談話に使えるような応接セットが数組配置されている。その先にもう一枚、オートロックの扉があった。訪問者が居住区域内に入るには、二度オートロックをくぐる必要があるようだ。

二人はロビーの隅《すみ》にある応接セットのかたわらに立った。利用者はいなかった。

十分が過ぎた。その間に何人もの人間がオートロックをくぐり出入りしたが、すべて住人のようだ。

やがて奥の扉が開き、体にフィットしたジーンズにタンクトップを着けた田中みさとが現われた。鮫島を見ると足を止める。

「その節《せつ》は」

いって鮫島は頭を下げた。

「おかげでお兄さんにお会いできました」

「兄に会ったなら、用はない筈」

田中みさとは冷ややかにいった。

「今日おうかがいしたのはお兄さんの件ではありません。田中さんのご友人のお話をうかがいたいのです」

矢崎がいった。田中みさとは矢崎を見た。

「あなたも新宿署の人なの？」

「出向で、きております」

「元はどこ？」

田中みさとが訊ねたので、矢崎は黙った。

「いえないの？」

「本庁公安部です」

「公安部？」

「刑事部とはちがって――」

「知ってる。公安部のことなら。さんざんつきまとわれたから」

矢崎は田中みさとを見直した。

「あたしたちの住んでるところや勤め先に現われては嫌がらせをするのが、公安部の仕事よ」

田中みさとは吐きすてるようにいった。

「それは……。もしそういう行為をした者がいたのなら、お詫びします。何か特別の理由があってのことだと思いますが――」

「理由？　理由は簡単よ。あたしたちが日本人じゃないから。中国人だったら、そうやっていじめたら国際問題になる。でも日本人でも中国人でもないあたしたちになら、何をやっても許される。それが嫌なら中国に帰れ、中国人になれってわけ」

「実際にあなたにそういった警察官がいたのですか」

「昔ね。あたしが十歳のとき」

矢崎は手帳をだした。

「名前と所属先を覚えていらっしゃいますか」

「訊いてどうするの？」

「二度とそんな暴言を吐けないようにします」

鮫島がいった。田中みさとはあきれたように目を動かした。

「あんたたちにそんな権力があるの？」

「権力があるないの問題以前です。警察官として許される発言ではありません」

鮫島は答えた。田中みさとは鼻先で笑った。

「かっこいい！　まるで信用できないけど」

矢崎は息を吸いこんだ。

「それでも名前を教えて下さい」

「覚えているわけないでしょう。何年前の話だと思ってるの。女の子を恐がらせて喜ぶような、最低の奴。貧乏たらしくて臭くて、刑事だって威張る以外、何もできない奴だった」

「お詫びします」

手帳をしまい、矢崎が威儀を正した。

「同じ公安警察官として、そのような不愉快な思いをさせた者がいることを、心よりお詫びします」

深々と頭を下げた。鮫島も頭を下げた。

「やめてよ。あやまったからって、何もかわらない」

「それでもけっこうです。まずお詫びをした上で、お話をうかがわせて下さい」

頭を下げたまま矢崎はいった。田中みさとはソファに腰を落とし、口に手をあて笑った。

「笑っちゃう。何なの？　いい人作戦？」

鮫島は頭を上げ、田中みさとの目を見た。

「荒井真利華さん、または新本ほのかという女性をご存じですね」

田中みさとの笑みが消えた。

「ほのかのことを訊きにきたの？」

「そうです」

「死んだじゃない」

鮫島は頷いた。

「知っています。彼女を救急車に乗せたのは私です」

田中みさとは鮫島を見つめた。

「撃たれたって聞いたけど？」

「撃ったのは陸永昌という中国人犯罪者で、その場から逃亡しました。陸は荒井さんと交友関係がありました」

田中みさとは首をふった。

「ルーヨンチャンなんて知らない」

「『天上閣』にもきたことがあると思います。覚醒剤の取引をしている人間に連れてこられ、荒井さんと知り合った」

田中みさとは無表情になった。

「まったくわからない」

「陸は現在、日本にはいません。中国経由で第三国に潜伏しているようです。今日うかがったのは、荒井さんについてご存じのことを教えていただくためです」

「あの子が店にいたのはうんと前、まだ十代のとき。いっておくけど、そのときの『天上閣』を経営していたのは別の人間で、そのことであたしをつかまえようとしても無理よ」

「知っています」

矢崎が頷いた。

「田中さんが経営されているのは、いわば二代目の『天上閣』で、初代のときは田中さんは荒井さんの同僚だった」

田中みさとの目が二人をそれた。

「あの子は十代のときに入ってきて、年をごまかして働いたの。今はうるさいけど、昔はホステスに身分証なんてださせなかったから」

宙を見ていった。

「どんな人でした?」

矢崎は訊ねた。

「めちゃくちゃきれいだった。大人びてて、色気もあった。男の気を惹く術を天性で身につけていた。子供のくせにタチが悪いって嫌う人もいたけど、夢中になる人も多かった。客に使わせるという点では天下一品だった。あっという間にナンバーワンになった。そのうち裏っぴきをするようになった」

「裏っぴき?」

「店以外の場所で金を使わせること。最初はプレゼント。靴やバッグ、それからお金。子供だからその辺をうまくやれず、やがて店側にもバレて、結局、クビ」

「クビになったのですか」

矢崎が訊くと、田中みさとは頷いた。

「それはそうよ。店はホステス個人を太らせるためにあるわけじゃない。たとえひとりの女の子に使ったお金でも、ボーイの給料や家賃にあてなけりゃならない。それを個人で会ってお金をひくのはルール違反。そんなことがまかり通るなら、ホステスは全員、自分を気に入っている客から裏で金をひくようになる」

「それは駄目なのですね」

「客と二人で会えば、必ず『やらせろ』って話になる。『いくらだしたらやらせる?』さもなけりゃ『これだけ使ったのだから、やらせて当然だろ』って。店じゃ逃げられても、二人きりじゃ逃げられない。店で使わせるってことは、守られてるってことでもある。それがないなら、個人で売春《ウリ》をやっているのとかわらない」

「知りあうのはお店ですよね」

「店は売春婦の紹介所になる。あんたたちお巡りが踏みこむ口実になるでしょうね」

田中みさとは鼻先で笑った。

「クビになった荒井真利華さんはどうしたんです?」

鮫島は訊ねた。

「自分を気に入った客と連絡をとりあい、ひっぱってた。でもやらせなけりゃ男は離れていくし、やらせてたら体が保《も》たない。だから大物を狙おうと、少しして銀座にいった」

「銀座のクラブに入ったということですか？」

田中みさとは頷いた。

「最初の『天上閣』には日本人と中国人、両方のお客がきていたけど、たいした金持はいなかった。本当の金持を探すなら、銀座しかない。でも銀座で裏っぴきをやったらあっという間にクビだし、それを知られたら、どこの店も雇ってくれなくなる。だから店でも使って裏でもひける、本当の金持を探すって」

「見つけたのですか」

「そこまでは知らない。何年か銀座にいて、そのあと横浜に移ったってメールがきた。『やらかしたの？』って訊いたら、『大物を狙ってる』って返事がきた。横浜で大物？　と思ったけど、外野がとやかくいうことじゃないから黙ってた」

鮫島は矢崎を見やった。

「荒井真利華さんは、伊勢佐木町のキャバクラに勤めているときに知り合った三井という客の秘書兼愛人に、その後なりました。ご存じでしたか」

「投資コンサルタントをやってた客でしょ。ほのかから少し聞いた」

「その三井氏がその後どうなったのか、知っていますか」

鮫島は訊ねた。

「知らないけど、死んだか、別れたのじゃないの。ほのかはパパひとりで満足できるタマじゃないもの」

眉ひとつ動かさず、田中みさとは答えた。

「満足できないとは？」

「同じ男とずっといるなんて、できないってこと。もともとお金が目的でくっついたのだから、吸えるもの吸ったら用なしでしょう。大金持だったとしても、ずっと縛られるのは我慢できないだろうし」

「荒井真利華さんのことは、あまりお好きではなかったのですか」

矢崎が訊いた。田中みさとは笑った。

「悪い子じゃなかったけどっていいながら、ディスる、、、のが嫌なだけ。ほのかは、自分に金を使わない男は生きてる価値がない、くらいに思ってた。子供の頃から男にちやほやされ貢がれるのがあたり前だったから」

「ある意味、不幸ですね」

「そういえばひとりだけ、惚れていたかどうかはわからないけど仲よくしていた男が『天上閣』にいた」

「客ですか」

田中みさとは首をふった。

「それがちがうの。ビザ切れになった中国人のボーイ。無器用で、しょっちゅうグラスを割ったり、お客さんを案内するテーブルをまちがえて、マネージャーに裏で殴られてたような奴。店じゃクズみたいに扱われてたけど、いっとき仲よくしてた。帰りにご飯食べに連れていってやったりして。どういう風の吹き回しって思ってた」

「そのボーイとは長くつきあったのですか」

「つきあえないでしょう。入管にとっつかまって強制送還されたし。少しして、『あれから連絡とってる?』って訊いたら、『誰のこと?　知らない』ってしれっとしてた。ただの気まぐれだったのねって思った」

高川の「捨て犬みたいな奴にマリカは弱かった」という言葉を鮫島は思いだした。

「荒井真利華さんが、三井という客の秘書兼愛人になったのは、ある人物の指示だったという情報があります」

矢崎がいった。

「何それ」

「八石のひとり、〝徐福〟という人物が三井さんに近づくよう、荒井さんに指示したというのです」

田中みさとは首をふった。

「八石とか、あたしはかかわりたくない。そんなこと訊かれても答えられない」

「でもご存じなのですよね」

「ほのかの話ならする。でも八石とか、そういう話はしない」

きっぱりと田中みさとはいった。

「わかりました。では荒井真利華さんの身内について、何かご存じですか?」

鮫島は訊ねた。

「両親はもう死んでる。ほのかはお祖母《ばあ》ちゃんが残留一世で日本にきたらしい」

「兄弟《きょうだい》は？」

「いたと思う。大嫌いな兄さんがいるといってた」

「なぜ嫌いだったのかを聞きましたか」

「自分が親に何かを買ってくれというと、その場では何もいわず、二人きりになってから責めるって。もちろん家は金持じゃないわけだけど、一切ねだるな、欲しいものがあるなら自分で働いて買えっていわれたって」

「そのお兄さんは、今どうしているのでしょう」

「知らない。ほのかも高校生のときに家をでて、それきり連絡をとってなかったらしいし」

「ちなみにですが、荒井さんのお墓はどこかご存じですか」

矢崎が訊ねた。

「千葉の、柏《かしわ》だかどこか。両親の墓があるところ」

「ご両親と同じ墓に入られたということですね」

「そう。残留孤児の関係がけっこう入ってる霊園で、聞いたことあると思った覚えがある」

田中みさとは額に手をあてた。

「思いだした。『手賀沼《てがぬま》のさと霊園』。あたしの知り合いの親もそこに入ってる」

「『手賀沼のさと霊園』ですね。ありがとうございます」

「荒井さんの身内は、嫌っていた、そのお兄さんだけですか」

鮫島は訊ねた。

「わからない。いたかもしれないけれど、兄弟の話を聞いたのは、その嫌いな兄さんの話をした一度だけだったから」

「田中さんはその後、お兄さんと連絡をとられていますか」

田中みさとの表情が険しくなった。

「なんでそんなことを訊くの」

「お元気かどうかを知りたいのです。前にも申しあげましたが、八石のメンバーに次々と危険が及んでいる」

鮫島は答えた。

「そんなのあたしに関係ない」

「前川あかりという人をご存じですか。結婚して、今は中国におられるようですが」

「知らない」

表情をかえることなく田中みさとは答えた。

「そうですか。ご協力ありがとうございました」

いって、鮫島は矢崎に目配せした。

「失礼します」

「もう二度とこないでよ」

田中みさとがいった。鮫島は田中みさとの目を見た。

「我々もそうなればいい、と思っています。しかし〝徐福〟の動きしだいで、また犠牲者がでるかもしれません。そうなったら、犯人をつかまえるための手がかりを求めて、何度でもおうかがいすることになるでしょう。お兄さんの身も心配です」

「自分の面倒くらいみられる人よ」

「もちろんそうでしょう。ですが、お兄さんの友人で、腕っぷしに自信のあったであろう人も最近、亡くなりました。拳銃で武装していたのに、仲間と二人、殺されたんです」

田中みさとは瞬きをした。知らないようだ。

「何それ……」

「お兄さんに訊けばわかります。では」

鮫島は告げた。

## 28

前川あかりこと張榕梅を田中みさとが知らない筈はなかった。かつて同じ「天上閣」で働いていたのだ。張榕梅が八石のひとり〝雲師〟だからこそ、知らないといったにちがいない。

田中みさとは八石に関係する情報の提供をかたくなに拒んでいる。それはとりも直さず、八石の内部で起こっている争いを知っている証だ。

数日後、張榕梅の夫に関する情報が、矢崎によってもたらされた。

主だった外国におかれた日本大使館や領事館には、防衛省や警察庁から外務省に出向した人員が配置されている。外交官として任地の情報を集めるのが職務だ。

警察庁から外務省に出向する人間は、帰国すると警視庁公安部や各県警の警備部に配属され出世の階段を上っていくキャリア組が多い。

矢崎の知り合いが瀋陽《しんよう》の日本領事館に勤務していて、その人物が交流のある中国公安部の人間を通じて、張榕梅の夫の情報を得たのだという。

張榕梅の夫は、大連市内でレストランやカラオケクラブを複数経営する実業家で、その原資を薬物の密売で得たと公安部に目されている人物だった。

名前は羅豪輝《ルウオハオフウイ》、遼寧《りようねい》省の農家で育ったが、十代半ばから大連の不良グループに所属し、頭角を現わした。

羅は二十代から三十代の前半にかけて、中国でも爆発的に流行したＭＤＭＡを扱って荒稼ぎした。その後、張榕梅と結婚したのをきっかけに実業家に転身し、成功をおさめた。

大連市公安局によれば、現在、違法行為にかかわっている疑いは低い。が、かつての仲間や後輩が、違法薬物の密売を手がけているらしい。

羅は十年ほど前までは頻繁に日本と中国をいききしていたが、この数年は海外にでていないという。

「このような動向は、中国の黒社会では珍しくないそうです。二十代三十代の血気盛んなときは犯罪に携わり、四十代五十代になると実業家、主に飲食店やホテルなどの経営に転身する。海外とのいききも犯罪から足を洗うと少なくなる。実業家は、いわば第二の人生で、それを手に入れるために体を張るわけです。日本とはかなりちがいますね」

矢崎がいった。

日本では組織暴力に身をおいた人間が、別の職業につくのは容易ではない。特に暴力団の構成員だった者がカタギの仕事で成功するのは希有だ。たとえ原資をもっていても、不動産契約を交せず、金融機関に口座も開設できない。

他人名義で契約を交したり口座を作ることはできても、それじたいが犯罪となる。

結局、暴力団の金は、資金洗浄の役割を担うフロントに流れこむ。飲食業などの資金となる点では似ているが、店舗を経営するのはカタギで、元暴力団員ではない。

カタギが経営する店で洗われた金は再び暴力団に還流する。そのカタギにも利益はもたらされるが、あくまでも資金洗浄の手間賃のようなものだ。

中国では、犯罪者としての成功が、足を洗ってからの余生につながる。日本では、犯罪組織の成功が、構成員の生活を保障する。

「中国では転身が可能だが、日本では難しい。個人の幸福を追求するか、所属する組織の成功を追求するか、国民性のちがいがあるのだろうな」

鮫島はいった。

「法律で、暴力団の活動が制限された結果、それに対応したシステムが作られたということですかね」

「日本の暴力団は特殊なんだ。暴力団構成員であることが、職業の一種として認知されている。組うちの肩書きがあり、それを刷りこんだ名刺をもつ。海外では、自らを犯罪組織の構成員だと名乗る者はいない。表向きはレストランの経営者であったり、土建業だったりする。存在が認知され、それを理由にさまざまな制限をうけたことがシステムを生んだ」

「つまり日本のほうが悪質ということですか？」

矢崎が鮫島を見つめた。

「羅豪輝のような人間にとって、犯罪は経済的な成功を入手する手段のひとつで、いわば足がかりだ。しかし日本の暴力団では、組織の成功が、所属する個人の幸福より優先される。組織を利用するか、組織に尽すかのちがいだ」

「それをかえたのが金石ですか。日本や海外の犯罪組織と提携しながら、表向きの生業《なりわい》をもち、組織ではなく個人の幸福を追求する」

鮫島が頷くと、

「だったら皮肉な話ですね。新しい組織形態で台頭した金石を、〝徐福〟は旧態依然とした日本的な組織にかえようとしている。その理由は何です？」

矢崎は訊ねた。

「わからない。ネットワークよりもピラミッド組織のほうが、頂点にもたらされる利益が大きく、それを求めているのかもしれないし――」

「かもしれないし？」

日比谷公園で会った〝安期先生〟こと田が、〝徐福〟は中国共産党の研究をしていたと話したのを鮫島は思いだした。矢崎は無言で鮫島を見ている。

「何か我々にはわからない理由があるのかもしれん」

矢崎は首を傾げた。

「アメリカなどの大国を相手に非対称戦争をしかけるテロ組織にとって、ネットワーク形態は有効です。ピラミッド形態の組織は、リーダーと中枢の所在地を叩かれたらそこまでですが、ネットワーク形態の組織には中枢がない。どこをどれだけ叩かれても、枝が残り、戦争は続行される。警察という国家権力を相手に生き残ろうとするなら、ネットワーク形態のほうがはるかに有効です」

鮫島は頷いた。

「だからこそ金石は、警察や既存の暴力団を向こうに回して活動できた」

「それをピラミッドにしたら、あっという間に潰されかねません」

「目的のちがいじゃないのか」

「目的のちがい？」

「大国を相手に非対称戦争をしかけるテロネットワー

クは根底に、宗教や価値観のちがいからくる相手への絶対的な否定がある。共存を認めず、敵を殲滅するまで戦いを終わらせないという信念だ。相手を倒すか、自分が倒れるか」

「聖戦といいますしね」

「金石にそこまでの否定はない。国家に対する不信感や出自を理由にしいたげられた怒りはあっても、自分たち以外を殲滅してやるなどとは考えていないだろう」

「じゃあ何を目的にしているのです。個人の幸福ですか」

「そう考えるのが妥当だろうな。高額の収入と安定した生活を望み、それを得る手段のひとつとして犯罪に手を染めることをいとわないが、自分を職業犯罪者だとは考えていない」

矢崎は思いあたるような表情を浮かべた。

「確かに高川にもそういうところがあります。やっていることは十二分に職業犯罪者であるにもかかわらず、本人は二足のワラジをはいているつもりなのです。いざとなれば口をぬぐいカタギのフリをして生きていけると思っている」

「構成員がすべてその考え方をしている限り、組織は横に広がっても、縦に伸びることはない。組織としての力は、縦に伸びなければ強くならないだろう」

鮫島の言葉に矢崎は唸った。

「そうですよね。横に広がった組織は情報の収集力という点では強いかもしれないが、戦闘力は弱い。〝徐福〟は、金石の戦闘力を高めようと考えているのでしょうか」

「その可能性はある」

「高めて、どこに戦いを挑むのです？　警察ですか、それとも既存の暴力団？」

鮫島は首をふった。

「わからない。あるいは、ただの実験をしているだけなのか」

「実験……」

「〝徐福〟がどのような人物なのかわからないので判断はできないが、金石の組織を作りかえる実験をおこなおうとしているのかもしれない」

「何のためにそんな実験をするのです?」

「組織の維持だ。拡大しようという努力をしなければ、組織は縮小していく。たとえ現状維持を求めても、拡大努力によってしか、それはかなわない。金石のメンバーすべてが、高川のように自らを犯罪のアマチュアだと考えていたら、いずれ弱体化し、情報ネットワークとしての存在価値しかなくなる。それはそれでかまわないメンバーもいるだろうが、〝徐福〟はちがった。ピラミッド形態に作りかえるという実験をおこなうことで、残す者、排除する者を選別し、メンバーに構成員としての自覚をうながす」

矢崎は目をみひらいた。

「本当にそんなことを考えているのでしょうか」

「わからない。が、考えていても不思議はないと思う」

「いったいどんな人間なんです?」

「それをこれからつきとめるんだ」

## 29

「手賀沼のさと霊園」は、国道六号、通称「水戸街道」と環状に首都圏を走る国道一六号が交差する地点から東に四キロほど離れた、手賀沼のほとりにあった。

手賀沼は約四平方キロの大きさがあり、千葉県柏市、我孫子《あびこ》市、白井《しろい》市、印西《いんざい》市にまたがっている、東西に横長の湖沼だ。

東京からは常磐自動車道の柏インター、国道一六号を経由して向かうが、深夜を除けば国道一六号は慢性的に渋滞しており、距離のわりに時間を要する。

九時に新宿署を覆面パトカーで出発した二人が到着したのは、十一時近くだった。

霊園じたいは特定の宗教に準拠した施設ではなく、墓地を購入すれば、誰でも入園できると、ホームページにはあった。

カーナビゲーションの指示にしたがい、一六号から手賀沼へと向かう道に、鮫島はハンドルを切った。

小さな川にかかった橋を渡ると「手賀沼のさと霊園」という看板が、分かれ道を示していた。道は狭く、霊園の利用者以外の通行はなさそうだ。

二百メートルほど走ると、道に白いアーチがかかっていた。日本語、英語、中国簡体文字で霊園名が記されている。

アーチの先に広い駐車場と事務所らしき平屋の建物があった。駐車場のあちこちには、石で作られた天使や仏像のオブジェがおかれている。精巧な造りで、優れた石工《いしく》の手になるとわかった。ざっと十体ほどある。

宗教的な偶像というよりは、装飾品としての意味合いが強いようだ。

ひとつひとつの石像の大きさは一メートルから二メートルほどあり、中には有名なミケランジェロの彫刻を模したものもある。いくつかは雨に打たれて変色しているが、作られて日の浅い純白の石像もあった。

駐車場には、七、八台の車が止まっており、中に石材店のロゴが入ったバンも混じっていた。

霊園の事務所には、前もって訪れる旨を電話で伝えてある。

車を降りた鮫島と矢崎は、事務所の扉をくぐった。ガラス張りの建物は白一色で統一され、霊園というより自動車の販売店を思わせる。

「いらっしゃいませ」

入ってすぐにカウンターがあり、そこにすわっていた事務服の女がいった。四十代のどこかで、髪を束ね眼鏡をかけている。

カウンターの奥にはパソコンをおいたデスクが二台あり、ひとつに作業衣を着けた男がすわっていた。モニターに目を向け、マウスを動かしている。

「先ほどお電話をさしあげた、警視庁の矢崎と申します」

矢崎はいって、身分証を提示した。

「あ、はい」

女がいって背後をふりかえった。デスクにすわっていた男が手を止め、鮫島たちを見た。

「実はこちらに埋葬されている方のことでうかがいま

した」

　矢崎がいうと、男が立ち上がり、いった。

「どういったご用件でしょうか」

　矢崎は男を見た。

「私はこちらの管理を担当している者です」

　男はいって名刺をさしだした。三十代の半ばだろう。日に焼け、髪を短く刈っている。

「株式会社　手賀沼のさと霊園　管理課課長　西内《にしうち》稔《みのる》」と名刺には記されていた。矢崎は新宿署の名刺をもっていないので、鮫島が名刺をだした。

「新宿署、生活安全課……」

　西内は鮫島の名刺を見つめた。

「昨年、新宿区内で発生した事件に巻きこまれ亡くなられた女性が、こちらの霊園に埋葬されていると聞きました。その事件の捜査に関連して、うかがいたいことがあり、参った次第です」

　鮫島は告げた。

「昨年ですか」

「ええ、亡くなられたのは十一月です。こちらに入られたのがいつだかはわかりませんが」

「入園者様のお名前は？」

「荒井真利華さんです」

「お待ち下さい」

　西内はいってデスクに戻り、パソコンを操作した。

「アライマリカさんという方はいらっしゃいませんね」

「新本ほのかではどうでしょう」

　矢崎がいった。西内は操作し首をふった。

「いえ」

「こちらにいらっしゃると聞いたのですが」

　鮫島はいった。

「でもそのお名前でのご入園はありません」

「つかぬことをうかがいますが、こちらには中国人の入園者もおられますか」

　鮫島が訊ねると、西内は頷いた。

「当園は外国人の方のご入園も承っております」

「では、中国人女性で、昨年の秋以降、入園された方はいらっしゃいますか」

「いらっしゃいますが、お名前をうかがえますか」

荒井真利華の中国名を鮫島は知らなかった。

「それはわからないのです。その女性は、中国残留孤児三世で、日本名を先ほど申しあげた荒井真利華といいましたが、中国名を何といったのかはわかりません」

西内は無表情になった。

「入園者の個人情報にあたることですので、お名前をうかがえない限り、ご協力はできません」

「でも入園者は故人です」

矢崎がくいさがった。

「おっしゃる通り故人ですが、入園にあたっては費用を負担されたお身内の方がいらっしゃるわけです。入園者の情報には、そうした方に関するものも含まれます」

「まさにそれをうかがいたいと思って参ったのです」

鮫島はいった。

「個人情報の管理に関しては、当園にも規則がございます。たとえ警察の方でも、安易にお教えできない決まりになっています」

「捜査令状をおもちすれば、ご協力願えますか」

西内は頷いた。

「それはもちろん」

鮫島が黙ると、

「どのような事件を捜査されているのでしょう?」

西内が訊ねた。

「殺人です」

矢崎が答えた。

「入園者の方のですか」

「日本名、荒井真利華さんが殺人事件の犠牲者であるのは事実ですが、それとは別の事案について捜査をおこなっています」

鮫島はいった。

「それも殺人事件なのですか」

「そうです。これはご内聞に願いたいのですが、荒井真利華さんは生前、殺人事件の犯人と交友をおもちだった。もしかすると、こちらにもその犯人が足を運んでいるかもしれません。殺人犯であっても墓参りをすることは考えられます」

西内は頷いた。

「それは、わかります。当園に参られる方で、悪人を見たことはありません」

「悪人――」

「人は亡くなれば、誰でも魂が浄化されます。信仰している宗教が何であろうと、あるいはまったくの無宗教でも、魂は浄化し、そこに参られる方の魂も、ここにいるあいだは浄化作用をうけることになります」

西内は真顔だった。

「当園は、あらゆる人種、宗教を問わず、入園を受けつけています。どなたであっても魂の浄化のお手伝いをするのが、当園の使命です」

西内は誇らしげにいった。鮫島と矢崎は目を見交した。

「高川に確認してみます」

矢崎が小声でいって、事務所をでていった。表で携帯電話を操作する。

「新宿からわざわざおいでになったのですか」

西内が訊ねた。

「そうです」

「それはご足労をおかけして」

わざとらしく西内は頭を下げた。

「私も学生時代はよく新宿にいきました。お坊さんか神父になろうと思ったのですが、仏教にもキリスト教にもそこまでの信仰心がもてなくて進路に迷っていたときに、ここの存在を知ったんです」

西内は胸を張った。

「こちらの霊園はどのような運営をされているのでしょう」

しかたなく鮫島は訊ねた。

「元々は、篤志家の集まりから生まれたものです。海外から日本にこられ、社会的経済的な成功をおさめられたものの、母国の土に還ることがかなわなかった方のための霊園を作ろうと話しあったのがきっかけだと聞いております」

「すると経営者は日本人ではないのですか」

「日本、フィリピン、ブラジル、さまざまな国の方がおられます」

「中国人は？」

「いらっしゃいます」

矢崎が外から戻ってきた。

「許佳心《シュジャシン》というそうです」

メモ帳に書きつけた文字を見せた。

西内はパソコンに向かった。

「いらっしゃいます。昨年の十二月に入園なさいました」

「情報をご提供願えますか」

鮫島は訊ねた。

「どのようなことでしょう」

西内は微笑み、訊ねた。

「入園の費用を負担されたのはどなたです？」

「親族の女性ですね。納骨にもその方が立ち会われました」

「名前と連絡先をお教え願えますか」

「清本悦子《きよもとえつこ》さんとおっしゃいます」

鮫島と矢崎は再び目を見交した。荒井真利華の中国名は、まるで呪文のような効果をもたらした。

「住所は千葉県の柏市ですね。電話番号は――」

西内は携帯電話の番号を口にした。

「故人との続柄は叔母となっています」

「他の親族の方の記録はありますか」

メモをとっていた矢崎が訊ねた。西内は首をふった。

「ありません。清本さんおひとりです」

「墓参りにこられる方はどうでしょう。清本さん以外の方が見えたことはありますか」

「当園は二十四時間の墓参を受けつけていて、霊園には、いつでもどなたでも入ることができます。事務所を通す必要もありません。ですから、どなたが誰のお墓に参られているかはわかりません」

ほがらかに西内は答えた。

「防犯カメラなどの設置はないのですか」

鮫島は訊ねた。

「ございません。魂が浄化される場にふさわしくありませんから」

矢崎が息を吐いた。

「ですがこれだけの広い霊園ですと、どこに埋葬されているかわからず、ここを訪ねてこられる方もいらっしゃるのではありませんか?」

鮫島は訊ねた。

「そんなことはありません。当園では現在、八百人ほどの方が眠りについておられますが、霊園の入口にある案内板をご覧になれば、すぐお墓の場所がわかります」

西内が微笑んだ。

「我々もお参りさせていただいてよろしいですか」

「もちろんです。お二人の魂も浄化されますよ」

鮫島は頷き、初めに対応した女性事務員を見た。西内とのやりとりがまるで聞こえていないかのように、無表情でパソコンに向かっている。西内の豹変といい、どこか不自然さを感じた。

二人は事務所をでた。

「何かの宗教ですかね。不思議な人でしたね」

霊園内部へと向かう道を歩きながら、矢崎が低い声でいった。

「わからないが、令状《フダ》をとらずにすんでよかった」

道はまっすぐできれいに舗装されているが、車やバイクは入れないよう、入口にパイロンが立っている。

「車椅子をご使用の方は、事務所にお申し出ください」

と札が掲げられていた。

道の両側には、リスやウサギ、タヌキなどの小動物を模した石像が並んでいた。

二十メートルほど道を進むと東屋《あずまや》があり、ガラスのケースに入った案内板が設置されていた。

霊園の地図と埋葬者名簿が一体化したものだ。日本語、英語、簡体、繁体、ハングルまで、すべての埋葬者名が記され、区画番号が表示されている。

霊園は、四つの区画に分かれており、それぞれが半円形をしていて、「許佳心」は手前右側の半円であるC区画の「5—24」に埋葬されているとあった。

案内板、道、各区画には照明設備もある。夜になり、それが点灯すればかなり明るいだろう。区画と区画は、植え込みで隔てられているが、手賀沼が近いこともあり、すさまじい数のヤブ蚊がとびかっていた。

日ざしはないが湿度の高い日で、二人はあっという間に汗だくになった。そこへヤブ蚊に襲いかかられ、歩きながら手をふり回した。

「こりゃたまらない。こんなんじゃ、夜中に入りこむ奴はいませんね」

矢崎が悲鳴をあげた。

二人はC区画に入った。墓石に規格はないようで、デザインはばらばらだ。一般的な直方体の墓石もあるが球状や楕円《だえん》形をした墓石もあり、彫られている文字も名前とは限らず、漢詩などもあった。

「これですね」

表示された区画番号を見て、矢崎が指さした。

半円形の墓石には、ただ「許佳心」と彫られているだけだ。生年没年の表記はなく、裏側にも何もない。

ただかたわらに、高さ一メートルほどの少女の像がある。薄い衣とベールをまとい、まっすぐこちらを向いている。

花などが手向《たむ》けられたようすはなかった。


二人は手を合わせた。

「墓参りにきた人はしばらくいないようですね」

矢崎がいった。

「そうだな」

鮫島は区画内を見回した。石像が添えられた墓石は他にない。

「子供の天女ですかね」

矢崎が石像をのぞきこんだ。いわれて見直した鮫島ははっとした。石像を見つめる。

「どうしたんです?」

どことなく荒井真利華に似ているような気がしたのだ。

石像の子供は十歳に満たないくらいだろう。丸い顔をして、大きくみひらいた目は遠くを見ている。

荒井真利華の子供時代の写真を見たことはないが、顔の輪郭や口もとに面影《おもかげ》があった。

「気のせいかもしれないが、似ている」

鮫島はつぶやいた。

「荒井真利華に、ですか」

鮫島は頷いた。

「その叔母さんて人が、頼んで作ってもらったのかもしれませんね。子供の頃の写真でも渡して」

矢崎がいった。

「そうかもしれないな」

鮫島は答え、隣接する別の区画に足を運んだ。墓石に添えられた石像はなかった。

「どうしたんです？」

汗をぬぐいながら追ってきた矢崎が訊ねた。

「ああいう石像が他にもないか、見たんだ。故人を偲《しの》ぶためにおかれたなら、同じような像があっていい筈だ」

「なるほど」

二人は手分けして、周辺の墓地を回った。が、幼女どころか大人の石像もなかった。

「どうやらこれが特別のようですね」

荒井真利華の墓の前に戻ってきた矢崎がいった。

鮫島は頷き、携帯電話をとりだすと、石像と墓石の写真を撮った。

「叔母さんという人に訊いてみますか。柏なら、この足でいったほうが近いですし」

いって、矢崎も携帯電話をとりだした。教えられた清本悦子の番号を呼びだす。耳にあてていたが、

「つながりません」

といって、携帯をおろした。

「電源が切られているか、電波の届かない場所にある、と」

鮫島を見た。

「どうしますか。直接いってみますか。駄目もとで」

「そうだな。その前に事務所で訊いてみよう」

鮫島はいった。ヤブ蚊と戦いながら事務所に戻る。エアコンのきいた事務所に入ると、ほっとした。

「お参りになれましたか」

汗みずくになっている二人に、西内はにこやかに訊ねた。

「いってきました。お墓の横にあった石像は、どなたがおかれたのでしょうか」

「石像？」

「これです」

鮫島は携帯の画像を見せた。西内は首を傾げた。

「ご納骨のときにはありませんでした」

「なかった？」

「ええ。墓石だけです。手向けに、あとからおかれたのかもしれませんね」

「誰がおいたのでしょう？」

「おいたのは石屋さんでしょうが、注文はおそらく叔母さんがされたと思います」

「駐車場や通路にも、石像がたくさんありましたが、それも同じ石屋さんが作られたものですか」

矢崎が訊ねた。西内は頷いた。

「そうです」

「駐車場に止まっていたバンの会社ですか」

鮫島は訊ねた。

「ええ。『柏葉《かしわば》石材』さんといって、ここの墓石などを一手にお任せしているところです。今日はA区画の奥で作業されていると思います」

二人は事務所をでた。再びヤブ蚊と戦いながら、霊園の奥へと向かう。

A区画は、事務所から最も離れた位置にあり、手賀沼に面した最奥部で二人の男が作業にあたっていた。

小型のショベルカーで古い墓石の撤去をおこなっている。二人とも「柏葉石材」と入ったTシャツを着け、頭にタオルを巻いていた。

「お仕事中、申しわけありません」

鮫島は声をかけ、身分証を見せた。二人は驚いたように手を止めた。

ヤブ蚊の猛襲はあいかわらずだが、手賀沼からの風が吹きつけ、わずかに涼を感じる。

「何すか」

二十代半ばくらいの作業員が訊ねた。もうひとりはもっと若く、二十になったかどうかだろう。二人ともまっ黒く日焼けしている。

「この墓地のあちこちにある石像だけど、お宅が設置したものですか」

「そうす」

「これも？」

鮫島は携帯の画像を見せた。

「C区画のお墓の横においてあるのだけど」

「C？　Cにそんなのあったっけ？」

作業員は相棒の若者を見た。若者は首を傾げた。

「お墓の横にありました。故人を偲んで彫ったもののように見えましたが」

鮫島はつけ加えた。

「知らないっすね。タツさんたちが設置したんすかね」

若者はいった。

「タツさんというのは？」

「うちの人ですけど……」

「石像もその方が作ったのですか」

「いや、おいたのはうちの人間ですが、作ったのはちがいます。元はうちにいた人が辞めて独立し、趣味でああいうのを作ってるみたいです」

「独立したというのは、やはり石材屋さんを始められたのですか」

「じゃ、ないすかね。俺ら、会ったことないんで」

「このあたりでやっておられるのですか」

「さあ……。うちの、昔からいる人は知っていると思うんですが」

「その人のお名前は何といわれるか、ご存じですか」

作業員の男は首をふった。

「わかんないす」

「石像はその人が作り、お宅、『柏葉石材』さんがここにおさめている、そういうことなのですね」

作業員の男は頷いた。

「石像はお宅まで、作った人がもってくるんですか」

「いや、新しいのができると駐車場においてあるんです。それをどこにおくか、事務所に訊いて、設置するのが俺らの仕事です」

「なるほど。当然、有料ですよね」

「だと思います。そういうことは会社に訊いてもらわないとわかんないすけど」

「こういう像の依頼は多いのですか」

矢崎が訊ねた。

「こういう像ってのは？」

作業員の男は訊き返した。

「この少女像は、故人に似せて作られたように見えます。亡くなられた方を模した石像を作ってほしいという依頼はよくあるのですか」

矢崎がいうと、作業員二人は顔を見合わせた。

「なくはないけど……少ないすね」

「日本人のお客さんは、あんまりいないっすね。前に、ブラジル人だっけ、頼まれてやったすよね」

「あったな」

「そのときは石像の製作はどなたがされたんでしょう?」

「うちじゃないすね。うちにはそういう職人さんがいないんで」

「この石像を作った方に依頼した?」

「かもしんないす。うちを通して依頼して、うちを通して納品するって感じで」

作業員の男は頭に巻いたタオルを外し、顔の汗をぬぐった。

「お宅の会社はこの近くですか?」

鮫島は訊ねた。

「柏です」

鮫島は頷いた。

「暑いところをお邪魔して申しわけありませんでした」

「いえ。何か問題でもあるんすか、その像」

「そうではないんです。ただ誰が作られたのかな、と思っただけで。事務所でうかがったところ、お宅じゃないかというお話だったものですから」

「そうすか。会社のほうに訊いてもらえれば、たぶんわかると思います」

「ありがとうございました」

鮫島は頭を下げた。

「あのう――」

若者がいった。

「何でしょう」

「刑事さんて、ピストルもってるんすか、やっぱり」

「もつこともありますが、今日はもっていません。暑いですからね。もっていると、上着を着なければならないので」

鮫島は答えた。興味津々《きょうみしんしん》という顔つきだった若者は、とたんにがっかりした表情になった。

「そうすか。そうすよね」

「じゃ、失礼します。お仕事の邪魔をして申しわけありませんでした」

鮫島はいって、矢崎とその場を離れた。

駐車場に止めた覆面パトカーに乗りこむと、エアコンを最強にした。腕や首周りを何カ所も蚊に刺されている。

「どこか薬局に寄って、かゆみ止めを買おう」

鮫島はいって、覆面パトカーを発進させた。

30

国道一六号にでたところに駐車場のある大きなドラッグストアを見つけ、鮫島は覆面パトカーを止めた。

運転は、行きが鮫島で、帰りを矢崎が担当することになっている。ドラッグストアでかゆみ止めと冷えた飲物を買った。

ドラッグストアに隣接するファミリーレストランで昼食をとることにして、二人は入口をくぐった。

店内はさほど混んでいない。

「この叔母という人も、残留孤児なのでしょうか」

料理を注文すると、矢崎がいった。

「どうだろう。日本に残っていた親戚という可能性もある。戻ってきた荒井真利華に目をかけていたとか」

「写真を見ましたが、きれいな女性でしたね」

「高川の話を聞くと、仲間うちのアイドルのような存在だったようにも受け取れる」

「高川も、私に墓の場所を訊いてきました。一度墓参りをしたいといって」

鮫島は頷いた。矢崎が鮫島を見た。

「荒井真利華は〝徐福〟の命令で三井省二に接近したのですよね」

「三井が通っているキャバクラに入店し、気にいられ、自分を愛人にするよう仕向けた。それに協力したのが、土浦の住吉忠男だ」

「古橋一機《ふるはしかずき》もそうですよね」

矢崎がいったので鮫島は思いだした。古橋一機は芝浦で「カズシッピングサービス」という海運ブローカーを営んでいる男だ。荒井真利華に入れこんでいる太客を装い、三井に荒井真利華を水揚げさせるよう仕向けた。

金石のメンバーだと鮫島がつきとめた直後、公安部の外事二課に身柄をおさえられ、その後の消息は不明だ。

「そうだ。古橋も三井を煽《あお》る役割を果したのだった。今はどうしているんだ?」

鮫島は訊ねた。古橋の身柄を外事二課がおさえたのは、鮫島のパートナーを演じていた矢崎からの情報がもとだ。鮫島が古橋の存在をつきとめたので、華恵新との取引を隠蔽《いんぺい》するために関税法違反容疑で身柄を確保した。

矢崎は申しわけなさそうにうつむいた。

「立件されることなく、古橋は釈放されました。ですがその後『カズシッピングサービス』は畳んだようです。今、どこで何をしているのかは知りません」

「役割を考えれば、古橋も〝徐福〟とつながっていて不思議はない」

「確かにその通りです。古橋の居どころを調べてみます」

料理が届き、二人は食事に専念した。

「ひとつ思うことがあるのですが」

食べ終え、喉を鳴らして水を飲んだ矢崎がいった。

「何だ?」

「荒井真利華はなぜ八石に加えられなかったんでしょう。〝徐福〟への貢献や、金石内でアイドル的存在だったことを考えると、八石のひとりであってもおかしくないと思うのですが」

「確かにそうだ」

鮫島はつぶやいた。

「高川なら何か知っているかもしれませんね」

矢崎の言葉に頷いた。

荒井真利華を見たのは、殺された新宿の貸し倉庫での一度きりだ。

だがその荒井真利華が〝徐福〟と〝黒石〟の犯罪を明らかにする鍵となっている。

荒井真利華の殺害をくい止められなかったことを、鮫島は悔やんだ。

桃井のときもそうだ。人が殺される場面にいあわせながら、自分はそれを防ぐことができない。

そう考えると自己嫌悪がこみあげた。

「本当に申しわけありませんでした。私は鮫島さんを裏切りました」

鮫島の沈黙を誤解したのか、矢崎がいった。

「何を急にいいだす？」

「命令とはいえ、私は鮫島さんをスパイし、捜査を妨害しました。それなのに鮫島さんは私の願いを受けいれて、捜査に加えてくださっています」

矢崎は頭《こうべ》を垂れた。

「黙っていたのはそんなことを考えていたからじゃない」

鮫島はいった。

「じゃあ何です？」

「死んだ女が鍵になる。そう思っていたんだ」

矢崎は鮫島を見つめた。

「荒井真利華のことを、生きているあいだにもっと調べておくべきだった。そうすれば〝徐福〟の存在を知り、〝黒石〟の犯行も防げたかもしれない。荒井真利華を、財産乗っとりのエサくらいにしか考えなかった俺の失敗だ。君のいうように、金石にとっても荒井真利華は重要な存在だった。それを見落としていた」

鮫島はいった。矢崎は首をふった。

「それは自分に厳しすぎますよ。私ごときがいうことではありませんが、警察官が動くのは、犯罪が発生してからです。誰かが死んだからといって、それを防げなかった責任を感じていたら、もちません」

鮫島は無言だった。

警察の出番は、常に何かが起きてからだ。被害にあう者がでて初めて、警察は動く理由を得る。

未然に犯罪を防止できれば、それに越したことはない。といって、密告や監視が横行する社会が健全だとは鮫島は思わない。

警察の存在理由は、犯罪の抑止に他ならない。その犯罪には、盗みや暴力だけではなく国家に対する反逆行為も含まれる。犯罪だと規定することで、国家にとって都合の悪い意見や立場を表明する者を捕えることが可能だ。

法の執行機関は国家権力の擁護機関でもある。その事実に、警察官は自覚的だが、一般市民の多くはちがう。

「悪いことをしていなければ警察は恐くない」と考える者は、「悪いこと」の規定が政治によっていともたやすく変えられることに気づいていない。

きのうまで大手をふってできたことが、今日すれば逮捕される。それは全体主義国家ではない、この日本でも起こっている。

たとえば違法薬物。少し前までは〝脱法ドラッグ〟と呼ばれて曖昧《あいまい》な存在だった薬物の多くが、法改正により違法となった。

法の変化に敏感なのは、警察官と犯罪者だ。

法という一線をはさみ対峙《たいじ》する両者は、その線の移動に目をこらしている。線が動けば、市民が犯罪者にかわるし、その逆もある。

知りませんでしたではすまされない世界がそこにはある。

「もっと目を開け耳をすまさなければならなかった、と思う」

鮫島はいった。罪を犯すのは、プロの犯罪者だけではない。むしろきのうまで犯罪とは無縁だった者が、弾みや一時の感情で犯すことのほうがはるかに多い。それを考えれば、犯罪も犯罪者も無限に存在する。そのすべてに対処するのは不可能だ。

その結果、警察官の仕事はルーティンワークになりがちだ。見える犯罪だけに対処し、見えない犯罪はなかったことにする。

上層部がノルマを課す理由もそこにある。交通違反、銃器、薬物、摘発ノルマを課して、見えなかった犯罪を可視化するのだ。

だがそれは犯罪を〝作る〟ことにもつながりかねない。ノルマ達成のために、待ち伏せ検挙や見返りを要求する暴力団捜査が日常的におこなわれる理由だ。

警察への信頼を損う手段だが、内部にいる者がそこに疑問を抱くことはない。

「犯罪をおこなったのだから、罰せられるのは当然だ」という建前のみで交通違反者を検挙し、拳銃や薬物の押収数を操作する。

そのくり返しが生むのは、警察嫌い、捜査への協力拒否だ。

自分たちがおこなっているのは正しい行為だと信じなければ、警察官の職務は過酷だ。が、すべての行為を正しいと妄信する危険さにも気づく必要がある。

「それだけでいいのですか?」

矢崎が訊ねた。鮫島は頷いた。

「それだけだ。それが一番大事なんだ」

矢崎にはよく理解できないようだった。だがこれ以上の説明は難しかった。

ファミリーレストランをでた鮫島は、清本悦子の住所をカーナビゲーションに打ちこみ、向かった。

JR柏駅にほど近いマンションだ。八階建てで、清本悦子の部屋は六階だった。一階ロビーの入口にあるインターホンで部屋番号を押したが、応答はなかった。

午後三時前で、勤めにでている可能性もある。矢崎が携帯電話を呼びだしたが、やはりつながらなかった。

二人は一度署に戻ることにした。柏にくるだけなら、電車のほうがはるかに早い。

署に着いたのは、午後五時過ぎだった。荒井真利華の墓を訪ねただけで一日を使ってしまった。

矢崎は本庁に向かった。古橋一機の現在の状況を探るためだ。公安部のスパイとして新宿署に送りこまれ、ていた矢崎が、今度は必要な情報を公安部からひきだそうというのだ。

無理はするなといった鮫島に矢崎は首をふった。

「殺人の捜査なんです。何としても情報は入手します」

阿坂は帰宅していた。鮫島は藪を探した。

藪は食堂にいた。テーブルにパソコンをおき、コーヒーを飲みながら指を動かしている。

鮫島が向かいに腰をおろすと、

「晩飯奢《おご》りにきたのなら残念だ。もう食っちまった。それでもというなら、つきあわなくもないぞ」

といった。

「訊きたいことがあるんだ。橋口朗雄の頭部の傷から花崗岩の破片が見つかったといったな」

鮫島はいった。藪は頷いた。鮫島は携帯で撮った少女像の写真を見せた。

「これも花崗岩か」

藪はのぞきこんだ。

「隣にあるのは墓石か?」

「そうだ。荒井真利華の墓だ」

藪は鮫島の携帯を手にとり、画像を拡大した。

「同じ素材のようだ。おそらく花崗岩だろう」

答え、鮫島を見た。

「石材屋か」

つぶやいた。鮫島は頷いた。

「墓石を加工している人間なら、花崗岩を使った凶器を作れるのじゃないか」

「お手のものだろうな。どこでこの写真を撮った?」

「千葉の手賀沼のほとりにある霊園だ。この少女像だが、荒井真利華の面影がある。墓をたてた叔母という女性が作らせたのだと思う」

「器用な職人なら、写真があれば作れるだろう」

いって、藪は息を吸いこんだ。

「そうか、石材屋か。その可能性があるな」

パソコンのキィボードを叩いた。

「日本全国の石材店は一万三千五百六十軒、東京だけでも六百四十六軒ある。千葉、神奈川、埼玉などを加えたら数千軒になるな」

「そんなにあるのか」

鮫島は驚いた。

「墓の数だけ、仕事があるわけだからな」

藪はいった。

「〝黒石〟が石材店で働いている可能性が高いと思わないか。花崗岩を鉄亜鈴形に加工した凶器を作ることも可能だ」

鮫島は藪を見つめた。

「確かに。石材屋ならできるだろう。自作の凶器なら、工業団地の事案で使用にこだわったことも理解できる」

藪は頷いた。

「使用にこだわった？」

「マル害のひとりは拳銃で撃たれ、頭部に打撃を加えられていた。撃たれただけでも致命傷になったのに、ほしは自分の手で止めを刺したくて殴ったんだ。自作の凶器だからこそのこだわりだ」

藪はいった。そして再びキィボードを叩いた。

「墓石の加工には、まずダイヤモンドカッターが使われる。円盤形の切削《せっさく》機で原石を切断し、エアーコンプレッサーで叩き、研磨機で表面をなめらかにするようだ。熟練した職人なら、ほぼどんな形にでも仕上げられるとある」

「待てよ。ほしが石材店に依頼して作らせた可能性もあるぞ」

鮫島はいった。

「そんな、人を殴るのにしか使えないような形の加工を、それもいくつも請け負う石材屋がいるとは思えない」

藪は首をふった。

「いくつも？」

「花崗岩のモース硬度が『7』だとしても、何度も使用していれば、凶器が欠けたり、ヒビが入る可能性もある。ひとつだけじゃなく予備もある筈だ。それを作らせていたら不思議がられる。そういう特殊な加工を請け負う石材屋は多くないのじゃないか」

藪はいった。

「確かにそうだが、決めつけるのは早い」

鮫島はいった。

「そうだとしても、石材店は手がかりになる。そういう特殊な加工を請け負う石材店がないか、探してみよう」

藪がいったので、鮫島は頷いた。

「頼む」

自分のデスクに戻った鮫島は、阿坂にだす報告書を打つためにパソコンを立ち上げた。

携帯が鳴った。登録のない携帯電話からだ。

「鮫島です」

「兄と連絡がとれない」

女の声がいった。鮫島は息を吸いこんだ。田中みさとだ。

「そういうことは珍しいのですか」

「初めて」

田中みさとの声は硬かった。

「兄は最低でも二日に一度はラインをくれる。多い日は一日に何回も。あたしのことをすごく気にかけてる。今日で四日、兄から連絡がない。ラインを送っても電話をかけても返事がない」

「返事がないというのは、呼びだすけど応答がないのですか、それとも——」

「電源が切られているか、電波の届かない場所にある」

鮫島の言葉をさえぎり、田中みさとは答えた。

「絶対に何かあった筈。あんたなら知ってるでしょう。兄に何があったの?」

切迫した口調で田中みさとは訊ねた。

「お兄さんに関して、トラブルに巻きこまれたという情報は入ってきていません。ただし——」

「ただし何なの?」

「先日おうかがいしたときに申しあげた、お兄さんの友人が亡くなられた件と何か関係があるかもしれません」

田中みさとは沈黙した。

「友人の名は臼井広機さんです。『フラットライナーズ』という愚連隊のリーダーでした。同じ『フラットライナーズ』のメンバーと思しい男性一名と殺害されているのが千葉県内で発見されました」

田中みさとは黙っている。

「お兄さんと臼井さんのあいだには親交がありました。あなたもご存じの方ではありませんか」

「知ってる」

田中みさとは短く答えた。

「新宿のお店でお会いしたときにも申しあげましたが、八石と呼ばれる人たちが殺害される事件が連続しています。お兄さんもそのひとりで、『安期先生』と仲間うちでは呼ばれていることがわかっています。あなたが不安なのも、それが理由ですね?」

「兄はそんな簡単に殺されない」

切りつけるように田中みさとはいった。

「他の人とはちがう。いつも先、先を考える」

「お会いしたので、私もそれは知っています。お兄さんは非常に頭が切れるし、用心深い」

「そうよ」

「お兄さんから何か聞いていますか? トラブルに巻きこまれているという話を」

「そういうことは話さない」

鮫島は息を吐いた。

「私にどうしてもらいたいのですか」

間が空いた。やがて、

「わからない」

田中みさとは答えた。

「警察は信用できないし、刑事なんて頼ればつけこんでくる。困ったときに助けてくれるのは仲間しかいなかった」

「だが今は、その仲間を頼ることができない。だから私に電話をした。ちがいますか」

鮫島は訊ねた。

「あんたはあたしらを目の敵《かたき》にしている」

田中みさとはいった。

「金石に属する人すべてが犯罪者なら、そうでしょう。だがそうではない人もいます。お兄さんにも申しあげたが、私が目の敵にしているのは、殺人や脅迫、違法薬物の密売などの罪を犯しながら、のうのうと暮らしている連中です。犯罪にかかわっていない人まで調べ上げ、追いつめようなどとは思っていません」

「兄がいってた。信じられないくらい青臭い奴だって。だが今まで会った警官の中で一番まともかもしれない、と」

「私のような警察官はたくさんいます」

田中みさとは答えなかった。

「あなたがお兄さんのことを心配している理由ですが、連絡がとれない以外に何かあるのですか」

鮫島はいった。

「兄は、『戦うしかないか』っていってた」

「戦う？　誰とです？」

「〝徐福〟」

鮫島は息を吸いこんだ。八石の話を拒んできた田中みさとが自ら〝徐福〟という言葉を口にした。

「どう戦うか、お兄さんは話しましたか」

「兄はずっと〝徐福〟とは距離をおいてきた。昔は兄も悪いことをしたけれど、今は一切していない。だから〝徐福〟が何をいってきてもかかわらないつもりでいた。でも自分のいうことに従わない人を〝徐福〟が殺してるのを知って、考えをかえた。〝徐福〟と戦うって。八石の中には〝徐福〟についている人もいるけど、ついていない人もいる。ついていない人をまとめて、〝徐福〟に対抗する」

「〝徐福〟についているという八石のメンバーは誰です？」

「〝雲師〟と〝公園〟。〝左慈〟は殺された。〝徐福〟の方針に反発したから。〝左慈〟はふつうの人だった。〝左慈〟が殺されたんで、兄はずっと連絡をとっていなかった〝鉄〟と話すといってた。〝鉄〟と相談し、〝虎〟や〝扇子〟が〝徐福〟の仲間にならないようにする、と」

「あなたはすべてのメンバーが誰であるか、ご存じですか」

「あたしが知っているのは〝雲師〟と〝虎〟、〝鉄〟だけ」

「〝鉄〟が殺され、あなたは心配になった」

「そう。〝徐福〟と戦うのに〝鉄〟は絶対必要だった。だから兄は今、ひとりなの」

田中みさとは言葉を詰まらせた。深呼吸し、つづけた。

「兄が無事でいるかどうかはわからない。連絡がとれないのも、何かあったからじゃなくて、あたしを巻きこみたくなくてそうしているのかもしれない。でも〝鉄〟が死んじゃった今、兄といっしょに戦ってくれる人はいない。だからあんたに電話した」

「わかりました。お訊ねしますが、〝雲師〟や〝公園〟が〝徐福〟の仲間であることや、〝左慈〟が〝徐福〟に批判的であったために殺されたと、あなたはどうして知ったのですか」

「兄から聞いた。兄はあんたと会ったあと、一日に何回もラインをくれるようになった。あたしとラインで話すことで、自分がどうすべきかを考えていたのかもしれない」

「『戦うしかないか』といったのはいつです?」

「あんたと会った翌日」

鮫島は計算した。田中みさとは三日間、兄と連絡がとれていないといった。鮫島が田と会ったのはそれより四日ほど前だ。鮫島と会った後、田は〝徐福〟に対し戦うことを決め、潜伏中の〝鉄〟と連絡をとりあった。そして〝鉄〟の死体が三日前に発見された。

〝鉄〟の殺害はその前日だと検死で判明している。つまり四日前だ。

田は〝鉄〟が殺された翌日、つまり死体が発見された日から連絡がとれなくなったわけだ。

〝鉄〟こと臼井の死亡を、田は死体が発見される前に知った公算が高い。田と臼井は〝徐福〟に対抗するため緊密に連絡をとりあっていた筈だ。殺されれば連絡がとれなくなるし、臼井が使用していたと思しい携帯電話は殺害現場である工業団地で発見されていない。殺害犯である〝黒石〟によってもち去られたと考えるべきだ。

臼井が死んだことで、自分の身にも危険が及ぶと田は気づいたろう。臼井の携帯電話を調べれば、二人の関係を〝徐福〟も知る。

「お兄さんは自ら身を隠している可能性が高いと思います」

鮫島はいった。

「どこかで殺されてるのじゃなくて?」

田中みさとはすがるように訊き返した。

「これまでの〝徐福〟とその仲間による殺人では、被害者の死体は隠されていません。殺害の現場に放置されています。もしお兄さんが、連絡のとれなくなった三日前に殺害されたのなら、死体は発見されている筈です。少なくとも東京都内で、お兄さんに該当するような男性の遺棄死体は見つかっていません」

鮫島が答えると田中みさとは大きく息を吐いた。

「ただお兄さんの身が危険であることにかわりはありません。〝徐福〟には、殺人を重ねてきた仲間がいます。〝左慈〟や〝鉄〟、他にも何人もが、その人物によって殺害されている。石で頭を殴りつけて死亡させるという、残忍な手段です」

「石で頭を」

田中みさとはくり返した。

「仲間うちでは〝黒石〟と呼ばれているようです。黒い石と書いて〝黒石〟です。聞いたことはありませんか」

「知らない」

田中みさとは答えた。嘘ではないように聞こえた。

「実は今日、荒井真利華さんが埋葬されている『手賀沼のさと霊園』にいってきました。ご両親といっしょというお話でしたが、墓石には荒井さんの中国名しか入っていませんでした。許佳心《きょかしん》というお名前です」

「シュジャシン」

田中みさとはつぶやいた。

「いっしょだとどこで聞いたのですか」

「どこでも聞いてない。同じ墓所だっていうから、いっしょだと思っただけ」

「でも誰かから、お墓の話を聞いたのではありませんか」

「昔、『天上閣』でほのかといっしょに働いていた子。その子のことは教えない。水商売をあがって結婚して子供もいる。そっとしといてあげて」

「ではあなたからその方に訊いていただけませんか。荒井真利華さんのお墓のことを誰から聞いたのか。そしてできれば、荒井真利華さんの身内についてもうかがいたい。お墓をたてられたのは、叔母さんにあたる方のようですが」

「叔母さん？」

「清本さんとおっしゃる方です」

「あたしは知らない。兄のことと関係あるの？　それが」

「お兄さんの身に危険を及ぼしている〝徐福〟は荒井真利華さんと強い結びつきがありました。遠回りのようですが、彼女のことを調べれば、〝徐福〟や〝黒石〟にたどりつけると私は考えています」

「わかった」

田中みさとは答えた。

「その子に電話して訊いてみる」

電話は切れた。鮫島はデスクの固定電話から、清本悦子の携帯電話を呼びだした。午後六時を回っているが、応答はなかった。電源が切れているか電波の届かない場所にあるというメッセージが流れるだけだ。

鮫島はパソコンに向かった。

――奴は〝黒石〟に狙われるとわかっていた。待ち伏せして〝黒石〟を返り討ちにするつもりだったのじゃないか

不意に高川の言葉を思いだし、鮫島は手を止めた。

〝鉄〟こと臼井広機が殺されたと告げたときだ。

臼井ともうひとりの仲間の死体が発見されたのは、「フラットライナーズ」の本拠地である埼玉ではなく千葉の工業団地だ。

〝黒石〟の目を逃れるために地元を離れていたのかもしれないが、高川がいうように返り討ちにするために、わざと人けのない工業団地を選んだとも考えられる。

臼井は拳銃で武装していた。街なかでの発砲は通報される。だがほぼ廃墟と化した工業団地内なら、その心配はない。赤外線ＬＥＤを備えた防犯カメラの設置も、待ち伏せのためだったと考えられる。

ただ〝黒石〟がいつ工業団地をつきとめ襲撃してくるかがわからなければ、待ち伏せは長期間に及んでしまう。〝徐福〟なり〝黒石〟に、〝鉄〟の潜伏場所を知らせ誘導すれば、短期間ですむ。

〝黒石〟を倒すための罠として、潜伏場所の情報がもたらされたのかもしれない。

その情報を提供したのは田だったのではないか。〝安期先生〟も〝徐福〟の傘下に入るとみせかけ、〝鉄〟の情報を提供したのだ。〝鉄〟は手下とともに〝黒石〟を待ち伏せ、殺害をもくろんだ。それが失敗し、田は身を隠した。身の安全と、可能なら〝徐福〟〝黒石〟への逆襲をはかるためだ。

〝鉄〟が殺害されたからといって、田が〝徐福〟の傘下に入るとは思えない。

短い時間しか話していないが、田には強い意志を感じた。

――警察の手を借りなくても、カタをつけられるというだけだ
炎天下《えんてんか》の日比谷公園で田が放った言葉がよみがえった。

たとえひとりになっても田は、〝徐福〟や〝黒石〟と戦おうとするだろう。

田中みさとはそれに気づいているからこそ、鮫島に電話をしてきたのだ。

国でも職場でもなく、親族ともちがう。唯一の帰属先である金石の内部で争いが起きれば、頼れる者はいない。迷い、ためらい、途方《とほう》に暮れたあげくの電話だったにちがいない。

鮫島を頼ることはしたくない。が、この状況で相談できる人間が田中みさとにはいないのだ。同じ金石のメンバーでも、〝徐福〟に加担する者には話せないだろうし、相手がそうであるかないかを確かめるのは難しいにちがいない。

〝鉄〟が殺された今、田はどのような反撃を考えているのか。

〝徐福〟の名前や正体は知らない、と田はいった。それが真実なら、田は〝徐福〟の正体をつきとめることから始めなければならない。

鮫島は大きく息を吐いた。自分は、〝黒石〟を捕えることで〝徐福〟に迫ろうと考えている。

一方、田は金石の古いメンバーから、〝徐福〟の情報を得られる。ただそのメンバーがどち﹅ら﹅側かを見極《みきわ》

めた上でないと、〝黒石〟を引き寄せることになりかねない。

愚連隊のリーダーであった〝鉄〟とその手下が拳銃で武装していてさえ勝てなかった〝黒石〟を、ひとりで簡単に倒せるとは田も考えないだろう。〝黒石〟との対決を避け、〝徐福〟だけを排除しようと考える可能性もある。田にあって鮫島にないのが、金石のメンバーとのパイプだ。

携帯電話が鳴った。

「わかった。清本さんというのは、ほのかの本当の叔母さんじゃない」

田中みさとがいった。

「本当の叔母さんじゃない？」

「ほのかが家をでたあと、最初に働いたスナックのママだった。新小岩《しんこいわ》かどこかでやっていて、ほのかはそのママの家にしばらく住んでいたらしい。スナックが潰れたんで、『天上閣』にやってきた。『天上閣』を教えたのは、そのママがつきあっていた中国人」

「中国人ですか」

「名前を聞いたら、あたしも知ってた。喬《チャオ》という黒《こく》龍江省《りゅうこう》出身のマフィア。いっとき羽振《はぶ》りがよくて『天上閣』にきていた。死んだけど」

「死んだとは？」

「歌舞伎町の喫茶店でやくざに撃たれたの」

鮫島は思いだした。十数年前に起こった事件だ。歌舞伎町二丁目の、区役所通りに面したビルの一階にある喫茶店で、平日の午後窓ぎわの席にすわっていた客が、外から拳銃で撃たれて死亡した。撃ったのは、今はなくなった組の人間だ。新宿で違法薬物の密売をしていたが、中国マフィアと組んだ広域暴力団稜知《りょうち》会の進出に追いつめられていた。

上質で値の安い品を売られ、客を失ったのだ。一番のシノギを奪われ、組は潰れた。

撃った組員はその日のうちに逮捕された。

被害者の名は、喬淇《チ》。殺される八年前に来日し、覚醒剤や向精神薬を稜知会に卸していた。

撃った組員は五十歳代で、稜知会に弓を引けば、同じ組の人間すべてが的にかけられるので喬を撃った、と自供した。

表の社会では小さな会社が独占的に握っているマーケットを奪おうと、大企業が廉売をしかける。同じことが裏の社会でも起きる。

「喬は『天上閣』の客だったのですか」

「常連だった。滝井《たきい》組の人間とよくきてた」

滝井組というのが、潰れた組の名だった。「滝井組は潰れましたね」

「そうなの？　やくざになんて興味ないから知らなかった」

嘘か本当か、田中みさとは答えた。

「友だちの話だと、スナックを畳んでからママは別の仕事を始めた。中国で作った安いドレスやスーツを飲み屋で売る商売。車にいっぱい積んで、開店前の店に売りにいく。『天上閣』にきているのを、あたしも見たことがある」

「そのママは中国人ではないのですよね」

「ほのかとどこで知りあったかは知らないけど、あたしらといっしょ」

「金石のメンバーなのですか」

「わからない。全部が全部を知ってるわけじゃないから」

「なるほど。清本さんは今でもその商売をされているのですか」

鮫島は訊ねた。

「知らない。少なくとも、今の『天上閣』にはきてない。中国も人件費が高くなったから、昔みたいに服を安く作れなくなってやめたのじゃない」

「清本さんがお墓を作ってあげるほど、荒井真利華さんと親しくされていた理由は何でしょうか」

「『天上閣』をやめたあと、ほのかはいっとき、そのママの商売を手伝ってた。ママのかわりに中国に洋服を買いつけにいったりして。若いホステスが好みそうなデザインとかがわかるから」

「買いつけていたのは洋服だけですか？」

「バッグとか靴とかも」

鮫島は気づいた。

「ブランド品のコピーですね」

「あったかもしれない」

「清本さんは今、いくつくらいなのでしょうか」

「六十近いみたいよ」

荒井真利華が、北朝鮮を相手に、高級ブランド品やワインなどを密輸出していたことは判明していた。清本悦子にかわって中国に買いつけにいっていたのは、そのあたりの理由もあったのかもしれない。

「ほのかは十代のときに両親が亡くなり、家をでたから、親子みたいな仲だったって、友だちはいってた」

「早くに両親を亡くされたのですね」

「よく知らないけど、事故か何かにあったらしい。乗ってた車がトラックにぶつかったとか」

「荒井さんの実家は東京だったのですか」

「金町《かなまち》だって聞いたことがある。葛飾《かつしか》区の金町」

東京都の北東の端だ。東隣は千葉県松戸《まつど》市で、北隣は埼玉県三郷《みさと》市という、県境に位置している。柏市とも近い。

「両親以外の家族について何かご存じですか?」

「大嫌いな兄がいたっていうことだけ。兄ひとりなのか、他にも兄弟がいたのかはわからない。身内の話はほとんどしなかったから」

「清本さんの連絡先とか、やっている会社の名前などをご存じありませんか」

「ドレス屋の名前は覚えてる。『ミラノインプレッション』、ドレスを積んでくるバンの横に書いてあった」

「それは清本さんひとりで運んでいたのですか。それとも運転手とかがいましたか」

「手伝ってる人はいた。ほとんど喋らない、四十くらいの男」

「日本人ですか」

「わからない。たまに中国語を喋ってたから、中国人だったかもしれないし、あたしらと同じだったのかもしれない」

鮫島は間をおいた。

「あなたがご存じの方で、お兄さん以外の八石のメンバーを知っていそうな人がいたら、教えてください」

田中みさとは黙った。答えるのを拒否しているのではなく、考えているようだ。

「八石の〝虎〟は、ほのかに惚れてた。結婚してくれって迫られたといってた」

「〝虎〟の名前をご存じですか」

「黄。日本名は知らない。前は『天上閣《うち》』によくきてたけど、最近はこない」

高川だ。

「他には？」

「黄の友だちで丘《チウ》という人がきたことがある。日本にくる外国船を相手にした商売をしてるといってた」

古橋一機だ。

「如《ルウ》という人を知りませんか。新橋でワインの輸入商をやっているのですが」

高川や古橋とつるんでいた倉木のことを鮫島は訊いた。

「そこはさわらないで」

硬い声で田中みさとはいった。

「『天上閣《うち》』は『クラキリカー』からワインを仕入れてる。そこにあなたがいったら、あたしが教えたとすぐにバレる」

「『クラキリカー』には別件で訪ねたことがあります。社長の如さんこと倉木さんにもお会いしています」

鮫島が告げると、田中みさとは息を吐いた。

「だったらいいけど」

「他の人はどうです？」

「『クラキリカー』の社員で、赤《チー》さんという女の人がいる」

「久保由紀子《くぼゆきこ》さんですね」

「そこまで知ってるの」

驚いたように田中みさとはいった。矢崎が高川から暴行をうけたのは、久保由紀子を尾行していて顔を見られたからだ。高川は別の場で矢崎に会い、公安の刑事だと知っていた。

「『クラキリカー』は、何も悪いことはしてない」

田中みさとはいった。

「知っています。一連の捜査の過程で、『クラキリカー』をお訪ねしたことがあるので」

三井省二殺害に関わっていないかを確かめにいった。倉木は当初、非協力的だったが、殺人の捜査だと知ると、態度をかえた。

倉木は、久保由紀子が荒井真利華の親戚だといった。従姉《いとこ》か叔母だと。

その久保由紀子は、矢崎が暴行をうけた直後仕事で渡米していた。

「久保さんは荒井さんの親戚だと聞きましたが？」

「叔母さん、かな。ほのかのお母さんの妹」

「田中さんもつきあいがあるのですか？」

「『クラキリカー』にいた頃は」

「今はちがうのですか」

「向こうでアメリカ人と結婚したって聞いた。カリフォルニアのワイナリーで働いてる人。前からつきあっていて、いろんなことのある日本にはもう帰りたくないからって」

「そうなのですね」

「ほのかとはあまり仲よくなかった。男を食いものにして生きるなんて最低だって、あたしにもいったことがある」

「久保由紀子さんがですか？」

「そう。思いだした。最後に会ったとき、『あの子は悪い人間に影響されている。目を覚まさないと長生きできない』っていった」

「荒井さんが誰かに影響されている、という意味ですか」

「そうよ。誰かは知らないし、久保さんもそれはいわなかった」

「久保さんは金石と距離をおきたかったのでしょうか」

「かもしれない。日本にいたら、かかわりを断てないけど、アメリカにいっちゃえば関係ない。営業でうちの店にきているときも、『アメリカは寄せ集めの国だから、元が何人《なにじん》だろうが気にする人はいない』っていってた」

「久保さんの連絡先をご存じですか」

「今は知らない。昔の携帯はつながらない」

「わかりました。他にどなたか、〝徐福〟についての情報をもっていそうな方をご存じありませんか」

「今は思い浮かばないけど、訊けばわかるかも」

「それはやめたほうがいいと思います。お兄さんと〝徐福〟は、現在敵対関係にある可能性が高い。妹であるあなたが、〝徐福〟について調べれば、あなたにも危険が及ぶかもしれない」

鮫島がいうと、田中みさとは驚いたようにいった。

「あたしを心配してくれるんだ」

それには答えず、鮫島は告げた。

「もしお兄さんから連絡があったら、私に連絡するよう伝えてください」

「するかどうかわからないけど、伝える」

「あなたも身辺には注意してください。もし危ないと感じたら、110番するか私に電話をください」

「わかった」

田中みさととの通話を終えると、鮫島は時計を見た。午後八時過ぎだ。

新橋や銀座の酒場を主な顧客にする「クラキリカー」は夜中まで開いていて、社長の倉木智貴《ともき》は午前零時過ぎまでいるのを、以前の捜査で確かめていた。

倉木と話すなら、他の社員の帰る深夜がいい。


鮫島は署をでて新橋に向かった。

## 31

新橋駅の近くで遅い夕食をとった鮫島は午後十一時過ぎに、「クラキリカー」のインターホンを押した。雑居ビルの五階にある「クラキリカー」の窓が明るいのは確かめてあった。

「はい」

男の声が応えた。

「以前何度かうかがった鮫島と申します。社長の倉木さんはおいでですか」

他の社員が応答したときのことを考え、鮫島は新宿署とは告げなかった。倉木本人が応答し、「いない」と答える可能性もあるが、そのときはビルの下で張り込むだけの話だ。

わずかな沈黙のあと、

「どうぞ」

インターホンはいって、扉のロックが外れた。高価なワインを大量に保管しているからか、「クラキリカー」の扉は頑丈なスティール製だ。

鮫島は扉を押した。ワインセラーに囲まれた部屋の、正面のデスクに口ヒゲを生やしアロハシャツを着た倉木がすわっていた。他の人間はいない。

「その節はご協力ありがとうございました」

鮫島は頭を下げた。

「何の用？　今ごろ」

倉木は目の前のパソコンを閉じ、くだけた口調でいった。

「もう全部終わったろう。高川もつかまって、執行猶予がついたんだって？」

「今日きたのはその件ではありません」

「じゃあ何？」

倉木は椅子《いす》に背中を押しつけ、両手を頭のうしろで組んだ。鮫島は口調をかえた。

「久保由紀子さんという社員がこちらにいたね？」

「もう退職したよ。今はカリフォルニアに住んでる」

倉木の表情がわずかにゆるんだ。

「荒井真利華さんを知っているね。久保さんの姪《めい》にあたる」

鮫島が告げると倉木はうつむいた。

「知ってる。撃たれて死んだんだろ」

「親しくしていたのか」

「前にもいったが、うちからワインを買ったことがある。三本で一千万の高額品だ」

「久保由紀子さんの紹介で？」

「そうだったかな。覚えてない」

「そんな大きな買いものをする客の身許を確かめないのか？」

「うちの相手は酒場だ。どんな大箱で、派手にやっていたって、飛ぶときは飛ぶ。恐がってちゃ商売にならない」

倉木は鮫島に目を戻し、答えた。

「久保さんの今の連絡先を知っているか」

「知らない。本当だ。久保は、日本を離れたがってた。日本人も中国人も関係ないところにいきたいって。だからアメリカにいったんだ。結婚して今はアメリカ人だ。昔の知り合いとは一切縁を切っている」

「荒井真利華さんが亡くなったことも知らないのか」

「いや、それは知ってる。一度向こうから電話がかかってきて、弁護士から連絡があったといっていた」

「弁護士？　荒井さんの？」

「そうじゃないか。ほら、危ない橋渡ってたから、何かのときのために弁護士と契約していたのじゃないの」

荒井真利華が北朝鮮相手の密貿易をしていたことを最初に鮫島に教えたのは倉木だった。

倉木は、それを久保由紀子から聞いたといった。

「久保さんは、荒井さんの数少ない身寄りだったので、連絡があったということか」

「かもしれない」

「荒井さんには、共同経営者とかそういう人はいなかったのか」

「聞いたことないね」

「荒井さんに仕事上の影響を与えた人物についてはどうだ？」

倉木は顔を傾け、鮫島を見つめた。

「あんた、俺に何を喋らせたいんだ?」

「八石について聞きたい」

倉木は激しく首をふった。

「知らない、知らない。あいつらにはかかわらないことにしている」

「あいつら?」

「いわせるなよ。八石だ」

「だが高川さんはあんたの友人だ」

「あれきり縁を切った。古橋とも会ってない」

「あれきりとは?」

「若い刑事を殴ったろう、久保を尾行していた。刑事を殴るなんて、どうかしている」

倉木の表情は真剣だった。

「古橋さんとも会っていないのはなぜだ」

「警察につかまったからだ。俺はカタギだ。まっとうな商売をしてる。かかわりたくない」

「古橋さんも八石のひとりか」

「ちがうと思う」

「八石全員を知っているのか」

「いや、知らないね。高川がそうなのは知ってる。あとは会ったこともないようなのばかりだ」

「会っているのに、そうと知らないということもあるのじゃないのか。相手が、自分が八石のひとりだと告げないので。たとえば古橋さんとか」

倉木は考えていたが首をふった。

「古橋がいわなくても高川がいったよ」

「高川さんは八石の全員を知っているのか」

「さあな」

「あんたが知っている八石の名前を教えてくれ」

「嫌だね。教えるってことはかかわるのと同じだ。高川に訊けよ」

「高川さんが知らなくて、あんたが知っている八石のメンバーがいるかもしれない」

「いないね」

「だったらあんたが知っている八石のメンバーを教えてくれ。名前を聞いたことがあるだけでもいい」

「なんで八石のことなんか知りたいんだ」

「前にここにきたとき、荒井さんが関与した殺人について訊いた。覚えているか」

倉木は頷いた。

「三井って投資コンサルタントの一件だろう」

「荒井さんに、三井に接近するよう指示した者がいて、それが八石のひとりだと私は考えている」

倉木は深々と息を吸いこんだ。

「だとしても俺は関係ない」

「その言葉を信じてほしいのなら、知っている八石のメンバーの名前を教えるんだ」

「知らないものは知らないんだ。八石のメンバーなんて、本名でもないのをいちいち覚えていられるか！」

「高川が何と名乗っているかくらいは知っているだろう?」

倉木は鮫島をにらんだ。

「〝虎〟だろ。あいつはタイガー・ウッズのファンだからな」

「他のメンバーの名は？　たとえば〝鉄〟は?」

倉木は無言だ。が、知っているのは明らかだった。


鮫島は倉木に歩みよった。倉木はじょじょに顔を上げた。

「じゃあ、このメンバーについて教えてくれたらでていく。〝徐福〟だ」

「知らない。高川から名前は聞いたことはあるが、どのどんな奴かはまるで知らない」

「〝徐福〟と荒井さんの関係についてはどうだ?」

「何度も同じことをいわせるな。知らないものは知らないんだ。なあ、頼むから、金石のことで俺をつつき回すのはやめてくれ。俺は本当に、まっとうにやっているんだ。犯罪者扱いされたくない」

鮫島は室内を見回し、倉木に目を戻した。

「八石の中には、まるで犯罪と関係ない生活を送っていたサラリーマンもいた。が、〝徐福〟の考えに反対意見を述べて、殺された」

倉木は目を広げた。

「まっとうなカタギであっても、金石にいる限り、〝徐福〟にしたがうか、殺されるかの選択をメンバーは迫られている。あんたのところにも、いずれ〝徐福〟から連絡がくるかもしれない。そのとき頼れるのは警察だけだ」

倉木は無言だ。

「私の電話番号は知っていると思うが、いちおう渡しておく。〝徐福〟について何かわかったことがあったら、連絡をしてほしい。〝徐福〟は仲間と組んで、次々に金石のメンバーを殺している」

倉木のデスクの端に鮫島は携帯電話の番号を刷った名刺をのせた。

「仲間？」

鮫島は倉木の目を見た。

「〝黒石〟と呼ばれているらしい」

倉木は瞬きした。

「いるのか、本当に」

「どういう意味だ？」

「〝黒石〟の噂は、昔聞いたことがある。都市伝説みたいなものだと思っていた」

「どういう伝説だ？」

「殺し屋だ。合議の結果、生かしておけないと決まった者を殺しにくる」

「誰が合議する？」

「わからない。長老とか、そういう連中だろう」

「金石の長老とはどんな人間だ？」

「知らない。八石のことかもしれない。はっきりしたことはわからない。だから都市伝説みたいなものなんだって」

「金石の中だけで伝わっているのか」

「中国人ややくざにも広まってるって聞いた。金石を恐がらせるための作り話だと俺は思ってた」

「〝黒石〟の年齢や外見に関する話を聞いたことはあるか」

「あるわけない。信じてなかったんだから」

「自ら〝黒石〟と名乗っているかどうかはわからないが、複数が同じ手口で殺害されていて、同じ犯人だと私は考えている」

「どんな手口なんだ？」

「それはいえない」

倉木は不安げに訊ねた。

「なぜいえないんだよ」

「教えれば、あんたが誰かを同じ方法で殺し〝黒石〟の仕業《しわざ》に見せかけることができる」

「ふざけるな！　俺がなぜ人を殺さなけりゃならない」

「さあな。しつこく訊きこみにくる刑事を殺したくなるとか」

「自分でわかっているのかよ」

あきれたように倉木はいった。

「犯人を逮捕するまではしつこくしつづけるのが我々の仕事だ」

「最悪だな」

「そうだろうな。だが罪を犯し隠そうとしている人間は、心のどこかでそれをしかたがないと考えている。口ではしつこいだの、もうくるなといいながら、自分が罪を認めない限り、警察官との関係を断てないことがわかっているんだ」

「俺は隠すことなんかない」

「あんた自身が罪を犯していなくても、犯している人間を知っていて、それを教えまいとするのも、隠しごとだ」

「何だ、それは」

「あんたの知人の中に殺人犯がいるかもしれないということだ」

倉木は首をふった。

「俺は知らない。何といわれようと、そんな奴は知らない」

鮫島は倉木を見つめた。

「もし久保由紀子さんからまた連絡があったら、私に電話をするように伝えてほしい。殺人犯をつかまえるためだ」

「もう自分には関係ないと久保はいうさ」

鮫島は頷いた。

「確かに今の久保由紀子さんには関係のない話かもしれない。だがあんたには関係がある。久保さんの情報が、この次殺されるかもしれない人間の命を救うんだ」

「俺を脅迫するのか」

「脅迫なんかしていない。つかまらない限り、〝黒石〟による殺人はつづくといっているんだ」

「わかったよ」

倉木はいって横を向いた。

「かかってきたら、いっておく。かかってきたらな」

## 32

ヒーローの朝は早い。毎日五時までには起きることにしている。起きて洗面をすませると、まず家族の部屋に足を運ぶ。

そこには彼が彫った家族がいる。両親、祖父母、妹だ。

壁ぎわに並べた五体の石像と向かいあう位置に、背もたれのまっすぐな椅子が一脚ある。

その椅子にかけ、彼は家族と向かいあう。声をださずに呼びかける。答が返ってくるときもあれば、返ってこないときもある。

あるときまで彼の呼びかけに一番答えてくれたのは祖父だった。

彼は祖父に会ったことがない。彼が生まれる前に死んだからだ。祖父の顔は、古いモノクロ写真でしか見

ていなかった。顔と腕が長く、祖母はよく、

「你长得跟你爷爷最像了《あんたが一番お祖父ちゃんに似ている》」

といっていた。

だから石像の祖父は、彼に似た体つきをしている。

祖母が飾った写真立ての祖父は、はにかむような笑みを浮かべていた。だから石像も微笑んでいる。

――いっぱい働いて、いっぱい食え
祖父はよく彼にいう。

祖母は祖父に比べ、どこか悲しげな表情だ。決して口にはしなかったが、日本にきたことを本当は後悔していたのではないかと彼は疑っている。

生まれてすぐ両親に連れられて日本から遼寧省に移住した祖母には、それほど日本に帰りたいという気持はなかったのではないか。

祖母を動かしたのは母だ。日本に〝帰れば〟いい暮らしができる、と母は思いこんでいた。父も、母の影響でそう考えていた節がある。

だがそれが甘い見通しであったことを、両親はすぐに思い知る。


二人はよく喧嘩をした。父が母をなじり母がいい返す。妹が小さかった頃、喧嘩は毎晩だった。

だから石像の二人はどちらも難しい顔をしている。笑顔や優しい顔にも彫ることはできたが、それでは嘘になる。まるで笑わなかったわけではないが、記憶の中の両親はいつも何かに耐えているような表情を浮かべていた。

妹は透明な顔をしている。覚えている十代の頃の妹は、きれいでどこか大人びていた。そこに欲望を感じなかったといえば嘘になるだろう。そして妹は、たとえ兄妹であっても、男の欲望には敏感だった。彼の視線に気づき、無視した。

それが透明な表情の理由だ。とはいえ、石像の妹は、彼を「あんた」とは呼ばない。小学生の頃の「お兄ちゃん」という言葉を使う。

この部屋で初めて会話をしたとき、「あんた」といったので厳しく叱った。以来、「お兄ちゃん」と呼ぶようになった。

「お兄ちゃん」と呼ぶようになってから、妹との関係

はよくなった。

　彼の語りかけによく応え、ときには笑い声すらたてる。

——正しいと自分が思うことをするの。それに勇気なんて必要ない
「そうだな」

　彼は大きく頷く。映画やドラマのヒーローは、悪に立ち向かうとき、勇気をふりしぼる。

——が、正義を為《な》すのに勇気はいらない。

——ご飯を食べたり、夜眠るのに、勇気はいらないよね。それといっしょ。お兄ちゃんは正しいことをしているのだから、勇気なんて必要ない
　彼がヒーローであることについて語りかけてくるのは妹だけだ。祖父母や両親は何もいわない。

　おそらく彼らには、ヒーローの活動を理解するのが難しいのだ。今のこの国の状態は、彼らが生きてきた中国とはちがいすぎる。

　彼らがもし中国に残り、まだ生きていたら、もっと混乱したにちがいない。もしかすると、日本にくるよりはるかに豊かで充実した生活を、今ごろ送っていたかもしれない。

　かわらなかったのは妹だけだろう。妹も彼と同じで、どこにあっても自分の生き方を貫いたにちがいない。

　もし中国に生まれていたら、自分たちはどうしただろう。今になって、彼は妹とよく話す。

「お兄ちゃんは軍隊に入った。軍隊ならお兄ちゃんの才能をいかせるから」

——あたしは芸能界かな。日本の芸能界なんて比べものにならないくらい、中国の芸能界はお金が稼げるからね。知ってる？　中国には、一本映画にでるだけで十億円もらえる女優が何人もいるんだよ
「知らないが確かにお前は女優向きかもしれない。だがお金がすべてじゃないだろう」

——すべてじゃないけど、お金がなかったら好きなようには生きられない。あたしは自由に生きたかったの。そのためにお金が欲しかった
　彼は息を吐く。彼と妹との会話はいつもここで終わる。金を欲しがった結果、妹は命を落とした。

アメリカから電話をくれた叔母もそういった。その叔母は、彼の母を長女とする四人姉妹の一番下だった。あいだにいる二人の姉は結婚していたこともあり、中国に残った。十代のときに日本にきた叔母は苦労して英語を身につけ、今はアメリカで暮らしている。

叔母は妹を誤解している。

それは、妹が指令官の影響で金を欲しがり、それで死んだと思いこんでいることだ。

妹が指令官の指令をうけていたことを彼はつい最近になって知った。

が、そのことと妹の死は関係ない。

妹が死んだのは、不適切な相手との交際が原因だ。それについては、指令官から説明があった。

妹の交際を、指令官も危《あや》ぶんでいたようだ。妹は仕事で知り合った交際相手を指令官に売りこみ、毒虫の排除に使った。

それを聞いたとき、彼は怒りと失望を感じた。彼の任務を、こともあろうに妹は交際相手に代行させたのだ。

今の彼がヒーローであることを、妹は知らずに死んだ。もし知っていれば、彼に対する考えを改めたかもしれない。

指令官が妹に彼の正体を伝えていたら、と思うことはある。が、ヒーローの正体は、たとえ家族に対しても秘されなければならない。

避けられない悲劇だったのだ。それを引きよせたのは妹本人だ。妹を殺した犯人は逃げ、交際相手は警察につかまった。おそらく死刑になるだろうとのことだ。

妹を撃った犯人は海外にいる。いずれ折りをみて、彼はそいつを排除しにいくつもりだ。

決して仲のいい兄妹ではなかったが、ヒーローの家族を手にかけた報いはうけなければならない。

犯人と二人きりになって、自分の正体を告げる瞬間を、彼は思い描いた。お前が撃ち殺したのはヒーローの妹だったのだと告げ、スマッシャーをふりおろす。

驚きにみひらかれた目がくるりと反転するそのときを、何度も何度も思い描いた。任務ではなく復讐として、スマッシャーをふるう。

それは下着を汚してしまうほどの興奮をもたらす。

　彼は息を吐き、椅子から立ち上がった。家族の部屋をでて工房へと向かう。朝食の前に、その日の仕事の手順を確認するのが日課だ。

　工房は屋内と屋外に分かれていて、工房をつなぐ通路はクレーン付きのトラックが出入りできるだけの大きさがある。

　屋内工房の中心には、中口径の円盤切削機がある。石を切断するためのものだ。

　大口径の円盤切削機になると、円盤の直径が二メートルに達するものもあるが、彼の工房にそれはない。

　彼の工房が請け負う仕事の大半は、細かい細工を必要とするオリジナルの立体彫刻だ。

　現在はコンピュータ制御のカッターで石を彫ることもできるが、彼が得意とするのは昔ながらの手彫りの特殊加工だ。

　そのぶん値は張るが、墓石に金をかけたいという遺族が、提携する石材店を通して注文してくる。

　黒みかげに点刻で写真のような画像を浮かび上がらせる影彫りや、複数の色の石をはめこんで花や鳥などを表現する象嵌《ぞうがん》彫刻などが彼の特技だった。

　最も多いのが、愛犬や愛馬に似せた石像の注文だ。写真をもとに彫りあげる。

　工房の床には水のホース、電動工具やコンプレッサーのコードがところ狭しと走り、作業台の周辺には大型の扇風機がおかれている。

　石材を磨く際に散る石粉を飛ばすためのものだ。ゴーグルと防塵《ぼうじん》マスクを着けるだけでは防げない。

　水は石の切削やポリッシャーの使用に不可欠だ。摩擦熱と石粉から機械を守るため、ホースでかけ流す。したがって作業をしているときの彼は、ゴムの前掛け、ゴーグル、防塵マスク、強化手袋、安全長靴と、ヒーローとどこか似通ったいでたちになる。

　工房の中央には依頼をうけて製作中の墓石があった。ハート形に切りだした一メートル四方の黒みかげに、サンドブラストでふくらみを与える工程だ。

　サンドブラストとは、コンプレッサーを用い、圧縮空気で研磨材を石に吹きつけて削る作業のことだ。

ふくらみをつけ磨きあげた黒みかげのハートは、巨大なバレンタインのチョコレートを思わせる。

石材を加工するにあたり、最も手間がかかるのは計測だ。切削や研磨のあとで寸法のまちがいに気づいても、とりかえしがつかない。切断した石を接着剤で貼り、表面を磨いてごまかすことなど不可能だ。

だから新たな作業に入るたびに、彼は寸法をはかり、墨を打つ。

工房の中は、何種類もの機械や手作業に使う道具で雑然としている。

彼は作業台のハートを眺めながら、装備を身に着けた。今回の依頼のように特殊な形を仕上げる際は、細かい目視が不可欠だ。

ある方向からは完璧でも、別の向きから見ると歪な形をしている、という失敗があるからだ。

目視は、近くに寄りすぎてもよくない。四、五メートル離れ、正面ではなく斜めの角度から見てもきれいかどうか、入念なチェックをおこなう。

毎日、何度も目視することで製品に彼の気持がこめられていくのだ。

墓石の主は、十代で亡くなった女性ということだった。両親は、ハートが好きだった故人のために発注したのだ。

今のところ問題はない。ただ全体にもっとふくらみをもたせたほうが、より完璧なハート形になるだろう。だがそれをすれば、ひと回り小さくなってしまう。やはり最初の設計通りいこう。

作業台に歩みよった。

ハートの陰から男が現われた。Tシャツにジーンズを着け、大型の拳銃を彼に向けている。

「〝黒石〟だな」

男は落ちついた声でいった。その声音《こわね》に、男の危険さを感じた。

人に銃を向け、それを使おうとしている者はほとんどの場合、激しい緊張下にある。これから自分が起こすことに不安や恐怖を感じているからだ。

だがこの男に緊張はなかった。わずかにいらだったような表情を浮かべているだけだ。

まさかここにヒーローの敵が現われるとは、予想もしていなかった。彼は凍りついた。

昨夜のうちに工房に入りこみ、夜が明けるのを待っていたにちがいない。

「だ、誰？」

とっさにいって、彼は両手をあげた。

「〝黒石〟だな」

男はくりかえした。

## 33

翌朝、矢崎の連絡をうけ、鮫島は自宅から横浜に向かった。

関税法違反容疑で逮捕されたが、証拠不十分で釈放された古橋一機はその後「カズシッピングサービス」を売却し、横浜市磯子《いそご》区の物流会社で働いていると知らされたのだ。

ＪＲの新杉田《しんすぎた》駅で矢崎と待ちあわせた鮫島は、根岸《ねぎし》湾につきでた埋立地である新杉田町《ちよう》のつけ根にたつビルに向かった。そのビルの八階に入居している「根岸物流」という会社が古橋の新たな勤め先だった。

「古橋は『カズシッピングサービス』を売却したあと、顧問として『根岸物流』に入ったそうです。『カズシッピングサービス』は『根岸物流』の業務を請け負っていて、その縁で拾われたようです」

ビルの下につくと矢崎がいった。「カズシッピングサービス」が入っていた東京芝浦の雑居ビルは細長い七階だてだったが、「根岸物流」が入るビルは数倍の規模の二十階だてだ。

「古橋の携帯を呼びだします」

矢崎はいって、携帯電話を操作した。時刻は午前十時を回ったところだ。

「古橋さんですか。突然、お電話をして申しわけありません。警視庁公安部に所属する矢崎と申します。お忙しい中、たいへん恐縮なのですが、おうかがいしたいことがありまして、今、新杉田町のほうに参っております。お時間を作っていただけないでしょうか」

前もって考えていたのか、淀《よど》みなく矢崎は喋った。

「はい、はい」

答えながら矢崎の目が動いた。根岸湾とは反対側の、首都高速やJR高架の方角をふりかえる。

「一六号沿いの、はい。了解しました。お待ちします」

携帯電話をおろし、

「その先の国道沿いにある喫茶店で待っていてほしいといわれました」

と鮫島に告げた。

「すぐくるのか」

「いえ、十分かそこら待つようです。打ち合わせ中とのことで」

二人は釣り具屋やラーメン店の並ぶ一画にある喫茶店に入った。比較的大きな店だが混んでいて、入口に近い席しか空いていない。

「短時間でよく調べられたな」

コーヒーを注文すると鮫島はいった。

「公安総務《コウソウ》の上司にかけあいました。多少は私に負い目を感じていたみたいです。外二《ソトニ》から情報《ネタ》を吸いだしてくれました」

古橋一機を関税法違反容疑で逮捕したのは外事二課だった。それが、内閣情報調査室の下部機関である「東亜通商研究会」からの指示によるものであったことは明らかだ。

古橋から、北新宿で射殺された華恵新の情報が洩れるのを防ぐのが目的だ。

矢崎はあたりを見回し、声をひそめた。

「『カズシッピングサービス』の買い手は、『東亜通商』と同じようなところです。古橋は、けっこうな金額で売ったようです。隠れミノとして使えると踏んだ上層部が、釈放と引きかえに古橋にもちかけたんだとか。誤認逮捕だなんだと騒ぐより、金をもらったほうがいいと古橋も踏んだようです」

古橋は東京港区のタワーマンションに住み、イタリア製の高級スポーツカーを乗り回していた。自分ひとりでやっている小さな会社を高値で買うといわれれば、ためらうことなく応じたろう。

「なるほど。大金を払ってくれた筋からの呼びだしとなれば断われないな」

鮫島は頷いた。公安部は古橋に首輪をはめたようなものだ。今後ことあるごとに利用するだろう。

二十分ほどすると、喫茶店の入口に男が立った。シワひとつない麻のスーツを着け、パナマ帽をかぶっている。

古橋だった。腕時計や靴など見るからに値の張りそうな品を身に着けている。顎の下にだけ短いヒゲを生やしていた。

矢崎が手をあげ、鮫島の隣に移動した。

古橋はもったいぶった仕草でスラックスの膝をつまみ、二人の向かいに腰をおろした。

「突然、お呼びたてして申しわけありません」

矢崎は頭を下げた。

「まったくですよ。移ったばかりなので、そうそう席を空けるわけにはいかないんでね」

古橋はアイスコーヒーを頼み、横柄《おうへい》な口調でいった。

「では会社に直接お訪ねすればよかったですか」

鮫島はいった。古橋の表情が硬くなった。

「いやいや、それは勘弁してもらわないと。だってそうでしょ。お宅と私につきあいがあるというのが、一般の人に知れるとマズいでしょうが」

「お宅というのは？」

鮫島は訊ねた。

「いや、だから、警視庁の公安部」

声を低めて古橋はいった。

「誤解があるようですね。矢崎さんはそちらの所属だが、私はちがいます。新宿署の人間です」

「新宿署……」

古橋は首を傾げた。

「昨年、管内で発生した殺人事件に関する捜査をおこなっています」

「殺人て――」

鮫島は古橋の目を見つめた。

「亡くなられた被害者の女性と古橋さんに交友関係があったという情報を入手しています」

「誰ですか」

「荒井真利華さんです」

古橋は無言で鮫島を見返した。

「別名は新本ほのか。働いていた伊勢佐木町のキャバクラに、古橋さんもよく通われていた筈です。源氏名はアンナ」

矢崎がいうと、古橋の顔がこわばった。

「そ、それは」

「かなり彼女に入れ揚げていたという話をうかがっていますが？」

鮫島はいった。

「いや、それは誤解です。確かによくはいっていましたが、入れ揚げるとかそこまでは」

古橋の声が小さくなった。

「当時、同じようにアンナさんに入れ揚げていたお客さんがいたそうですね」

古橋の目が泳いだ。

「いや、もう前のことだから覚えてないな」

「三井さんという投資コンサルタントです」

「さあ……。そんな人いたかな」

「撃たれて亡くなりました」

古橋の顔がこわばった。

「ちなみに、アンナさんが通っていた、『星の王子さま』というホストクラブをご存じですか」

古橋は目を閉じた。何もいわない。

「ご存じなのですね」

「いったことはありませんが、はい」

「どのようにご存じなのですか」

古橋は目を開いた。あきらめたようにいった。

「アンナ――ほのかは、三井って客を何としても落としたい。だから協力してくれと頼まれたんです。三井さんは最初、他の女の子を気にいっていたようで、それを体を使ってふり向かせたんですが、すぐ捨てられそうになって焦っていたんです」

「肉体関係をもったけれど、うまくいかなかったということですか」

古橋は無言で頷いた。

「荒井真利華さんはかなりきれいな方だったようですが」

鮫島がいうと、古橋は首をふった。

「三井さんは、アンナみたいなタイプじゃなく、もっと素人《しろうと》っぽい子が好きなようでした。それで焦って、三井さんにヤキモチを焼かせ自分を水揚げするようにもっていかせたいとほのかは考えたんです。それで私や、ホストを使って……」

「荒井さんはずいぶん三井さんに惚れこんでいたんですね」

「いや……まあ、そうですね」

古橋は歯切れの悪い返事をした。

「三井さんにそこまで執着する理由を、荒井さんは古橋さんに話しましたか」

古橋は沈黙し、あたりを見回した。

「ただの愛情だけではそこまでしませんよね」

鮫島はたたみかけた。

「男女のことですから、それは……」

苦しげに古橋はいった。

「お金も関係していた。ちがいますか」

矢崎がいうと、古橋は再び黙った。

「荒井さんはキャバクラを退店したあと、三井さんの仕事を手伝うようになった。秘書兼愛人のような存在です」

矢崎がいった。鮫島があとをひきとった。

「そして三井さんが撃たれ、荒井さんは三井さんが運用していた財産とともにいなくなった」

古橋は目をみひらき、鮫島と矢崎を見比べた。

「つまり荒井さんは初めから三井さんの財産が目当て

だった。そのことを、荒井さんが協力を頼んだホストやその周辺の人間も知っていました。古橋さんも当然ご存じでしたね」

矢崎がいった。

「知りませんよ。そんな。だったらそのホストに訊いて下さい」

古橋は首をふった。矢崎が鮫島を見た。

「古橋さんは知らないようですね」

「何を？」

古橋が訊ねた。鮫島はいった。

「ホストの名は住吉忠男。亡くなっています」

「亡くなった？　病気か何かで？」

鮫島は首をふった。

「どういうこと？　じゃあ、なんで死んだんだよ」

鮫島は答えず、

「亡くなられた三井さんが暴力団の資金を運用されていたことはご存じですね？」

と訊ねた。古橋は答えなかった。

「栄勇会という。大きな組です。財産を奪われ、そこの人間は血眼になっている」

「待ってよ。何それ、俺を脅してる？　俺がほのかに協力したからって、その組に教えるわけ？　警察がそんなことしていいのかよ」

古橋の声が大きくなり、周囲の人間の目が集まった。

古橋は気づき、息を吐いた。

「三井さん、荒井さん、住吉さん、関係者が亡くなり、情報を提供して下さりそうなのは古橋さんだけなんです」

矢崎がいった。古橋は今にも泣きだしそうに目をしばたたかせている。

「何の情報だよ」

小声で古橋は訊ねた。

「八石はご存じですね」

鮫島はいった。

## 34

「ヘイシ？　何です？　そのピストル、本物ですか」

　彼は男が手にした拳銃を示した。ベレッタの軍用モデル、通称M9だ。マカロフより強力な9ミリ×19弾を十五発装塡できる上、今の彼は抗弾ベストすら着けていない。

　男はいった。

「我听说黑石在这裡《黒石がここにいると聞いた》」

「何ですって？」

「你听不懂我说的话吗？《言葉がわからないのか》」

　彼は首をすくめた。

「すみません、いっていることがわからないのですが」

　男はじっと彼を見つめた。彼は手をあげたまま目を伏せた。武器に使えそうなものを探す。

　いくらでもここにはある。ハンマー、鑿、コードレスの切削機。だが、不用意に手をのばせば撃たれるだろう。

「ここに〝黒石〟がいると聞いた」

　男が日本語でいった。

「名前ですか、それ。ここにそんな人はいませんよ。自分以外に何人かいますけど」

　彼は答えて男の表情をうかがった。

「お前以外にも人がいるのか」

「三人。あの、まだ、きてませんが」

　彼はとっさに答えた。

　男は工房の中を見回した。これだけの広さと道具がおかれた工房をひとりで使っているとは、素人は思わない。

「その連中はいつくる？」

「あと一時間かそこらです。俺はあの、一番新米なんで、早くでてきたんです」

　男が工房を見回した瞬間が唯一のチャンスだったかもしれない。男の目が自分に戻ったとき、彼は後悔した。

いや、まだだ。チャンスはまだきっとある。

「あなた、誰ですか」

彼は訊ねた。男は無言だ。

「帰ってもらえませんか。でないと警察を呼びます」

「この奥は何だ?」

男が訊ねた。

「奥?」

「お前がでてきたところだ。奥に住居があるんじゃないのか」

「あるけど、今は使ってません。昔は親方が住んでましたが、親方が亡くなってからは誰もいないんです」

男は首を傾げた。失敗したか。彼は背中を汗が伝うのを感じた。ここのことを調べてからきたとすれば、奥に彼が住んでいると知っている。

いや、自分以外にも働いている人間がいるといったのを、男は否定しなかった。

「何なんですか、いったい。何をしたいんですか!」

彼は声を張りあげた。大声をだしてもどこにも聞こえず、誰もこないことはわかっている。が、目の前にいるこの男には、パニックを起こしていると思わせたい。

「ここで働いている奴の中に中国人がいるだろう」

男がいった。

「中国人? いません。あなた、まちがえてますよ」

「中国語を喋れる奴はいないのか」

「知りません。そんな話をしたことないです。あなたは中国人なんですか。さっき喋ったのは中国語ですか」

男は答えず、彼を見つめた。

「怪我をしたくなかったら、そこらにすわって静かにしていろ」

「準備をしないと先輩にどやされます」

「今ここで撃たれるのとどっちがいい?」

男は彼の顔に銃口を向けた。

「それ、本物ですか。いっておきますけど、ここにはお金なんてありませんよ」

男はわずかに銃口をそらし、発砲した。轟音とともに扇風機の羽根が砕け散った。

わっと叫んで彼はしゃがみこんだ。目の前に小型の切削機があった。充電式で片手でもて、直径十五センチほどの円盤状の刃がついている。それをつかんだ。

「撃たないで！　撃たないで！」

彼は体を丸め、切削機を腹の前で抱えこんだ。充電は昨夜終えたばかりだ。

「そこでじっとしていろ」

男がいった。

よし、と彼は心の中でつぶやいた。男は彼を脅威とみなしていない。

「はい。そうします」

彼はうずくまったまま答えた。

「ここに中国残留孤児の職人がいる筈だ。名前は荒井」

「荒井さん？　あ、はい、います」

「そいつもくるのか」

「きます。きます。でも最後ですよ」

「最後？」

「えばっているんで、いつも遅くくるんです。荒井さんて中国残留孤児なんですか。本人はそんなことといってなかった」

男の動きを目で追いながら、彼はいった。彼と男のあいだには、作業台にのった黒みかげのハートがある。

「くるのはどっちからだ？　外か、それとも家か」

男は訊ねた。

「あの、家のほうです。着替えとかをするんで」

彼が答えると、男はハート形の黒みかげを回りこんだ。

「家で作業衣に着替えてから工房にくるんです」

男の目が工房と家をつなぐ廊下に向けられた。今しかない。彼は切削機のスイッチを押しながら男にとびかかった。

回転する刃が男の右肘の少し上に当たった。

男が目をみひらいた。石材を削るときのように、振動と抵抗に負けないよう、彼は切削機をしっかりと握りしめ、男の右腕に押し当てた。

一瞬で、男の右腕が切断された。そのスピードは彼すら想像もしていなかったほど速かった。血は思ったほどでない。

拳銃を握りしめた右手が工房の床に落ち、男は叫び声を上げた。

次の瞬間、男の右腕の切断面から血が迸《ほとばし》った。男は左手で右腕を抱えこんだ。目をいっぱいにみひらき、彼を見つめる。

彼は床に転がる男の右手を足で踏みつけた。

男が後退《あとずさ》った。武器を探しているのか、工房の中を見回した。

「得物はいっぱいある」

彼はいった。切削機を掲げる。

「これはちょっと修業がいるけどな」

男は左手で右腕を胸に押しつけている。Tシャツがみるみる血で色を変え、さらにぼたぼたと滴らせた。

男の顔色が白くなった。

「〝黒石〟なんだな」

男はくいしばった歯のあいだから言葉を押しだした。

「ヒーローだ」

彼は男の目を見返し、いった。スマッシャーを使いたい。が、スマッシャーは武器庫にある。

手近にあるハンマーを使うか。が、それは仕事道具を汚すことになる。

この男を撃ってからスマッシャーをとりにいってもいいが、そのあいだに死なれてしまっては意味がない。といって死なないていどに撃ったのでは、逆襲される危険がある。

どうしようか。男を動けなくしておいて、スマッシャーをとりにいくしかない。

だが、その前に。

「お前は誰だ?」

彼は訊ねた。出血のせいだろう。男の目が虚《うつ》ろになっている。呼吸も荒い。止血しなければ、それほど保たないかもしれない。

工房でよかった。床の血は、ホースで簡単に洗い流せる。

「〝安期先生《アンチイシエンシエン》〟」

男がいった。

「安期先生?」

訊き返し、思いだした。〝本部〟からの情報に名前があった。毒虫の仲間だ。

「どうやってここをつきとめた？」

男は瞬きした。目に光が戻った。

「俺を殺しても、次がくる。お前は決して助からない」

喘《あえ》ぎ喘ぎ、男はいった。

「そうか」

彼は合点した。男に近づく。

「お前が裏切り者のサポーターだったんだな」

「何？　何だと？」

男が訊き返したが、彼はかまわなかった。

「指令官に調査を依頼したが、必要なかったわけだ」

「指令官？　〝徐福〟のことか」

男が訊ねた。彼は男を見つめた。

「お前はひとりだ。お前の次はこない。ヒーローを殺せる奴はいない」

男が瞬きした。意味がわかっていないようだ。

そうだ。両腕を切り落とせば反撃はできない。その間にスマッシャーをとりにいこう。

彼は男の左肘に切削機をふりおろした。

35

「聞いたことはある」

古橋は低い声で答えた。

「〝徐福〟というメンバーについて教えていただけませんか」

鮫島はいった。

「会ったこともない。いろいろと、その、評判がよくないんで」

「どうよくないんです?」

古橋は目を泳がせた。

「仕切ろうとしているって聞いた」

「何を仕切るんですか」

矢崎が訊ねた。

「だから、グループだ」

「何のグループです?」

「金石だよ。強引なやりかたで仕切ろうとしていて、反発してるメンバーもいる。俺はそういう諍《いさか》いとは距離をおいている」

「会社も高く売れたし、起訴される心配もなくなった。だからおとなしくやっていこうと。そういうわけですか」

鮫島がいうと、むっとしたようににらみつけた。

「まっとうにやろうとしてるんだ。何が悪い?」

「悪くはありません。まっとうにやろうとしている市民なら、警察に情報を提供して下さい」

矢崎がいった。

「だから〝徐福〟のことなんて知らない」

「名前や、いくつくらいで、どこに住んでいるとかも――」

「知らない!」

「では、あなたが知っている八石のメンバーを教えて下さい」

鮫島は古橋を見つめた。古橋は喘ぐように息を吸い、矢崎を見た。

「『星の王子さま』にいたホストはなんで死んだん

だ？　殺されたのか」

「その可能性が高いと我々は考えています」

　矢崎が答えると古橋は顔を歪めた。

「なぜ」

「荒井さんとトラブルになっていたという情報があります。三井さんに近づく協力をしたのに謝礼がない、といって」

「アンナが殺したのか」

「いえ」

「じゃ誰が殺したんだ」

「それを我々もつきとめたいと思っているんです。〝黒石〟という名を聞いたことはありますか」

　鮫島は訊ねた。古橋が手で口もとをおおった。

「嘘だろ」

「何がです？」

「〝黒石〟なんて作り話だ。〝徐福〟が自分を恐がらせるためにいってるだけだ」

「ほう。何といっているんです？」

「自分には守り神がいる、と。噂で聞いた話だが、前に八石の中の半グレが〝徐福〟ともめ、殺すと脅したら、自分には〝黒石〟という守護神がいるから殺せない、と」

「そんな噂が。誰から聞いたんです？」

「八石の〝虎〟だ。去年、つかまった」

「高川さんですね」

　矢崎がいった。

「知ってたのか」

　古橋は息を吐いた。

「あなたは〝黒石〟が実在するとは思っていなかった。その理由は何です？」

　鮫島は訊ねた。

「〝徐福〟がそういう奴だからだ。自分は表にでずに、ああしろこうしろというだけだ。それでいて、いうことを聞かない奴を脅す。口だけだと思ってた」

「実際に古橋さんも〝徐福〟に何かをいわれたことがあるのですか」

　矢崎が訊ねた。

「いや。仲間うちの噂だ」

「仲間というのは誰です？」

「高川とか」

「他には？」

「如とか、赤だ」

「倉木さんに久保さんですね」

鮫島はいった。古橋は驚いたように鮫島を見た。鮫島は訊ねた。

「久保さんの連絡先をご存じですか」

古橋は首をふった。

「あいつとは連絡がとれない。アメリカにいくときに、俺たちとの縁は切ると宣言していった」

「俺たちというのは？」

「だから金石だ」

「〝虎〟〝徐福〟以外の八石について教えて下さい。どんなメンバーがいますか」

矢崎が訊ねた。

「名前しか知らない。ええと、〝雲師〟〝鉄〟〝安期先生〟〝左慈〟〝公園〟〝扇子〟」

「〝虎〟以外のメンバーで会ったことがある人は？」

古橋は首をふった。

「ひとりもいない」

「本名や仕事を知っている人はいますか」

古橋は首をふりかけ、

「ひとり、いた」

と答えた。

「誰です？」

「確か〝扇子〟だったと思う。アンナが仲がよくて、だいぶ前だが、仕事をしないかと俺に振ってきた」

「何の仕事です？」

「向こうから洋服やバッグを輸入する仕事だ。いろいろ訊くと、コピー商品もやるっていうんで断わった。運んだ俺がつかまる」

「男ですか、女ですか」

「女だ。昔、アンナが働いていたスナックのママだった」

「名前は？」

「何つったっけ。余《ユー》だ」

「どういう字を書くんです？」

〝余〟と古橋はテーブルに指で書いた。

「日本名は?」

「悦子ママってアンナはいっていた」

鮫島と矢崎は目を見交した。清本悦子にちがいない。

「話はかわりますが、荒井さんが三井さんに近づこうとしたのは、本人の考えでしょうか」

鮫島は訊ねた。

「どういう意味だよ」

「三井さんの秘書兼愛人になり、殺害して財産を奪うなどというだいそれた計画を、荒井さんひとりで立てたと考えられますか」

「そんなことわかるわけないだろう」

「そうでしょうか。荒井さんは三井さんがなかなかふりむこうとしないので、あなたやホストに協力を依頼した。そのときに何か聞いたと思いますが」

古橋は唇をひき結び、鼻から荒々しく息を吸った。

「すごい計画だといってた」

「すごい計画?」

「ふつうの人間じゃ考えつかないような計画がある。そのために三井さんを落とすといった」

「荒井さんは、それを自分で考えたと?」

鮫島が訊ねると古橋は首をふった。

「誰が考えたとかはいわなかった」

「三井さんが暴力団の資金を運用していることは話しませんでしたか」

「聞いてない。そんなヤバい話だとわかっていたら協力なんかしなかった。なあ、ホストを殺したのは暴力団じゃないのか」

「暴力団がやったのだとすれば、あなたの身も安全ではありませんね」

「ちょっと待てよ。何だよ、そのいいかた。市民の安全を守るのがあんたらの仕事だろうが」

古橋の表情が険しくなった。鮫島は頷いた。

「その通りです。ですがあなたは荒井さんに協力して、三井さんを殺害される状況にもっていった」

「だからいってるだろう。知ってたら協力しなかったって。三井さんを殺した犯人はどうなったんだ?」

「逮捕されました。ですが、ホストだった住吉さんを殺害した犯人は別です」

鮫島は告げた。

「〝黒石〟がやったのか」

古橋は目をみひらき訊ねた。

「断定はできませんが。調べでは〝黒石〟は複数の人間を殺害しています」

「複数って?」

「二人や三人ではききません」

古橋の顔が青ざめた。

「俺も狙われるのか」

「今はなんともいえません。が、〝黒石〟と〝徐福〟を逮捕しなければ、犠牲者は増える一方です」

「そのためには古橋さんの協力が必要です。古橋さん本人がご存じなくとも、〝徐福〟や〝黒石〟の正体を知っている人間に心当たりはありませんか」

矢崎が訊ねた。古橋は黙りこんだ。真剣に考えているようだ。やがていった。

「〝黒石〟のことは何もわからない。作り話だと思っていた。〝徐福〟とは直接会ったことはないが、メールはきたことがある。返信のできないアドレスからで、ビジネスのことをあれこれいってきた。要するに自分の傘下に入れというような内容で、馬鹿馬鹿しいから、すぐに消した」

「〝徐福〟に賛同しているメンバーはいますか?」

「いるだろう。ビジネスのセンスはすごいとチャットで話してるメンバーがいた。八石の中にも、〝徐福〟についていっている奴はいると思う。けど俺は八石じゃないからわからない」

「八石はどのように選ばれるのです?」

鮫島は訊ねた。

「別に条件はない筈だ。何となく仲間うちで尊敬されたり、羽振りのいい奴とかが選ばれるんだ」

「荒井さんもかなり活動されていたようですが、八石に選ばれなかったのはなぜでしょう。女性だからではありませんよね。八石の中には女性もいる」

矢崎がいった。

「なぜだろうな。確かにあいつは頑張っていた。いろんな奴ともつきあいがあったし。年齢かな。もうちょっと年がいっていれば、なったかもしれない」

少し落ちついた表情になった古橋は答えた。

「荒井さんと〝徐福〟のあいだにつながりはあったでしょうか」

「それは……あったのじゃないか。はっきりとはわからないけど。そうだ。三井さんの件だって、〝徐福〟のたてた計画だったかもしれない」

「そう荒井さんがいったのですか？」

鮫島は訊ねた。

「いや、どうかはわからないが、そんな計画を吹きこんだ奴がいるとすれば〝徐福〟だ」

「〝徐福〟についてはいかがです？　誰か知っていそうな人間を知りませんか」

矢崎がたたみかけた。古橋は首をふった。

「わからない。さっきから考えてはいるが、〝徐福〟と会ったことがあるという奴はいない。〝黒石〟もそうだが、〝徐福〟だってまるで正体がわからないんだ」

「わかりました。もし危険を感じるようなことがあったら、すぐ私の携帯に連絡するか110番をして下さい。〝徐福〟や〝黒石〟について何か思いだすことがあっても、よろしくお願いします」

矢崎がいった。

「そうする」

古橋は真剣な表情で頷いた。

# 36

鮫島と矢崎が新宿署に戻ったのは昼近くだった。二人は阿坂と会議室に入った。藪はまだ出署していない。

「これで八石のうちの六人の身許が判明したことになります。うち二名、〝鉄〟と〝左慈〟が死亡。〝雲師〟は中国に居住していて、〝虎〟は高川、〝扇子〟が清本悦子、〝安期先生〟の田とは連絡がとれなくなっています」

鮫島はいった。

「あとは〝徐福〟と〝公園〟の二人ですね。田とはまだ？」

阿坂が訊ねた。鮫島は頷いた。連絡がつけば、田中みさとが知らせてくる筈だ。

「おそらく〝黒石〟か〝徐福〟を狙って潜行しているのだと思います。〝鉄〟を殺されたこともあり、いざとなればひとりでも報復に動くでしょう。それだけの度胸がある人物です」

「報復が成功しても失敗しても、人が死ぬことになります。それまでに〝徐福〟と〝黒石〟の正体をつきとめないと」

阿坂が厳しい表情になった。

「それなのですが、これまで捜査をしてきて妙だと思っていることがあります」

矢崎がいった。

「何ですか」

「〝徐福〟の存在について皆語るのですが、実際に会ったことがあるという者はひとりもいないのです。唯一、大連にいる〝雲師〟が知っているらしいというだけで」

「〝黒石〟についても、倉木や古橋は都市伝説のようなもので実在しないと、考えていたようです」

鮫島はいった。阿坂は矢崎を見つめた。

「何がいいたいのですか」

「〝徐福〟は実在するのでしょうか。連絡はメールだけで、しかも追跡できないよう世界各地のサーバーを介して送られてくる。誰も当人を見たことがない。怪しいと思いませんか」

「誰かが〝徐福〟の名を騙《かた》っているというのですか」

阿坂の問いに矢崎は頷いた。鮫島は矢崎のいいたいことがわかった。

「〝黒石〟と同一人物じゃないかと疑っているのか」

「そうです。我々は〝黒石〟が〝徐福〟の意のままに動く殺し屋だと考えてきました。〝徐福〟と対立した〝左慈〟や〝鉄〟が殺害されたことで、そう判断したわけです。ですが、〝徐福〟と会ったという者は、まだひとりも現われていません。一方で〝黒石〟は実在し、次々に人を殺している。二人が同一人物と考えるのは、それほど突飛《とっぴ》な発想ではないと思うのですが」

阿坂は低い声で唸って鮫島を見た。

「あなたはどう思う?」

「十分考えられるとは思います。ただ〝黒石〟は、薮の捜査でも判明したように、石で人の頭を砕くという殺害方法に異様な執着を抱いています。そういう人物が、たとえば三井の財産乗っとりのような計画をたてるとは、いささか考えにくいのではないでしょうか」

「二重人格というのはどうでしょう」

矢崎はいった。

「殺し屋の〝黒石〟と策士の〝徐福〟と、ふたつの人格をもっている」

「多重人格ということ？　〝徐福〟として、もうひとりの自分である〝黒石〟に殺人を指示している?」

阿坂が訊ね、矢崎は頷いた。鮫島を見る。

「これまでにそういう犯人に会ったことはありませんか」

「女装した放火犯はいた。現場からたち去るときは女性なので、容疑者が女性に絞られ捜査が混乱した」

鮫島は答えた。南米から稲の大害虫の蛹《さなぎ》が出稼ぎの娼婦によってもちこまれた事件と同時期に発生したので、よく覚えている。

「女装をすると性格がかわったのですか」

「いや、そうではなかった。体つきが女性的なのを利用していたんだ」

「多重人格とはちがいますね」

「ちがう」

「〝黒石〟と〝徐福〟が同一人物であるなら、〝黒石〟を逮捕すれば、〝徐福〟も確保できるということになります」

阿坂がいった。鮫島はいった。

「その〝黒石〟についてですが、凶器に加工した花崗岩を用いていることから、石材店で働いている可能性が浮かんできました」

「加工した花崗岩？」

阿坂が訊き返した。

「マル害の傷口から花崗岩の破片が見つかっています。鉄亜鈴形に加工した花崗岩を〝黒石〟は用いているんです」

「なるほど。そんな特殊な凶器は石材店じゃなければ作れませんね」

阿坂は頷いた。

「妙だといえば、もうひとつ気になっていることが私にもあります」

鮫島はいった。二人が鮫島を見た。

「手賀沼にある荒井真利華の墓にいったときのことです。墓地を買ったのは清本悦子で、墓石などの費用も負担していますが、そこに荒井真利華と似た少女の石像がおかれていました。清本悦子の依頼で製作されたものと思われます」

「そのどこが気になるのですか」

「実はそのとき、同じ墓地で出入りの石材店が作業をしており、石像について訊ねました。『柏葉石材』という名の業者で、少女像を作ったのはお宅かと訊いたところ、設置したのは自分のところだが、製作は外注だといったのです。その墓地には他にも動物や天使などの石像が多くおかれていて、霊園の事務所が設置場所を指定するようなのですが、事務所は少女像について知りませんでした」

「知らない？　どういうことです？」

「少女像は、墓地の事務所の指示なく、荒井真利華の墓におかれたのです」

「おいたのは？」

「その場にいた作業員は、自分たちではないといいました。他の社員か、あるいは別の人物か」

「清本悦子ではないの？」

「素人の、それも女性には設置できない大きさです」

鮫島はいって、携帯で写した写真を見せた。

阿坂は写真を見やり、考えこんだ。

「つまり、作った人間が荒井真利華の墓においたということ？」

「そうかもしれません。そのとき訊ねた石材店の人間の話では、以前は同じ店で働いていた者が独立した、ということでした」

「墓地には動物や天使の石像もあるといいましたね。それらの像も同じ人間が作ったの？」

鮫島は頷いた。

「そのようです。新しい石像ができると駐車場においてあり、それをどこにおくか事務所の指示をもらって、『柏葉石材』が設置するというのです。ですが、この少女像に関しては、直接、製作者が荒井真利華の墓の横に設置した可能性があります。清本悦子からそう指示されていたのか、製作者が荒井真利華の墓におくことを最初から知っていたのか。いずれにしても、霊園の事務所は、この少女像の設置について知りませんでした」

鮫島が答えると、

「わたしはわからないのだけど、今はこういう像をおく墓が多いの？」

と阿坂は訊ねた。

「いえ。故人を模したと思われる石像は、この墓地の中でもこれひとつだけでした」

「『柏葉石材』の人間も、前にブラジル人に頼まれてやっただけだといっていました」

矢崎がいって、つけ加えた。

「いずれにしても石像は『柏葉石材』を通して注文し、納品されるという話です」

阿坂は鮫島を見た。

「つまりあなたは、この石像を作った人間が荒井真利華と関連があるかもしれないと考えている？」

「あるいは清本悦子と。清本悦子は八石のひとりです。霊園事務所には清本悦子の住所と携帯電話番号が記録されていますが、電話は何度かけてもつながりません」

鮫島が答えた。

「つながらないというのは、架空の番号ということ？　それとも――」

「使われていないわけではなく、電源が切られているか電波の届かない場所にある、というんです」

「所有者について調べてみましょう。番号を教えて下さい」

阿坂がいい、鮫島は番号を告げた。

「もう一度、『手賀沼のさと霊園』と清本悦子の届けた住所にいきませんか」

矢崎がいった。阿坂が首を傾げた。

「清本悦子が八石のひとりと判明したからには、慎重に接触しないと。〝徐福〟〝黒石〟とつながっているかもしれません」

「そうか。荒井真利華の墓をたててやったことを考えると、清本悦子が〝徐福〟と近い関係にあってもおかしくはありませんね。あるいは〝黒石〟と」

矢崎は頷いた。鮫島はいった。

「八石の内部が、〝徐福〟派と反〝徐福〟派に分かれているとすれば、〝扇子〟である清本悦子は〝徐福〟派の可能性が高い」

「高川に、清本悦子に関する情報がないか、訊ねてみます」

矢崎はいった。

「そうしてくれ。高川にはまだ、こちらに話していない情報があるような気がする。田の動向についても、何か知っているかもしれない」

「わかりました。早速、連絡をとってみます」

会議室をでて阿坂と別れた鮫島は矢崎に告げた。

「高川との接触は、矢崎くんひとりで頼む。俺がいないほうが、奴も喋りやすいだろう」

「鮫島さんは？」

「『手賀沼のさと霊園』と『柏葉石材』をあたる」

「鮫島さんひとりでいかれるのですか」

矢崎は怪訝《けげん》な表情になった。

「このあたりへの接触は、今後慎重を期したほうがいいと思う。場合によっては〝黒石〟が周辺にいる可能性が高い」

「だったら尚さら、単独での行動は避けたほうがいいのじゃありませんか」

「君にまた怪我をさせたくない」

「そんな――」

「千葉の工業団地での事件を考えても、〝黒石〟は用心深い上に、非常に危険だ。ここはひとりで動いたほうが確実に情報を得られる。決して単独で確保しようと思っているわけじゃないんだ」

矢崎が信じられないというように鮫島を見つめていたが、低い声で答えた。

「わかりました」

「得られた情報は必ず回す」

「いいんです。もともとスパイだった人間ですから、信用されなくてもしかたがありません」

矢崎の表情は硬かった。矢崎の中で自分への気持が変化するのを鮫島は感じた。が、〝黒石〟とどこで遭遇するかもしれない捜査に、矢崎を同行したくなかった。

〝黒石〟が、これまでに判明した殺人すべてにかかわっている人物なら、そこに刑事がいると知った時点で襲ってきても何ら不思議はない。

〝黒石〟の犯行には、常識では考えられない残忍さがあり、藪が想像するその装備を考えても、対峙した場合は一瞬の躊躇《ちゅうちょ》も許されないだろう。

暴力犯捜査を経験したことのない矢崎を同行するのはあまりにも危険だ。だがそれを説明すれば、矢崎の能力を疑っているととられる。といって過度に警戒させると、無関係な人間に銃を向けるなどということが起きかねない。

接触することなく身許をつきとめたなら、相応の応援を得て逮捕すべき相手だ。抵抗されれば、警察官にも多大な被害が及ぶ可能性がある。

かつて新宿御苑で逮捕した台湾人犯罪者のことを鮫島は思いだしていた。台湾陸軍の特殊部隊に所属していたことのある殺し屋だ。

今より十以上若かったが、素手ではまったく歯が立たなかった。鮫島が死なずにすんだのは、相手が腹膜炎を起こしていたからに過ぎない。

　このときの殺し屋に匹敵する危険さと超える異常性を、鮫島は〝黒石〟に感じていた。

「わかってもらえないかもしれないが――」

「わかりません」

　鮫島の言葉をさえぎって矢崎はいった。

「〝黒石〟が危険であることは、私も承知しています。だからこそここまで慎重にやってきたのではありませんか。なのに危険だから外れろといわれても、納得できません」

　矢崎の目はまっ赤《か》だった。

「鮫島さんがそんな人だとは思いませんでした」

　鮫島は大きく息を吸いこんだ。

　矢崎は無言で鮫島をにらみつけている。

「前の課長が殉職されたとき、俺はその場にいた。どれだけ後悔したか。撃たれたのが自分ならよかったと、何度考えたかしれない」

「だからもう、そんな思いはしたくないといわれるのですか」

　矢崎は低いが激しい口調でいった。鮫島は頷いた。

「では訊きます。もし鮫島さんがひとりで〝黒石〟をつきとめ、万一受傷されるようなことにでもなったら、私が平気でいられるとお考えですか。よかった、鮫島さんひとりでいってくれて、自分は怪我をしないですんだ、とほっとするとでも思っておられるのですか」

「そんなことは――」

　鮫島は首をふり、黙った。矢崎のいいぶんはもっともだった。矢崎の身を危険にさらさなかったとしても、自分の身に何かあったときの矢崎の気持を考えていなかった。

「きれいごととまではいいません。ですが、私を外そうというのは、独善的すぎます」

　鮫島は息を吸いこんだ。

「確かに私は、鮫島さんのような経験はありません。撃たれたことだってない。だからといって危険な容疑者との対決から逃げようなどと思ったことは一度もありません。鮫島さんに会いにいくのだって、どれだけ勇気をふり絞ったか。こうしてごいっしょするのだって、腹をすえなけりゃできていません」

「すまなかった」

鮫島は頭を下げた。

「君のいう通りだ。俺は、独りよがりだし、君を見くびっていた。許してほしい」

「鮫島さん――」

矢崎は目をみひらいた。

「俺はバカマッポになっていた」

――あんたはやっぱりバカマッポだね。正義漢ぶって、怪我しても、殴られても、俺がやんなきゃ誰もやんないって、法律背中にしょって、つっこんでくんだ
かつて晶《しょう》にいわれた言葉を思いだしていた。

「そんな。とんでもない」

矢崎は恐縮したように首をすくめ、いった。

「じゃあ、いっしょに動いてもよろしいのですね」

鮫島は頷いた。何があっても矢崎を守る、と腹をくくった。

「ありがとうございます」

矢崎は破顔し、直後に真顔になった。

「あの、バカマッポって何ですか」

鮫島は答に窮した。矢崎は鮫島を見つめている。

「そのうち、説明する」

鮫島は首をふった。

## 37

デスクに戻った矢崎が高川に連絡を試みている間に藪が出署し、八石のうちの〝扇子〟の正体が判明したことを、鮫島は話した。

「荒井真利華の墓をたてた清本悦子が〝扇子〟だった。霊園事務所には親族だと説明したらしいが、実際は血縁関係はなく、家出した荒井真利華が最初に勤めたスナックのママだ。残留孤児二世か三世で、その時期交際していた中国人は十数年前、区役所通りの喫茶店にいたところを射殺されている」

「一階の窓ぎわにいたのを外から撃ったヤマか」

銃器犯罪となると、とたんに熱が入る藪は覚えていた。鮫島が頷くと藪はいった。

「撃たれたのは黒龍江省出身のマフィアで、使われたのはアメリカ製のスタームルガーだ。九パラを使う銃でも、あまり押収されたことのないモデルだからよく覚えている。コルトやSWと比べると歴史は浅いが、比較的安い量産品を作っているメーカーだ」

藪の興味の対象は、あくまでも銃だった。

「ほしは、マル害に安いシャブを稜知会に卸され、シノギがたちいかなくなった滝井組の組員だった」

鮫島がいうと、藪は、

「そうだっけ」

と首をひねった。が、すぐに、

「思いだした。現検のときに、まっ青になった女がいた。マル害の身内のようだったが、その女かもしれない」

といった。鮫島は藪を見つめた。

「どんな女だ?」

「もう十年以上前だから、はっきり覚えちゃいないが、背が高くてスタイルのいい女だった。髪を白人みたいな金髪に染めてたんで、えらく目立っていた」

「清本悦子かもしれない。清本悦子は、スナックを畳んだあと、中国から安いドレスやコピー商品を個人輸入する商売をしていて、荒井真利華も一時期、それを手伝っていた。店を辞めたあとも、つながっていたようだ。今見たら、わかるか」

鮫島の問いに藪は首をふった。

「覚えているのは金髪とスタイルがよかったことだけだ。どちらも十年以上たった今はかわっているだろう」

「そうだな」

鮫島は頷き、矢崎の疑問を藪にぶつけてみた。

「矢崎がいっていたのだが、〝黒石〟と〝徐福〟が同一人物かもしれない、と。調べていても、〝徐福〟の素姓《すじょう》がまるで判明しない。大連に住んでいる〝雲師〟が親しいらしいという情報以外は何もないんだ。矢崎は〝徐福〟と〝黒石〟が二重人格という可能性は考えられないか、と」

「なるほど。〝徐福〟がもうひとりの自分である〝黒石〟に殺しを依頼している、というわけか。おもしろい発想だ」

藪は感心したようにいった。

「あんたはどう思う?」

鮫島が訊くと藪は考えこんだ。

「頭を砕くという殺害手段にこだわる〝黒石〟と、三井省二が運用していた財産を乗っとる知能犯罪を思いついた〝徐福〟がつながらないといったら、二重人格ならありえるのではないか、と」

「確かに、役を演じ分けているというのは考えづらいな。同一人物なら、多重人格である可能性が高い。だが手がかりがないという点では〝黒石〟も同じじゃないか」

「そこなんだが――」

鮫島はいって、「手賀沼のさと霊園」で見た少女像の話をした。

「たまたまいた石材店の作業員に訊いたところ、他にも霊園におかれている石像は、以前同じ石材店で働いていた人間が独立し、製作しているという。だが、少女像の設置に関しては、霊園の事務所は関与していないというんだ。つまり、清本悦子の指示を直接うけて、製作者が荒井真利華の墓においたと考えられる」

鮫島は携帯で撮った写真を見せた。

「なるほど。素人に設置は無理だな」

いって、藪は写真の少女像に見入った。新宿のトランクルームで荒井真利華が撃たれたとき、藪もその場にいた。

「似ていると思わないか」

鮫島はいった。藪は指先で画像を拡大した。

「似ているといえば、似ているが……。だいぶ若いときだろう」

「清本悦子が昔の写真を提供し、作らせたのかもしれない」

「あるいは、もともと荒井真利華を知っていたか」

藪がいったので鮫島ははっとした。荒井真利華には、嫌っている兄がいたと田中みさとはいっていた。

「荒井真利華の家族について、わかっていることはないのか」

藪は訊ねた。

「田中みさとの話では、実家は葛飾区の金町だそうだ。荒井真利華が十代のときに、両親は、乗っていた車がトラックにぶつかって死亡した。他に嫌っている兄がいたらしい」

「十代のとき、ということは十年から二十年前だな。調べてみよう」

藪は頷いた。

「二重人格説はどう思う?」

鮫島は訊ねた。藪はわずかに間をおき、いった。

「〝黒石〟が石材店で働いているとすれば、かなり肉体を使う仕事だ。引きこもりといわれている〝徐福〟像とはつながらない」

「〝徐福〟の正体を隠すために、あえてそういう情報を流したとは考えられないか」

鮫島はいった。

「もしそうならば、〝黒石〟なり〝徐福〟は、わざともうひとつの人格を演じていることになる。自分の正体を隠すためにそこまでする人間が、殺害手段にこだわるのは不合理だ」

藪は首をふった。

「するとやはり別人か」

「俺は別人だと思う。ただ――」

「ただ？」

「〝徐福〟と〝黒石〟のあいだに、金石の他のメンバーとは異なる強いつながりがあるのはまちがいない」

それも手がかりだ、と鮫島は思った。

## 38

死体の処分と工房の掃除で、その日はまるまる仕事にならなかった。

屋外工房の隅に深さ一メートルほどの穴を手で掘り、死体を埋め、その上に石材の屑《くず》を敷きつめた。工房の床には二本の腕を落としたときの血がこぼれたが、高圧洗浄機で洗い流す。工房を洗浄した水はそのまま下水には流れず、工房地下の濾《ろ》過《か》槽を経由する。さもないと石粉が下水管を詰まらせてしまうからだ。

すべての作業が終わると午後四時近くになっていた。朝食も昼食もとっていない。

風呂に入ってさっぱりし、昼に炊きあがるようにセットしてあった炊飯器から丼《どんぶり》に飯をよそった。

特別な日のためにとってあったA5ランクの特上の牛肉を焼く。冷凍庫に入れておいたものを、作業の途中で思いつき、解凍しておいた。

塩とコショウをふり、フライパンで片面ずつ焼いたものに、焦がした醬油《しようゆ》をからめた。

あとは古漬けの沢庵《たくあん》があれば、三合は食える。

酒は飲まない。飲めばいくらでも入るが、ヒーローが酔っぱらうのは、たとえひとりであろうと許されないことだ。

食事のあとかたづけが終わると、彼は麦茶のグラスを手にパソコンの前にすわった。〝本部〟に起きたことを知らせなければならない。

なるべく感情を交えず、だがこの場を〝安期先生〟が知った責任の所在は明確にしなければならないという趣旨が伝わるような報告を仕上げた。

指令官あてに送信する。

すぐに返信があった。

『その件については謝罪する。千葉での任務に関する情報をもたらしたサポーターが〝安期先生〟だった。が、部隊の所在地に関する情報を〝安期先生〟に提供したのは私ではない。提供したのは、部隊の存在を知る、ごく限られた者だと思われる。私から情報が洩れることは決してない。そちらに心当たりはないか』

読んで彼は後悔した。両腕を落としたあと、スマッシャーを使う前に、あの男の口を割らせるべきだった。が、果たして口を割ったかどうか。

男は、スマッシャーを彼が振りおろすその瞬間まで命乞いもせず、彼の顔から目をそらさなかった。

男の目には怒りと憎しみがこもっていた。

死体には、男の身許を示すものは何もなかった。現金が二十万ほどと拳銃、それに腕時計だけだ。万一のことを考え、財布や携帯電話をどこかに隠してから、工房に忍びこんだにちがいない。

おそらくは工房から徒歩圏内にある駐車場まで車できて、車内に残してきたのだ。車の鍵もなかった。

襲撃に失敗しても身許を知られないような手を打ったというわけだ。それを考えると、口を割ったとは思えない。

『〝安期先生〟の仲間や家族に関する情報を要求します』

『〝安期先生〟は、すでに駆除した〝鉄〟と仕事上のつながりがあった。他につながっていそうな八石には、〝虎〟と〝扇子〟がいる。家族に関する情報は、これから収集する』

『〝虎〟と〝扇子〟の駆除を申請します』

『こちらの情報収集が完了するまでは許可しない』

やはりそうきたか。彼はパソコンの画面を見つめた。〝虎〟や〝扇子〟が、金儲けに必要だ、と指令官が考えていることは明白だ。

ヒーローは世の中をよくすることだけを考えていればいい。が、指令官はちがう。

毒虫を駆除するだけでは、飯は食えない。

指令官が昔、そういったことがあった。

指令官も金で苦労したのだ。それは当然かもしれない。そうでなかったら、自分と指令官は離ればなれになっていない。

離ればなれの時間が、自分をヒーローにし、指令官を指令官にした。

『情報が入ればただちに連絡する。部隊は警戒を怠らないように』

了解と返信し、彼はパソコンの電源を落とした。

暗くなった画面を見つめ、彼は考えていた。

攻撃的防御をおこなわなければならないときがきたかもしれない。

攻撃的防御とは、ヒーローにのみ許される手段だ。今後こちらに被害を与えそうな毒虫を探しだし、相手が動く前に駆除する。〝本部〟の指示を待つだけでは攻撃をくいとめられない。

〝安期先生〟や〝鉄〟の周辺に、敵対的な人間が存在するなら、容赦なく殲滅するのだ。

だが情報収集は、彼の得意分野ではなかった。といって、指令官以外に、彼のために情報収集をおこなってくれる者はいない。

となれば、〝安期先生〟とつながっていたという〝虎〟か〝扇子〟の口を割らせる他はなかった。

## 39

高川は〝本業〟で福島に出張していた。高川の表向きの仕事はゴルフ場の開発や管理で、出張はあとひと月近くつづくという。

訊きこみのために、矢崎は福島に向かった。

矢崎の問いに、高川は清本悦子という女に会ったことはないと答えた。

荒井真利華が高校に入ると、年齢をごまかして十代でスナック勤めをしていたのは知っているが、その店にいったことはないという。

殺された喬淇のことも、高川は知らないといった。高川が中国から違法薬物を輸入していたのは事実だが、時期が異なるし、喬淇が覚醒剤を卸していたのは稜知会だ。

稜知会は喬から仕入れた覚醒剤を廉売することで、滝井組の市場を奪った。もし高川が関与していれば、廉売は難しい。

違法薬物の密売には、多くの仲介が入るほどルートの解明が困難になる一方で値段が上がるという側面がある。何人も経由することで取引の実態が複雑化し、それぞれの利益がのるからだ。

廉売をおこなうためには、摘発される危険をおかしても、輸入元から売人までの関与者を極力減らさなければならない。そんなルートに、表向きカタギである高川がさわれたとは、鮫島も思わなかった。

プロの犯罪者は、プロどうしの取引を望む。

やくざもプロなら、覚醒剤の製造者も密輸業者も卸し元も、すべてプロだ。

プロとプロがつながった鎖はどこかに司法というハサミが入っても、その輪ひとつの被害ですむ。つまり口を割らない。

口を割らない理由は簡単で、もし自分の前後につながる輪の情報をうたえば、商売がつづけられなくなるからだ。

それで食べているプロだからこそ、逮捕されても、鎖から外されないよう沈黙を守る。

そこにアマチュア、セミプロが入ればどうなるか。自分への刑罰の軽減を願い、前後の輪の情報のみならず、知っていることを洗いざらいいうだろう。二度と犯罪に手を染めなくても食べていけると考えているからだ。

そういう点では、高川は典型的なアマチュアだった。アマチュアであることで、プロがかかわると思われがちな薬物犯罪の根幹部分への関与を疑われずにすんできたのだ。

本来、薬物犯罪にアマチュアがかかわるとすれば、それは末端の運び屋や売人といった小物《こもの》ばかりだ。摘発されても、所持している薬物の量は少なく、ルートに関する情報を必要最小限しか知らされていない。いわば消耗品である。

警察官や麻薬取締官にとっては、手間暇をかけて逮捕するうまみが少ない。

高川はアマチュアであることで、司法の目を逃れ、取引を拡大してきたともいえる。

暴排条例を始めとする近年の暴力団に対する厳しい締めつけが、薬物犯罪に限らずそうしたアマチュア、セミプロの犯罪者の台頭を許してきた。

それは司法の側に、アマチュアやセミプロなど、いつでも一網打尽にできるという驕《おご》りがあったことにも起因する。

プロに比べワキの甘いアマチュアやセミプロは多いが、一方でカタギとしての立場を守ろうと徹底して用心深くふるまう者もいる。しかも表向きはカタギであるため、プロを相手にするような強面《こわもて》の捜査の対象にするわけにもいかない。

暴力団員なら、理由をつけてひっぱり、締めあげることもできるが、表向きカタギにそれは難しい。犯罪者とカタギの顔を都合にあわせて使い分ける、やくざよりタチの悪い相手ともいえる。

ただし、そうしたアマチュアやセミプロは暴力には弱い。やくざとちがって、守ってくれる組織がないからだ。高川が矢崎に泣きついてきたのも、まさにそれが理由だ。

金石は、利益のためにつながった情報ネットワークではあるが、戦闘部隊をもたない。〝鉄〟こと臼井広機は愚連隊に所属していたが、むしろ稀《まれ》なタイプだった。臼井が率いていた「フラットライナーズ」は、構成員全員が残留孤児二世三世というわけではない。

かつては残留孤児二世三世で構成された暴走族やそこから派生した愚連隊もいたが、プロ集団ということで警察に徹底的にマークされ、弱体化した。

その結果が、金石だった。プロ犯罪者、犯罪者とカタギの顔を使い分ける者、完全なカタギ、が入り混じってネットワークを形成している。

一般社会では、プロの犯罪者とカタギのビジネスマンが交流をもつことはない。それがあるとすれば、親族であったり幼馴染みといった関係が理由となる。そうした場合は、プロの犯罪者を捜査する側も〝周辺人物〟としてカタギの存在を把握できる。プロ犯罪者がカタギからもたらされた情報をもとにした絵図で犯罪を起こせば、ネタ元を察知し、共犯としての摘発が可能だ。

が、金石のように実体をつかみにくいネットワークから得た情報をもとに実行された犯罪計画は、全容を解明するのが難しい。

犯行に加担する者が常に同じではなく、情報提供者、計画立案者、実行犯といったメンツがその都度変化するからだ。

ひとつの犯罪のために集まり、実行した集団が解散すると、二度と会わない。互いの素姓を詳しく知らず、ひとりを逮捕しても共犯者全員の逮捕は難しかったりする。

むろん警察は、逮捕が不可能であるとは決して認めない。短い期間で追跡をやめることもない。

が、現実的には困難だ。

金石の存在を知って、鮫島が脅威を覚えた理由がそこにある。

また金石には祖国という概念がなく、国家に属する法執行機関への畏《おそ》れを抱かない。

暴力団は、自分たちを摘発する警察官を嫌ったり、ときには憎むが、組織としての警察に戦いを挑もうとは考えていない。

日本という国に縄張りをもち、そこでシノギを展開する以上、国家権力に勝てないのは自明の理だからだ。

金石は、日本の警察も中国の警察も、どこか軽視している。それは、今日本で暮らしてはいても、自らが望んだ結果ではなく、日本で生きていくことに執着していないからではないか。

田と会い、話して、それを強く感じた。

――これは金石の問題だ。メンバーでもない、ましてお巡りのあんたが首をつっこむことじゃない
――殺人の捜査は〝お巡り〟の仕事です
――捜査するのは勝手だ
こういったやりとりから、金石の特殊性を鮫島は感じとった。

むろん金石のメンバーすべてがこうした強硬な考えをもっているとは限らない。高川は公権力に救いを求めてきた。

ネットワークであるがゆえに、重大犯罪に加担しているメンバーの存在を知らない、カタギのメンバーもいるかもしれない。

一方で倉木や古橋のように、自らに圧力が及ばない限り、警察と距離をおく、非協力的な姿勢を保つという者もいる。

金石の全メンバーを把握するのは困難だ、と鮫島は考えていた。名簿やそれぞれの氏名、職業の一覧というようなものは存在しないだろう。

メンバーについても、情報を多くもつ者ともたない者がいて、八石と呼ばれる八人は、多くをもつ者のようだ。

が、その中で協力的なのは高川ひとりで、すでに二人が死亡、ひとりの行方がわからない。

〝徐福〟が金石の掌握を求めている理由は何なのか。金《かね》なのか、それともこれまで存在しなかった犯罪組織を作り、その首領におさまりたいという権力欲なのか。

そのどれもあてはまるし、まったくちがうような気もする。

ただ、金石が暴力団のようなピラミッド型の組織に変容すれば、その崩壊は遠くない。警察による摘発や

シノギがぶつかる暴力団などの攻撃を、よりうけやすくなるからだ。

〝徐福〟がそれに気づいていないとは、鮫島には思えなかった。

従来のピラミッド型組織にはなかった、何らかの強みをもたなければ、掌握しても先は短い。

いったいどんな強みをもとうというのか。

――中国共産党の研究を〝徐福〟は長くやっていて、そこから考えついたらしい

という田の言葉が記憶に残っている。

――奴は実験をしているのだと思う

――実験？　何の実験です

――組織というのは、外敵に対し高い戦闘力をもったときに強度の頂点に達するが、その瞬間から内部崩壊が始まる、と奴はいうんだ。どんな組織も、組織であろうとすることで不協和音からは逃れられない。組織のつながりが脆弱で戦闘力の低いあいだは、不満や不平は、組織をより強固な形へと促す原動力になる。が、ありようが最強度に達したときは、崩壊へと進むことになる。自然な崩壊は不可避だが、人工的な崩壊を起こすことで、別の組織へと変容させられる、というんだ

そこまで思い返し、鮫島ははっとした。

そのときは、金石が自然な内部崩壊へ至るのを防ぐために、〝徐福〟が組織のピラミッド化を考えているのだと受けとめた。

が、ネットワークである今の金石に高い戦闘力はない。〝徐福〟が掌握し組織がピラミッド化したとき初めて、戦闘力を得る。

警察や暴力団が高い戦闘力をもつのも、上意下達の組織構造によるところが大きい。

金石の内部崩壊は、今起きているのではなく、〝徐福〟が組織を完全掌握したときに始まるのだ。

つまり〝徐福〟は金石を崩壊に導こうとしている。

どういうことなのか。

一度内部崩壊させた金石を、まったく別の組織に作りかえようというのか。

ネットワーク型からピラミッドに形をかえ、崩壊し

たあとは何になるのだ。

わからない。ネットワークでもピラミッドでもない組織のありようが鮫島には思いつかなかった。

横のつながりがなく、縦の指揮系統も失えば、それはもはや組織とはいえない存在になるのではないか。

〝徐福〟がそれを望んでいるとすれば、金石の消滅を目的としているとしか考えられない。

中国共産党が、内部崩壊を防ごうと、何度か強硬な綱紀の粛正をおこない、多数の死者をだしたことを鮫島は思った。

官僚による統治は必ず腐敗を生み、人心は遠ざかる。体制の崩壊につながるのを恐れた最高権力者が、自らが率いる政府の内外にスケープゴートを求め、それを必要な改革と称したのは歴史に記されている。

改革と称してはいても、国外から見れば権力への執着、地位の延命でしかなかった。いく度引き締め、腐敗した官僚を何人処刑したとしても、完璧な政府、完璧な指導者が生まれることはない。

あるときは完璧であったとしても、次の瞬間から腐敗は始まり、崩壊へのプロセスがスタートする。

それは思想の問題ではなく、人間の宿命だ。

人が人を司《つかさど》る限り、慢心や腐敗は避けられない。社会主義以外の思想に基づいた国家であっても、まったく同じだ。

日本でもアメリカでも、腐敗と崩壊のプロセスはくりかえされている。綱紀粛正にかわって、選挙がとりあえずの改革とされているだけだ。

人間の不完全さは、どれだけの過ちをくりかえしたとしても補正されない。

警察があるから犯罪が起こるという論議がある。法による規制がなければ、何をしたとしても犯罪ではなく、追いつめられ自暴自棄になる者はいないというのだ。

医師に診せるから病気になるのだという考えかたもある。病院にいかなければ病名を告げられることもなく、自然の寿命に任せた死を迎えられる。

が、すべてを自然に任せることは、強者による不平等を生む。不平等の何が悪い、弱者は淘汰されて当然だ、という発想はこのふたつの考えかたに通底している。

　人間が不完全であると認めることと、すべてを自然に任せればよいという考えかたは決してつながってはいない、と鮫島は思う。

〝徐福〟の目的が、金石の掌握とその先に待つ崩壊だとすれば、その理由は何なのか。

　かつて、東北地方のある都市を経済的に支配していた名門の一族内で、覚醒剤の密造がおこなわれていた。

　薬物指紋と称される成分分析によって、これまでに押収された、どの外国産の覚醒剤とも異なることがわかり、国内にはないと考えられていた覚醒剤の製造工場の存在が発覚した。

　逮捕された名門の総帥に鮫島は訊ねた。

――あなたほどの立場にいる人間が、なぜ覚醒剤なんかを売ったんです？　金のためとは思えない。なぜですか
　なぜだろうな、とつぶやき、その男はつづけた。

――汚したかったのかもしれん
――汚す？

――全部、汚してしまいたかった。できあがった、この、私のまわりの世界を
　ひどく幼児的だ、とそのときは思った。が、子供の頃からがんじがらめの世界に耐え、すべてを手に入れたような人間であっても、何もかもを投げだしたくなり、それを実行してしまうことがあるのだろう。

　もつ者は失うのを恐れる。だが、あまりに多くをもてば、失うことを望むものなのかもしれない。

　鮫島には、そう解釈する他なかった。

〝徐福〟は、金石に対し、ある種の憎悪を抱いているのではないか。

　残留孤児二世三世の共助精神から始まったネットワークをなぜ憎むのか。〝徐福〟自身のアイデンティティが異なるなら、今の立場になれたとは思えない。八石と呼ばれる中核的メンバーの一部や荒井真利華の信頼を得ていたことからも、それはまちがいないだろう。

　八石が選ばれるのに条件はない、と古橋はいった。何となく仲間うちで尊敬されたり、羽振りのいい者が

選ばれるのだ、と。

鮫島は携帯電話を手にした。午後七時を過ぎた時刻で、まだ新宿署にいた。

「クラキリカー」の番号を呼びだす。

「『クラキリカー』でございます」

女の声が応えた。

「鮫島と申します。倉木さんはいらっしゃいますか」

「お待ち下さい」

倉木にかわった。

「倉木です」

「鮫島です。ちょっとうかがいたいことがあるので、手がすいたときにでも、先日渡した名刺にある携帯に連絡をいただけませんか」

「お急ぎですか」

「今日中であれば助かります」

「了解しました。のちほどご連絡をさしあげます」

告げて、倉木は切った。

つづいて田中みさとの携帯を呼びだした。

わずかにためらいを感じた。鮫島からの連絡に、兄の安否情報だと思うだろう。が、田の消息はまったくつかめていない。

「はい」

二度めの呼びだしで田中みさとは応えた。

「鮫島です。お兄さんに関する情報は、まだ何も入ってきていません。この電話は別の件でのお訊ねです」

「何？」

田中みさとの声は冷たくなった。

「まず清本悦子さんのことです。以前のことですが、清本さんは髪を染めていましたか」

「プラチナブロンドに近いくらい、色を抜いてた。見つかったの？」

「いえ。まだ連絡はとれていません。清本さんが、八石のひとりであると、田中さんはご存じでしたか」

「知らなかった。そうなの？」

驚いたように田中みさとはいった。

「〝扇子〟と名乗っていたようです」

「〝扇子〟……。そういえば、そんな人がいるって聞いた」

「お兄さんも八石のひとりでした。八石がどのように選ばれるのか、田中さんは知っていますか」

「兄が選ばれたときは、他の人の推薦だったたって聞いた」

「そもそも八石というのは、いつ、どのようにして生まれたのでしょう」

「詳しいことは知らない。二十年くらい前、金石が今みたいになった初めの頃に、メンバーの相談にのったり連絡役をする、委員会みたいのができて、それがもとだったたって兄に聞いたことがある。確か、そのときは八石じゃなくて常務委員会といったたって」

「常務委員会」

鮫島はつぶやいた。中国共産党には約二百人の中央委員会委員がいて、その中核メンバー七人に常務委員という肩書きがあてがわれている。

「それは誰がいいだしたのですか」

「そこまでは知らない。でも、委員会なんて中国みたいだからやめようっていう人がいて、呼び名がかわったらしい」

「それで八石になったのですね。八石のメンバーは二十年前から同じなのでしょうか」

「そんなことはない。〝彭祖《ほうそ》〟って人が、今から五年くらい前に亡くなった。横浜にいたお爺ちゃんだった。その人が死んで、かわりに〝虎〟が入った。〝虎〟はずっと八石に入りたいって兄に頼んでたみたい」

「他はずっと前からのメンバーですか」

「ちがうと思う。けっこう入れかわりがあったたって前に兄から聞いたことがある。最初は全員、仙人の名前を使っていたけれど、だんだん使える名前がなくなって、自分で好きな名を使うようになったたって」

「すると〝徐福〟や〝雲師〟、〝左慈〟というのは古いメンバーなのですね」

「だと思うけど、詳しいことはわからない。前の人の名をもらうこともあるって聞いた」

「荒井真利華さんのご家族についてもう一度うかがいたいのですが、仲の悪いお兄さんがいたとおっしゃってましたね」

「いた。うるさく説教するくせに、いやらしい目で自分のことを見て、大嫌いだったたって」

「他に兄弟はいたのでしょうか」

「いなかったと思う。小さい頃に死んじゃった兄さんがもうひとりいた、といってたような気もするけど、わからない。あたしの記憶ちがいで、別の子と勘ちがいしているかもしれない」

「その嫌いだったお兄さんが今何をしているのかご存じありませんか」

「まったく知らない。ほのかが家をでたのは、高校に入ってすぐのときで、両親が事故で死んで兄さんと二人きりになるのが絶対に嫌だったからだっていってた」

高校一年とすれば、今から十四、五年前ということになる。

「それきり実家には戻っていなかったのですか」

「あたしの知る限りは」

「清本悦子さんが現在どこで何をしているかはご存じありませんか」

「知らない。ドレスやスーツを『天上閣』に売りにきていたのも、もう六、七年前だから」

「先日、そのお店の名をおっしゃっていましたよね」

「『ミラノインプレッション』」

鮫島はメモをとった。会社として登記されていれば、調べる材料ができる。

「荒井さんの実家は葛飾区の金町で、ご両親は荒井さんが高校に入ってすぐのときに、乗っていた車がトラックに衝突して亡くなったのでしたね」

「そう」

「ありがとうございました。お兄さんについて何か判明したことがあれば、すぐに連絡します」

「お願い」

電話は切れた。

パソコンで「ミラノインプレッション」の検索を始めると、携帯が鳴った。登録のない番号からだ。

「鮫島です」

「倉木だ。いったい何だ」

「訊きたいことがいくつかある。まず八石についてだが、どうやって選ばれる?」

「別に決まりはない。欠員がでると、残った八石の人間で決めているみたいだ。俺は興味がないんで、知らせがきたらそうなのかと見ていた」

「知らせとは？」

「メールだ。メーリングリストがあるらしく、送信されてくるんだ」

「それは誰からだ？」

「わからない。海外のサーバーを通じて届くんだ。金石の誰かが死んだとか、新しい商売を立ちあげたとか、メールニュースみたいな形で届く」

「定期的に？」

「いや。こないときは何カ月もこない」

「ニュースなら、情報を集め編集している者がいる筈だ」

「いるんだろうよ」

「〝徐福〟じゃないのか」

「知らないね。誰だってかまわない。いったろう、八石にかかわる気はないんだ」

「荒井真利華さんについて訊く。兄さんがいるそうだな」

「らしいな。いるっていうのは聞いたが、それ以上は何も聞いてない」

「他に家族について聞いていないか」

「両親は、真利華が高校生のときに事故で死んだ。日本にきたときはお祖母ちゃんもいっしょだったが、自殺した」

「自殺？」

「江戸川に身投げしたんだ」

江戸川は、東京と千葉の県境となっている河川だ。

「それはいつだ？」

「日本にきてから、わりとすぐだったらしい。真利華の一家は真利華が二歳くらいのときに、両親と兄さんと祖母さんと、帰国したんだ」

「他に兄弟はいなかったか。早くに亡くなったような」

間が空いた。

「なんか、そんな話を聞いたことがあるような気もするが、はっきりとは覚えてない」

「お祖母さんが自殺した理由は何だ？」

「決まってるだろう」

倉木の声が尖った。鮫島は黙っていた。

「そうか。日本人のあんたにはわからないか。がっかりしたからだよ。日本に帰ってきて、帰ってこなけりゃよかった、と。日本に帰れば夢みたいな暮らしが待っていると思って帰ってきても、実際はまるでちがう。最初は抱きあって泣いたような、生き別れの親戚すらにも、気づくと厄介者《もの》扱いされてる。日本語が話せないというだけで馬鹿だと思われる。中国に戻りたくとも戻れない。子どもや孫は、日本に馴染んで日本で暮らしたいって、な。どうしようもなくなる」

「そういう人は多いのか」

「表にはでないけどな」

鮫島は息を吐いた。

「清本悦子という女性を知っているか」

「『ミラノインプレッション』か」

「知っているんだな」

「うちが酒を入れている、何軒かの店に以前ドレスを売りにきていた。昔、知り合いに頼まれて、クラブやキャバクラに紹介した」

「知り合いというのは？」

「金石の人間だ」

「何という人物だ」

「石川《いしかわ》。下の名は知らないが、死んだ」

「死んだ？」

「そいつも自殺した。日本にきたのが遅くて、日本語が覚えられなかった。きてすぐ、親が死に、施設で育った。『ミラノインプレッション』で運転手みたいなことをしていた。その石川に、客になりそうなホステスのいる店を紹介してくれと頼まれたんだ。だが、コピーブランドのバッグや靴も売り始めたんで、ヤバいと思って切った。紹介した店への出入りも禁じた。何かあったら、うちにクレームがくる」

「石川とのつきあいはどこで？」

「施設だよ。同じところにいたんだ」

倉木は低い声で答えた。

「清本悦子と石川はどこで知り合った？　やはり施設

か」

「ちがう。石川は清本悦子のつきあっていた中国人の舎弟だった。その中国人が歌舞伎町で撃たれて、途方に暮れていたのを清本悦子が拾った」

「話を聞いていると、清本悦子は、面倒見のいい人物のようだな。家出した荒井真利華と石川を拾い、荒井真利華の墓もたててやった」

「らしいな。俺は好きじゃなかったんで、あまり話したことはなかった」

「なぜ好きじゃなかったんだ」

「とにかく派手だったんだ。髪は金髪だし、スタイルがいいのをひけらかすように、体にぴったりはりつくような服ばかり着て、ドレスを売っていた。若いホステスなんかは、そういうのに憧れて、自分も同じような商売をしたいといってるのもいたが、ひと皮むけば、安物を売りつけるバッタ屋だ」

「今どこで何をしているのか、知らないか」

「上野《うえの》で飲み屋をやっているって噂を聞いたことがある。水商売に戻ったらしい」

「店の名は？」

「知らないね。始めるときに人を通じて酒を入れてくれと頼まれたが、断わった。かかわりたくないんでね」

「清本悦子の連絡先を知っているか」

「携帯から消したんで、今は知らない」

「清本悦子は八石のひとりだ。〝扇子〟」

鮫島が告げると、驚いたようすもなく倉木はいった。

「〝扇子〟。へえ」

「聞いたことはあるだろう」

「ないね。八石の名だって、全部は知らないんだ。なあ、もういいだろう。本当に八石のことは知らないんだ。〝黒石〟が実在することだって知らなかったんだ」

「久保由紀子さんから連絡はないか」

「ない。いったろう、かかってきたら、あんたに連絡させる。じゃあな」

一方的に告げて、倉木は電話を切った。

強気にでるのは、犯罪に加担していないという自信があるからだろう。もし加担しているなら、自分について警察がどこまで調べているか探りを入れてきた筈だ。

高川や清本悦子とのつきあいを断っていることからも、潔癖な性分ではあるようだ。

鮫島は再びパソコンと向きあった。「ミラノインプレッション」で検索する。

日本語でのヒットはなく、「Milano Impression」では、海外のサイトがひっかかった。清本悦子とは関係がないようだ。

思いつき、「上野」「バー」「ミラノインプレッション」で検索した。

湯島《ゆしま》三丁目に「ミラノ」というバーがあった。

店の業態まではわからなかったが、鮫島はその住所をメモした。

鮫島は矢崎の携帯を呼びだした。

「矢崎です」

「今どこだ」

「郡山《こおりやま》です。明日戻る前に、もう一度話を聞こうと思って、高川の体が空くのを待っているところです。何か？」

「清本悦子が上野でバーをやっているという情報がある。店の名や住所まではわからないが、少し動いてみようと思う」

「了解しました。何かわかったら、連絡を下さい。こちらも連絡します」

「頼む、それと不確かだが、荒井真利華には早くに亡くなった兄弟がもうひとりいたという話を聞いた。高川が何か知らないか、当たってみてくれ」

「わかりました」

40

田中みさとが覚えていた、「ミラノインプレッション」を手伝っていた無口な男というのは、石川だろう。清本悦子はスナックを閉めたあと、つきあっていた中国人犯罪者喬淇が死に、喬の舎弟分だった石川とホステス相手のドレス屋を始めたのだ。

店舗をもたずに車で移動販売するドレス屋が一時、新宿には多かった。キャバクラなどと提携し、店内で着るドレスをホステスに後払いで売るのだ。購入代金は、店側が立替え、給料から引く。

水商売経験が浅い若いホステスは金遣いが荒くなりがちだ。年齢に不釣合《ふつりあい》な給料をもらうと、高い家賃のマンションに引っ越したり、ブランド品などを買いあさる。

店で着る衣装など安物でかまわないと思っていても、それを買う金や暇が惜しい。

移動販売のドレス屋は、そういったホステスの需要を満たす存在だった。

サンプルを見せ、サイズがあるならその場で売り、なければあとで届ける。店舗で売られているものよりかなり安い。それも当然で、素材は化学繊維、縫製も雑な輸入品ばかりだ。それでも後払いでいいならと、何着も買うホステスがいる。

一時期、夕刻の歌舞伎町には、そういうドレス屋のバンが並んでいた。開店前の店に商品をもちこむためだ。

それが減ったのは、中国の経済力が上がり、かつてのように安い値段でドレスが作れなくなったからだ。それでもベトナムやインドネシアに発注し、同じような商売をつづけている者はいる。

キャバクラにくる客がいなくならない限り、キャバ嬢のなりてはいるし、彼女らの衣装も必要とされる。

酒場を顧客にする商売は、酒屋だけではない。氷、グラス、コースター、お絞り、生花、つまみ、灰皿、ライター、そしてホステスの衣装までと、多くの人間が盛り場で生計をたてている。

日の高いうちに歌舞伎町を訪れれば、そういう業者が走り回っている姿を多く目にする。

愛人だった中国人の死後、清本悦子はドレスやコピー商品を中国から輸入し、クラブやキャバクラなどで売る商売を始めた。

やめたのは、助手にしていた石川が死んだことが原因なのか。あるいは、中国製品が値上がりし、たちいかなくなったのか。

いずれにしても、酒屋をしている倉木が聞いたという噂には信憑性《しんぴょうせい》がある。

空振りを覚悟で、鮫島は湯島のバー「ミラノ」を訪ねてみることにした。

上野池之端《いけのはた》一丁目の交差点近く、春日《かすが》通りと不忍《しのばず》通りにはさまれて、飲食店が集中する一画がある。演芸場やホテルもあり、かつては地方からきたサラリーマンなどを狙ったぼったくりも多発した。

ぼったくりは歌舞伎町の専売特許だと思われているが、地方からの客が多い盛り場には必ず存在する。

地元では味わえないお楽しみを期待する客の弱みにつけこむワルは、どこにでもいる。

歌舞伎町などは、客の側にも警戒心があるぶん、表沙汰《おもてざた》になりやすい。法外な料金を請求された客はすぐに交番に駆けこむ。

だがそうと知られていない盛り場では、泣き寝入りさせられる客も少なくない筈だ。

不忍通りと並行している仲町《なかまち》通りから道を一本入ると、客引きと思しい少女や男たちの姿が目についた。

鮫島の前を歩く二人連れには、

「もう一軒、いかがですか」

と声をかける客引きが、鮫島には声をかけてこない。管轄がちがっても、お巡りの匂いはわかるようだ。

ほぼ碁盤の目状の通りを、地図アプリを見ながら鮫島は進んだ。いかにもおのぼりさん風で、客引きには絶好のカモに見える筈だが、誰も近づいてはこない。

「ガールズバー　ミラノ」という看板を見つけたのは天神下《てんじんした》の交差点に近い雑居ビルだった。

細長いビルのエレベータで、鮫島は三階に上った。

エレベータを降りた正面に、暗色のガラス扉があり「MILANO」と記されている。

鮫島は扉を押した。奥に向かってカウンターがのびているだけの店だ。カウンターの内側に、ジーンズやワンピースなど、私服のようないでたちの女が五人いる。

「いらっしゃいませ」

手前に立っていた、二十歳《はたち》そこそこと思しい女が声をかけてきた。かすかに訛があり、中国人のようだ。

カウンターの客席は全部で十というところだろう。半数が埋まっている。二十代から三十代の若い客が多い。

「お客さん、初めてですか」

入口に最も近いストゥールにすわった鮫島に、声をかけた女が訊ねた。

鮫島は頷いた。女はクリアファイルにはさんだメニューをさしだした。

「これ、うちのシステムです」

一時間三千円、焼酎、ウイスキー、カクテル飲み放題、女性ドリンク一杯千円、とある。

「ビールは別ね。ビール好きなら、飲み放題千円コースあります」

女はいった。

「ウイスキーの水割りを下さい」

鮫島は告げた。

「はい。ウイスキー水割り、オッケー」

女はいって、カウンターの中央に立つバーテンダーを見た。白いシャツにバタフライをしている。小柄、短髪で、性別がわかりにくい。

「水割りひとつ。了解です」

バーテンダーがかすれ声で答え、女だと鮫島は知った。

薄い水割りのグラスと柿の種の入った小皿が鮫島の前におかれた。

「上野でよく飲みますか」

女が訊ねた。色白でショートパンツをはいている。

「ときどきだね。このお店は古いの?」

女はバーテンダーをふりかえった。

「二年です。一昨年の秋にオープンしたばかりで」

バーテンダーがいった。

「ミラノって名前はどこから？」

鮫島が訊くとバーテンダーは答えた。

「オーナーがつけたんです」

「オーナーはイタリア人なの？」

鮫島が訊ねると、バーテンダーは愛想笑いをした。

「日本人ですよ。もうちょっとしたらきます」

「一杯いただいていいですか。わたし、ハナといいます」

ショートパンツの女がいった。

「どうぞ。そっちのバーテンダーさんも」

鮫島は頷いた。酒場で張り込む刑事はケチだといわれている。店の人間にねだられても断わることが多いからだ。

刑事と見抜かれたくなければ、自腹を切ってでも気前よくふるまうことだ。

「いただきます。わたし、ウーロンハイ」

ハナがいうと、バーテンダーはほとんど焼酎が入っていないウーロン茶のグラスをさしだした。

「自分はジンリッキー、いただきます」

「どうぞ」

ビーフィーターをソーダで割ったグラスをバーテンダーは掲げた。

「いただきます」

近くで見るとバーテンダーもまだ三十に届いていない。化粧をまったくしていないので、目もとにソバカスが散っているのがわかった。

「昔、仕事でミラノにいったことがあってね。それでなつかしくなって、入ってみたんだ」

「ファッション関係のお仕事ですか」

バーテンダーが訊ねた。

「まるでちがう。輸入雑貨の店を手伝っていたんだ」

「イタリア語、話せる？」

ハナが訊ねた。鮫島は首をふった。

「いっしょにやってた人に任せきりだった。英語だってろくに喋れない」

「なんだ。イタリア語、教わろうと思ったのに」

「残念でした」

鮫島の背後で扉が開いた。長髪を束ねた、ずんぐりとした男が入ってきた。

「いらっしゃいませ」

ハナがいうと、男は扉に手をかけたまま無言で店内を見回した。表情のないガラス玉のような目が激しく動いている。

「いらっしゃいました」

感情のこもっていない声でいい、男は鮫島の隣に腰をおろした。

隣にすわられて初めて、鮫島は男の上半身の厚みに気づいた。まるで冷蔵庫のような体つきをしている。

ハナが笑い声をたてた。

「いらっしゃいましただって。おもしろい。これ、うちのシステムです」

さしだされたファイルを見ず、

「コーラ」

と男はいった。

「ソフトドリンクは別料金になりますが、よろしいですか」

バーテンダーが訊ねると、男はゆっくり首を動かし、バーテンダーを見た。

「よろしいです」

コーラが届くと男は背中を丸め、カウンターに肘をついた。背中の筋肉が異様に盛り上がっている。

「上野、よくきますか」

ハナがその客に話しかけた。客はコーラをひと口飲み、

「きません」

と答えた。ハナが感心したようにいった。

「お客さん、とても紳士ですね」

「しんし?」

意味がわからないように男はくりかえした。

「ジェントルマン。言葉づかいがきれいです」

男は目を上げ、ハナを見た。

「言葉づかいは大切です。ヒーローは特に気をつけなければいけない」

「ヒーロー?」

ハナはとまどったように男を見返した。

「いいんです。忘れて下さい。ユーさんはいつきますか」

「ユーさん?」

ハナは首を傾げた。男が不意に中国語を喋った。ハナは目を丸くした。

「お客さん、中国語、上手。中国の人ですか」

男は首をふった。

「学校で勉強しました」

ハナが中国語で答えた。男は頷いた。

「じゃあ、またきます」

コーラのグラスは空になっていた。

「もう帰りますか。まだ十分もたってないよ」

ハナが唇を尖らせた。

鮫島は男を見た。濃いグレーのTシャツに半袖のアロハを着け、下はジーンズだ。視線に気づいたように男が鮫島を見返した。

「あなたと会ったことがありますか?」

鮫島は首をふった。

「ありません。あまり早く帰られるようなので、驚いただけです」

「そうでしたか。知り合いかと思いました」

男がいったので、

「知り合いの顔を忘れることがあるのですか?」

鮫島は訊ねた。

「人の顔を覚えるのがとても苦手なんです」

答えている間も、男の目は絶え間なく動いていた。まるで猛禽類《もうきん》の目のようだった。

「そういう人、いますね。苦労されるでしょう」

男は首をふった。

「あまり気にしてません。でもこの次また会ったら、あなたから声をかけて下さい」

「わかりました。わたしは鮫島といいます」

鮫島は右手をさしだした。男はそれを奇妙なもののように見つめた。やがて握った。

分厚く硬い掌だった。恐ろしく力が強そうだ。が、握手にはほとんど力がこもっていなかった。

「お名前は?」

鮫島が訊ねると、男はうつむいた。小さな声でヒロです、といった。

「ヒロさんですか」

男は頷き、顔を上げると笑みを浮かべた。

「ヒーローです」

明らかに作り笑いとわかる、笑顔だ。

「三千五百円になります」

バーテンダーがいった。男は頷き、ジーンズのポケットからむきだしの現金をとりだした。

千円札三枚と五百円玉をカウンターにおいた。

「領収証は?」

訊ねたバーテンダーに首をふる。

「いりません」

そして鮫島に目を移した。

「次に会ったら、あなたから声をかけるのを忘れないで下さい」

「わかりました」

鮫島が答えると、ゆっくり立ち上がった。一瞬背筋がのび、目を惹くような長身になる。が、すぐに背を丸め、店の扉に手をかけた。

あとを追いたい気持を鮫島はこらえた。

奇妙な男ではあるが、中国語を話したというだけで、職質をかけるわけにはいかない。

自ら名乗ったのは、男の名を知りたかったからだ。

だが男はヒーローとしか告げなかった。ヒーローという名なのか、渾名なのか。

閉まる扉に向かって、

「ありがとうございました」

ハナと声を合わせたバーテンダーに鮫島は訊ねた。

「初めての人?」

「そうですね」

鮫島はハナに目を移した。

「何ていったの、彼は」

「ここのオーナーはユーさんというのでしょう、といいました」

ハナが答えた。

「オーナーは中国の人なの?」

「日本人と中国人のハーフです」

ハナが答えるより前にバーテンダーが答えた。わずかだが警戒しているようだ。

「へえ。この辺は中国の人も多いからなあ」

鮫島がいうと、

「オーナーは日本生まれの日本育ちです」

とバーテンダーがいった。

「そうなんだ」

ハナが動いた。カウンターの中にいる女たちは、一定時間で立ち位置をかえるようだ。

同じ客と長時間向かいあわないようにするためだろう。

ハナの次に鮫島の前に立ったのは、目の周りを濃く化粧した茶髪の娘だった。ミニスカートをはき十七、八にしか見えない。

「レンでーす」

舌足らずな声でいって、

「一杯いただいてよろしいですか」

と、いきなり訊ねた。

「どうぞ」

「グ、グラシャン、でもいいですか」

「グラシャン？」

「グラスシャンペンです。一杯二千円になります」

バーテンダーがいった。鮫島はレンを見つめた。

「お酒が飲める年なの？」

「十九歳。ダメ？」

レンは鮫島を見返し、訊ねた。

「アルコール以外のドリンクにしよう」

鮫島が頷くと、口を尖らせた。

「ずるーい、自分は飲んでいるくせに」

「私は大人だ」

「大人は太っ腹でしょ」

「私はちがう」

レンは肩をすくめた。

「じゃ、ブルーベリージュース」

レンがいうと、バーテンダーが紫色の液体をグラスに注いだ。

「いただきまーす」

レンはグラスを掲げた。鮫島は頷いた。

大人の男などちょろい、と思っているのだろう。

確かに若い娘にとって大半の大人はちょろい。鼻の下をのばし、財布の紐《ひも》をゆるめる。が、男を金蔓《かねづる》としか考えない少女を食いものにする男もいる。やさしくしていたのが豹変し、暴力でいうことを聞かせ、逆に金蔓にする。

どれほど強気で、男など恐くないと豪語する少女も、顔を刻んでやると脅されたらその場は折れる。

女を食いものにするチンピラが使うのが、刃物と覚醒剤だ。覚醒剤を使ったセックスで骨抜きにし、逆らえば、頬にナイフを当てる。

レンは鮫島に見切りをつけたように前を離れ、別の客の前に立った。

「お客さん、いい人ですね」

バーテンダーが低い声でいった。

「売り上げには貢献できない」

バーテンダーは小さく頷いた。

「いいんですよ。法律は守らなきゃ。そうでしょう」

鮫島の正体に気づいたような口調だ。


店の扉が開いた。バーテンダーの目が動き、

「お疲れさまです」

といった。

髪にメッシュを入れた、すらりとした女が立っていた。濃く日焼けしていて、花柄のワンピースを着ている。

「お疲れさま」

女はいって、鮫島に微笑みかけた。

「いらっしゃいませ」

他の客にも歩みより、馴染みらしい男の肩には手をかけ、

「いつもありがとうございます」

と挨拶している。

清本悦子の年齢は六十近い、と田中みさとはいっていたが、とてもそうは見えない。四十代半ばで通る。

女はひと通り客に挨拶すると、カウンターに入った。

一番奥の、常連らしい客と話を始める。

「会計をお願いします」

鮫島はバーテンダーに告げた。

「六千円になります。領収証は？」

「けっこうだ」

鮫島は金を払い立ち上がった。ありがとうございました の声に送られ、扉を押す。

地上にでると、さっきの男の姿を捜した。見当たらない。

鮫島は携帯で「ミラノ」の固定電話を呼びだした。

「バー『ミラノ』でございます」

バーテンダーの声が応えた。

「今でていった客だ。オーナーと話がしたい。かわってもらえるかな」

「お待ち下さい」

受話器をおおう気配があって、少しの間のあと、

「もしもしお電話をかわりました」

女の声がいった。

「清本悦子さんですね」

「どちらさまでしょう」

否定も肯定もせず、女は訊ねた。

「荒井真利華さんが亡くなられたとき、その場にいた者です」

「荒井さん？」

「新本ほのかという源氏名を使ってもいました。彼女のためにお墓をたてられたそうですね」

「お名前は？」

「鮫島と申します」

「どんなご用？」

「お話をうかがいたい。お店でうかがうのは申しわけないと思い、一度、でました」

「今は営業中です。お店が終わったあとにしていただけますか」

「お店は何時に終わりますか」

「営業終了は三時です。お客さまが残っていらっしゃるときは、もう少し遅くなります」

「わかりました。では三時前に、もう一度お店にうかがいます」

鮫島が告げると女は間をおいた。やがて、

「そうして下さい」

といって、電話を切った。

鮫島は時計を見た。午後九時を回ったところで、まだ六時間近くある。

だが張りこみで長い時間を待つことには慣れている。路上でも喫茶店でも時間はいくらでも潰せる。

唯一の懸念は、このビルから離れた場所にいる間に、清本悦子が姿をくらましてしまうことだ。

三時前にのこのこ訪ねていき、「もう帰った」といわれたらそれまでだ。急用ができた、体調が悪くなった、いくらでもいいわけはできる。

したがって六時間、ビルの出入口が見える場所で待つ他ない。

それが可能そうな飲食店はあたりにはなかった。近くのビルには、窓が塞がっている店しかない。

鮫島はこの場で待つことにした。

## 41

午後十一時過ぎ、携帯が振動した。矢崎からの電話だった。

「はい」

鮫島が応えると、

「今、高川と別れました。高川の話では、荒井真利華には兄が二人いたそうです。ですがひとりは何らかの事情でいなくなり、いっしょに暮らしたのはひとりだった、と」

「何らかの事情というのは？」

「高川も、それははっきり知らないそうです。死別なのか、でていったのか」

「でていったのだとすれば、かなり年が離れていることになるな」

「私も同じことを訊きました。そうではなくて、中国に残った可能性もあるというのです」

「中国に残った？」

「その当時、中国はひとりっ子政策が実施されていて、子供はひとりまでと決められ、違反すれば罰金が科せられた。ですが、双子《ふたご》や三つ子が生まれることもあった。荒井真利華の兄がそうだったかどうかはわかりませんが、生活の苦しい農家などで双子が生まれてしまった場合、子供のいない親戚などに里子にだす、ということがあったそうです。農家では、子供は働き手として重宝される。なので、生まれても戸籍には載せない子供も多くいた、という話で」

それについては鮫島も知っていた。黒孩子《ヘイハイズ》と呼ばれ、戸籍を与えられなかったがために就学できず、結果、犯罪組織に組みこまれる者も多かったという。

「だが荒井真利華は二歳で来日している。中国で生まれたのなら、ひとりっ子政策に違反していないか」

「そうなのですが、ひとりっ子政策にはいろいろな抜け道があったらしく、その時代に生まれているのに兄弟がいるという中国人も多いそうです。高川の話では、荒井真利華の実家も、兄たちが生まれた頃は生活が苦しかったが、その後、残留孤児の帰国事業が始まり、日本にいけるのならもうひとり子供を産んでもいいと両親が考えたのかもしれない、というのです。実際のところはどうだったのか、生まれる前のことだというのもあって、荒井真利華も知らなかったようです」

「つまり、もうひとり兄がいるとしても、その人物がどこにいるのか、手がかりはない、というわけか」

「知っているとすれば、実家に残った兄くらいでしょうか。あとは、アメリカに渡った、叔母にあたる久保由紀子か。久保由紀子の連絡先を高川は知りませんでした」

「話を整理するぞ。荒井真利華には兄が二人いたが、死別したのでなければ、ひとりは帰国していない」

「ええ。荒井真利華が来日した二歳当時、いっしょに暮らしていたのであれば、兄は二人いると周囲に話したと思いますし、それを知る者がいてもおかしくありません。もうひとりの兄の存在が曖昧なのは、帰国しなかったからではないか、と」

「その理由がひとりっ子政策だと？」

「調べたところ、中国におけるひとりっ子政策は一九七九年から二〇一四年までだったようです」

荒井真利華は死亡時二十九歳だった。その兄ならば、一九九一年以前の生まれということになる。

「ひとりっ子政策のせいで二人目の兄を里子にだしたと仮定するなら、もうひとりの兄というのは、その間に生まれたものと考えられます」

矢崎はいった。

「ひとり目の兄と荒井真利華のあいだに生まれた兄ということだな」

「ええ。ひとり目の息子は手もとにおいて育てた。ところが二人目ができてしまい、罰金などの制裁を恐れた両親は出生を届けなかったか、里子にだした。その後、生活に余裕ができ、娘が生まれた。それから二年後、祖母が残留孤児であったことから、日本に帰国するのですが、二人目の兄は帰国しなかった」

「今でも中国にいるのか」

「それはわかりません。当時は中国に残ったとしても、その後はいくらでも来日できる状況になったでしょうから。ひとりっ子政策も廃止され、申しでて残留孤児三世であると証明できれば、来日も可能だったのではないでしょうか」

「すると日本にいる可能性もあるな」

「ええ。来日が、荒井真利華が実家をでたあとのことなら、消息がはっきりしないのも不思議ではありません」

荒井真利華が家をでたのは高校に入ってすぐのときだ、と田中みさとはいった。十五年近く前になる。

「荒井真利華の両親は事故死したようですが、祖母はどうなんでしょう。今も生きていれば、話を聞けるかもしれません」

「いや、祖母も生きてはいない。日本にきて早い段階で死亡している。自殺だったらしい」

「自殺――」

鮫島が告げると矢崎は絶句した。

「倉木の話では、自殺する残留孤児は珍しくないそうだ」

「そうなんですね……」

帰国した残留孤児をとりまく過酷な環境が自殺者をだし、犯罪に走る二世三世を生んでいる。

が、すべての者がそうなるわけではない。偏見や差別に耐え、まっとうに暮らす者も多い筈だ。

だが、ある日、帰属する国家がここではなく別の地だと告げられ、そこで生きていくことを要求された者の心には、消しがたい問いが生じるだろう。

自分は何者なのか。

どちらの地からも望まれるならいい。もし両方の地から望まれていないと感じたら。それも子供のときに。

母国を信じられない人間にとって、組織を信じることはさらに難しいだろう。学校であれ会社であれ、どこにも帰属意識をもてない人間ほど孤独な存在はない。

警察という組織に対し、強く不信の念を抱いた経験のある鮫島には、その寄る辺《べ》ない感情がわずかだが理解できるような気がした。

警察を信じられなくても、警察官という職業を鮫島は信じた。その必要性を、あるべき姿を、鮫島は考えつづけてきた。

「鮫島さん」

矢崎の呼びかけで我にかえった。

「ああ」

「明日、東京に戻りますが、まだ何かこちらでやるべきことはあるでしょうか」

「高川は当分、福島なのか」

「はい。あとひと月かふた月は、いなければならないようです。ひとりではなく、会社の人間二人もいっしょです」

「落ちついているのか」

「ええ。前に会ったときよりは落ちついています。福島にいるのも、その方が安全だと考えたからのようです」

「わかった。ご苦労さま。もう何もない。俺はこれから、清本悦子と思われる人物と接触する。何か判明したら、明日知らせる」

「よろしくお願いします」

電話を切り、鮫島は息を吐いた。

荒井真利華にもうひとりの兄がいた、というのは大きな情報だ。

荒井真利華とその兄の関係はどうだったのか。

他の家族とともに来日していないのであれば、ほとんど互いを知らなかっただろうし、上の兄との不仲を考えるなら、没交渉であって不思議はない。

だが一方で、後年来日したその兄が荒井真利華に接触した結果、もうひとりの兄とはまるで異なる兄妹関係が生まれた可能性もある。

その関係性に詳しい者がいるとすれば、清本悦子だ。家出した真利華を自分の店で働かせていたというが、同居もさせていたかもしれない。十代の娘をスナックで働かせるのは違法行為だが、清本悦子が一方的に搾《さく》取《しゅ》する関係だったのなら、真利華も「ミラノインプレッション」を手伝わなかった筈だ。

再び鮫島の携帯が着電した。藪だった。

「鮫島だ」

「課長の指示で、携帯電話の所有者を洗った」

前置き抜きで、藪はいった。「手賀沼のさと霊園」に清本悦子が届けた電話番号のことだ。

「何がわかった？」

「名義人は石川文明《ふみあき》。キャリア会社との最初の契約は、二〇〇三年だ。使用料金は、石川文明名義の銀行口座から引き落とされているが、届けられている住所に居住はしていない」

「その石川は――」

「まだ先がある。二〇一五年、その石川文明かどうかはわからないが、石川文明という人物が東武伊勢崎線五反野《ごたんの》駅で飛び込み自殺をした。所持していた運転免許証から身許は判明したが、現場で携帯電話は発見されていない。おそらく同一人物だと思われる。何者かが、石川文明名義の携帯料金を払いつづけているというわけだ。他人名義の携帯電話の取得が難しい時代だから、あえて使えるようにしていると考えられる」

鮫島は息を吐いた。

「石川文明は、清本悦子が経営するドレスショップで、運転手をしていた。歌舞伎町で射殺された喬淇の舎弟で、途方に暮れていたのを清本悦子が拾い、荒井真利華とともにドレスショップで働かせていたんだ」

「それがなぜ自殺した?」

「遅くに来日したせいで、日本語を覚えられずにいたという情報がある。『ミラノインプレッション』がなくなり、生活に困ったのかもしれない」

答えてから、石川文明の墓も「手賀沼のさと霊園」にあるかもしれない、と鮫島は思った。

「厳しい話だな」

藪はいった。

「ああ。荒井真利華の両親の事故に関してはどうなった?」

「それはまだだ。人使いが荒い奴だな」

「荒井真利華には兄が二人いた、という話を矢崎がつかんだ。中国で生まれ、ひとりっ子政策のせいで里子にだされたかもしれないというんだ」

「じゃあ真利華はなぜ生まれた?」

「兄たちよりは時間が経過して、両親に罰金を払う経済的な余裕ができたか、残留孤児三世として来日する目算がたったからかもしれないというんだ。里子にだされたとすれば二人目の兄で、その兄がのちに来日し、真利華ら家族と接触した可能性はある」

「両親の死亡時に日本にいたとすれば、葬儀に出席しているかもしれないな」

藪がいったので、鮫島ははっとした。

「そうだ。葬儀社にあたれば写真が残っているかもしれない」

事故や犯罪に巻きこまれて死亡した場合、被害者の遺族が動転していることもあり、現場を所管する警察署が葬儀社を紹介するケースは少なくない。

「わかった、わかった。事故のデータにあたって、どこの署の管轄だったか調べてみる」

藪はいって、電話を切った。

午前一時を少し回った時刻、「ミラノ」が入る雑居ビルから、女が姿を現わした。鮫島に気づいたようすもなく早足で表通りに向かおうとする。

「清本さん」

鮫島は声をかけた。

女は立ち止まり、ふりかえった。鮫島は掌でおおったバッジを見せた。

「先ほどお電話で話した者です。お急ぎのところを申しわけありません。荒井真利華さんについて話をお聞かせ願えませんか」

女はじっと鮫島を見つめた。整った顔立ちで、若い頃は人目を惹くほどの美人だったろう。が、切れ長の目には険しさしかない。

「わたしがその方をなぜ知っているとお考えなの？」

「『手賀沼のさと霊園』にある、あなたがたてられた荒井真利華さんのお墓にいきました。ちなみに霊園事務所に届けられた、あなたの電話番号は、以前『ミラノインプレッション』を手伝っておられた石川文明さん名義で契約されたものですね」

女は目をみひらいた。

「そこまで調べたの。あなたのお名前をもう一度おっしゃってください」

「鮫島です。新宿警察署の生活安全課におります」

## 42

新宿警察署、と男がいうのが聞こえ、彼は背筋をのばした。

身を隠しているのは自動販売機の陰で、機械から吐きだされる熱のせいで、全身が汗で濡れている。

〝扇子〟が上野でバーをやっているというのを、彼はアメリカに渡った叔母から聞いていた。叔母は、妹があんな性格になったのは〝扇子〟のせいだと信じていた。

――いくらあなたと二人きりで暮らすのが嫌だからって、十五、六でスナック勤めなんてとんでもない。わたしが知っていたら、絶対に止めた
その頃、叔母は横須賀の米軍関連施設で働いていて、彼の両親とはほとんどつきあいがなかった。

叔母はいつもそうだ。自分はしたいようにしていて、人の悪口ばかりいう。両親が死んだときも、告別式に

顔をだしただけで、すぐ横須賀に帰ってしまい、残された兄妹の相談にのる素振《そぶ》りすら見せなかった。

妹が死んだことは霊園への伝言で知らせてくれたが、その後アメリカに電話するとまるで自業自得だといわんばかりの口調だった。そのとき、墓をたてたのが〝扇子〟であることを彼は知った。

叔母を責める気持はない。人は誰でも自分が幸せになる道を選ぶ権利がある。そのために甥《おい》や姪を見捨てたとしても、それはしかたのないことだ。

だがまるで自分だけが賢くて、他は愚かだといわんばかりの口調には苛立《いらだ》ちを感じた。

苦労して叔母が英語を身につけたことは尊敬に値する。だからといって水商売をまるで犯罪のようにいうことはない。

確かに妹の考え方には問題があった。が、いずれはその考え方、生き方を正してやることができたと彼は信じていた。

ともに暮らし理解しあえば、妹も悔い、生き方を改めた筈なのだ。


その機会を奪った中国人には必ず鉄槌《てっつい》を下す、と彼は決めている。中国人に関する情報は〝虎〟が握っていると彼はにらんでいた。〝虎〟と〝扇子〟の駆除を彼が申請した理由は、そこにもあった。スマッシャーを使う前に、〝虎〟から妹を撃った中国人の情報を引きだすのだ。

「ほのかが亡くなったとき、その場にいたと電話でおっしゃっていましたが、本当ですか」

〝扇子〟がいうのが聞こえ、彼はそっと息を吸いこんだ。

彼が今いるのは、路上におかれた自動販売機と建物の四、五十センチほどのすきまだった。まさかそんな場所に人がいるとは思われないようなところに身を潜められるのがヒーローの特技のひとつだ。

とてつもない忍耐が、夏は特に要求される。

バーをでたあと、〝扇子〟を待ちうけるために、彼はそこに身を隠した。それから間をおかず、バーで隣にすわっていた男が、自動販売機のすぐかたわらにやってきた。

やがて男に電話がかかってきて、やりとりを聞いていた彼は、驚きに暑さを忘れた。男はまさに彼と指令官の話を、電話の相手としたのだ。

次にかかってきた電話で、男が自分と指令官を捜していることを知った。

その理由は明白だ。男はヒーローと指令官の存在に気づいているのだ。

そのことこそ何よりの驚きだった。人知れず毒虫の駆除に携ってきた自分たちの存在を、どうしてこの男は知ったのか。

この男は何者なのだ。

その答が、たった今、本人から発せられた。

新宿署に属する、鮫島という刑事だと。

そして妹の死の現場にも立ち会ったという。

「はい。詳しいことはお話しできませんが、真利華さんと行動をともにしていた中国人犯罪者が彼女を撃ったのです」

「なぜ撃ったの？」

「現場にはもうひとり、殺人を重ねてきた外国人犯罪者がいました。真利華さんはその人物とも関係があった。二人の犯罪者の間で撃ちあいが起こったのです」

「真利華が理由で？」

「直接の原因はちがいます。その場に隠されていたものの奪い合いでしたが、真利華さんが両方と関係をもっていたことで対立が生まれていたのも事実です」

「二人ともつかまえたの？」

「ひとりは逮捕しました。ですが、真利華さんを撃った人間は逃走しました」

彼は口をすぼめ、ゆっくりと呼吸していた。

滝のように汗が流れている。が、もうそれを苦痛に感じなかった。

「その場にあなたがいたのに逃がしたということ？」

「それについては申し開きできません。おっしゃる通りです」

彼は決めた。この刑事にも鉄槌を下す。

# 43

清本悦子は信じられないように鮫島を見つめた。かたわらのビルの壁沿いに並ぶ自動販売機が、その髪のメッシュを光らせている。

「いったい何をあなたは調べていらっしゃるの」

やがて訊ねた。

「八石のことです。中でも〝徐福〟についての情報を求めています」

清本悦子は大きく息を吸い、あたりを見回した。

「暑い中立ち話できることじゃないわね。いいわ、どこかに入りましょう」

清本悦子は歩きだした。中央通りの方角に向かって少し歩くと、ビルの地下にアイリッシュスタイルのパブがあり、営業していた。

二人はそこに入った。冷えた空気に包まれ、鮫島は息を吐いた。

店内は空いていて、店の隅の樽《たる》を改造したテーブルで二人は向かいあった。

「改めて確認させてください。清本悦子さんですね」

鮫島がいうと、清本悦子は小さく頷いた。

「八石のひとりで、〝扇子〟というのは、あなたのことですか」

「そうよ」

運ばれてきた黒ビールに口をつけ、清本悦子は答えた。鮫島はコーラを注文していた。

「〝徐福〟をご存じですね」

「会ったことはない。どこにいるかも知らない。そういう点では、あなたの助けにはならない」

清本悦子は落ちついた口調で答えた。その顔に不安や動揺をうかがわせるものはなかった。

「〝徐福〟が八石を通じて金石を変化させようとしていることについてはどう思われますか」

鮫島は清本悦子の目を見た。

「どう思われるかと訊かれても、わたしは若くはありません。金石には若い人がたくさんいますし、その人たちの将来を考えてのことだと思います」

「つまりあなたは〝徐福〟の方針に賛成なのですね」

「賛成も反対もありません。わたしはただ見ているだけです」

「〝徐福〟の方針に反対した八石のメンバー、〝左慈〟あるいは〝鉄〟といった人物が殺害されているのはご存じですか」

「え？」

清本悦子は眉をひそめた。

「犯行の手口から、この二名は同一犯人によって殺害された可能性が高い。〝黒石〟と呼ばれている殺し屋です」

「〝黒石〟？」

清本悦子は鮫島を見返した。

「初めて聞く名前です」

「金石のあいだでは有名だと聞きました。〝徐福〟直属の殺し屋で、石で頭を殴って殺害するという特異な手口にこだわっています」

「石、ですか」

鮫島は頷いた。

「花崗岩を凶器に用いていることが判明しています」

清本悦子は首をふった。

「そんな話、初耳です」

「〝安期先生〟はご存じですか」

「はい」

「妹さんのことも？」

「若い頃から知っています」

「〝安期先生〟は、金石をめぐる方針で〝徐福〟と対立していました。警察の手は借りない、カタは自分たちでつける、と私にいって、その後行方不明になっています。妹さんは大変心配しています」

清本悦子は小さく息を吐いた。

「みさとちゃんは気丈な子よ。切り抜けられる」

「『手賀沼のさと霊園』の、荒井真利華さんのお墓に少女像をおくよう依頼されましたね」

鮫島は話題をかえた。人が死んでいることに対して、清本悦子に動揺はない。かつての経験が、そういう感情を麻痺《まひ》させているのかもしれなかった。

「少女像？」

清本悦子は首を傾げた。

「高さ一メートルほどの少女の石像です。私の思いこみかもしれませんが、荒井真利華さんの面影がある」

清本悦子は間をおき、いった。

「そういえば、そんな依頼をしたかもしれません。最近は忙しくてお墓参りにいってないので……」

「つまりお墓をたてられた当初は、少女像はなかったのですね」

「さあ、どうだったかしら」

「霊園の事務所の人は知りませんでした。当然、あなたの注文で作られたものだと思ったのですが、ちがうのですか」

鮫島はたたみかけた。清本悦子の表情が苦しげに変化した。

「あのときはいろいろなことがあって。ほのかがかわいそうなので何とかしてあげたいということしか考えられませんでした」

「お墓の製作はどこに頼まれたのですか」


「え？　どこだったかしら。霊園の事務所で紹介していただいた石屋さんだと思います」

「少女像の製作もですか」

「そうじゃないかしら」

「写真を渡しましたか」

「写真？」

怪訝そうに清本悦子は訊き返した。

「何の写真？」

「荒井真利華さんの写真です。申しあげたように、少女像には真利華さんの面影がありました」

はっとしたように清本悦子は目をみひらいた。

「その写真ね。ええ、渡したかもしれない」

清本悦子は腕時計をのぞいた。

「そろそろ失礼していいかしら」

「わかりました。では改めてうかがいます。〝徐福〟は日本に住んでいますね」

「住んでいるのじゃない。日本以外の国にいる八石は――」

清本悦子の目が泳いだ。

「天上閣で以前ママをしていた〝雲師〟こと張榕梅さん。それ以外の人はすべて日本在住ですね」

鮫島は念を押した。

「ええ、その筈よ。どこにいるかまでは知らないけれど」

いって、清本悦子は立ち上がった。

「最後にひとつ。〝徐福〟は荒井真利華さんのお兄さんではありませんか」

「お兄さん？　ちがうでしょう。ほのかのお兄さんは――」

いいかけ、清本悦子は黙った。

「何です？」

「お兄さんはひとりしかいないって聞いている。それだけ」

「そのお兄さんがどこで何をしているかは――」

「知らない。まったく知らない」

鮫島の言葉をさえぎり、清本悦子はいった。

「じゃあ、これで帰るから。ご馳走《ちそう》になっていいのね」

「もちろんです」

足早に出口に向かう清本悦子を鮫島は見送った。

その姿が見えなくなってから、本名がユーであるのか訊くのを忘れていたことに鮫島は気づいた。

## 44

〝扇子〟と刑事が地下のパブに入るのを見届けて、彼は止めておいた車をとりに駐車場に戻った。車はレンタカーで、仕事の道具は一切積んでない。

刑事を尾行し、自宅をつきとめようと彼は考えていた。もしタクシーで帰宅するのであれば、中央通りか春日通りにでて拾う公算が大きい。新宿方面に向かうのならおそらく春日通りにでる筈だ。

春日通りにでると賭けて、彼は網を張った。〝扇子〟の住所はわかっている。

刑事の自宅をつきとめ、妹を殺した犯人を見逃した罪を贖《あがな》わせたあとに、〝扇子〟のもとを彼は訪ねるつもりだった。

〝安期先生〟に彼の自宅の情報を洩らしたのは〝扇子〟にちがいなかった。誰かが教えたのでない限り、〝虎〟は彼について何も知らない筈で、もし教えた人物がいるとすれば指令官以外考えられない。

指令官がそんな真似をするわけがない。

〝虎〟は〝安期先生〟や〝鉄〟とも近い。いずれ毒虫として駆除することになるだろう。

その前に、〝扇子〟が〝安期先生〟以外の誰かに、彼や指令官に関する情報を洩らしていないか確かめる必要がある。

〝扇子〟が妹の墓をたててくれたことには感謝している。その〝扇子〟が自分に対しどう思っているのかを、彼は知らなかった。

今でこそ妹と彼は理解しあえたが、生きているあいだの妹は彼をひどく遠ざけていた。

それはおそらく、彼に叱られるのを恐れていたからだろう。妹の生活態度、金銭感覚、異性との交遊、どれも彼の目からすれば、駆除すべき人間の姿だった。

家をでず、彼と暮らしつづけていれば、妹はあんな風にはならなかったろう。

妹が求める幸せの形を、あの頃の彼は理解できなかった。自堕落《じだらく》に金やモノばかりを求めているとして厳しく接していた。それに妹は嫌けがさしたのだ。

もう少し我慢して家にいてくれれば、きっと妹は彼の愛情に気づき、やがてうけいれたにちがいなかった。その機会が失われた理由として〝扇子〟の存在があるのは確かだ。

が、叔母がいうように、〝扇子〟が妹を悪くしたとまでは彼は思っていなかった。

妹にはもともと毒虫の素質があったのだ。

ヒーローが生まれついてのヒーローであるように、毒虫もまたその大半が生まれついての毒虫だ。

妹を救うのはきっと不可能だった。自分を責めすぎなのだろう。ヒーローの妹が毒虫として生まれついたとしても、その責任まで感じる必要はないのではないか。

正と邪は、常に背中合わせだとかつて指令官がいった。

崇高な目的のための行動であっても、目的を見なければ、あやまった行動と思われることがある。

が、その誤解を恐れていたら改革はおこなえないというのだ。

その言葉は、迷っていたそのときの彼を勇気づけた。今の行動がどうであろうと、未来がすべてを正当化する。

彼の前に〝扇子〟が現われた。刑事はいない。ひとりで春日通りを渡り、反対方向へと向かうタクシーの空車に乗りこんだ。

今日、彼は〝扇子〟と話すつもりだったが、あの刑事が現われたことで気持がかわった。

話すのは友人としてではなく、スマッシャーとしてのほうがよさそうだ。

そしてそれは刑事を駆除してからのことだ。

# 45

荒井真利華の兄について、清本悦子が重大な情報をもっているのはまちがいない、と鮫島は確信した。

追い詰めなかったのは、清本悦子が犯罪にかかわったと考えられる材料がないからだ。

八石の中では、〝扇子〟は〝徐福〟寄りの立場をとっている。自分は若くないので金石の方針転換には干渉しないといったが、それはつまり〝徐福〟のやりかたをうけいれているということだ。

そうである以上、彼女が〝黒石〟に襲われることはないと考えていいだろう。ならば、改めて話を聞く機会はいくらでも作れる。

アイリッシュパブをでたあと、鮫島は「ミラノ」に戻った。時刻は午前二時を回っている。

「いらっしゃいませ」

扉をくぐると、客は二人しかおらず、カウンターの中にいるのもバーテンダーの他はハナという中国人の娘とあとひとりだけだった。

入ってきたのが鮫島と気づくとバーテンダーは目をみひらいた。ハナともうひとりの娘は、客との会話に余念がない。

「三時までですが、いいですか」

バーテンダーが訊ねた。

「あのあと、あのお客さんが戻ってきたかどうかが気になってね」

鮫島が腰をおろし、いった。

「ジンリッキーをもらえるかな」

「ジンリッキーですね。かしこまりです」

鮫島の問いには答えず、バーテンダーはグラスに氷を入れた。

「あら、戻ってきたの」

ハナが鮫島に気づいた。

「ああ。さっきバーテンダーさんが飲んでいたジンリッキーがおいしそうだったので、帰る前に飲みたくなってね」

鮫島はいった。

「嬉しいね。二回もきてくれて」

ハナは笑った。

「あのあと、中国語を喋るお客さんはこなかった？　君が紳士といった人」

ハナは首をふった。

「きてないね。あの人に会いにきたの？」

「できれば会いたいと思って。前に見たことはない？　店じゃなくても、この近くとかで」

「ないね。初めてきた人だし」

「ジンリッキーです」

バーテンダーが会話に割りこむようにグラスをさしだした。

「そんなに警戒しなくてもいい。あのあとオーナーとも二人で話した。一時過ぎにここからでてきたときに。明日にでも聞いてみるといい」

鮫島はバーテンダーの目をとらえていった。

「そうですか」

バーテンダーは表情を崩さず、いった。

「頼みがある」

いって、鮫島は携帯電話の番号を書き加えた名刺をバーテンダーにさしだした。

「またあのお客さんが現われたら、電話をしてほしい」

「警視庁新宿署　生活安全課　警部」と記された名刺を見て、バーテンダーは眉をひそめた。

「新宿、ですか。上野の人だと思いました」

このあたりは上野警察署の管轄だ。

「いろいろあってね。お宅やお宅のママさんを調べているわけじゃない。だから心配しないで下さい」

鮫島が告げてもバーテンダーの表情はかわらなかった。

「それより、あなたもあのお客さんを前に見たことはない？」

「ありません」

バーテンダーは鮫島の目を見て首をふった。

「そうですか。ありがとう」

「あのお客さん、何かしたんですか」

「あの人がそうだと決まったわけではないが、捜している者に似ている」

鮫島は答え、

「お勘定を」

と告げた。

「千円です」

「一時間三千円じゃなかった？」

鮫島は訊き返した。

「二度めのお越しですし、先ほどご馳走していただいたので」

バーテンダーは硬い表情のまま答えた。

「お勘定はちゃんと払うよ」

鮫島はいって千円札三枚をカウンターにおいた。

「また顔をだしますが、あのお客さんがきたら連絡をお願いします。あなたやこのお店には決して迷惑はかけません」

バーテンダーは無言だ。

鮫島はストゥールを降りた。「ミラノ」の外にでる。ビルの外に立つと再び汗が噴きでた。春日通りにでるとタクシーの空車に手をあげた。

自宅のある野方《のがた》と告げかけて、気がかわった。藪はまだ署にいるかもしれない。署でもシャワーを浴び仮眠をとることはできる。

新宿警察署に向かうよう頼み、鮫島はシートに背を預けた。

# 46

西新宿のビルの前で刑事を乗せたタクシーは止まった。赤い照明が点っていて、警察署であることに彼は気づいた。

ビルの前を通りすぎ、ハザードを点して左に寄せる。ミラーで、刑事がビルに入っていくのを確認した。体をねじり、ふりかえる。「警視庁　新宿警察署」とビルの正面には掲げられていた。

時計を見た。午前三時を回ったところだ。

仕事熱心な男だ。じき夜が明けるというのに、自宅に帰らない。

彼は息を吐いた。これから自宅に戻るとなると四時はすぎる。だがのんびりはできない。

刑事の自宅をつきとめるのに失敗したからといって、〝扇子〟への訊問《じんもん》を遅らせるわけにはいかないからだ。〝扇子〟が、どこまで彼や指令官のことを刑事に喋ったのかを訊きだす必要があった。

ヒーローの正体を〝扇子〟は知らない筈だ。が、指令官については妹から聞いている可能性はある。

それを考慮すれば、〝扇子〟を攻撃的防御の対象とすることを、指令官も反対しないだろう。

つかのまの仮眠をとったら、仕事道具をもち〝扇子〟の自宅に向かう。

〝扇子〟は午前中は自宅にいると彼は踏んでいた。水商売の人間は朝が遅い。妹など、午前中に起きることはほとんどなかった。

早起きのできない者は、堕落する。それは絶対の真理だ。堕落していても早起きをする人間はいるが、早起きのできない人間はすべて堕落している。

妹と暮らす日がきたら早起きの習慣をつけさせようと決めていたことを彼は思いだした。

認めざるをえない。

妹の存在は、その命が失われた今となっても、彼の生活に大きな影を落としている。

こうしてヒーローになったことも、妹からの尊敬を得るためだったと、心のどこかで感じている。

〝家族の部屋〟で、妹と対話する時間はもっと長くなるだろう。そうして互いの理解を深めあっていく。

生きているときは時間が足りなかった。指令官と妹はすぐに理解しあえたのに、自分はそうなれなかった。それを悔い、いまだに納得できない。

いっしょに育ったにもかかわらず理解しあえなかった。原因は自分にもある。

あの頃、彼は常に妹に怒りを感じていた。自堕落に暮らし、媚《こ》びを売って男を利用することしか考えない生き方を許せなかった。

妹も彼の怒りを感じ、恐れていた。嫌悪ではなく恐怖だったと彼は信じている。

妹に嫌悪される理由はない。厳しく接するので恐れられていたに過ぎない。怒りの原因となった生活態度が改められれば、妹は彼のやさしさに気づき、恐怖はやがて尊敬にかわった筈なのだ。

〝家族の部屋〟で、日々、それを実感している。


だができれば石の妹ではなく、やわらかな体をもった妹で感じたかった。

多くの人間が、彼と妹の仲を引き裂いた。〝扇子〟にもその責任がある。

が、今はそのことを忘れよう。ヒーローの任務と私的な感情を混同してはならない。

ヒーローにとって何より必要なのは、苦痛に耐え前に進もうとする精神力だ。

妹への痛みを押し殺す努力が彼をより一層の高みへと導く。

署に藪はいなかった。受付の話では、一時間ほど前に帰ったという。

鮫島は落胆した。が、たとえ藪が残っていたとしても、荒井真利華の両親の葬儀に関する情報を得るには時間を要すると思い直した。なぜなら荒井真利華の両親の死亡事故がどの署の管内で発生したかの情報がないからだ。

死亡事故とはいえ、十数年前に起きた事故の詳細を調べるのは容易ではない。

荒井真利華の実家は葛飾区の金町だったと聞いているが、事故が金町付近で発生したとは限らない。金町は亀有《かめあり》警察署の管内だが、隣接する葛飾署や千葉県の松戸署管内で発生した可能性もある。

そう考えると、とうてい一日や二日では判明しないだろう。

## 47

鮫島はシャワーを浴び、署の仮眠室に入った。この数年、仮眠室を使うことはなかった。

新宿署に捜査本部《チョウバ》が立っていれば、仮眠室は動員された刑事たちに占拠されるし、桃井の死後鮫島自身が不眠症に陥ったこともあって、署で寝ようなどとは考えなかった。

現在、捜査本部は立っておらず、鮫島自身も路上の張り込みで疲れを感じていた。シャワーで汗を流すと、布団にもぐりこんだ。

すぐにでも眠れそうな気分だ。

が、実際はちがった。五分から十分ほどうとうとしたと思ったら目が覚めた。

仮眠室で熟睡できるのは、体力のある若いうちだけだといわれている。鮫島もそれを実感した。

捜査本部に組みこまれたらそれどころではなく、仮眠室どころか剣道場や柔道場でザコ寝を余儀なくされる。

ベテランの警察官になると、睡眠にも才能が必要だということがわかってくる。

いつでもどこでも眠れる人間が手柄をたてるからだ。

睡眠不足でぼんやりしているような奴は、被疑者を目の前にしても気がつかない。そうならないためには、眠れる体に自分を改造する他ない。

が、それは二十代三十代のうちの話だ。四十を過ぎての改造は難しい。

一時間ほど布団の中で眠る努力をし、鮫島はあきらめた。

西武線の始発時刻も近い。着替えるために自宅に戻ろうと、仮眠室を抜けだした。

西武新宿線で野方に向かい、自宅に帰った。

朝刊が届いていた。エアコンを入れ、Tシャツ一枚になって涼みながら朝刊に目を通す。

やがて眠気が襲ってきて、リビングの長椅子で横になった。
一、二時間、眠るつもりだった。
携帯電話の着信音で目覚めたとき、一瞬自分がどこにいるのかがわからなかった。

時計を見ると午前十一時になっている。四時間近く、長椅子で寝ていたことになる。

息を吐き、鳴っている携帯電話を手にとった。

「もしもし」

「どこにいるんだ」

藪が不機嫌そうな声で訊ねた。

「野方だ」

「いいご身分だな。自宅で寝坊か?」

「あれから署に戻ったら、あんたは帰ったあとだった。仮眠室にいたんだが寝られそうになくてな。何かあったのか」

「それをまず訊けよ。事故の件がわかった」

「もう、か」

鮫島はすわり直した。

「どうやった?」

「阿坂課長の口ききで、本庁交通捜査課のデータにアクセスさせてもらった。何だろうな、課長のもっていきかたのうまさは。交通捜査課長が大喜びで協力させてくれっていうんだ。お偉いさんの弱みでも握ってるのかね」

「課長にそれをいったろう」

「よくわかったな。いった。そうしたら、『恨みを買いたくないと思われているだけでしょう』って。俺は新宿の人間でよかったよ」

鮫島は苦笑した。確かに阿坂の交渉力は並みたいていではない。原理原則にこだわるといい、実際そうしていながら、管轄の壁を越えて情報を得てくる。

「そんなことより、おい！　写真があった」

鮫島は息を吸いこんだ。

「葬儀の写真か」

「事故の発生現場は足立区《あだち》と葛飾区をつなぐ飯塚橋《いいづかばし》付近だった。中川《なかがわ》にかかっている橋で、十四年前の十二月二日午前六時十分前後に、葛飾区側の飯塚橋東詰《ひがしづめ》信号で停止していた軽自動車に大型トラックが追突した。原因はトラック運転手の居眠りだ。軽自動車に乗っていた、呉新生《ごしんせい》と荒井玉蘭《ぎよくらん》の二名が即死。呉新生は荒井玉蘭の夫で、二人は足立区内にある食品工場での夜勤を終えて帰宅する途中だった。遺体は亀有署に常駐する『水元《みずもと》葬祭』という葬儀社に預けられ、葬儀も『水元葬祭』が受注した。『水元葬祭』に問いあわせたところ、当時の担当者は死去していたが、記録用の写真が一枚だけ残っていた」

「どんな写真だ」

「自分の目で見にこい」

告げて、藪は電話を切った。

鮫島は立ち上がった。大急ぎで顔を洗い、仕度をすると署に向かった。

新宿署の小会議室には、福島から戻った矢崎と藪、阿坂が顔をそろえていた。

「申しわけありません」

会議室に入るなり、鮫島は頭を下げた。

「昨夜遅く、清本悦子と接触しました。詳細はのちほど報告します」

「清本悦子というのは、荒井真利華の墓をたてた人物ですね」

阿坂がいった。鮫島は頷いた。

「八石のひとりで〝扇子〟という名を使っています」

三人が囲むデスクに近づいた。メールで送られてきたと思しいカラー写真の拡大版がおかれている。

「これか」

鮫島が訊くと、藪は頷いた。簡単な祭壇に柩《ひつぎ》がふたつ並べておかれ、制服姿の少女と二十代初めの若者がそれぞれ写真の額を膝にのせて椅子にすわっている。

二人をはさむように男女四人が立っていた。

若者の顔には、写真からも伝わってくるほどの怒りが満ちていた。

鮫島は息を吐いた。体つきは現在よりかなり華奢《きやしや》だが、猛禽類のような目はまちがいなく「ミラノ」で隣にすわった男と同じだった。

「膝に父親の写真をのせているのが喪主をつとめた荒井剛《つよし》だ。隣が荒井真利華」

藪がいった。荒井真利華もまた、怒りのこもった目でカメラを見つめている。目を惹くほどの美少女で、高校のものらしき制服がまるで似合っていない。

「初めて見ましたが、大人びていますね。制服を着ていなかったら高校生とは思わないでしょう」

阿坂がいった。

「昨夜、この荒井剛と会いました。清本悦子を訪ねて、彼女が経営するバーに現われ、私と隣りあわせました。清本悦子がいないと知ると、五分もしないうちに店をでていきました。この写真よりかなり大柄になっていて、特に上半身は冷蔵庫のような体つきをしています」

鮫島はいった。

「こっちを見ろ」

藪がいって、兄妹をはさんで立つ四人を指さした。男三人に女ひとりで、女には鮫島も見覚えがある。

「久保由紀子だ」

現在より細く、髪を明るく染めている。

「まちがいありません」

田町のバーまで久保由紀子を尾行し、高川に暴行をうけた矢崎がいった。

「その隣だ」

藪が指さしていたのは、久保由紀子のかたわらに立つ、黒ジャケットに白いシャツをノーネクタイで着た若者だった。うつむいているので、顔立ちがはっきりわからない。

鮫島は若者を見つめた。

「これを」

藪が拡大写真をさしだした。鮫島は手にとり、若者の顔に見入った。

藪のいいたいことがわかった。若者の顔や鼻すじなど、顔の輪郭がこの写真の荒井剛と似通っている。

「兄弟か」

「双子かもしれん」

藪がいって、矢崎を見やり、つづけた。

「ひとりっ子政策の中で双子が生まれ、ひとりが里子にだされた。それが後年来日し、実の両親の葬儀に参列したんだ」

「名前は?」

藪は首をふった。

「葬儀の列席者名簿は遺族に渡され、残っていない。名前が判明しているのは荒井剛と真利華の兄妹だけだ」

鮫島は阿坂を見た。

「清本悦子の話では、八石のうち日本にいないのは、大連にいる〝雲師〟こと張榕梅一名だけだそうです」

「〝徐福〟や〝黒石〟の正体について、清本悦子は情報をもっていましたか」

「否定はしましたが、知っているのはまちがいありません。改めて訊きだすつもりで、その場では深追いしませんでした」

「何を知っていると感じました?」

「〝黒石〟の正体です」

阿坂は怪訝そうに訊き返した。

「〝黒石〟? 〝徐福〟ではなくて?」

「『手賀沼のさと霊園』の荒井真利華の墓を訪ねた話を清本悦子にしました。そして真利華の写真を少女像製作のために石材店に渡したのかと訊ねました。あいまいな反応のあと、急いで肯定しました。少女像は清本悦子の依頼ではなく、石材店側が独断で製作し、墓地においたのだと思います。そのことを私に知られるのを、清本悦子は警戒したようです」

「花崗岩は、墓石の最も一般的な材料だ」

藪がいって、阿坂に告げた。

「〝黒石〟が殺人に使用しているのも、花崗岩から作られた凶器です」

「〝黒石〟の正体が荒井剛だというのですか」

阿坂が鮫島を見すえた。

「可能性は高いと思います」

「荒井剛が〝黒石〟なら、その兄弟である、この人物が〝徐福〟かもしれません」

矢崎が写真を指で押さえた。

「逮捕状の請求には材料がまるで足りない。まず荒井剛の現在について調べないと」

鮫島はいった。矢崎は勢いこんだ。

「『手賀沼のさと霊園』に入っていた『柏葉石材』にあたりましょう！」

「注意して下さい。荒井剛が〝黒石〟なら、非常に危険な人物です」

阿坂がいった。藪が訊ねた。

「バーで隣りあわせたといったな。話はしたのか」

「少しした。ていねいな話しかたをする男で、俺が見ていると会ったことがありますか、と訊ねてきた。人の顔を覚えるのがとても苦手なのだといって」

答え、鮫島は荒井剛とのやりとりを話した。

「名乗ったのか」

あきれたように藪がいった。

「名乗った。向こうの名前を知りたかったからな」

「答えたか？」

「ヒロと」

「ヒロ？　ツヨシじゃなくてか」

「ヒーローといったようだ」

「ヒーローだと？」

藪は首を傾げた。

「店には中国人女性がいて、荒井剛は中国語で話しかけた。あとから聞いたところでは、店のオーナーがユーというかを確かめたそうだ。すまない。清本悦子がユーという名かどうかの確認はし忘れた。荒井剛は、清本悦子が出勤する前にバーをでていった」

「清本悦子に会いにきたのではなかったの？」

阿坂が訊ねた。

「会いにきたのだと思います。ですが清本悦子はおらず、店の女性や隣の私に話しかけられ、早々《そうそう》にでていったと感じました」

「知らない人間とのコミュニケーションが苦手なんだ」

合点したように藪がいった。

「殺害方法にこだわる連続殺人犯の多くは、データによれば未知の人間と話すのを嫌う傾向がある」

「清本悦子が経営するバー『ミラノ』は、いわゆるガールズバーで、客は従業員の女性と会話をする。荒井剛は『ミラノ』がそういう店であるとは知らなかったのかもしれない。訪ねれば清本悦子とすぐ話ができると思っていたのが、予想が外れ居心地《いごこち》の悪さを感じたようだ」

鮫島がいうと、

「落ちつかないようすだったのですか」

阿坂が訊ねた。

「はい。店に入ってくるなり、せわしなく目を動かし、ようすを観察していました」

「それはたとえば刑事が張りこんでいるのを警戒していたとか、そういうことですか」

「とは少しちがうと思います。まず清本悦子がいるかどうかを確かめようとし、次にユーさんがいつくるかと従業員の女に訊ねました。従業員の女は中国人で、ユーさんという名に心当たりがないような態度をとると、中国語で、ここのオーナーはユーさんというのでしょう、といったそうです。その従業員が中国語が上手だと驚き中国人かと訊ねると、首をふり学校で勉強したと答えて、直後にでていったのです」

「その男が荒井剛なら、中国語が話せるのは当然だ。が、それを従業員やお前に知られてしまったので長居は無用と考えたのじゃないか」

藪がいった。

「そうかもしれん。人の顔を覚えるのが苦手なら苦労されるでしょうといったら、あまり気にしていませんと答えた。それは、知らない人間と話す機会の少ない生活をしているからだとも考えられる。そのあとに、鮫島だと名乗って右手をだしたら、まったく力のこもっていない握手をした。分厚くて硬い掌をしていた。名前を訊くと、うつむいて小さな声でヒロです、と答えた。『ヒロさんですか』と訊き返した俺に、明らかに作り笑いとわかる表情で『ヒーローです』といった」

藪がいった。

「ヒーローだと自分を考えているんだ」

「どういうことです？　渾名がヒーローというのですか」

阿坂が藪と鮫島を見比べた。

「渾名じゃありません。荒井剛は、自分をヒーローに見立てているんです。犯行の際にボディアーマーやグローブ、暗視装置といった特殊部隊並みの装備をそろえている理由もそれで理解できます」

藪が興奮した表情で答えると、阿坂は首をふった。

「わたしには理解できません」

「荒井剛は自分をヒーローになぞらえ、ヒーローの活動として殺人を重ねている、そういうことか」

鮫島がいうと藪は頷いた。

「おそらくな。映画やドラマのヒーローにはそれぞれ固有の武器があり、その武器で悪を倒す。荒井剛にとっては花崗岩で作った凶器がそれなんだ」

「それが事実なら、正常とはいえません」

阿坂がきっぱりといった。

「私には正常な人間に見えました。得意ではないかもしれませんが、初対面の私と会話を交し、バーの勘定も現金で払ってでていきました。多少変人ではあるでしょうが、服装もまともでした」

鮫島はいった。

藪が訊ねた。

「どんな服装だった？」

「ジーンズにTシャツ、アロハを羽織っていた。財布は使用せず、ジーンズのポケットからむきだしの現金をだして払った。五分足らずしかおらず、コーラを一杯飲んだだけで三千五百円請求されても不愉快そうにはしなかった。領収書はいるかと訊かれ首をふり、最後に俺に、『次に会ったら、あなたから声をかけるのを忘れないで下さい』といってでていったんだ」

「態度は正常のようですが、話を聞いていているとやはりふつうではないように思います」

阿坂がいった。

「そうですね。ていねいな話し方には逆に無気味《ぶきみ》さを感じました」

「でていったあとはどうした?」

藪が訊ねた。

「少しして清本悦子が現われた。ただその前に店のバーテンダーがこちらの正体に気づいたようなので、一度店をでて外から店の電話にかけ、清本悦子と話した。荒井真利華が死亡したとき現場にいたと告げ、話を聞かせてほしいといった」

「どこから電話をしたのですか」

阿坂が訊ねた。

「バーの入っているビルのすぐ外の路上です。店をでてすぐあたりを捜したのですが、荒井剛の姿はありませんでした」

「清本悦子の反応は?」

「店が終わるまで待てといわれ、逃げられてはまずいので、ずっとその場にいました。四時間ほどして清本悦子がでてきたので声をかけ、別の店にいって話を聞きました」

「清本悦子は協力的でしたか?」

「荒井真利華の墓をたてたのが彼女で、また霊園に届けている携帯電話の番号が、以前やっていた移動ドレスショップを手伝っていた石川文明の名義であるとつきとめたのを告げると、驚いたようすで協力に同意しました。ですが暑い中立ち話もできないというので、二人で近くのアイリッシュパブに入りました」

「荒井剛は付近にいなかったのですね」

鮫島は頷いた。

「見える範囲には。もちろんアイリッシュパブにはいませんでした」

阿坂は藪に目を向けた。

「荒井剛は何が目的で清本悦子を訪ねてきたと思います?」

「殺害ではないと思います。殺害が目的なら、経営するバーを訪ねて顔を覚えられる危険はおかさないでしょう」

藪が答えた。

「じゃあ話をするため？　何を話そうとしたのかしら」

全員が沈黙した。

「荒井剛が〝黒石〟だと仮定しましょう。これまで殺害した人間を除けば、〝黒石〟が金石のメンバーに接触したという情報はありません。それがわざわざ八石のひとりである清本悦子が経営するバーに現われた。その理由は何です？」

「情報を得るためではないでしょうか」

矢崎がいった。

「何に関する情報です？　そしてそれは〝徐福〟の指示かしら」

「〝徐福〟の指示ではない、と思います。情報を集めるのはむしろ〝徐福〟が得意とするところで、会って人と話すのは〝黒石〟にとっては苦痛の筈です」

藪がいった。

「だが〝徐福〟は引きこもりのようだという高川の話もある。引きこもりだったら、直接会って情報を得るのは不得意じゃないのか」

鮫島がいうと、

「インターネットがある。清本悦子から情報を得たいのなら、メールなりラインなりでやりとりできる」

藪は首をふった。

「そこなんだが、〝徐福〟が八石を通じて金石を変化させようとしていることをどう思うか訊ねたところ、清本悦子は自分は若くない、〝徐福〟がやろうとしているのは、金石の若いメンバーの将来を考えてのことだと思うと答えた。俺の印象では、〝徐福〟が進めようとしている金石の改革に対し、清本悦子は反対はしていない。消極的な賛成といったあたりだろうか。ただし〝徐福〟の方針に反対した〝左慈〟や〝鉄〟が〝黒石〟に殺害されていることは知らなかった」

「でも〝黒石〟について何か知っているようすだったのでしょう？」

阿坂が訊ねた。

「最初に私は〝徐福〟を知っているかと訊ねました。

答は、会ったことはない、どこにいるかも知らないで、それに関しては嘘をついているとは感じませんでした。〝黒石〟という殺し屋がいると私が告げると、初めて聞く名前だといいました。花崗岩を使った凶器で頭を殴って殺害する手口にこだわっているという話も初耳だ、と」

「それならなぜ〝黒石〟を知っていると思ったのですか」

「〝黒石〟という殺し屋の存在が、『手賀沼のさと霊園』の荒井真利華の墓におかれた少女像の話をするうちに荒井剛とつながったのだと思います」

「それはつまり荒井真利華の兄として荒井剛を知っているということですか」

矢崎が訊ねた。鮫島は頷いた。

「家出した真利華が清本悦子の経営するスナックで働いていた頃、兄に関する話は真利華から聞いていた筈だ。清本悦子は、墓の製作は『手賀沼のさと霊園』に紹介された石材店に発注した、といった。少女像の製作も注文したのかと訊くと、当初心当たりがないような答をし、自分が発注したかのように答え直した。そのとき多分、清本悦子の中で、石材店で働いているという情報を得ていた荒井剛と〝黒石〟がつながったのだと思う。少女像の製作の参考に写真を渡したかと訊いた俺に、何の写真だと訊き返し、真利華の写真だと答えると渡したかもしれない、と答えた。そしてあわてたように、そろそろ失礼していいかといった」

全員が黙って聞いていた。

「最後に、〝徐福〟が荒井真利華の兄ではないか、と俺が訊ねると、『お兄さん？　ちがうでしょう。ほかのお兄さんは――』といいかけ、黙った。そして『お兄さんはひとりしかいないって聞いている。それだけ』といい、そのお兄さんがどこで何をしているかという俺の質問には、『知らない。まったく知らない』と、明らかに嘘とわかる返答をした」

「話を整理するとこういうことか。清本悦子は荒井真利華に兄がいて、石材店で働いていると知っていた。それがお前と話すうちに〝黒石〟だと気づいた」

藪がいった。

「そうだ。〝徐福〟の存在は知っていても、〝黒石〟の存在については知らなかった清本悦子が、花崗岩を使った凶器で殺人を重ねていると聞き、自分が発注したわけでもないのに少女像が荒井真利華の墓におかれたと知って、〝黒石〟が真利華の兄だと気づいたんだ」

「なぜ気づいたのでしょう」

阿坂がいった。

「これは想像ですが、荒井剛が危険な性格であることを、清本悦子は真利華から聞いていたのではないでしょうか。田中みさとの話では、真利華は両親が事故死をした直後、家出をしています。それほど兄と二人きりになるのを嫌った。あるいは恐れていたと思われます」

鮫島は答えた。阿坂は小さく頷いた。

「私も経験がありますが、思春期の兄と妹の関係は微妙です。異性としての意識が嫌悪感につながり、それを感じてつらく当たったりするということも起こります」

「真利華に嫌悪された剛は妹に厳しく接した。それを知っていた清本悦子が〝黒石〟の話を聞いて、剛だと気づいたわけですか」

矢崎がいった。鮫島は頷いた。

「先ほど、荒井剛は正常だといったが、正常なフリができる、といいかえてもいい。殺人を犯すような異常者は、たいていの場合、はたから見ても危なさを感じるものだが、荒井剛はそれを隠す術を知っている。さらにいうとひどい猫背なので、近づくまで大男であることにも気づかれない」

「大男なんですか」

「大男だ。立ち上がった瞬間は百八十センチを超える背丈があった。それが背中を丸めると百七十センチあるかどうかにしか見えない」

「しかも冷蔵庫のような体つきをしているのだろう」

藪がいった。

「そうだ。アメフトの選手のようだった」

「ヒーローの変身だ」

藪がいった。

「ヒーローは、ふだんは風采《ふうさい》のあがらないいでたちをしているが、事あらば変身する。荒井剛は猫背を自在に操ることで〝黒石〟に変身するんだ」

「考えが暴走していませんか。変身するというのは」

阿坂があきれたようにいった。

「荒井剛は三十を過ぎた大人です」

藪は黙った。

阿坂は三人を見回した。

「〝徐福〟に話を戻しましょう。この写真に写っている若者が荒井剛、真利華と兄妹だとして、〝徐福〟である可能性が高いと考える理由は何です？」

「荒井剛が〝黒石〟だと仮定します。〝黒石〟は、〝徐福〟を除く金石のメンバーとのつながりが強くありません。〝黒石〟の存在を知っていても会ったことがないとか、名前は聞いたことはあるが都市伝説の類《たぐい》だと思っていた、などと私たちが当たった者は答えています。一方で〝黒石〟は、〝徐福〟と対立する者を殺害しています。〝黒石〟と〝徐福〟のあいだには、金石の他のメンバーにはない、強いつながりがあると思われます」

鮫島はいった。阿坂が鮫島を見つめた。

「兄弟だから、というわけですか」

「はい。さらにいえば〝徐福〟〝黒石〟どちらも、人との直接のコミュニケーションを得意としていません。血のつながった兄弟ならば、その問題は乗りこえられます」

「だが小さい頃に里子にだされているんだぞ」

藪がいった。

「里子にだされたとしても、おそらくは近所や親戚の家だろう。顔を合わせる機会はあった筈だ。本当は兄弟であると互いに知っていておかしくない。そしてその交流は、荒井一家が日本に帰国するまでつづいた」

鮫島が答えると、阿坂は納得したようにいった。

「確かに兄弟、それも双子であったら尚さら、強い関係性を保っていておかしくありませんね」

「ひとつ気になることがあります」

矢崎が口を開いた。

「西麻布で高川と接触したときの話です。高川は、『マリカは会ったこともない〝徐福〟のいうことなら何でも聞いた』といっていました」

「それは私も気になっていた。荒井真利華は〝徐福〟とネットでつながり、そこから下される指示に従っていた、と高川はいった」

鮫島がいうと、矢崎は頷いた。

「そうなんです。高川にいわせれば、『マリカは会いたがっていた。会えばたらしこめると思っていたのかもしれない。だが、〝徐福〟が会おうとしなかった』と。その理由を、高川は警戒したのだろうといいました。〝徐福〟は頭は切れるが、一種のオタクなので面と向かって人を動かせないタイプだからじゃないのか、と。ですが〝徐福〟が兄弟なら、葬儀のとき荒井真利華は会っています」

「確かに。しかも葬儀にきた以上、兄弟の名乗りはあげている筈だ」

鮫島はつぶやいた。

「すると写真の人物が荒井剛と真利華の兄妹だとしても、〝徐福〟ではない、と?」

阿坂がいった。藪は首をふった。

「そうとは限りません。三人が顔を合わせたのは十四年前です。このとき荒井剛は〝黒石〟ではなく、写真に写っている男も〝徐福〟ではなかった。七年前に神奈川で起きた、不良グループのリーダー安木卓生の殺害が〝黒石〟の初仕事だと私は考えています。犯人は、付近に落ちていた石を使って安木の頭を殴り、死亡するまでそれを用いています。このとき、石で人を殴り殺す快感を知った可能性があります」

「そういえば、〝徐福〟が唯一接触した可能性のある八石のメンバーとして、高川は〝雲師〟こと張榕梅をあげていました。夫が〝徐福〟とは幼馴染みだと」

矢崎はいって、阿坂を見た。

「瀋陽の領事館に勤務する友人からの情報では、張榕梅は大連のある遼東《りょうとう》半島の出身です。夫は大連生まれの大連育ちで、瀋陽も大連も同じ遼寧省に属しています」

「亀有警察署の記録によれば、事故で死亡した荒井玉蘭と呉新生は遼寧省の出身になっている。幼馴染みというのは、遼寧省でのことだと考えられる」

藪がいった。

「すると荒井真利華は、両親の葬儀で会ったもうひとりの兄が〝徐福〟だと知らなかったというのですか」

阿坂が訊ねた。

「おそらくそうだと思います。兄弟のひとりが里子にだされたのは、真利華が生まれる前です。真利華が生まれ、やがて一家は日本に帰国した。葬儀の席で、もうひとりの兄と会いますが、直後に彼女は家をでている。その後、交流はなかったのではないでしょうか」

矢崎が答え、つづけた。

「やがて真利華は、八石のひとり〝扇子〟である清本悦子を通じて金石の存在を知り、そのメンバーとして活動するようになる。その過程で〝徐福〟を知るが、兄だとは思わなかった」

「〝徐福〟も知らなかった？　あるいは知っていて教えなかった？」

阿坂が訊ねた。

「わかりません。ですが、三井省二をたらしこみ、その運用していた財産を奪うという計画を、実の妹と知っていたら指示しづらいのではないでしょうか」

「荒井真利華は本名は使わず、新本ほのか、あるいは源氏名のアンナという名を使っていました。〝徐福〟が気づかなくても不思議はありません」

鮫島はいった。

「ですが〝徐福〟が〝黒石〟と密接な関係をもっていたら、共通の妹の情報を得られたのではありませんか」

阿坂が首を傾げた。

「いっしょに暮らすのが嫌で家をでたほどの兄と、真利華が連絡をとりあっていたとは思えません」

鮫島がいうと、阿坂は考えこみ、やがて口を開いた。

「あるいはこういうことかもしれません。〝徐福〟は、荒井真利華が妹であると知っていたが、真利華は〝徐福〟を兄だとは知らなかった。〝徐福〟はそのことを真利華には知らせず、三井省二の運用資産を奪う計画に利用した」

矢崎は阿坂を見た。

「実の妹を、そんな犯罪にひっぱりこめるものでしょうか」

「実の娘に体を売らせる親もいます。〝徐福〟が金石を支配するためにとった手段を考えれば、迷うほどのことではなかったかもしれません」

阿坂がいうと、

「実の娘に体を売らせる親ですか」

矢崎は目をみひらいた。阿坂は頷いた。

「長いこと、わたしは少年課の仕事をしてきました。信じられないような虐待をされた子供をたくさん見ました。自分がもし警察官でなかったら、この手で絞め殺してやりたいと思うような父親、母親もいました」

会議室の中は静かになった。

藪が咳《せき》ばらいをした。

「課長は、きのう今日、課長になったわけじゃないってことだな」

阿坂が微笑んだ。

「新宿署にきてからは、まだそういう気持になったことはありません」

## 48

拳銃と抗弾ベストを準備した鮫島と矢崎は、千葉県柏市にある「柏葉石材」に覆面パトカーで向かった。

「柏葉石材」は、茨城県との県境である利根川《とねがわ》に近い場所にあった。「手賀沼のさと霊園」からは距離にして十キロ足らずだ。

利根川にかかった橋から河川敷に降りる途中の道に面して「柏葉石材」はあった。広い敷地にはクレーン付きのトラックが何台も止まり、何トンもあるような大きな石材が積み上げられ、フォークリフトがそのすきまを動き回っている。

屋外での作業が多いのか、敷地には照明灯が何基もすえられていた。

大型の作業台にのせられた石材を、直径二メートルもあるような円盤形の鋸《のこぎり》歯《ば》が切断している。甲高《かんだか》い音が響きわたり、過熱と粉塵《ふんじん》を防ぐためか、ホースで水を浴びせていた。

ヘルメットをかぶり、ゴーグルとマスクで顔を保護した作業員が二人、石材にとりついていた。

円盤形の切削機を操作するのは別の作業員で、二人は切断面を観察しながら、その作業員に指示を送っている。

部外者が安易に近づける雰囲気ではなく、覆面パトカーを止めた鮫島と矢崎は少し離れた場所で見守った。いずれにしても切断音のせいで、どんな大声を張り上げても作業員の耳には届かないだろう。

石材の切断が終了し、合図とともに円盤が動きを止めた。

石材にとりついていた作業員のひとりが鮫島たちに気づいた。

「あ、この前の刑事さん」

ゴーグルを外し、いった。「手賀沼のさと霊園」の奥で作業をしていた若者のひとりだった。

「その節はどうも。責任者の方とお話をしたいのですが」

鮫島が告げると、若者は敷地の奥にあるプレハブの建物を示した。

「社長でしたら二階にいます」

「ありがとうございます」

礼をいい、鮫島と矢崎はプレハブの建物に近づいた。外階段を上り、二階の出入口に立った。

再び石材の切断音が響き始めた。

二人はサッシの出入口をくぐった。

中は机が並んだ事務室で、事務服を着た中年の女性と六十代と思しいポロシャツ姿の男がいた。

エアコンがきき、中は涼しい。鮫島は息を吐いた。拳銃を着装しているので、ジャケットを着ている。

矢崎がうしろ手でサッシを閉めた。切断音が低くなった。

「お忙しいところをお邪魔します。警視庁新宿署の鮫島と申します」

ポロシャツの男は、きれいに頭が禿《は》げあがり、頭頂部まで日焼けしている。

「けいしちょう――」

まるで浪曲師のような、ひどいだみ声だった。長年大声をだしつづけて、喉が潰れてしまったかのようだ。

「はい。少しおうかがいしたいことがあって参りました。こちらは矢崎くんです」

身分証を提示し、鮫島はいった。

腰を浮かせたポロシャツの男は、事務室の奥にある簡素な応接セットを示した。

「何ですか。まあ、どうぞ」

失礼しますと告げ、鮫島と矢崎は腰をおろした。

「何か冷たいものでも――」

「すぐに失礼しますので、どうぞおかまいなく。こちらの社長さんでいらっしゃいますか」

「そうです。川端《かわばた》といいます」

いって、男はデスクからとった名刺をさしだした。

「株式会社　柏葉石材　代表取締役社長　川端健吾《けんご》」

と印刷されている。

鮫島も名刺をだした。

「実は、『手賀沼のさと霊園』にお宅がたてられたお墓の件でうかがいました」

「『手賀沼』さんにはお世話になっています。あちらのお墓は、ほとんどうちが手がけておりますが、何か」

「昨年、荒井真利華さんという方のお墓をたてられていますね」

「去年？　ああ、若い女性の仏さんでしょう。『手賀沼』さんからご紹介のあった施主さんのご依頼で、うちが受注しました」

川端は立ち上がり、すわっていたデスクにおかれたパソコンのキィボードを操作した。

「施主さんのお名前は？」

矢崎が訊ねた。

「清本さんです」

「お墓に一メートルほどの少女像がありますが、それも清本さんの依頼で製作されたものですか」

「少女像？」

「これです」

鮫島は携帯で撮った写真を見せた。

「いや、それはうちじゃないなあ」

携帯の画面をのぞきこみ、川端が答えた。

「すると別の石材店ですか」

「そうです。ま、うちにいた人間なんですがね。手先がすごく器用で、『影彫り』や『象嵌』なんかの仕事を発注しているんです」

「『影彫り』ですか？」

川端はパソコンを操作し、画面を鮫島たちに向けた。黒い墓石にプードルが浮かびあがっていた。まるで写真のような精密さだ。

「これはすごい」

「今はコンピュータを使うんで、わりと簡単にできるようになったんですが、これは手彫りです。写真を見ながら、鑿でひとつひとつ加工していく。ここまでできる職人は、なかなかいません」

「すると、その方が少女像を作られた？」

「たぶんそうだと思います。うちじゃ受注してないよな」

川端はいって、黙っている女性を見た。

「してないです。施主さんが直接頼まれたのじゃないでしょうか」

女性がいった。

「そういうことは多いのですか」

「いや、多くはないですね。いかれたのならご覧になったと思いますが、『手賀沼』さんには、動物とか天使とか、いろんなのがおいてあるじゃないですか。あれもそいつの仕事なんです。趣味みたいなもので、作った石像を寄付してるんです。もしかすると、そういうのをもっていったときに施主さんと会って、頼まれたのかもしれませんね」

「その方ひとりで作ってらっしゃるのですか」

「ええ、ひとりです。気難しいっていうか、まあ職人気質《かたぎ》なんですね。あんまり人と話すのが得意じゃなくて」

「以前はこちらに勤めておられたのですよね」

矢崎がいった。

「ええ。高校を出てすぐにきました。無口だけど真面目な奴で、仕事もできたんですが、何ていうか、周りとうまくやっていけなくて……」

川端は言葉をにごした。

「トラブルになった？」

「先輩の職人ともめたりしましてね。つきあいが悪いとかいわれて。それで孤立しちまって。そんなに何人もいる職場じゃないですから、弁当食うのもひとり、みたいになっちまって。それで、うちとつきあいのあるベテランの職人のところを紹介したんです。もともと『影彫り』とかを得意にしてた人で、年がいってそれを伝える弟子みたいなのを探してたんで」

「すると、そこに移られた」

「ええ。移って、四、五年くらいして、その職人さんが癌《がん》になっちまって。身寄りがいなかったんで、そいつが最期《さいご》まで面倒みたようです。で、遺言で、その職人さんの工房を相続しましてね」

「すると今は、その工房をおひとりでやっておられる？」

鮫島はいった。川端は頷いた。

「いくつくらいの方なのでしょう」

「今、四十くらいかな」

「お名前は何と？」

「氏家《うじいえ》です」

「氏家？」

「ええ。職人の養子になりましてね。そうじゃないと相続が面倒だというので」

「ここにおられたときは何と？」

「荒井です。荒井剛」

「出身はどちらかご存じですか」

「東京です。口が重い奴なんで細かいことはいいませんでしたが、東京の葛飾区だった筈です」

「氏家さんは独身ですか」

矢崎が訊ねた。

「最近会ってないのでわかりませんが、嫁をもらったという話は聞いていません」

「氏家さんにもお話をうかがいたいのですが、住所とか電話番号を教えていただけますか」

「いいですよ。工房は印旛沼《いんばぬま》のそばです」

いって、川端は女性を見た。

「氏家工房の住所だしてやって」

「印旛沼というのは、ここから近いのでしょうか」

「いや、ちょっと離れてますかね。といっても、車だったら一時間はかからないと思います」

女性の従業員がさしだしたメモを鮫島は受けとった。千葉県印西市の住所と固定電話の番号が書かれている。川端がいった。

「ちょっとわかりにくい場所だよ」

「携帯電話の番号をご存じですか」

「いや。もってないのじゃないかな」

鮫島の問いに川端は首をふった。

「そうですか。あの、もし氏家さんから連絡があっても、我々のことは内密に願います」

「連絡なんかしてくる奴じゃありません。仕事上のやりとりは、パソコンのメールだけですから。何か、やったんですか」

「それを確かめたいのですが、川端さんからご覧になって、どのような性格の人でしょう」

鮫島は話をすりかえた。

「いったように、真面目で人見知りです。ただ一度だけ、何かをからかわれて、そのときは玄能で相手の頭を叩き割りそうな勢いで、皆で止めました。珍しいですよ」

川端が答えた。

「珍しいというのは？」

「どいつも職人ですから、荒っぽい喧嘩になることがないわけじゃありません。でもふつうは鑿ですよ。鑿で刺すとか切りつけようとする。玄能で頭をぶっ叩こうとしたのはあいつくらいですね」

「キレやすい性格なのでしょうか」

矢崎が訊ねた。

「まったくちがいます。からかわれても、ほとんど聞こえないフリをしてました。それがまた見下されているように思ったのか、しつこくする奴もいましてね」

川端は首をふった。

「といっても、そいつももう、今はいません。あいつが氏家工房にいったのが、もう二十年近く前です。うちにいたのは四年くらいで」

「先代の氏家さんが亡くなったのはいつ頃ですか」

「いって六年目だったかな」

「今の氏家さんがこちらに就職されたのは、いくつのときでしょうか」

「高校をでてすぐきましたね。下でご覧になったように石屋ってのは力仕事でしてね。そのわりに稼げるわけでもない。募集しても新卒はなかなか入ってきません。ふつうはもっと楽できれいな仕事をしたがります。だからなんでうちに入ろうと思ったのか訊いたら、彫刻とかそういうのが好きだからといってました。実際手先が器用で、要領もわりと早く呑みこみました」

「家族について何か話していましたか」

　矢崎が訊ねた。

「ほとんど何も喋りませんでした。うちに入るときにだした履歴書だと、父親は中国人のようでした。だからどうということもないので採《と》りましたが」

「高校卒業後すぐ、お宅に入り、四年後に氏家工房に移った」

　鮫島が確認すると川端は頷いた。

「移ったのはあいつが二十二のときです。いって五年めくらいに先代が癌になりましてね。先代もずっと独り者で、親の代から住んでいた印旛沼の家を工房にして住んでたんです。氏家は先代が病気になってからはずっと住みこみで、飯の仕度なんかもやってました。亡くなる半年くらい前に先代が家ごと工房をやるから養子になれ、と。それで氏家になったんです」

「二十七、八の頃ですね」

　川端は頷いた。

「氏家の葬式で会って、いくつになったって訊いたら、二十八だと。そうだ、養子に入るのを、両親に反対されなかったかって訊いたら、『両親は一昨年交通事故で亡くなりました』っていわれてびっくりしたんだ。いくら辞めていたとはいえ、何も知らせてこなかったから」

　矢崎が鮫島を見た。鮫島は頷いた。

　矢崎は葬儀の写真をだした。

「これを見ていただけますか」

　川端は老眼鏡をかけた。

「おお、氏家だね。隣にいるのは妹さんか」

「先代の氏家さんはここに写ってますか」

「いや、いないね。亡くなる二年前だとすると、病気ででかけられなかったのだろうな」

「先代と氏家さんの関係はどうだったんでしょう」

「二人とも職人気質だからあれだけど、気難しかった先代が養子にしたくらいだから、悪くはなかったんでんでしょう。何より仕事ができるってのが大きかったと思いますよ。彫刻が好きだといって石屋になったくらいだから、先代の技術をいっしょけんめいに覚えたのじゃないかな。先代が病気になってからは病院にも通ったし、最期は工房で死にたいというのを聞いてやって、家で看《み》とったからね。よく尽したと思います」

川端はいって、再び写真に見入った。

「考えてみると氏家も、両親と師匠をたてつづけに亡くしたんだ。かわいそうだったな」

「今、会われることはほとんどないのですか」

矢崎が訊ねると、川端は唸り声をたてた。

「もうしばらく会ってないな。二年、いやもっとかな――」

事務服を着た女性を見た。

「現場の人はどこかで会ってるかもしれないけど、社長は二、三年会われてないのじゃありませんか」

女性が答えた。川端は頷き、

「でも律儀《りちぎ》な奴ですよ。酒も飲まないし煙草も吸わない。うちが紹介した霊園さんとは今でも仕事がつながっているらしくて、盆暮れには必ず挨拶を送ってきますしね」

鮫島と矢崎を見た。

「あいつが何かまちがいを起こすってのは、ちょっと考えにくいですね。とっつきは悪いが、すごく真面目な男です」

「ありがとうございました。お会いすれば、そのあたりがはっきりすると思います」

鮫島は告げ、頭を下げた。「柏葉石材」の事務所をでて、覆面パトカーに乗りこむ。

矢崎がカーナビゲーションに氏家工房の住所を入力した。

地図で見ると、氏家工房は印旛沼の北側にあった。

「柏葉石材」からは四十キロほど離れている。最短ルートは国道一六号を南下して利根川と並行して走る国道三五六号に入り、東に向かう。一般道なので一時間二十分かかる、とカーナビゲーションは表示した。

到着予定時刻は五時十八分となっている。

九月半《なか》ばのこの時期、日没は六時前だ。夕方の渋滞に巻きこまれれば、表示通りの時刻に到着できず、暗くなる可能性があった。

土地鑑のない地域にある被疑者の自宅やその周辺を暗くなってから調査するのは賢明ではない。

いきなり訪ねていくことは考えていなかったが、どのような環境で暮らしているかだけでも鮫島は確かめたいと思った。

カーナビゲーションの指示にしたがって、矢崎が覆面パトカーを発進させた。

国道一六号に入ると渋滞に巻きこまれた。三五六号に入るためには短い区間だが国道六号通称水戸街道を経由しなければならない。

この一六号と六号の交差点が渋滞の原因となっているようだ。

まったく動かないような渋滞ではないが、一区間につき信号二回待ちという状況だ。

「着く頃には暗くなりますね」

同じことを考えたのか、矢崎がいった。

「無理はせず、ようすを見て出直そう。逃げだすような相手じゃない」

唯一の不安は「柏葉石材」の川端が、刑事の来訪を知らせることだが、帰る直前にも念を押してあった。

「人づきあいをあまりしていないようですね。残留孤児三世であることも職場で話していなかったようです」

「それだけ苦労したのだろう。川端さんがいったように、両親と師匠をあいついで亡くしている」

「師匠が亡くなったのが十二年前ですか。〝黒石〟の最初の殺人が七年前だとすると、その五年に何があったのでしょう」

矢崎は鮫島を見た。

「わからない。だがどこかのタイミングで兄弟である

〝徐福〟が接触してきたのだろうな」

「金石に引きこむためにでしょうか」

「そうかもしれないが、荒井、今は氏家か、は金石の他のメンバーとはちがう。まず経済的な成功を目的としていない。〝徐福〟が報酬を払っていないとは限らないが、殺人で得た金で贅沢をしているようには見えない」

「そうですね。贅沢がしたかったら、先代の家にいまだに住んではいないでしょう。工房は残したとしても、自分はもっと便利な街なかに住む」

「俺が会った金石のメンバーは、国とか組織を信用しないという共通点があった。それゆえに金石というネットワークへの帰属意識が強いように感じた。が、〝黒石〟に関しては、想像でしかないが、そういう帰属意識も薄いかもしれない」

鮫島がいうと矢崎は頷いた。

「帰属意識が強かったら、同じ金石のメンバーを手にかけることに対し、迷いや躊躇がなければおかしいですよね」

「〝黒石〟が忠誠を誓う対象があるとすれば、それは〝徐福〟だけなのじゃないか」

「利益のためにつながっている金石のメンバーとはそこが明らかにちがいますね。でも、なぜそこまで〝徐福〟に忠実なのでしょうか」

「わからない」

鮫島は首をふった。

「〝徐福〟が〝黒石〟の兄弟だとしても、里子にだされたのだとすれば、弟にあたるわけですよね。弟のいうことに兄がしたがっている、というのも不思議じゃありませんか」

「下のほうが上に強いという兄弟、姉妹《しまい》も世の中にはいる」

「なるほど。兄弟って、だいたい上の性格がやさしくて下が強いっていいますし」

「両親の死をきっかけに再会した兄弟に特殊な関係が生まれた。その結果、兄が殺人者になったのかもしれん」

「そうだとすれば、〝徐福〟ってとんでもない奴じゃありませんか。自分はコンピュータの陰に隠れて、あれこれ人を操っている」

矢崎が息を吐いた。

「多重人格という説は撤回します。〝徐福〟を見つけだし、逮捕しなきゃ」

「それにはまず〝黒石〟だ」

鮫島は答えた。

## 49

〝扇子〟の住居は荒川区の町屋《まちや》だった。「手賀沼のさと霊園」に届けている住所は柏だが、住んでいるのは町屋のマンションだと、本人に教えられている。

〝扇子〟は彼同様に、叔母の知らせで妹の死を知ったようだ。本来なら遺骨の管理は肉親である彼や叔母の役目だが、墓は自分がたてたいと〝扇子〟は叔母にいったらしい。

家をでていったあと、妹は一度も彼に連絡をよこさなかった。彼にはとてもいえないような暮らしをしていたからにちがいない。そうなった原因は〝扇子〟にもある。

だからなのか、〝扇子〟は妹の墓をたてた。彼がそれを請け負ったのは偶然だった。「手賀沼のさと霊園」から発注を受けた「柏葉石材」が多忙で、氏家工房に回ってきたのだ。

仏の名前を見て妹であると気づいたが、それを誰にも告げなかった。

だが墓の建立《こんりゅう》からしばらくして、彫った妹の像を設置にいったとき、墓参りにきた〝扇子〟と会ってしまったのだ。

像を設置し終えたときに、少し離れた場所から見守っている女に気づいた。

女は彼が気づいたことを知ると、

「それは何ですか」

と彼に訊ねた。彼はつとめて事務的に、

「こちらのお墓の施主さまのご依頼で設置に参りました。在《あ》りし日の仏さまだそうです」

と答えた。すると女が首をふった。

「わたしは頼んでいません」

いったあと女は石像をまじまじと見つめ、

「でも似てる」

とつぶやき、目をみひらいた。

「まさか、あなた、ほのかの――」

その瞬間、〝扇子〟だと気づいた。彼は殺すことを考えた。死体の隠し場所はいくらでもある。

だが墓をたてたばかりの施主と連絡がとれなくなったら、霊園や「柏葉石材」も不審の念をもつ。

ヒーローの強い意志で思いとどまった。

「ほのかがいってた。お兄さんは石屋さんで働いているって。あなた、ほのか、荒井真利華さんのお兄さんなのでしょう?」

彼は無言だった。一月の終わりで、手賀沼から凍りつくような風が吹きつけていた。

日没も迫り、霊園に人影はなく、こんなタイミングで〝扇子〟に会うとは思ってもいなかった。

墓参りには不釣合なハイヒールを〝扇子〟ははき、花束を抱えていた。夜の仕事の出勤前だったのかもしれない。

「なんてこと……」

〝扇子〟はつぶやき、まじまじと彼を見つめた。その視線が嫌で、彼は顔をそむけた。

「昔のほのかにそっくり」

ようやく目を離し〝扇子〟はいった。

「やっぱりお兄さんね。ずっと会っていなくても、こうやってほのかの顔を作れるのだから」

「妹がお世話になって」

彼はうつむき、心とは正反対の言葉を口にした。

「とんでもない。ここ何年かはずっと会っていなかったけど、元気にしているとは聞いていたの。まさか、撃たれて亡くなるなんて……」

「妹にも責任があったのだと思います」

〝扇子〟は首をふった。そして不意に彼の手をつかんだ。

「ね、一度ゆっくり話をさせて。このほのかの像の代金も払います」

彼は首をふった。

「それは必要ありません。これは、自分が作りたくて彫っただけです」

〝扇子〟は口もとを押さえた。

「お兄さんにそこまで思われていたなんて、ほのかは絶対知らなかった……」

そしてハンドバッグから名刺をとりだした。


「請求書はお店じゃないほうがいいわね。待って」

ペンをとりだすと、名刺の裏に住所を書きつけた。名刺の表には「ミラノ」というバーらしき店の住所と電話番号、そして清本悦子の名が入っている。

もう一度断わろうとした彼に、

「今日は時間がないから。お願い、一度ゆっくりお話しさせて。この名刺のところで小さなお店もやっています。よかったらいらして下さい」

と名刺を押しつけ、花を手向けると合掌し、そそくさとその場からたち去った。

妹の話を聞きたい気持は、彼にもあった。殺されてもしかたのない生き方をしていたことを頭では理解できている。が、現実に何が起こって命を落としたのかを、説明してくれた者はいない。

アメリカから電話をよこした叔母も、外国人マフィア同士の抗争に巻きこまれて撃たれたらしいとしかいわなかった。

とはいえ、自ら〝扇子〟に会いにいくことは、今回のことがなければ考えなかった。

金石の〝政治〟のことなど、彼は興味がない。八石に関しても、面倒ごとを自ら引き受ける世話焼きか威張りたがりの連中でしかないと思っている。

もちろん指令官は別だ。指令官は、金石とこの社会全体のことを考えている。

両親の葬儀の場で、初めて指令官に会ったときのことを彼ははっきりと覚えている。

「哥哥《兄さん》」

斎場の隅で小声で呼ばれ、彼は凍りついた。

中国を離れたとき、別れたきりの弟だった。かつては「見分けがつかない」と人からいわれるほどそっくりだったのに、十三年たち、まるでかわっていた。

目鼻立ちは確かに似ている。が華奢な体つき、女性かと見まがうほどの白い肌、赤い唇は、もはや双子とは誰も思わないほど異っていた。

「小軍《シャオジュン》」

彼はつぶやいた。弟の兆軍《ジャオジュン》を、彼はずっと小軍と呼んでいた。

「你来日本多久了?《いつ日本にきたんだ》」

「已经六年了。我当年来日本念大学《もう六年になるよ。日本の大学に留学したんだ》」

いわれて思いだした。兆軍を養子にした父方の親戚は、一族の中で一番の金持の家だった。

「よくここがわかったな」

弟がどれだけ日本語を話せるか知りたくて、彼は日本語でいった。

「瀋陽にいる伯父さんが知らせてくれたんだ。呉新《ウシン》生《シェン》が交通事故で死んだって。葬式にいけ、と。中国からは誰もいけないので、お前が親戚を代表してお参りしてこい、と」

弟は彼にも劣らない流暢《りゅうちょう》な日本語で答えた。

驚くことではなかった。双子なのに、弟は昔から彼とは比べものにならないくらい頭がよかった。

「それで今、何をしているんだ?」

訊ねながら、彼の目は自然に弟の左手を見ていた。

「コンピュータのプログラマーだ。去年、会社を辞めて独立した。この手、いいだろう? 最近の義手はすごくよくできているんだよ」

彼は無言だった。

七歳のとき、二人で遊んでいた農具置き場で、彼が悪戯《いたずら》で触れたボタンのせいで、弟は左手首から先を失った。あのときは嫌というほど父親に殴られたものだ。できるものなら、自分の左手と交換したかった。痛みに泣き叫びはしたが、弟は決して兄を責めなかった。ただの一度も。

「独立?」

彼は訊き返した。弟の左手の話をこれ以上つづけたくない。

「ソフトウエアの会社を立ちあげたんだ。見通しはすごく明るい」

そのとき葬儀が始まると告げられ、弟と彼は離れた席にすわった。

妹は弟のことを知らない。弟が里子にだされたのは一歳のときだ。妹は生まれていなかった。

弟がもらわれていったのは、彼の家のすぐ近所にたつ、あたりで一番大きな家だった。だから、弟とはいつも遊んでいた。

それが弟が左手を失《な》くす事故にあってからはかわった。

弟の新しい両親が、これ以上息子が怪我をすることがあってはならないと、彼と遊ぶことを禁じ、外出も制限した。

彼の父は、弟が片手を失ったことで、息子の交換を申し出た。弟を引きとり、彼を養子にだすといったのだ。

が、弟をかわいがっていた新たな両親はそれを拒絶した。弟に大怪我をさせるような粗野な兄などいらない。兆軍は自分たちが大切に育てていく、と。

それからは、兆軍と会うのは年に数回、地元の催しなどで親族が集まるときに限られた。

彼が十一のとき、日本への〝帰国〟が決まった。妹は二歳だった。

日本にきてからは、何もかもがめまぐるしく過ぎた。一家はけんめいに日本語を覚えたが生活は苦しく、やがて祖母が亡くなった。

祖母は道に迷い、川にはまって死んだのだと当初、両親からは聞かされた。

が、祖母が溺《おぼ》れたのは江戸川だ。道に迷ったあげくはまるような川ではない。

自殺だというのは明らかだった。

「川は海につながっている。海を渡れば、世界中のどこにだっていけるんだよ」

彼がまだ小さな頃、故郷を流れる川のほとりで祖母に聞かされた言葉だ。

江戸川に身を投げた祖母は海を渡り、遼寧省に帰ったのだ。

高校をでた彼は「柏葉石材」に就職した。

残留孤児三世であることは誰にも告げなかったが、若い職人をすべて子分にしたがる古顔のいじめにあった。

飲みにいかず、風俗にもつきあわない彼を目の敵にした。どれほど無視され孤立しても、痛くもかゆくもなかった。石を彫ってさえいれば、嫌なことは忘れられた。

やがて「柏葉石材」の社長から氏家工房への転職を勧められた。気難しいが腕のいい職人である氏家が助手兼後継ぎを探しているというのだ。うちで氏家さんの眼鏡にかなうのはお前くらいだ、と社長はいった。

彼は承知した。毎日毎日くりかえされる下らないいじめにもうんざりしていた。

氏家工房に移ってからそれはなくなったが、仕事を覚えるのが大変だった。師匠は、技術は教わるのではなく盗むものだという考え方だった。

見様見真似《みようみまね》で彫った石板をもっていくと、ものもいわずに叩き壊される日がつづいた。

ようやく仕事を覚えられた頃、両親が交通事故で死んだ。彼が二十四のときだ。十五だった妹は、葬式の翌日、家をでていった。

支払われた両親の保険金の半分を、求めに応じて彼は妹に渡してやった。どうせ洋服やブランド品に化けるとわかっていたが、彼にしてみればそんな金など一円も欲しくなかった。

その二年後、師匠が肺癌になった。妹がいない金町の家に帰る理由はなく、師匠の世話もあって、印旛沼の工房に彼は住みこんだ。

在宅死を望んだ師匠の最期を看とった。そして二年が過ぎたある日、兆軍が突然工房を訪ねてきたのだった。

京成線の千住大橋《せんじゅおおはし》駅に近い駐車場に車を止め、おろした折りたたみ自転車に彼はまたがった。ヘルメットをかぶりマスクを着けて隅田川《すみだがわ》を渡る。

防犯カメラの少ない裏通りばかりを選んで町屋に向かった。

〝扇子〟の住居は、京成本線の線路の北側、町屋斎場に近い一画にあるマンションだった。

駅前の駐輪場に自転車を止めると、商業施設のトイレで彼は作業衣をスーツに着替えた。ネクタイを締め、髪を整えて眼鏡をかける。

背筋を伸ばすと大柄なサラリーマンに変身した。道具は手にしたアタッシェケースにおさまっている。薄い透明なゴム手袋をはめ、彼は清本悦子の住むマンションをめざした。


一階のインターホンで702号室を呼びだす。

〝扇子〟は寝ているか、起きているとしても、まだぼんやりとしている時間だろう。

「はい」

呼びだしボタンを押してから、返事までに間が空いた。

「『柏葉石材』です。打ち合わせにおうかがいしました」

彼はインターホンに告げた。〝扇子〟はカメラで彼の顔を見ている筈だ。

再び間が空いた。が、

「どうぞ」

という返事とともにオートロックが開いた。

〝扇子〟はジャージのような部屋着姿で彼を迎えいれた。

「スーツ姿なので見ちがえた」

化粧けのない顔は土気色《つちけいろ》で、内臓がどこか悪いのかもしれない。部屋のカーテンは閉じており、煙草の匂いがこもっている。

「早くに申しわけありません。おやすみでしたか」

「起きてたわよ。コーヒー飲んでぼおっとしていたけど」

「突然お邪魔して。お言葉に甘えてしまいました」

彼は深々と頭を下げた。

「そんな玄関口にいないで上がって」

いいながら〝扇子〟は彼に背中を向けた。

彼は素早くうしろからその口を左手で塞ぎ、スタンガンを首筋に当てた。

## 50

氏家工房まであと二キロというあたりで日が暮れた。幹線道路には街灯があるが、それを外れると、明りが点っているのは貸しボート店の周辺くらいだった。

カーナビゲーションが目的地周辺だと案内した。が、それらしい建物はどこにもない。

「おかしいな。もう一度入力してみますね」

矢崎がカーナビゲーションを操作したが結果は同じだった。

「柏葉石材」の川端が「ちょっとわかりにくい場所だよ」といったのを鮫島は思いだした。都市部とちがい、メモリ内の区画や番地が正確ではないのかもしれない。幹線道路が走っている印旛沼の南岸に比べると北岸側は住宅も少なく、空き地が多い。

空き家なのか不在なのか、まったく明りのついていない家もある。

「看板とかはだしていないようですね」
電柱を見上げ、矢崎がいった。
さしかかった貸しボート店に車が何台か止まってい
た。
暗くなり、水面に浮かんでいるボートはないが、帰
り仕度をしている客がいるようだ。
矢崎は並んでいる車のかたわらに覆面パトカーを止
めた。
木造の小屋に明りが点り、「貸しボート」の看板が
掲げられていて、その先の湖岸に木製の手こぎボート
が何艘《なんそう》も並んでいる。
「まだ人がいるようなら訊いてきます」
いって、矢崎は車を降りた。鮫島も助手席を降りた。
蛙の鳴き声と虫の音に包まれた。風が吹きつけ、水
の匂いを強く感じた。
ボート店の軒先から下がった電灯の光が湖面に反射
している。
きた道をふりかえると、刈り取りの終わった水田と
湖面が明暗のコントラストを作っていた。
同じような貸しボート店が、印旛沼の周囲には何軒
もあった。淡水魚の釣り場として知られた土地のよう
だ。
やがて矢崎が小屋からでてきた。あとからでてきた
ボート店の主人らしい人物が指をさして道を教えてい
る。
戻ってくると、
「カーナビが道をまちがえたようです。途中分かれ道
があって、そこを曲がらないとたどりつけないみたい
で」
と告げた。
「氏家工房の人間とつきあいはあるのか」
「まったくないようです。そっちのほうにはいかない
ので、住んでいる人も知らないといっていました」
「歩いていくと遠いか」
「いえ、せいぜい何百メートルというところだと思い
ますが――」
「じゃあ歩いていこう。車のライトを見たら警戒する
かもしれない」

鮫島はいった。

「そうしましょう。車はここに止めておいてもいいようなので」

話しているあいだにボート店の客たちが止めてあった車に乗りこみ、次々と走り去った。

最後に一台軽トラックが残ったが、小屋の明りを消したボート店の主人が乗っていき、あたりは静まりかえった。

蛙の声が一段と大きくなった。耳もとで蚊がうなり、鮫島は首をふった。

覆面パトカーのトランクから抗弾ベストをだし、上着の下に着けた。頭を叩き潰すのを得意とする殺し屋にどれだけ役立つかはわからないが、花崗岩で作られた凶器以外で武装している可能性もある。

東京とちがい、夜になると気温が下がり、暑さはさほど苦にならない。ただ沼地ということもあって湿度が高く、ヤブ蚊の襲来には閉口した。

「手賀沼のさと霊園」でも蚊に狙われたが、昼間だったからかここほどではなかった。たちどころに首や手など、露出している部分を数カ所食われた。

「参りますね」

鮫島にならってベストを着けた矢崎が手を振り回しながらつぶやいた。

二人は車からだした懐中電灯をそれぞれ手にし、走ってきた道を歩いて戻った。背の高い葦《あし》やススキにはさまれ、左右の視界を閉ざされた道を二百メートルほど進むと、休耕田らしき空き地にぶつかった。

「そうそう、空き地の先に道があるといってました」

矢崎が小声でいった。鮫島は頷き、手にしている懐中電灯を消した。目立つ光は、少なければ少ないほどいい。

闇が濃さを増した。矢崎が先に立って歩き、きたときに見落とした分かれ道を曲がった。

水の匂いが薄れ、草いきれが強くなる。蚊の攻撃はかわらず、二人は音をたてないように手を振り回しながら進んだ。

簡易舗装された、車一台が通るのがやっとの細い道が休耕田のすきまを縫うようにつづいていた。

やがてひらけたススキ野原につきあたった。二メートルに達そうかというススキが盛大に穂を実らせている。

それを回りこむように道を進むと、木立《こだ》ちに囲まれた家が正面に見えた。

「鮫島さん」

小声で矢崎がいって、道端を懐中電灯で照らした。巨大なガマガエルがうずくまっていた。車を飛ばしてきて見落とせば、まちがいなくぶつかったろう。

「よほど人にきてほしくないんだな」

鮫島は小声で答え、足を止めた。

ガマガエルの大きさは五、六十センチ四方ほどある。本物にしては巨大なので、石像とわかったが、暗がりだと見まちがうかもしれない。

「明りを消せ。用心して進もう」

鮫島はいい、矢崎が言葉にしたがった。二人は足音をたてないよう、注意しながら一本道を進んだ。

木立ちに囲まれた敷地にたつ大きな家屋が近づいてきた。明りが二カ所で点っている。

道の両側に石柱が立っている。鮫島は懐中電灯のレンズを掌でおおい、スイッチを入れた。「氏家工房」と彫られているのを確認し、スイッチを切った。

そのままじっと動かず、あたりに耳をすませた。が、何の音も聞こえない。午後七時を過ぎたかどうかという時間だ。眠るには早い。

鮫島は腰をかがめ、足を踏みだした。工房の敷地へと入る。

明りのひとつが目に入った。家の前の作業所を、軒先に固定されたライトが照らしている。

クレーン付きのトラックが止まっていた。「柏葉石材」で見たものより小型の切削機やショベルカーがおかれている。屋外の作業所は屋根付きの通路で屋内の作業所とつながっているようだ。

もうひとつの照明はその屋内作業所で点っていた。屋外と屋内の作業所は窓のついたスライド式の扉で仕切られている。

「ここにいろ」

鮫島は矢崎にささやいて、屋外の作業所に踏みこんだ。切断されたか、これから切断される石材がいくつも積まれ、身を隠す場所はいくらでもある。二十メートルほど先に未加工の石材が積まれた空き地があった。石なので、シートの類はかぶせられていない。

空き地はかなりの広さがあり、木立ちの先に水門らしき黒い構造物が見えた。印旛沼に流れこむ川が近いようだ。

鮫島は石材の積まれた空き地まで進んだ。背の高い葦が川までの道をさえぎっている。

風が吹き、葦がいっせいにそよいだ。水の匂いが強まった。鮫島は立ち止まった。足もとには石屑が敷きつめられている。

生臭い水の匂いに、わずかだがまぎれもない悪臭が混じっていた。それを嗅いだとたん蚊の猛襲が気にならなくなった。腐敗した死骸の臭いだ。

それが川からなのか、今いるあたりからなのかはわからない。が、腐敗した死骸の臭いは、他の悪臭とはまったく異なるので、まちがいようがない。


鮫島は息を吐いた。それが何の死骸であるかはわからない。動物の死骸という可能性もある。が、おそらく人間の死骸だ。以前藪から聞いたが、あらゆる腐敗死骸の中で、臭いが最もひどいのが人間の死骸だという。

例外はあって、それは大きな鯨の死骸らしい。脂肪分を大量に含んでいるからだというが、さすがに鯨の死骸の臭いは嗅いだことがなかった。

大きな鯨の死骸が浜に打ち上げられ、それが腐敗すると人間の比ではない悪臭があたり一帯に漂うらしい。

「嗅いだことがあるのか」

訊ねた鮫島に、

「静岡の海岸に打ちあげられたことがあって、埋められる前に大急ぎでいって嗅いできた。そりゃすさまじかった」

と、藪は答えた。

動物の腐敗臭は大型であるほど強いが、人間はその食性もあって、特に臭いがひどいのだと藪はそのときいった。雑食の生きものほど、悪臭が強くなる。

鮫島は家のほうをうかがいながらしゃがんだ。敷きつめられた石屑の厚さは十センチほどで、それも空き地全体ではなく、今鮫島がいる空き地の四、五メートル四方に限られている。

さらに身を低くして地面に顔を近づけた。

悪臭が強まるのを感じた。

矢崎が敷地の入口からこちらを見守っている。

鮫島はその場を離れ、しゃがんだまま作業所に戻った。屋外と屋内の作業所を隔てるスライド式の扉に近づく。

ガラスの丸窓がドアにはまっていた。ゆっくりと腰をのばし、丸窓の中をのぞきこんだ。

作業台と大きなハートが見えた。研磨に使うような電動工具がかたわらにある。

ハート形の黒い墓石を作っているようだ。

屋内作業所の奥は母屋《おもや》のようだが、そちらの明りは消えておりまっ暗だった。物音もしない。

「まずくないですか」

小声でいわれ、ふりかえった。身を低くした矢崎がすぐうしろにいた。

「令状なしで入りこんでます」

鮫島は石材の積まれた空き地を示した。

「あそこにいって臭いを嗅いでこい」

怪訝そうな顔で矢崎が鮫島を見返した。

「いいから」

鮫島はうながした。矢崎は無言で空き地に向かった。手振りで体を低くしろ、と鮫島は合図した。

うずくまった矢崎が目をみひらいた。敷きつめられた石屑に顔を近づける。

鮫島は手招きした。その間も屋内に人の気配がないかをうかがっていた。

クレーン付きのトラックの横、切削機とのあいだに車一台分の空間がある。そこに歩みよると、地面を懐中電灯で照らした。

轍《わだち》があった。トラックなどではなく小型か中型の乗用車かバンのものだ。

「すごい臭いがしました。あれは――」

矢崎がかたわらにきていった。

「やってみよう」


「死体を埋めている」

矢崎は鮫島を見つめた。

「何の死体ですか」

「わからない。犬か猫という可能性もあるが」

「行方がわからなくなっている田とか」

「かもしれない」

「掘って死体がでれば令状は必要なくなります。死体遺棄の現行犯です」

「今からあそこを掘るのか。家に人はいないようだが、掘っているうちに戻ってくるかもしれない」

「でも死体なしでは、任意同行《ニンドウ》も求められません」

鮫島は考えた。敷地内に入りこんだ時点で、すでに捜査としては違法だ。明らかに犯罪が起こっていると考えるに足る証拠をつかまなければ、氏家の身柄を拘束できない。

人間の死体が見つかれば、その条件は満たされる。

作業所内を見渡した。穴掘りに使えそうな道具を探す。

作業所の隅にたてかけられたシャベルが目に入った。

## 51

持参したダクトテープで両手と両足を縛り、鼻で息をしているか確認した上で口にもテープを貼った。鼻詰まりだと、口を塞いだら窒息してしまう。

床に転がし、ソファにすわって〝扇子〟を見おろした。

エアコンがきいていて室内は涼しい。飲みかけのコーヒーカップのかたわらでまだくすぶっている灰皿の煙草を消した。

〝扇子〟が身じろぎした。苦しげに眉根を寄せ、唸り声をたてる。

次の瞬間、目をみひらいた。瞬きし、何が起こったのかを知ろうとするように首を動かしてあたりを見た。

彼はスーツの上にアタッシェケースからだした前かけを着けた。

コーヒーカップと灰皿をガラステーブルから撤去し、かわりにスタンガンとスマッシャーを並べた。〝扇子〟の目が彼の動きを追った。

「これから話を聞きます。先日、あなたが上野で会った、新宿署の刑事のことです。どんな会話をしたのかを思いだして下さい。先に安心してもらいたいのですが、ヒーローは女性を傷つけません。今のこの状況は、あなたを説得する時間を節約するためです。ですから、あなたが大声をだしたり暴れたりしなければ、何もせずここをでていきます。わかりましたか」

〝扇子〟は激しく瞬きした。

「もう一度、同じ話をしますか」

〝扇子〟は首をふった。

「では口のテープをはがします」

痛くないように気づかいながら口もとのテープをはがした。テープは丸め、アタッシェケースにしまった。

「なんでこんな真似をするの」

〝扇子〟がいった。大きな声ではあるが、近所に聞こえるほどではない。

「いった筈です。時間の節約です」

「だったらふつうに訊けばいいじゃない！」

声が大きくなった。彼は人さし指を唇にあてた。

「ふつうに訊いて答えてくれましたか」

「あたり前じゃない。あたしは八石のひとりよ。警察によけいなことを喋るわけないでしょう」

彼は首をふった。

「あなたが誰であっても関係ありません。金石かそうでないかも、ヒーローにとって意味はない」

「ヒーロー？」

「私です。社会の害虫と戦っている」

「何いってるの。あなた、ほのかのお兄さんでしょう。それがどうしてヒーローなの」

「〝徐福〟に訊けばわかります。金石をかえるために、〝徐福〟は私を作ったのです」

「あなたを作ったって、どういうこと？」

「〝徐福〟に会ったことがありますか」

「ないわよ。誰にも会おうとしないじゃない。それで仲間を説得できると考えるほうがおかしい」

「だから私がいます」

「〝黒石〟っていうのはあなたのことなの？」

「誰からその名を聞きましたか」

「刑事。石で頭を殴って人殺しをするっていっていた」

〝扇子〟の目がガラステーブルの上におかれたスマッシャーを見た。

「そんなことまであなたに話したのですか」

〝扇子〟は目をみひらいた。

「どうしてあたしが刑事と会ったって知ってるの？」

彼は息を吐いた。

「それを今訊きますか。ヒーローの目と耳はどこにでもあるのですよ」

「〝安期先生〟をあなたが殺したのかもしれないといってた。殺したの？」

「身を守るためですから」

〝扇子〟の顔がゆがんだ。

「何を考えているの?! 同じ仲間じゃない。助け合わなけりゃいけない人をなぜ殺したりするのよ」

「彼が私の家にきて、私を殺そうとした。どうやって私の家をつきとめたのかわかりますか」

「そんなの知るわけないでしょう」

〝扇子〟は体をよじって答えた。

「妙ですね。誰かが私のことを教えなければ、私の家にはやってこられなかった筈です」

彼は〝扇子〟の目を見つめた。扇子は彼を見返した。扇子の目が広がった。

「もしかしたら――」

「もしかしたら何です？」

「前に〝安期先生〟からほのかのお墓がどこにあるかを訊かれたことがある。妹と墓参りにいきたいからって。そのとき、墓地であなたにばったり会った話をした。石屋さんで働いているみたいだといった」

彼は無言で考えた。可能性はある。

「私の工房のことを教えたのですか」

「そこまでは覚えてないわよ」

〝扇子〟は強気の表情でいった。

「まさか〝安期先生〟があなたのところにいくなんて思っていなかったのよ。八石はいつからそんなことになっているの？」

「そんなこととは？」

「だから対立しているんでしょう。〝徐福〟と〝徐福〟のやり方についていけない人たちとで」

「そうなんですか」

「そうなんですかって、あなた、〝徐福〟にいわれてここにきたのじゃないの」

彼は首をふった。

「ここにきたのは私の意志です。私を殺そうとした人間に誰が情報を流したのかをつきとめたかった」

「だからいったでしょう！　〝安期先生〟があなたに何かするなんて、思ってもいなかったのよ！」

〝扇子〟の声が再び大きくなり、彼は唇に指をあてた。

「わかりました。わかりましたから、もう少し声を小さく」

「このテープをはがして。警察には何もいわないから」

彼が黙っていると〝扇子〟はつづけた。

「考えてみて。あなたの妹のお墓を作ったのはあたしよ。ほのか——マリカは、自分には家族なんていないっていってたから」

「でも私のことは聞いていたのでしょう」

〝扇子〟はためらった。

「聞いていたというほどじゃない。あの子はほとんど家族の話をしなかったから。あなたのことは特に——」

黙った。

「特に、何です?」

「好きじゃなかったみたい」

「恐れていたんです。厳しくしたんで」

〝扇子〟が彼を見つめた。その視線に憐れみのようなものを感じ、彼は体が熱くなった。

「ちがうといいたいのですか」

「これを外して。外してくれたら話す」

〝扇子〟は身をよじった。

彼はアタッシェケースからカッターナイフをだした。手首のところでダクトテープを切断した。

「妹は、家にいたときから自堕落な生活をしていた。それがあなたのところで働くようになって、よけいひどくなった。それを私に知られるのを恐がっていた」

彼はいった。〝扇子〟は目を伏せた。ダクトテープの切れ端を丸め、彼はアタッシェケースに入れた。

「マリカは……」

いって〝扇子〟はためらった。

「兄妹でも気が合わないということがあるでしょう。たぶんあなたたちはそうだった」

口調をかえ、いった。

「それはあなたの目から見た話ですよね」

〝扇子〟は視線を合わそうとしなかった。足首のテープをはがそうとして、うまくいかず彼をにらんだ。

「これも切って」

「妹は何といっていたんです?」

「気持悪い」

「え?」

「気持悪い、といってた。自分を見るあなたの目が」

今度は彼が目をそらした。気持を落ちつかせようと深呼吸した。妹が気持悪いと彼のことをいっていた。

妹を見る彼の視線に嫌悪を感じていたというのだ。

「嘘だ」

「マリカは勘ちがいしてたみたい。あなたが、自分にいやらしい気持をもっているって。だから同じ家で暮らしたくないって――」

「黙れ」

「だから誤解だって――」

右手が動いた。カッターナイフが〝扇子〟の喉を切り裂いていた。

まるで噴水のように迸った血が、彼の顔や前かけに飛んだ。〝扇子〟の言葉は途中でゴボゴボという音にかわり、やがてヒューヒューとなって、静かになった。

「いけない」

彼はつぶやいた。

「ごめんなさい。あなたを傷つけるつもりはなかった」

目をみひらき、カーペットが吸いきれないほどの血だまりに横たわった〝扇子〟は身じろぎしなかった。

しばらく見つめていた。

「馬鹿だなあ。死んじゃうなんて」

自然に言葉がでた。

52

掘り始めてすぐ、シャベルが硬いものにぶつかった。深さ三十センチほどのところだ。

「何だ」

掘り進み、何であるかがわかった。石でできた仏像だった。それを掘りだした。

「どうして石仏が埋められているのでしょう」

矢崎がつぶやいた。

「わからない。もっと掘ろう」

氏家の帰りを矢崎に警戒させながら、鮫島はシャベルをふるった。

臭気が強くなり、

「この近くだ」

鮫島はいって、シャベルを刺した。再びカチン、という音がした。

また石仏だった。高さ一メートルほどの石仏が縦に地面に埋められていたのだ。

「気味悪いですね。石仏をいくつも埋めてるなんて……」

鮫島はある可能性を思い浮かべていた。石仏は、"黒石"なりの弔いなのではないか。

「交代します」

「まだ大丈夫だ」

二番目の石仏を掘りだし、別の場所につき刺したシャベルが土でも石でもないものに当たる感触がして、たちこめる悪臭が強くなった。

「うわ」

矢崎がつぶやいた。

深さ一メートルほどもない穴に、ジーンズを着けた遺体が横たわっていた。しかも両肘から先がない。

マスクを着けていても吐きけをもよおすほどの悪臭に耐えながら、鮫島は遺体の顔を確認した。田だった。頭頂部が陥没している。

矢崎が顔をそむけ、吐いた。

「すみません」

「気にするな」

鮫島はいった。地中に埋める死体を布や袋にくるむ殺人犯もいるが、田の死体は何にも包まれていなかった。ただ掘った穴の底に転がされているだけで、その深さも一メートル足らずだ。

なぜもっと深く埋めなかったのだろうと考え、鮫島は理由に気づいた。

石仏だ。

この空き地の地中には、ほぼ一メートル間隔といってもいい密度で石仏が埋められている。これまでに掘りあてたのは二体だが、おそらくもっと多くの石仏が埋まっているにちがいない。

その数を考えれば、田を埋める前からこの空き地に石仏を埋めていたのだろう。ショベルカーを使えばもっと深い穴を掘れるが、その過程で埋まっている石仏を傷つける可能性がある。

氏家はそれを避けるために手掘りで田の死体を埋めたのだ。

「なんで、石仏と死体がいっしょに埋まってるんでしょうか」

気をとりなおした矢崎がいった。

「ある種の墓地なんだろう」

鮫島はいった。

「墓地？」

「ここにはきっと、あといくつも石仏が埋まっている」

鮫島は掘りだした石仏を懐中電灯で照らした。高さは一メートルほどで、瞑目《めいもく》し合掌している。二体は同じような造りだった。

「それって……」

いいかけ、矢崎は唾を呑んだ。

「手にかけた人間の数じゃないか」

「また吐きそうです」

矢崎は顔をそむけ、えずいた。

「じゃあここに埋まってる石仏の数だけ、殺してるってことですか」

鮫島は頷き、死体から少し離れた場所にシャベルの先をつき刺した。すぐに硬いものにぶつかった。

矢崎が交代し、さらに周辺を掘った。三体の石仏が見つかった。

「何てことだ」

矢崎も鮫島も汗みずくで、上着を脱いだ。

「他にもまだ死体が埋まっていると思いますか」

「わからない。それより千葉県警に連絡をしよう。ここから先は応援が必要だ」

鮫島はいった。

「ですが戻ってきたときにパトカーがいたら氏家は逃げますよ。氏家の身柄を確保してから通報したほうがいいのじゃありませんか」

矢崎は鮫島を見つめた。鮫島は首をふった。

「応援を呼ばなかったために、前の課長を亡くした。もうあんな失態は演じたくない」

「氏家は必ず〝徐福〟に警告します。そうなったら〝徐福〟を逮捕するのは難しくなります」

矢崎はいった。その通りだった。〝黒石〟こと氏家が金石の他のメンバーのように、国外に逃亡するとは考えにくいが、〝徐福〟がどのような行動をとるのかは想像がつかない。氏家の兄弟だとしても、〝徐福〟に関する情報は葬儀の写真をのぞけばまったくない。清本悦子が何かを知っている可能性はあるが、訊きだすには時間がかかる。その間に〝徐福〟が逃亡したら、複数の殺人の指示者を逮捕できなくなる。

「千葉県警に通報しても、所轄の地域課から報告があがるまで、捜一は動きません。パトカーが何台もきて、ガタガタやっていたら氏家はまちがいなく気づきます」

鮫島は沈黙した。

「鮫島さん」

「何だ?」

「もしここにいるのが鮫島さんひとりだったらどうしました?」

矢崎が鮫島の目をのぞきこんだ。

「氏家の身柄を確保するまで通報は待ったのじゃありませんか」

矢崎の目は真剣だった。

「私の身を心配して、通報しようといっているのではありませんか」

「そんなことはない。相手は何人も手にかけている凶悪犯だ。自分の身も心配している」

鮫島は首をふった。内心、矢崎の鋭さにひやりとした。

「君は恐くないのか」

「恐いです。こんなふうになりたくありません」

横たわる田を示し、矢崎はいった。

「でも〝黒石〟や〝徐福〟を逃がすほうがもっと恐い。これまでの捜査が無駄になってしまう。指名手配できたとしても、国外逃亡や自殺をされたら、犯行の全容を解明できなくなる」

鮫島は矢崎を見つめた。

「わかった。が、このあと何があっても、千葉県警への通報については俺が止めたことにする。いいな」

矢崎は真剣な表情で鮫島を見返した。

「それが約束できないのなら、今ここで通報する」

鮫島は告げた。

## 53

指紋は一切残していない。〝扇子〟の部屋をでた彼は、行きに使ったのとは別の公衆トイレでスーツを作業衣に着替えた。駐輪場から自転車をだし、隅田川を渡って千住大橋駅に戻った。

車に乗りこむと国道六号に入り、北上した。

夕刻の水戸街道下り線は混んでいるが、高速道路は避けたい。

〝扇子〟を殺したのは明らかに失敗だった。

なぜヒーローとして冷静さを保てなかったのか。悔やまれてしかたがない。

気持悪い、という言葉に反応してしまった。

気持悪い――妹が放ったそのひと言にどれほど傷ついただろう。いやらしい気持を妹に抱いているなどと、想像されただけでも耐えがたい。

荒々しく息を吐き、ハンドルを叩いた。

自分はもっと純粋な気持で妹を思っていた。日に日にませ、露出の多い服を着るようになった妹に対し、叱らなければと思ったことはあっても、欲望を抱くなど決してなかった。

空想の中では、妹は彼に甘え、たしなめてもたしなめても体を寄せてきた。本当に求めている男は、兄のような人なのだといい、その言葉に心があたたまった。

彼は奥歯をかみしめた。

金町の家で、下着としか思えないようなキャミソールドレスを着た妹に思わず目を奪われたことがあった。

「見ないでくれる。気持悪いんだよ」

吐き捨てるようにいわれた。

何をいってるんだ、と怒鳴りつけられなかった。心の奥底を見すかされたようで、動揺したのだ。胸の奥に閉じこめていた感情を気づかれたという驚きに、何もいえずただ固まってしまった。

そうなった彼に蔑《さげす》むような視線を向け、妹はでかけていった。

心の中で、何度、その妹の髪をつかんでひきずり倒し、発言を訂正させたか知れない。泣きわめく妹を壁に押しつけ、とことん責めた。

最後に泣き疲れた妹はいうのだ。

「ごめんなさい。お兄ちゃんの好きにしていいよ」

新葛飾橋を渡り松戸隧道《ずいどう》の信号で国道六号から四六四号に入った。千葉ニュータウンを抜ける広い道を成田方面に向かって東に進む。途中で日が暮れた。

ライトを点灯させた頃、彼の気持も落ちついた。

あの悪い妹はもういない。今いるのは理解しあえている妹だけだ。

道路沿いに大きなショッピングモールがあり、彼はハンドルを切った。買物を思いだしたのだ。

だが帰ってから料理をするのは億劫《おっくう》だった。ヒーローでも失敗はする。が、失敗をしたことを責めたてるもうひとりの自分が自分を傷つけている。

傷ついた心で料理などしたくない。うまいものなど作れるわけがない。

ショッピングモールにあるフードコートに寄った。彼と同じように作業衣姿の客が多くいる。

たいして食欲はなかったがハンバーガーを買った。米の飯よりは入りそうな気がしたのだ。食事を抜くことも考えたが、ヒーローとしての責任感で思いとどまった。いついかなるときも戦えるように心身を整えておくのがヒーローの務めだ。

フードコートは避け、駐車場に面したベンチにすわった。照明は点っているが薄暗く、あたりで食事をする者はいない。ハンバーガーを口に押しこみ、ミルクで流しこんだ。

指令官に連絡しなければならない。

食事を終えてようやく、自分の頭がまともに動きだしたことを感じた。

怒りと後悔の混じったこの気持を伝え、今後の指示を仰がなければ。

だがコンピュータを通したメールのやりとりで、伝えられるとは思えなかった。車のダッシュボードから携帯電話をとりだした。ふだんは切っている電源を入れる。この携帯の番号を知る人間はひとりしかいない。そして指令官の携帯の番号もまた、彼しか知らない。

午後八時をまわり、駐車場に車の数は少ない。このショッピングモールを利用するのは付近の住人が多い。多くは家に帰り、一日の疲れをいやし明日に備えている。

その明日の平和を守っているヒーローがここにいるのを、誰も知らない。

それが現実だ。

彼は記憶している指令官の携帯番号を呼びだした。

## 54

十三体の石仏が埋められていた。人間の死体は田ひとりだけだ。

川に近いせいで土質がやわらかく、掘ることそのものに、さほどの労力はいらない。ただ水を含んだ粘土が重く、土をかきだすのに苦労した。

二人が掘り返した空き地は、工房とは積み上げられた石材をはさんだ反対側にあり、氏家が戻ってきてもすぐには状況に気づかない筈だ。それでも用心のため、懐中電灯は消し、工房の外灯の光だけで鮫島と矢崎は作業を進めた。

死体と石仏の写真を矢崎が角度をかえて撮影した。

「これまでに十四人殺している、ということですか」

撮影を終えると、矢崎は粘ついた声でいった。

時刻は八時近かった。氏家はまだ戻ってこない。柏葉石材で聞いた氏家の人物像は、頻繁に外泊をするタイプではなかった。むしろ何があっても自宅に帰るように思える。

その氏家が今夜中に戻らないとすれば、離れた土地にでかけているのかもしれない。

「高川に連絡をとってくれ」

鮫島はいった。

「え？」

「あくまでも可能性の話だが、氏家は福島にいったのかもしれん」

畳んで地面においていた上着から矢崎は携帯電話をとりだし、操作した。

「もしもし、警視庁の矢崎です」

電話がつながったらしく、矢崎はいった。

「そちらに異状はありませんか」

訊ね、鮫島を見た。

「今のところ大丈夫なようです。かわりますか？」

鮫島は頷いた。矢崎がさしだした携帯を耳にあてた。

「鮫島だ。かわったことはないか」

「ないね。今、造成中のゴルフ場にいる。人っ子ひとりいない山の中で、うちの人間だけだ。何だっていうんだ」

「荒井真利華の二人の兄のことを訊きたい」

「ひとりは真利華が嫌っていた兄貴だろ。もうひとりってのが里子にだされたほうなら、俺は何も知らない」

「荒井真利華は兄が二人いることを知っていたのか」

「もうひとりいるのは知っていた筈だ」

鮫島は息を吸いこんだ。捜査上の秘密を明かすことになるが、ここは避けられない。

「我々は、そのもうひとりの兄が〝徐福〟ではないかと疑っている。名前とかを荒井真利華から聞いたことはないか」

「ないね。そうか、だからか」

高川は合点したようにいった。

「何がだからかなんだ？」

「前にもあんたらにいったが、マリカは〝徐福〟を狙っていた。頭の切れる〝徐福〟と仲よくすれば味方につけられると思っていたんだ。役に立つ男はたらしこむというのが、あいつの生き方だった」

「だが〝徐福〟は会おうとしなかった」

「俺が『オタクだから生身《なまみ》の女が苦手なんだろう』といったら、『それなら尚さら会わなきゃ』とマリカはいってた。落とす自信があったみたいだ。だが実際に会ったら、兄貴だというのに気づくだろう。マリカには好都合だが、〝徐福〟はやりにくくなる。それで会おうとしなかったんだな」

「金石の中で八石の発言力が強まったのはいつ頃からなんだ？」

「もとは世話役みたいなものだった。仲間の多い奴が周りの人間の話や意見を吸い上げて、皆と共有したんだ。日本政府は、残留孤児の帰国支援はしたが、そのあとはほうりっぱなしだった。だから自分たちで助けあうしかなくて、金石ができた。そのうち、中国からやたら人間がくるようになって、日本語も中国語もできる、ヤバい筋との交渉もできる、二世三世の仲間がたくさんいるってのの存在感が強くなった。八石ができたのはたぶん二十年くらい前だが、メンバーがけっこう入れかわって、今みたいになったのはせいぜいこの十年だ」

「十年しかたっていないのか」

「〝徐福〟の影響がでかかった。〝徐福〟が入ったのが八年前かな。金石の力をビジネスにいかすって、やたら掲示板でいっていた。実際、あっちとこっちをつないで金儲けさせるってのをやって、感心されたりしてた。ただ――」

いって高川は言葉を切った。

「ただ、何だ?」

「そういうビジネスライクなやりかたを好きじゃないってのもいた。困っている仲間を助けあうのが金石だろう、金儲けの役に立たない奴はいなくてもいいって考え方はどうなんだ、とな」

「批判があったんだな」

「掲示板であれこれいってるだけで、実際は何もしてないじゃねえかっていう奴もいたけど、いつのまにか消えた」

「消えた? どういう意味だ」

「その通りの意味だよ。金石を抜けたのか、殺されちまったのか。掲示板に書きこみがなくなり消息もわからない。それがあるとき、金石を警察にたれこもうとした奴の口を塞いだと〝徐福〟が書きこんだんだ」

「〝鉄〟こと臼井広機がつっこんだという話だな」

「そうだ。そのとき〝徐福〟は、見えないところで金石を守っているヒーローがいる、そいつが金石の守護神だと――」

「ヒーロー、そういったのか」

鮫島は高川の言葉をさえぎった。

「いった。直後、掲示板は大笑いだった。ヒーローなんているのか、いるなら俺に金を恵んでくれとか、女を紹介してくれ、とかな」

「〝徐福〟は何と返したんだ?」

「いずれわかる、とだけだ。が、そのうち〝黒石〟の噂が流れだした。〝徐福〟にはとんでもないのがついてる、頭を潰すのが大好きな殺し屋だ、と。俺も初めはヨタ話だと思っていた。が、そうじゃないとわかった。〝徐福〟のやり方に逆らうと〝黒石〟がやってくる」

「金石はもともと横のつながりのほうが強い、ネットワーク型の組織だった筈だ。それをなぜ、〝徐福〟は作りかえようとしているんだ?」

「それは俺も考えた。ネットワークのほうが動きをつかまえにくいから、活動しやすいのじゃないか、と掲示板に書いたことがある」

「それに対して〝徐福〟は何かいってきたか」

「皆、原点を忘れている」

「原点?」

「俺らは中国人でも日本人でもない。隅っこに追いやられた恨みがある筈だ。それを忘れている、と」

鮫島は息を吐いた。

「あんたはどう思う?」

「日本だろうと中国だろうと、人から指さされて蔑まれるのはまっ平《ぴら》だ。だが商売がうまくいって、それなりの暮らしができるようになったら、昔のことをいつまでもいってもしようがない。そう書いたら、〝徐福〟は、俺たちにはもっといい暮らしをする権利があると。これまで苦労したぶん、もっともっと金儲けをして、おもしろおかしく生きられる筈だ、と返してきた」

「あんたはそれを信じるのか」

「いや、信じてない。だけどな、ネットワークのままだったら、いずれ金石の存在意義も、できた理由も薄まり、なくなっていくだろう。二世三世ならともかく、四世とかになったら、ただの日本人だ。それはそれで悪いことじゃないが、寂しくもある。ただの日本人になりたくともなれなくて、歯をくいしばっていじめに耐えた根性が笑い種《ぐさ》になっちまう。薄まり消えていくのが嫌なら、金石のありようをかえるしかない」

「それが〝徐福〟の提唱する組織改革の理由か」

「そうだよ。四世ともなると中国語が話せない奴も多い。〝徐福〟はそれじゃ駄目だ、原点を意識して、両方のアイデンティティを子供にもたせろといってる。だがあんたの話が本当だったら、妙な話だ」

「妙、とは?」

「だってそうだろ、〝徐福〟がマリカのもうひとりの兄貴なら、小さなときに里子にだされている。里子にだされたってことは、中国人の、それも金持の家にもらわれていった筈だ。ひとりっ子政策があったときでも、金持の家は子供を複数育てられた。そういう家で育ったのなら、帰国事業にのっかって帰ってくる必要なんてないわけだ。もし今日本にいるとすれば、留学か何かで日本にきて、そのまま居ついたってことになる。そんな奴が残留孤児の原点に帰れなんて、おかしくないか」

「なるほど」

「里子にだされたマリカの兄貴が〝徐福〟なら、苦労なんか何もしていない。大人になってからのこのこ日本にきて、残留孤児面《づら》してるだけだ。そんな奴だから、金石を実験台か何かみたいに考えて、組織改革だの何だのをいいだしたのじゃないか」

高川の声に憤《いきどお》りがこもった。

「ふざけやがって。手前《てめえ》は何の苦労もしてねえのに、何が原点だ、くそ」

ネットワーク型だった金石の組織構造を、なぜ〝徐福〟がピラミッド型にかえようとしているのか、鮫島は疑問が解けたような気がした。

残留孤児二世三世としての苦労を味わっていないからこそ、〝徐福〟は安易に組織改革を考えたのだ。原点に帰れという言説は、いかにも耳に心地よく、他者の賛同を得やすい。が、そういう言葉を口にする者ほど、原点の重さ、厳しさを知らなかったりする。

高川がいうように、残留孤児二世三世の苦労の記憶は薄れ、やがて忘れられていくかもしれない。

それを是《ぜ》とするか非とするかは、当事者の問題だ。だが、当事者でもないのに記憶の風化を責めたてる人間は、何においても存在する。

鮫島は息を深く吸いこんだ。

「氏家という名を聞いたことはあるか」

「氏家？　いいや。それが〝徐福〟の名前なのか」

「ちがう。『手賀沼のさと霊園』にある荒井真利華の墓をたてた職人だ。墓の製作を依頼したのは清本悦子という女性だ」

「清本悦子……聞いたことがある。マリカが最初に勤めたスナックのママだろう。悦子ママって、あいつが呼んでいた――」

「八石のひとり、〝扇子〟だ」

「〝扇子〟……。そうか」

「何がそうかなんだ？」

「俺は、マリカがどうやって〝徐福〟とつながったのかがずっとわからなかった。奴が知ってる八石は〝安期先生〟くらいのものだった。〝安期先生〟の妹をマリカは知っていたからな。〝安期先生〟が〝徐福〟をマリカに紹介したとは思えない。だとするといったいどうやって知り合ったんだと不思議だった。アメリカにいった由紀子かとも思ったが、由紀子は金石にあまり興味がなかった」

「荒井真利華が高校生のときに、両親が交通事故で死んだ。葬儀には久保由紀子もきていた。その直後、兄と二人きりの生活を嫌って荒井真利華は家をでた。それを引きとったのが清本悦子だ。荒井真利華は清本悦子の住居に身を寄せ、経営するスナックで働いた」

高川は黙っていたが、やがていった。

「たぶん悦子ママを紹介したのが由紀子だ。若い頃、由紀子は横須賀に住み米軍基地で働いて英語を覚えた。アメリカに住みたいとずっといっていたんだ。由紀子はマリカの叔母さんだが、その頃は面倒をみる余裕がなかったんで悦子ママを紹介したんだろう」

「久保由紀子と清本悦子には交流があったのか」

「はっきり聞いたことはないが、葬式とか結婚式とか金石が集まることがあると、女は女、男は男でくっちゃべる。どこかで知りあっていておかしくない」

「清本悦子が経営するスナックをやめ、家をでていったあとも、荒井真利華は清本悦子と親しくしていたのか」

「マリカにとっては男は全部道具で、自分以外の女はこの世に必要ない生きものだくらいに思っていたかもしれないが、悦子ママは特別だった。母親に近いくらいに思ってたよ」

「いろいろな話を打ち明ける間柄だったんだな」

「ああ、〝徐福〟をたらしこみたいなんて話もしていたと思う」

「荒井真利華が家をでていったあと、残ったほうの兄はどうしたか知っているか」

「高校をでたあとすぐ就職したというのは聞いたが、それ以外は知らない」

「金石の集まりにもでていないのか」

「マリカの話じゃ、相当のかわり者で、人とつるむのが苦手らしい。だから俺はまるでつきあいがない」

「なぜ荒井真利華が嫌ったのか、理由は訊いたか」

「マリカは気持悪い、といっていた。マリカが小学校高学年の頃から、気がつくとじっと見ているっていうんだ。何だっけ、そうだ、鳥みたいな目をしているっていうんだ。雀とかそういうかわいい鳥じゃなくて、鷹《たか》とかカラスみたいに食いものを探しているような目で物陰からマリカのことを見ていたらしい。何を考えているかわからなくて、そのうち見られているだけで鳥肌が立つくらい嫌いになったといってた」

「その話を清本悦子にもしていたか」

「俺たちにも話すくらいだから、していたと思う」

「わかった。いろいろ参考になった」

「〝黒石〟のことは何かわかったのか。〝徐福〟の正体をつきとめたのなら、〝黒石〟のこともわかるだろうが」

「〝徐福〟が、小さな頃に里子にだされた荒井真利華の兄だとしても、名前などはまだわかっていない。〝徐福〟を見つけられたら、〝黒石〟についても判明する筈だ」

鮫島は、高川から情報が流れる可能性を考え、氏家が〝黒石〟だとは告げずにおいた。

「早く〝黒石〟をつかまえてくれ」

「もちろんだ。できる限りのことはする。あんたも用心しろ」

答えて、鮫島は携帯を矢崎に返した。自分の携帯をとりだし、上野で会ったときに聞いた清本悦子の携帯を呼びだした。

応答はなく、留守番電話に切りかわった。

「先日お会いした鮫島です。これを聞かれたら、連絡をお願いします」

吹きこみ、切った。見つめている矢崎にいった。

「清本悦子にかけた。荒井真利華と〝徐福〟をつないいだのが、清本悦子だと思われる」

「そうか！　同じ八石ですものね。電話にでなかったのですか」

鮫島は頷き、上野のバー「ミラノ」にかけた。開店している時間だ。

「バー『ミラノ』でございます」

聞き覚えのある女バーテンダーの声が応えた。

「先日うかがった鮫島です。わかりますか」

「はい」

バーテンダーの声が硬くなった。

「名刺をもらいました」

「ママの清本さんはおみえですか」

「ママはまだ出勤していませんが――」

いって、バーテンダーは黙った。

「何かありましたか？」

「開店時間に一度、必ず電話をくれるんですが、今日はまだありません」

「ない？　あなたから電話はしましたか」

「しました。留守電でした」

「そうですか。ところで先日のお客さんはあれからきましたか？」

「いえ」

「わかりました。もし清本さんがこられたら、私が連絡をとりたがっていたと伝えて下さい」

「了解しました」

鮫島が携帯をおろすと、

「鮫島さん――」

矢崎がいった。工房につながる道にヘッドライトの光がさしこんでいる。

二人は素早く上着を拾い、積み上げられた石材の陰に身を隠した。

ＳＵＶと思しい車が工房の敷地に進入し、止まった。ライトの光がクレーン付きトラックを照らしだしている。

ＳＵＶがライトを落とした。スモールランプだけを点し、その場から動かない。エンジンをかけたままで運転者も降りなかった。

「気づかれたんでしょうか」

小声で矢崎がいった。

「待て」

鮫島はSUVのナンバープレートを凝視した。足立ナンバーだ。

「氏家じゃないかもしれん」

「え？　誰なんです」

「わからない。が、氏家の車なら千葉県ナンバーの筈だ」

鮫島はいった。

「じゃあ、氏家と待ち合わせたとか」

「その可能性はある」

車を降りてこないのは、氏家が帰宅するのを車内で待つつもりなのかもしれない。車を降りれば、湿気と蚊に包まれる。

鮫島と矢崎はその場を動かず、ようすをうかがった。上着を着たせいで暑さが増し、背中にシャツがはりついていた。悪臭と蚊の猛攻にひたすら耐えた。

「ポルシェのカイエンです」

SUVをすかし見ていた矢崎がささやいた。

「相当の高級車ですよ」

鮫島は時計を見た。午後九時を過ぎている。

カイエンに何人の人間が乗っているのかはわからなかった。人が降りてくる気配もない。

やがて別の車のヘッドライトが敷地にさしこんだ。

二人はさらに身を低くした。

ハイエースが敷地内に進入してきた。SUVがライトに照らしだされ、一瞬、運転席にすわる男の姿が浮かびあがった。

ハイエースはクレーン付きトラックと切削機のあいだのスペースに止まり、エンジンを切った。運転席の扉が開いた。

「シャオジュン！」

降りてきた男が叫んだ。氏家だった。作業衣を着け、不似合なアタッシェケースを手にしている。

カイエンの扉が開いた。ジーンズにTシャツを着けた、ほっそりとした男が降りた。

「心配になってきたんだけど、僕のほうが先に着いちゃった」

男がいった。

氏家はその場に立ち、男を見つめた。

「すまない。すべて俺のミスだ。ヒーロー失格だ」

やがていった。

矢崎が鮫島を見やった。鮫島は無言で首をふった。

「そんなことない。兄さんは十分がんばってる。一回くらいのミスで落ちこまないでよ」

鮫島と矢崎は目を見合わせた。男は〝兄さん〟と氏家を呼んだ。

「許されない。俺は、かっとなった。あの女が真利華のことをいったんで」

「でも証拠は残してないんでしょ」

「もちろんだ。それは心配する必要ない」

「だったら、駆除が少し早まっただけだと思えばいいよ」

うなだれていた氏家は顔を上げた。

「駆除の指令を出す予定があったのか。申請は却下されたのに」

「あれから情報が集まった。〝扇子〟は危険だと判断できる」

「〝虎〟は？」

「〝虎〟も、危険だ。警察に接触しているという情報がある。日本にいる八石は誰も信用できないかもしれない」

「駆除の指令をだしてくれ」

「それより兄さんには別の仕事がある」

「別の仕事？」

「〝左慈〟〝鉄〟〝安期先生〟〝扇子〟と、八石のうちの半分がいなくなってしまったでしょ。新しい八石を選ばないと」

氏家は無言で男を見つめた。

「兄さんには八石に入って欲しい。〝虎〟については、こちらで何とかする」

氏家は首をふった。

「俺には向いてない。そういう難しい仕事は別の人間にやらせてくれ。俺はお前の指示に従う」

「頼むよ、兄さん――」

「駄目だ。俺はヒーローなんだ。ヒーローの仕事は敵と戦うことだ。敵を決めることじゃない。そういうのは、俺にはできない」

「〝公園〟や大連にいる〝雲師〟の支持もとりつけた。書類だって用意したんだ」

「書類？」

「そう」

答えて、男はカイエンの運転席に体をさしいれた。何かを手にとり、氏家に歩みよった。

パン！　という乾いた音があたりに響いた。

鮫島ははっとして身を起こした。

氏家が地面に膝をついた。驚いた顔で男を見上げていたが、うつぶせに倒れた。

「鮫島さん！」

矢崎がいうより先に、鮫島は石材の陰からとびだした。男の右手には拳銃があった。

「動くな！　警察だ」

腰から拳銃を抜き、男に向けて叫んだ。

男がふりかえった。目をみひらき、鮫島を見た。顔立ちは氏家に似ているが、体つきがまるでちがう。Tシャツもジーンズもブランドもので、靴は銀色のスニーカーだ。垢《あか》抜けた雰囲気をまとっている。

「矢崎、銃をとれ」

男に銃を向けたまま、鮫島はいった。

「はい」

矢崎が呆然《ぼうぜん》としている男の右手から拳銃をとりあげた。男は軍手をはめている。

「銃刀法違反の現行犯で逮捕します。私たちは警視庁の人間です」

矢崎が告げ、手錠をとりだした。

「警視庁？　ここは千葉だよ。なんで警視庁がいるの？」

訊ねた男に手錠をかけようとした矢崎の手が止まった。

「義手をされているのですか」

男の左手をつかんでいる。

「そうだよ。手錠なんて必要ないでしょ」

「あなたの名前を教えて下さい。私は警視庁新宿署の鮫島といいます」

鮫島はいって拳銃を腰に戻し、氏家に歩みよった。

動かない。

「謝法憲《シェファシェン》」

「日本名もある筈です。救急車を呼べ」

矢崎が頷き、男からとりあげた拳銃を鮫島にさしだした。泥で汚れた手袋で鮫島はそれを受けとった。見たことのない形の自動拳銃だった。

「日本名？　僕は中国人です」

「中国人だったら、八石のメンバーにはならない筈だ。あんたは〝徐福〟を名乗って、金石のメンバーを、氏家さんに次々と殺させていた。なぜ氏家さんを撃った？」

謝と名乗った男の顔から突然表情が抜け落ちた。その瞬間、鮫島は謝と氏家が双子だと確信した。表情を失った謝の目は明らかに猛禽類を思わせる。

謝は口をひき結んだ。鮫島は謝の目をのぞきこんだ。

「そこの空き地にも両腕を切断され、頭を潰された田こと〝安期先生〟の死体が埋められていた。それもあんたの指示によるものだな」

不意に氏家が起きあがった。恐ろしい力で鮫島をつきとばし、

「快逃《げろ》！」

と叫んだ。

鮫島は銃を手にしたまま倒れこんだ。

携帯を手に話していた矢崎がふりむいた。氏家がもっていたアタッシェケースを矢崎の顔に叩きつけた。

鈍い音がして矢崎は無言で崩れ落ちた。

「兄さん――」

氏家がアタッシェケースの中に手をさし入れた。握りのついた奇妙な形の道具をつかみだすとおおいかぶさるように鮫島に歩みよった。作業衣の前が開き、下に着けた抗弾ベストが見えた。

「動くな！」

鮫島は仰向《あおむ》けに転がったまま、矢崎から渡された銃を氏家に向けた。

氏家はその言葉がまるで聞こえていないように、手にした道具をふりおろした。鮫島は身をよじって逃げた。ドスッと音をたて、先端が半球状の石柱が鮫島の

顔から三十センチと離れていない地面にめりこんだ。

道具にはふたつの握りがついていた。ひとつは半球状の石柱の中央から直角につきだしハンマーの握りのようになっていて、もうひとつは石柱のつけ根からL字型につきでている。それがどう使われるのか、見ただけでは理解できなかった。

「氏家さん！　私です。上野で会った鮫島です」

鮫島は叫び、地面を転がると片膝をついた。

「矢崎、矢崎！」

氏家から目をそらさずに叫んだ。

「しっかりしろ！　矢崎」

呻《うめ》き声が返ってきた。

「お前はヒーローの敵だ」

氏家はいった。

「何をいってる。あんたはこの男に撃たれたんだぞ」

氏家は鮫島をにらんだ。

「指令官の決定にはしたがう」

右手にある道具は、磨き抜かれたみかげ石でできていた。黒くつやつやとした表面が外灯の光を反射している。

「あんたはその道具で、今までに何人も殺したんだろう。そこの空き地に埋まっていた石仏は、今までに殺した人間だな」

氏家は答えなかった。道具の握りをもちかえ、じりじりと鮫島に迫ってくる。

L字型の握りは、ハンマーのようにふり回さなくても、まっすぐ縦にひきおろすだけで石柱を犠牲者の頭頂部にめりこませる形をしているのだった。

「よせ」

鮫島は拳銃を氏家に向けた。抗弾ベストを着けている以上、上半身を撃っても効果はない。といって頭を撃てば死亡させる危険がある。

氏家の右手が天をさすように掲げられた。石柱の丸い先端が鮫島を狙っている。

鮫島は氏家の左足を狙って、拳銃の引き金をひいた。軽い反動とともに、地面が爆《は》ぜ、小石が飛んだ。

言葉にならない叫びとともに氏家が手にした石柱をふりおろした。鮫島が盾にした拳銃にそれは当たり、拳銃がどこかに飛んだ。指が砕けるような衝撃を感じ、右手首から先が痺れた。

鮫島は歯をくいしばった。腰に戻した自分の拳銃に手をかけたが、感覚がまるでなく握れそうにない。

立ちあがった鮫島は氏家と向かいあった。氏家が謝を見ていった。

「逃げて下さい。こいつらは私が駆除します」

「兄さん――」

「指令官の判断は常に正しかった。今日も正しい」

「あんたを撃つのも正しい判断なのかっ」

鮫島は叫んだ。

「この男は、さんざんあんたに手を汚させたあげく、口を塞ごうとしたんだぞ」

「それが指令官の決定なら。ただし、お前ら二人の駆除が先だ」

「何が駆除だっ。我々は警察官だ！」

矢崎の叫び声が聞こえた。氏家の腰にタックルする。二人はいっしょになって地面に倒れた。氏家は手にした石柱をふり回した。鮫島は駆けよると、その右手を踏みつけた。

氏家は強い力ではねのけようとした。鮫島は左手で手錠をベルトのケースからつかみだすと、渾身の力で氏家の顔に叩きつけた。

鮫島の手錠は軽量のアルミ合金モデルではなく、旧型の鋼鉄製だった。額が切れ、鼻が折れる手応えがあって、獣《けもの》のような唸り声を氏家があげた。

矢崎が立ちあがり、腰から拳銃をつかみだした。

「動くな！」

氏家は鮫島の足をふり払い、ごろごろと地面を転がった。が、目がくらんでいるのか立つことはできず、うずくまった。右手にはまだ石柱を握りしめている。

氏家は立とうとしてよろけた。鮫島はとびつくと、その背中を膝で押さえつけようとした。が、抗弾ベストの上からでもわかる恐ろしくぶあつい筋肉にはね返された。

鮫島は氏家の首に膝をあてた。呼吸を止めてしまう危険があるが、ためらってはいられない。

氏家の顔を地面に押しつけ、ようやく感覚が戻ってきた右手と左手の両手で氏家が握りしめている石柱をつかんだ。右手の小指に激痛が走ったが、かまわず石柱をもぎとった。

謝がカイエンの運転席に走った。

銃声が轟《とどろ》いた。矢崎が空に向け威嚇射撃を放ったのだ。

謝が凍りついた。

手にした石柱は四、五キロはあろうかという重さだった。それを遠くに投げ、痛みをこらえて、鮫島は氏家の両手に手錠をはめた。

## 55

パトカー二台と救急車がまず到着した。氏家と鮫島が救急隊員に応急処置を施《ほどこ》されているあいだに、さらに多くのパトカーが到着し、機捜の覆面パトカーと鑑識車輛もやってきた。複数の照明が設置され、工房の敷地は煌々《こうこう》と照らしだされた。

機捜の指揮をとる、千葉県警の山口《やまぐち》という警部とともに、鮫島と矢崎は工房の内部に入った。他にも死体がある可能性を考えたのだった。

丸窓がはまったスライド式の扉の内側は屋内工房で、平屋の家とつながっていた。

木造の家はありふれた造りで、板の間の食堂、コタツのおかれた居間などがあり、手分けして捜索をしていた山口に呼ばれ、鮫島と矢崎は、物置きのような部屋に入った。

「何だと思います？」

山口は困惑したような表情を浮かべていた。

部屋には何体もの石像が並んでいた。埋められていた石仏とは異なり、精妙に顔や衣服が彫られている。

石像の数は全部で五体あった。悲しげな顔をした老女、笑っているような老爺《ろうや》、どこか険しい表情を浮かべた中年の男女、そして制服姿の少女だ。

他の四体に比べ、少女だけは遠くを見るような目をしていた。鮫島はひと目で、それが若いときの荒井真利華だと気づいた。

「仏さんですかね」

山口はいった。

「仏さんといえば仏さんです。五人はすべて亡くなった人で、先ほど確保した被疑者の家族です。祖父母、両親、妹でしょう」

鮫島は答えた。

「あと、ここに隠し部屋があります」

山口といた若い刑事が、少女像のかたわらにある引き戸を開いた。小さな地下室への階段が現われた。

扉の内側にとりつけられた電灯のスイッチを若い刑事が入れた。

二畳ほどの空間に、姿見とともに、二体の石像がおかれていた。一体は謝にそっくりで、左手首から先がなかった。

もう一体が異様だった。まるでマネキン人形のように、ヘルメットや暗視スコープ、ボディアーマーやグローブを着けている。

胸の前で交差した両手には、氏家がもっていたみかげ石製の石柱が、三本さしこまれていた。

若い刑事がヘルメットと暗視スコープを石像から外した。

目も鼻も口もない、のっぺりとした石の頭が現われた。

「自分の顔は彫ってないのか」

矢崎がつぶやいた。額に湿布、頰に絆創膏《ばんそうこう》を貼っている。

「自分は鏡の中にいればよかったんだろう」

鮫島はいって、姿見をさした。

## 56

謝法憲の通名は、荒井憲一《けんいち》といった。自供に基づき、東京都江戸川区西葛西《にしかさい》の自宅マンションから千葉県警捜査一課は複数のコンピュータを押収した。荒井憲一はインターネットを通して、〝徐福〟として活動し、「毒虫の駆除」を氏家剛に指示していたことを認めた。が、駆除の意味はあくまでも排除であって、殺害は氏家剛が独自の判断でおこなったことだと主張した。

一方の氏家剛は、取調べに対して黙秘をつづけていた。ただひとつ、氏名職業の問いかけに対しては「ヒーロー」とだけ答え、それ以外の質問にはまったく聞こえていないようにふるまった。

鮫島の右手小指は砕けていた。医師は骨折が回復しても、元通りに動かせるようになるかどうかはわからない、といった。

連絡をもとに荒川警察署の地域課警察官が、清本悦子の自宅マンションを訪ね、喉を切られて死亡している清本悦子を発見した。マンションの防犯カメラには、マスクをしたスーツ姿の長身の男が写っていて、検証の結果、氏家剛が逮捕当日、自家用車内に所持していたスーツと特徴が一致した。

鮫島は田中みさとに電話をかけた。

「お兄さんが見つかりました。残念ながら亡くなられていました。殺害したのは〝黒石〟と金石内で呼ばれている、氏家剛という人物です。氏家は〝徐福〟こと荒井憲一とともに逮捕しました」

「兄は――」

いって、田中みさとは息を継いだ。

「どこにいたの？」

「千葉県印西市にある、氏家剛の自宅兼工房の庭に埋められていました。発見したのは私で、身許の確認もおこないました」

「そう」

「清本悦子さんも殺害されているのが見つかりました。まだ断定はできませんが、これもおそらく氏家剛の犯行だと思われます」

田中みさとはすぐには何もいわなかった。やがて、

「八石はおしまいね」

とつぶやいた。鮫島は無言だった。

「いずれ千葉県警から連絡がいき、お兄さんのご遺体が戻されると思いますが、それまで少し時間がかかるかもしれません」

「わかった」

田中みさとは答えた。

「情報提供をありがとうございました。いただいた『手賀沼のさと霊園』に関する情報が、逮捕につながりました」

鮫島は告げた。田中みさとは何もいわず、やがて電話は切れた。

## 57

これもまたヒーローに与えられた試練なのだ。弟が自分を撃ったことに、不思議だが驚きは感じなかった。

ショッピングモールのベンチから電話をかけ話したとき、指令官の声に不安が混じるのを彼は感じた。不安の原因は、彼の存在が指令官の安全を脅《おびや》かすことであるのにも気づいた。

失望はしなかった。ヒーローとはそういうものだ。悪と戦う存在は、ある意味、消耗品である。であるからこそ、これまでも幾多のヒーローが生みだされ、これからも生まれてくる。

では指令官とは何なのか。正義の指令を下す存在だ。指令官もまた、時とともにその顔をかえる。

鮫島という刑事がいったように、彼に危険を感じ口を塞ごうと考えた瞬間から、弟は指令官ではなくなった。

今このとき、ヒーローに指令を下す者はいない。正義の指令官の座は空席だ。

弟に失望を感じなかったといえば嘘になる。が、子供の頃、左手首から先を失うというハンディを負いながらも、弟はがんばって生きてきた。仲間のリーダーになるのをめざし、それはあともう少しで達成されるというところまでいった。

失敗の原因は自分にもある。が、すべての責任があるわけではない。ヒーローを使いこなせなかった弟も悪い。

弟は指令官である重責に耐えられず、彼を殺そうとしたのだ。怒りより、悲しみと憐れみを感じた。

弟が今どうしているかを考えた。おそらく怯え、不安にさいなまれている。刑事の問いには洗いざらい答えるにちがいない。

「指令官を解任する。元に戻っていいぞ」

心の中で、弟に告げた。

留置場の壁に背を預け、彼は目を閉じた。

正義が、ヒーローをこのままにしておく筈はなかった。

新たな指令官が任命され、やがて彼をここから連れだしに現われるだろう。

悪がある限り、ヒーローの出動はなくならない。

自由の身になったら、いずれ鮫島にも会いにいく。もう顔は覚えた。そのときの鮫島の驚きが想像できた。

笑いがこみあげてくる。

「いなくなったと思ったろう。ヒーローは決して消えないんだ」

そして鮫島の目が裏返る。彼の手には、新たなスマッシャーが握られているのだ。

※本作品は二〇二二年一一月に小社から四六判ハードカバーとして刊行されたものです。

◎お願い◎

この本をお読みになって、どんな感想をもたれたでしょうか。「読後の感想」を左記あてにお送りいただけましたら、ありがたく存じます。

なお、「カッパ・ノベルス」にかぎらず、最近、どんな小説を読まれたでしょうか。また、今後、どんな小説をお読みになりたいでしょうか。読みたい作家の名前もお書きくわえいただけませんか。

どの本にも一字でも誤植がないようにつとめておりますが、もしお気づきの点がありましたら、お教えください。ご職業、ご年齢などもお書き添えくだされば幸せに存じます。当社の規定により本来の目的以外に使用せず、大切に扱わせていただきます。

東京都文京区音羽一―一六―六
郵便番号 一一二―八〇一一
光文社 文芸編集部

# 黒石《ヘイシ》 新宿鮫《しんじゅくざめ》XII《12》

2025年1月30日 初版1刷発行

著者 大沢在昌《おおさわありまさ》
発行者 三宅貴久
組版 萩原印刷
印刷所 萩原印刷
製本所 ナショナル製本
発行所 株式会社光文社
東京都文京区音羽1-16-6
電話 編集部 03-5395-8254
書籍販売部 03-5395-8116
制作部 03-5395-8125
URL 光文社 https://www.kobunsha.com/

落丁本・乱丁本は制作部へご連絡くだされば、お取り替えいたします。


ISBN978-4-334-10548-8

Printed in Japan

## 「カッパ・ノベルス」誕生のことば

カッパ・ブックス Kappa Booksの姉妹シリーズが生まれた。カッパ・ブックスは書下ろしのノン・フィクション(非小説)を主体としたが、カッパ・ノベルス Kappa Novelsは、その名のごとく長編小説を主体として出版される。

もともとノベルとは、ニューとか、ニューズと語源を同じくしている。新しいもの、新奇なもの、はやりもの、つまりは、新しい事実の物語というところから出ている。今日われわれが生活している時代の「詩と真実」を描き出す——そういう長編小説を編集していきたい。これがカッパ・ノベルスの念願である。

したがって、小説のジャンルは、一方に片寄らず、日本的風土の上に生まれた、いろいろの傾向、さまざまな種類を包蔵したものでありたい。かくて、カッパ・ノベルスは、文学を一部の愛好家だけのものから開放して、より広く、より多くの同時代人に愛され、親しまれるものとなるように努力したい。読み終えて、人それぞれに「ああ、おもしろかった」と感じられれば、私どもの喜び、これにすぎるものはない。

昭和三十四年十二月二十五日

KAPPA NOVELS